「十三五」国家重点图书出版规划项目

国家社会科学基金重大项目

刘建军 ◎ 总主编

百年来欧美文学"中国化"进程研究

（第二卷）（1840—1919）

袁先来 ◎ 著

A SERIES OF INVESTIGATIONS ON
THE PROCESS OF "SINICIZATION"
OF EUROPEAN AND AMERICAN
LITERATURE IN THE PAST HUNDRED YEARS

图书在版编目(CIP)数据

百年来欧美文学"中国化"进程研究.第二卷,1840—1919/袁先来著;刘建军总主编.—北京:北京大学出版社,2020.10
ISBN 978-7-301-31603-0

Ⅰ.①百… Ⅱ.①袁… ②刘… Ⅲ.①欧洲文学–文学研究 ②文学研究–美洲 Ⅳ.①I106

中国版本图书馆CIP数据核字(2020)第169499号

书　　　名	百年来欧美文学"中国化"进程研究(第二卷)(1840—1919) BAINIANLAI OUMEI WENXUE "ZHONGGUOHUA" JINCHENG YANJIU(DI-ER JUAN)(1840—1919)
著作责任者	刘建军　总主编　袁先来　著
责任编辑	朱丽娜
标准书号	ISBN 978-7-301-31603-0
出版发行	北京大学出版社
地　　　址	北京市海淀区成府路205号　100871
网　　　址	http://www.pup.cn　　新浪微博:@北京大学出版社
电子信箱	zln@pup.cn
电　　　话	邮购部 010-62752015　发行部 010-62750672　编辑部 010-62759634
印 刷 者	北京虎彩文化传播有限公司
经 销 者	新华书店
	720毫米×1020毫米　16开本　17印张　370千字 2020年10月第1版　2020年10月第1次印刷
定　　　价	78.00元

未经许可,不得以任何方式复制或抄袭本书之部分或全部内容。
版权所有,侵权必究
举报电话:010-62752024　电子信箱:fd@pup.pku.edu.cn
图书如有印装质量问题,请与出版部联系,电话:010-62756370

总　序

一

"百年来欧美文学'中国化'进程研究"(共六卷)是2011年国家社会科学基金重大项目的最终成果。这个项目确立的初衷,在于总结自1840年以来,尤其是"五四"新文化运动和中国共产党成立之后百多年间欧美文学进入中国进程中所起的作用,其移植后发展变化的基本规律以及中国化进程中的经验教训,从而为今后我们更为自觉地翻译引进、深入研究欧美文学和建设中国的欧美文学乃至外国文学话语提供理论的自觉。

外来文化中国化,是中国现当代社会文化发展中一个极为重要的现象。我们知道,中国社会主义先进文化的建设,离不开对外国文化和文学的借鉴。因此,我们首先要申明,欧美文学中国化研究的立脚点应该是中国文学而非外国文学。欧美文学进入中国的文化语境后,就成为中国文学的一部分,这是本课题研究的立脚点。"中国化"的核心内涵是外来文学在中国新文化语境下的变异、再造与重建。因此,欧美文学进入中国的过程就不仅仅只是一个外来文化对中国的影响过程,也不是一个单纯的借鉴和接受过程,而是欧美文学在新的历史语境下成为中华民族新民主主义和社会主义新文化重要因子并与我们的新文化建设相互融合的过程。

欧美文学的中国化进程是伴随着近现代中国社会历史进程以及文化转型发生并发展的。中国的现代价值观也是西方文化在中国渗透和传播的过程中逐步建立起来的。因此,作为西方文化重要载体之一的欧美文学从引进之日起就和中国人对现代化社会的渴望与现代价值观的需求相契合。当然,我们也要看到,不仅只是欧美文学给中国文学注入了新的思想文化资源,改造了中国文学的精神和艺术风貌,同时,中国强大的传统文化资源也改变了外来文化乃至欧美文学在中国的风貌,使其具有了中国特征。因此,在中国近现代的社会和文化土壤中,欧美文学与中国文学之间是一种双向影响的关系。例如,中国学者以其独特的中西世界划分的视角,将欧美视为一个整体,并进一步提出了"欧美文学"这一概念;还从整体性视角出发,对欧美一些经典文本进行了中国式的内容解读、艺术分析。而在实践中我们看到,这些新的解读,都与中国现代社会的独特发展进程和每个阶段的话语需求息息相关。这就改变了欧美文学作品在其产生地的存在顺序、特定地位、对象关系以及思想内涵、艺术特征的价值指向,从而成为适应中国人思想情感和审美追求的中国现代文化的一部分。换言之,欧美文学乃至外国文学进入中国后与中国的文化语境的关系其实是一种你中有我我中有你的关系。

所以说,本课题并不是中国文学与欧美文学的比较研究,也不是单纯地研究欧美文学在中国的传播史,我们研究的重点是在接受欧美文学乃至外国文学的过程中,中国如何创造了一个属于我们自己的新的欧美文学(或曰外国文学)的历史发展过程。

鸦片战争前后,帝国主义的坚船利炮迫使一部分志士仁人意识到,我们自己原有的思想资源解决不了当时中国面临的问题。于是,他们引进了"科学""民主""平等""自由""革命""阶级"等观念。这些观念的引入,使得我们较为封闭的文化开始向现代文化转变。此后,无论是在新民主主义革命时期、社会主义建设时期,还是改革开放以来的社会发展实践,我们都能不断借鉴西方先进的文化思想,包括西方文学中所传递出来的文化思想观念,来为我们的富国强民服务。可以说,西方文化和欧美文学中的现代意识在中国化的进程中,总体上是适应中华民族发展,是为实现伟大的中国梦的实践助力的。因此,我们也可以说,所谓欧美文学的中国化进程,也就是外来文学适应中国梦需要的进程,就是与中国现当代文化和文学同步发展的进程。

总之,研究欧美文学中国化的进程,就是从一个特殊的角度研究中国新文化、新文学的建立和发展的过程,就是为我国实现社会主义现代化强国的伟大使命提供有益经验并建立文化自信的过程。

二

这里先要申明,本课题虽然名称为"百年来欧美文学'中国化'进程研究",但这里所说的"欧美文学",其实是有特定所指的。我们这里使用的"欧美文学"概念是"西方文学"的同义语。我们知道,在国内学术界,外国文学的组成长期以来大致分为三个部分：一是欧美文学，主要指的是欧美大陆一些国家的文学，如欧洲的希腊、英国、法国、德国、意大利、西班牙、荷兰、挪威等国以及美洲的美国、加拿大、哥伦比亚、巴西等国家和民族自古至今所产生的文学。二是俄苏与东欧文学，包括俄罗斯—苏联文学以及东欧的波兰、捷克、匈牙利等国家的文学。三是亚非文学，也即我们今天经常说的"东方文学"。这种划分，在"五四"新文化运动之后已见雏形，在中华人民共和国成立初期的一段时期内得到广泛认可。当时很多高等学校开设外国文学课程都分为三部分，即俄苏文学、欧美文学和东方文学。当时一些教材的编写，也是这三个部分分别独立编撰。抛开"东方文学"不论，就是西方文学教材，都是分头编写"欧美文学"和"俄苏文学"。欧美文学部分不涉及俄苏文学，俄苏文学需要单独编写教材，单独讲授。这样，久而久之，就形成了我国学术界一个约定俗成的观念，即"欧美文学"不包括"俄苏文学"。更有甚者，在当时的情况下把"欧美文学"看成是"资本主义思想"为主导的文学，而把"俄苏文学"，尤其是"苏联文学"看成是"社会主义思想"所主导的文学。尽管这一区分没有明确出现在20世纪50年代的教科书中，但其影响是不可否认的。到了六七十年代，尤其是到了1978年改革开放之后，这一划分逐渐被国内学者们所抛弃。"西方文学"的概念，合并了原有的"欧美文学"与"俄苏文学"。（在杨周翰等先生主编的《欧洲文学史》中，就将俄苏文学并入了欧洲文学之中；朱维之等主编《外国文学简编》时，也将第一部标明为"欧美部分"，俄苏文学被放进了这一卷中。）此后，"西方文学"的概念渐渐流行开来，以至于我们今天一说到"西方文学"，就知道其是包括俄苏文学在内的欧美各国自古至今所产生的文学现象和作品的总称。

但是问题在于，现在我们所通用的"西方文学"概念，也存在着极大的弊端：首先，我们很难界定"西方"的范畴。在我们现有的教科书中，"西方"主要指地理意义上的欧洲和美洲。因此，欧美文学即为西方文学。这个地理上的定义虽然轮廓较为清晰，但若一细究，似乎又太牵强。应该指出，欧洲和美洲，地域广阔，国家民族众多。其中老牌的欧美国家和那些新兴的欧美国家无论是历史文化传统、社会发展道路、生活习惯乃至道德风俗等，都存在着巨大的差异。即使在全球化迅猛发展的今天，其社会的差异性、文化的异质性也是极为巨大的。把两者武断地并置，都看成是"西方"，无疑是说不清楚的。其实，从我们现有的外国文学史著作或教材来看，所谓欧美文学，占主导地位的仍然是那些欧美比较发达国家的文学。其次，我们很难说清楚"西方文学"的性质。既然地理学意义上的"西方"范畴划不清，那么，像某些现代西方学者主张的那样，按地缘政治划分是否可以呢？答案也是否定的。在当前西方很多政治家和政治学者的眼中，西方是富国或曰发达国家的代名词。第一次工业革命之后，欧美一些发达的资本主义国家，走在了物质文明发展的前列，在思想文化领域也提出了构成今天社会发展的一些基本的经济、政治、文化主张。而对那些发展缓慢的欧美国家和民族而言，这些主张根本不能代表他们的文化性质和需求。这样的现实其实导致了欧美一些发展较快的国家（如英、法、德、美等）开始以傲慢的态度来审视那些发展较慢的国家和民族及其文化。这样，"西方"其实只等于是发达国家和民族的称谓（这也是我们不愿意用"西方文学"来指代整个欧美文学的原因）。再者，从近百年来西方文学进入中国的进程来看，引进的主流还是欧美几个主要国家的文学。例如欧洲主要是古代希腊和罗马，以及英、法、德、俄、西班牙等，美洲在很长的时期内主要是美国的文学作品。而大量的其他西方国家的文学作品，在改革开放之前，我们或涉及很少，或根本没有涉及。即使在今天，这些发达欧美国家的文学仍然占据着主导性的地位。其实，我们所说的欧美文学"中国化"进程，主要还是这些发达国家（包括俄罗斯—苏联）文学进入中国文坛的过程。

有鉴于此，我们在进行本课题研究时，觉得还是用"欧美文学"的概念更符合百年来西方文学进入中国的实际。也可以说，我们这里所说的"欧美文学"是对中国影响较大的一些西方国家文学的特指。换言之，是指欧美那些对中国影响较大的一些国家的文学现象。从这个意义上也可以说，"欧美文学'中国化'进程"是和"西方文学'中国化'进程"的概念相一致的。

我们在此还要申明的是：由于本课题是"百年来欧美文学'中国化'进程研究"，重点在于我们是以欧美文学进入中国的视角，来解说中国现代新文化和新文学的建设进程以及欧美文学在中国新的思想观念建设中的作用。所以，它的重点不在于谈论欧美文学在中国的翻译介绍规律（因为这方面已经有很多高水平的著作发表），也不是要进行欧美文学在中国的纯文学领域所取得的成就的考察（这方面也有大量的大部头的专著问世），我们要做的是以欧美文学进入中国的视角，来揭示百年来欧美文学进入中国的进程以及它对构建中国新文化和新文学所起的作用乃至经验教训。由于我们近百年来的新文化建设是在汲取人类一切优秀文化遗产的基础上进行创建的结果，这也就决定了我们在谈欧美文学中国化进程的时候，必然注重其中所包含的很多规律性的东西，这也决定了这一进程具有文学交流融合意义上的普遍性。因此，我们的课题在这个意义上也可以说是对欧美文学中国化进程基本规律的研究。

三

在我们看来,本项目的研究成果主要创新之处或者说主要特点体现在以下几个方面:

第一个创新点在于对"中国化"问题的理解。一是对"中国化"概念本身的认识更加深入。我们认为,"中国化"这一概念中的"化"的本质是扬弃意义上的"融化";而"中国"则是指近百年来不断发展变化中的思想文化与精神意义上的"中国"。"中国化"作为一个特指的概念,其基本内涵包括:(1)任何外来文化被引进到中国来,都必须与现代中国的国情相结合。它既服务于独特的中国国情的需要,又不断创造了新的中国文化形态。例如,马克思主义进入中国,在服务于中国人民"站起来""富起来"和"强起来"的百多年来的社会发展实际的同时,也改变了中国社会文化的发展形态,创造出了崭新的中国现代文化国情。作为具体领域的欧美文学(乃至外国文学)的中国化也是如此。一方面它适应了中国文化的转型和中国现代文化的出现,另一方面也为创造现当代中国文化的新形态贡献了新的文化因子,促进了中国社会主义现代文化的形成与发展。(2)"中国化"又是在马克思主义先进文化指导下的发展进程。我们知道,中国的现代化进程与欧美社会的现代化进程是在完全不同的基础上发生的。可以说,欧美一些主要资本主义国家,现代化进程是在其社会内部孕育发展起来的,根本原因在于欧洲几次工业革命的推动。正是这些国家内部先进生产力的发展,导致了新思想、新观念的产生,从而确立了现代资本主义制度。而中国的情形则完全不同。可以说,中国社会的现代化进程,是在中华民族积贫积弱和救亡图存的特定条件下展开的。由于百年前我们的生产力落后,我国还很难在传统社会结构内部和封建社会意识形态的基础上产生出新的现代文化。因此,这样的客观现实决定了我们必须要借助外来的先进文化来改造国民,创造出适应中国现代化进程的新的思想文化体系。在这种情况下,引进、吸收、消化外来文化从而改造我们的旧文化,就是唯一的途径了。加之外来文化纷繁驳杂,这就需要我们进行历史的选择。中国人民在自己的实践中,选择了马克思主义作为自己的指导思想,并在这一思想逐渐中国化的进程中,成为引领中国现代社会发展进步的指导思想。实践证明,正是在马克思主义的指导下,我国的社会主义革命和建设事业得到了巨大的发展,并在今天走向了全面建设社会主义现代化强国的伟大阶段。从这个意义上说,用马克思主义做指导,也是"中国化"的核心之意和必有之义。(3)"中国化"必须要在自己强大的文化传统的基础上才能发展起来。外来文化进入中国,说到底是我们要在汲取外来优秀文化的基础上,改造、补充乃至创新我们的传统文化,而不是取代或者割裂我们的文化传统。从这个意义上说,凡是想用外来文化取代或者割裂中国文化的,都不是"中国化"的真正含义。我们要清醒地看到,中华民族的文化传统一脉相传,今天的文化仍然处在传统的链条中。近现代以来,外来文化的中国化之所以能够取得巨大的成功,不仅是因为我们有着强大的传统文化资源,更重要的是我们还保有具有深厚中华传统文化学养并精通外来文化的卓越学者。他们怀着"位卑未敢忘忧国"的使命意识,坚信"文章合为时而著,歌诗合为事而作"的审美理想,代代耕耘,薪火相传,把外国文化与中国文化有机融合,创造出适应中国社会发展的社会主义新文化。因此,我们所说的"中国化",又是在中国文化的思维方式、审美取向基础上,让欧美文学,乃至外国文学适应中国社会发展进步的产物。本课题在写作过程中,始终遵循对"中国化"概念的这种认识,并在此基础上总结百多年来欧美文学"中国化"进程。

二是我们尽可能对马克思主义中国化和具体文化领域的中国化之间的联系与区别,做出较为科学的解释。我们认为,如果说马克思主义中国化,指的是指导思想上的中国化,是总纲,总的规定,那么欧美文学乃至外国文学的中国化,则属于具体领域的范畴。就是说,我们既强调指导思想的中国化,也要强调具体领域的中国化。从这个意义上说,欧美文学"中国化"这一概念无疑是成立的。这正如我们经常说到"规律"这个概念。我们知道,"规律"包含着普遍规律和特殊规律。一个社会的发展要首先遵循普遍规律,普遍规律是根本性的规定,它规定一切具体事物发展的基本走向与方式。但不同事物的发展同时也有其特殊规律。我们既不能忽视普遍规律而只重视特殊规律,同样,也不能只重视特殊规律而忽视一般(普遍)规律。只有二者的辩证统一才能更好地认识和把握事物的发展进程。在"中国化"问题上我们必须要坚持普遍主义和特殊主义的辩证统一,这是因为,中国化不能不受普遍规律的制约,同时也必须要认识外国文学中国化的特殊规律。反过来说,如果我们只是坚持和强调马克思主义中国化的指导思想价值,而忽视文学艺术等具体领域中国化的实际,我们所说的"马克思主义中国化"也就成了一句空话。总之,"中国化"是一个体系,其中既包含着指导思想的中国化,又包含着具体学科领域的中国化,不同层面的中国化发挥着各自不同的重要作用。

基于对"中国化"问题的上述理解，我们发现，百年来我们在外来文化和文学的引进过程中，形成了独有的"中国化"理解。"中国化"已经成为我国现代以来引进外来文化的专有概念或特指名词。

第二个创新点在于，我们是在对中国百年来革命与建设发展的特定理解的基础上，来考察欧美文学"中国化"进程的特点的。我们认为，从1840年到1919年"五四"新文化运动兴起的七十多年是仁人志士提出"中国社会应该走什么路才能实现伟大的民族复兴"的时代之问形成的历史时期；从1921年中国共产党成立起，中国人民开始科学地回答和解决这个问题。在回答"如何走"的问题上，开始阶段（即"五四"运动前后）也是争论不休的，各种不同的党派和立场相左的文化派别都想把自己的意见强加在中国人民的头上。但"五四"新文化运动的深入发展，使人们看到了"三座大山"沉重压迫的现实，从而使中国共产党人所主张的革命斗争和民族解放之路成为当时的历史选择。马克思主义理论之所以能在中国大地上广泛传播，就是当时的人们看到，若人民不能解放、民族不能独立，什么"实业救国""教育救国"和"科学民主""民权民生"都不过是空洞的口号，都是走不通的道路。换言之，要实现中华民族的繁荣富强，首先要走"民主革命和民族解放之路"，让中国人民"站起来"。这样，从1919年"五四"运动开始，尤其是从1921年中国共产党成立到1949年中华人民共和国建立这28年，进行新民主主义革命成了中国现代化进程的第一步。这个历史阶段，中国人民在中国共产党和以毛泽东同志为核心的党的第一代中央领导集体的带领下，经过28年艰苦卓绝的斗争，打败了地主阶级、军阀等反动势力，战胜了日本法西斯强盗，赶跑了以蒋介石为代表的国民党反动派，建立了人民当家做主的中华人民共和国，"中国人民从此站起来了"。可以说，这一步，我们走得非常精彩，也极为成功。

从中华人民共和国成立到1978年改革开放，这三十年是第一步走和第二步走的交替阶段，即我们过去常说的进行社会主义革命和建设阶段。如果说前一个时期（1919—1949）中国现代化的主要任务是进行新民主主义革命的话，那么1949年到1979年这三十年间，我们面临的主要任务有两个：一是继续完成推翻旧世界经济基础及其上层建筑的革命任务，维护无产阶级政权和人民当家做主的地位；二是进行社会主义改造和建设现代化国家的任务。这两大任务的叠加，就形成了这三十年的革命与建设并重的局面。为此，我们既可以将中华人民共和国成立后的第一个三十年看成是新民主主义革命任务的延续时期，也可以将其看成是改革开放后三十年的前导阶段。

中国建设现代化国家的第二步走,是要走"发展经济、提高人民生活水平"的"以经济建设为中心"的道路。即当我们"站起来"后,还要"富起来"。如前所述,这一步应该说从中华人民共和国成立后就已经开始了,但明确提出将其作为主要任务则是在1978年召开的中国共产党的十一届三中全会上。这次会议是中国社会伟大转折的标志,也是我们进入第二步走的标志。如前所言,在中华人民共和国成立后的头三十年,我国已经开始了社会主义改造和社会主义建设的伟大实践,初步完成了从一个以农业为主的、贫穷落后的旧中国向现代工业化社会主义新中国的转变,并建立起我国工业化社会的基础。但这三十年毕竟是个过渡阶段。一方面,为了维护新生政权的需要,为了清除旧思想、旧文化的需要,革命还是重要的任务之一。另一方面,建设也是重要的任务。按一般逻辑,随着政权的不断巩固和社会主义建设事业的深入发展,我们应该逐渐减少革命的比重而加大建设的比重。但由于当时一些实际情况,只有到了1978年,建设任务才开始凸显。以邓小平同志为核心的党的第二代中央领导集体,提出了"以经济建设为中心"的历史任务,从此中国人民开始自觉地走向了现代化征程的"富起来"阶段。邓小平同志对此有着深刻的洞察,他指出,今后一段时期我们党和国家的主要任务是"以经济建设为中心","发展是硬道理"。也正是在以邓小平同志为核心的党的第二代中央领导集体的带领下,中国社会开始了改革开放、建设四个现代化强国的伟大进程。经过三十多年的改革开放,中国的物质文明和社会发展取得了巨大的进步,由一个贫穷落后的发展中国家,进入了经济社会发展较快国家行列。到了2009年,中国的经济体量和综合国力得到了极大的提升,在世界上的影响力极大增强。可以说,这一步,我们也走得极为精彩。正是这三十多年的努力奋斗,使得中国人民在"站起来"的基础上,开始"富起来"了。

2009年以后,中国成为世界第二大经济体;2012年,党的十八大报告首次正式提出了"全面建成小康社会",标志着第三步走的开始。换言之,以中国共产党第十八次全国代表大会的胜利召开为起点,中国现代化建设"强起来"的伟大历史征程开启了。十九大报告进一步提出了建设富强、民主、文明、和谐、美丽的社会主义现代化强国的奋斗目标。也可以说,"五四"时期提出的科学、民主、强国、富民的理想,只有在今天才真正有了实现的可能。

正是在对中国现代历史发展重新认识的基础上,我们重新阐释了欧美文学中国化进程中的具体流程和经验教训,并对很多问题做出了新的解说。因此,本课题不单单局限在欧美文学乃至外国文学领域,其中还包含着对不同时期中国社会重大政治文化问题的反思,如为什么在"五四"运动前后会出现大规模的欧美文学翻译引进热潮、如何处理好文学反映生活与马克思主义指导的关系等。我们认为,这样做的好处在于,我们可以发现文学现象中所隐含着的很多现代中国社会思想文化发展的本质性的东西。而本课题正是从对中国现代社会发展再认识的角度,对百年来欧美文学中国化问题进行阐释和解说。

第三个创新点在于,本课题抛开了以往同类著作那种偏重于欧美文学的翻译、引进和研究的学术史写作方式,强调欧美文学引进与近现代中国的先进文化的产生、发展和演进的关系、价值和作用。也就是说,在本课题研究中,我们不仅关注学术史的梳理和研究,更关注从欧美文学进入中国并成为中国现代思想文化资源主要组成部分的角度,结合中国革命和建设的实际,来审视外来文化与中国社会发展之间的紧密联系。进一步说,我们撰写的这套著作,侧重从思想史的角度来总结近百年来欧美文学的中国化进程,从而探讨欧美文化与文学与中国现当代社会文化发展之间的互动关系。近年来,国内的外国文学界出版了一系列相关主题的著作。仅近十年,就相继出版了陈众议主编的《当代中国外国文学研究(1949—2009)》(中国社会科学出版社 2011 年出版),申丹、王邦维总主编的 6 卷本《新中国 60 年外国文学研究》(北京大学出版社 2015 年出版),陈建华主编的 12 卷本《中国外国文学研究的学术历程》(重庆出版集团、重庆出版社 2016 年出版)等非常有代表性的学术著作。这些著作,或以年代顺序为经,以不同国别文学作品的翻译和研究为纬,或从体裁类型乃至语言分类为角度,对中华人民共和国成立以来中国学术界对外国文学的翻译和研究做了细致的梳理。应该说,这些大部头著作基本上都属于"学术史"的范畴。我们在汲取这些优秀著作成功写作经验的基础上,力图进行价值取向和研究侧重上的创新。为此,我们制定了偏重于"思想史"和"交流史"的写作原则,即我们要在百年来社会历史发展历程中,以中国社会现代化进程为依据,根据不同历史发展阶段中国现代文化的形成和发展流变,考察总结欧美文学中国化的艰难进程、时代贡献、经验教训乃至今后发展趋势,从而为今后中国文学话语的建设做出我们的努力。为此,本书采用了新的结构方式,即回答问题的方式来写作。我们一共梳理了百年来欧美文学中国化进程中五十多个较为重大的问题,进行了细致的辨析和深度的理论解说。我们不仅想要告诉读者,这百年来发生了什么,出现了哪些重大的事件和文学现象,更重要的是揭示这些事件背后的成因,为什么会做出这样的选择,其中有哪些经验和教训。这就突破了很多同类著作就文学谈文学,就现象谈现象的不足。

既然定位于要从思想史的角度来谈这个问题,因此,我们是把欧美文学中国化作为一个完整、不断发展变化、各种要素合力作用的中国社会文化现象来把握,努力揭示近代以来一大批先进知识分子在其中所起的重大作用。我们认为,既然我们谈的是欧美文学中国化的问题,我们就不能仅仅把欧美文学中国化看作是欧美文学作品在中国的翻译、研究和传播,而应把它看成是与不同历史时期中国社会的阶段性发展、马克思主义在中国的传播及其作为指导思想的确立、文艺界思想文化领域的斗争、无产阶级革命和社会主义建设道路的探索、中国现代文学流派的形成,各个时期的文艺政策和文学社团(组织)以及报纸杂志的创办、教材编写、高校教学等多个领域和多个方面相关联的重要问题。也可以说,这是一个全方位、动态研究欧美文学中国化问题的尝试。之所以这样书写,是因为我们认为,欧美文学中国化是一个动态的过程,是在动态中生成的。这个"动",其实就是中国社会百年来的发展变化,尤其是中国共产党建立以来中国社会的发展变化。另外一方面,既然欧美文学中国化是"合力"作用的结果,那其中必然会有一个起核心或主导作用的力量。我们认为,这个核心的力量要素就是中国近代以来的进步知识分子,尤其是从事欧美文学引进的知识分子,他们以"天下兴亡,匹夫有责"的使命感,为百年来中国社会的观念更新和新文化建设,发挥了重要的作用。在"五四"运动之前,就有一大批忧国忧民的知识分子,通过翻译引进西方的先进思想文化和现代科学技术,在积贫积弱的近代中国社会,追求真理,追求富国强兵之道,通过文化与文学的引进,发出了"中国应该走什么样道路"的历史之问。在马克思主义传入中国,尤其是中国共产党成立之后,又有一大批先进的知识分子,依据不断发展中的国情,逐步将马克思主义与中国的实际相结合,创造性地把外来文化与中国实际相结合,造就了中华民族新的文化辉煌。

本项目成果,在一些具体问题上,也提出了我们自己的新看法和新见解。例如,如何理解"世界文学时代"与"世界文学"关系的问题;如何看待欧美文学进入中国后的"误读"问题;如何看待中华人民共和国成立后知识分子的改造问题;如何评价"文化大革命"前后特定时期出现的"黄(灰)皮书"现象;如何估价历次政治运动对欧美文学"中国化"正反两个方面的影响以及在今天如何构建欧美文学的"中国话语"等问题。在这些问题的阐述中,根据特定历史时期的社会政治文化形势要求,我们坚持具体问题具体分析的原则,坚持历史唯物主义和辩证法原则,做出了新的解说。例如,如何看待中华人民共和国成立后知识分子的改造问题,我们认为,面对建设一个社会主义新制度、新文化的艰巨任务,必须进行全社会的改造旧思想、旧观念和旧文化工作。所以,提出"改造"的问题,是没有错的,也是必需的。知识分子作为新社会的一个阶层,因其掌握知识和文化的特殊性,接受改造是责无旁贷的。所以我们在研究中肯定这些运动的历史价值和实践意义。但同时我们也实事求是地指出了中华人民共和国成立后历次"知识分子改造"运动出现的错误:一是当时社会的每一个人(每一个阶层的人)都需要改造,但在实践中却变成了"只有知识分子需要改造",并把斗争矛头对准了知识分子,发展到后来甚至把知识分子推到了人民群众的对立面;二是把特定时期的"政治改造""立场改造"发展到了绝对化的程度,成为对知识分子改造的唯一任务,从而忽略了对知识分子观念更新、方法创新等学术领域的改造。我们认为,只有这样看问题才更为科学和妥当。再如,"文化大革命"中极"左"思潮的泛滥,给社会主义文化建设事业造成了很大的破坏。但从某种意义上说,恰恰是这场运动给知识分子群体提供了更加深入认识社会复杂性以及深思文学真正价值所在的机缘(尽管其代价是巨大的,损害是严重的)。而"文化大革命"结束后井喷式爆发的欧美文学被引入文坛的现象以及对外国文学理解的加深,又不能不说是和"文化大革命"期间这些知识分子对社会发展和人类命运的深刻反思紧密联系在一起的。

凡此种种,都说明,我们在本课题的研究过程中,力图按照马克思主义的立场、观点和方法进行创新,在外来文化和欧美文学进入中国的背景下,结合欧美文学在"中国化"进程中的经验教训,尝试对一些重大问题和看法进行与时俱进的重新阐释。

四

"百年来欧美文学'中国化'进程研究"的全部成果共包括六卷。其各卷所包括的大体内容如下。

第一卷为"理论卷"。这一卷主要是对欧美文学"中国化"进程中所涉及的理论性与全局性的重要问题,进行集中的理论意义上的解说。比如"我们为什么要研究欧美文学'中国化'的问题?""'中国化'的概念有哪些内涵和特指?""马克思主义'中国化'(指导思想)与欧美文学'中国化'(具体领域)的联系与区别?""欧美文学能够被'中国化'的要素是什么?""百年来欧美文学'中国化'的主要经验与遗憾有哪些?"这一卷可以说是全书的总纲部分。

从第二卷开始,我们基本上按照历史演进的大致进程,对不同历史阶段的欧美文学"中国化"遇到的重大问题,进行解说。

第二卷的时间范围大约从1840年起到1919年前后,这是欧美文化与文学进入中国的初期阶段。这一卷的核心词是"中国应该走什么道路"。换言之,在这一卷中,主要围绕着"中国走什么样的现代化道路"这个历史之问的形成,揭示欧美文学进入中国过程中最初的曲折经历和发展历程,并总结了当时欧美文学翻译和介绍的成败得失。

第三卷所涉及的时间段是从1919年到1949年这一历史时期,这一卷的核心词是"站起来",即围绕着中国人民"站起来"的历史选择,揭示欧美文学在当时所起的作用。本卷着重指出这段时期是中国人民在中国共产党的领导下,为自由解放而艰苦奋斗的时期,也是欧美文学"中国化"进程走向自觉的阶段。其中涉及马克思主义指导思想地位的形成以及毛泽东同志《在延安文艺座谈会上的讲话》的里程碑价值。总的来说,这是欧美文学中国化从自发的追求到自觉探索的形成时期。

第四卷主要反映1949年至1979年前后欧美文学"中国化"的基本情况。这一卷的核心词是"革命"和"建设",即这是我国"革命"和"建设"两大历史任务的叠加阶段。这段时期既是外国文学进入中国最好的时期之一,也是受"左"的思潮干涉影响,欧美文学"中国化"遭遇严重挫折的时期。其中涉及如何看待"文化大革命"前十七年外国文学翻译引进、研究和推广的成就以及"文化大革命"十年中国的外国文学界"沉寂"的状况。这个时期也可以看成欧美文学中国化全面探索并遭受重大挫折的时期。

第五卷是1979年到2015年这一阶段。此卷的核心词是"富起来"和"强起来"。这个时期,"以经济建设为中心""建设社会主义现代化强国"成为我国建设发展的主要任务。此时也是外国文学中国化大发展的时期。也就是说,随着四个现代化建设进程的到来,我国进入社会主义发展的新时期。这个时期也是各种新问题、新情况不断出现的历史发展阶段。这段时期,欧美文学中国化进入健康发展和全面深化的阶段。这一卷主要是对这一时期欧美文学中国化的经验教训进行初步总结。

第六卷是编年索引。这一卷主要把与欧美文学中国化相关的主要事件和成果以年表的形式列出,目的是为百年来欧美文学中国化的进程提供一个大致的历史发展线索,以弥补本套书史学线索的不足,同时也为这个课题今后的研究提供一个资料索引。

总的来说,这六卷本书稿既是一个完整的整体,各卷又相对独立。我们期望,通过这种结构方式,对百年来欧美文学"中国化"的大致进程有个清晰的把握,同时对每个阶段所遇到的重大理论问题做出史论结合的深度解说。

五

"百年来欧美文学'中国化'进程研究"是 2011 年作为国家社会科学基金重大项目立项的。在国家社会科学基金办公室的领导下,在吉林省社科规划办的指导下,尤其是在东北师范大学社会科学处的全力帮助下,我们课题组进行了紧张而周密的研究工作。在项目立项后,课题组于 2012 年 3 月 18 日在北京进行了开题。中国社会科学院荣誉学部委员吴元迈研究员,中国社会科学院外国文学研究所所长陈众议研究员、文学研究所所长陆建德研究员、外国文学研究所韩耀成研究员,北京大学刘意青教授、王一川教授、申丹教授、张冰教授,华东师范大学陈建华教授,北京师范大学刘洪涛教授,南开大学王立新教授等出席了开题报告会。来自南开大学、北京师范大学、大连大学及我校的项目组成员参加了开题报告会。会上,项目主持人刘建军教授就该项目的研究背景、学理构成、编写设想、编写原则、具体分工和工作日程等情况做了全面介绍。专家组肯定了项目组已有的研究基础和总体设计,并对以问题为导向、紧扣标志性事件、抓住主要话语、寻求重大问题给予回答和阐释的研究思路,给予了充分认可。专家们还围绕欧美文学进入中国历程中的若干重大问题进行了充分研讨。2012 年 4 月、2013 年 6 月以及 2014 年 4 月,课题组相继举行了 3 次项目研讨会。会上,课题组成员针对当时研究中遇到的关键问题进行了讨论。大家认为,第一,要抓住"中国现代文学的发展形态在外国文学的影响下,如何创造了一个属于我们自己的新文学"这一立脚点不放松,要明确研究对象是中国化的外国文学而不是原初意义上的外国文学。第二,要紧紧抓住课题的核心思想和基本脉络不放松。课题写作的基本脉络就是要依据近百年来中国人民"站起来""富起来"和"强起来"的伟大复兴历史进程来撰写,要强调中国化的马克思主义的指导作用,要突出欧美文学中国化与中国的新文化、新文学建设之间的联系。第三,要把总结欧美文学中国化的经验教训和建立欧美文学乃至外国文学的"中国话语"紧密结合起来。也就是说,我们总结以往的经验教训,目的是适应今天乃至今后一段时期内中国文化发展和社会进步的需要,要为建设欧美文学的"中国话语"服务。第四,课题组还明确要紧紧抓住以问题为导向的写作体例不放松;要围绕时代的主题、紧扣标志性事件、抓住主要话语,对不同历史条件下的重大问题给予科学的和实事求是的回答;对一些重大的文化事件和外国文学进入中国出现的问题,要放在具体的语境中实事求是地加以科学地辨析。

正是在这些基本写作原则的指导下,2015年和2016年,课题组进入了艰难而又富有成效的写作阶段。其中对"中国化"概念内涵的确立、对马克思主义中国化与欧美文学(即具体领域)中国化关系的辨析,对翻译、研究、评论等问题在欧美文学中国化进程中的价值以及对建设欧美文学的"中国话语"等重大问题,进行了随时的研讨。同样,对一些重要的时间节点、一些重大事件的历史作用以及对一些特定时期(如"文化大革命"期间)欧美文学中国化出现的问题等,都进行了认真而严肃的讨论。可以说,这个课题研究写作的过程,也是我们课题组成员不断学习和提高自己认识水平的过程,更是不断深化对百年来中华民族伟大复兴发展规律的认识过程。

可以说,书稿的写作过程非常艰难,但也充满了研究的乐趣。现在所呈现在大家面前的这六部书稿,几乎都经过了几度成稿又几度被推翻重写的反复过程,其中有些卷写了五六稿之多。尽管如此,有些部分我们还是不太满意,需要在今后更加深化自己的认识。

六

本课题研究过程的参与人员众多。其中除了各卷的主要执笔人员如刘建军(东北师范大学)、袁先来(东北师范大学)、王钢(吉林师范大学)、高红梅(长春师范大学)、周桂君(东北师范大学)、王萍(吉林大学)、刘研(东北师范大学)、刘悦(东北师范大学)、刘一羽(东北师范大学)、邵一平(东北师范大学)、刘春芳(山东工商学院)、郭晓霞(浙江师范大学)、张连桥(江苏师范大学)等人之外,参与研究指导和讨论的人就更多了。首先要感谢中国社会科学院荣誉学部委员吴元迈研究员、中国社会科学院外国文学研究所所长陈众议研究员和前所长黄宝生研究员以及韩耀成研究员,北京大学刘意青教授、申丹教授、张冰教授,浙江大学吴笛教授,华东师范大学陈建华教授,吉林大学刘中树教授,浙江工商大学蒋承勇教授,中国人民大学耿幼壮教授、曾艳兵教授,南开大学王立新教授,华中师范大学聂珍钊教授、苏晖教授,大连大学杨丽娟教授等,在不同的场合所提出的宝贵意见。同时东北师范大学历史文化学院的荣誉教授朱寰先生、文学院的王确教授、高玉秋教授、刘研教授、王春雨教授、张树武教授、徐强副教授、韩晓芹副教授、裴丹莹副教授、王绍辉副教授以及我的博士研究生米睿、魏琳娜等,为本课题的研究提供了自己的智慧。东北师范大学社会科学处的王占仁处长、白冰副处长、关丰富副处长以及宋强同志等,对我们课题的研究工作给予了大力支持和各种帮助。吉林省社科规划办的毕秀梅主任等也时刻关注着项目的进展,并给予了很多工作上的具体指导。可以说,这部书稿是集体智慧聚合的产物。而众多学者的支持和期望,是我们不断前进的动力。在这里,我代表课题组的全体成员,对他们的帮助表示衷心的感谢。

在全部书稿完成后,我们还邀请了东北师范大学文学院和国内其他几所高校的几位从事现代文学研究和教学的专家通读书稿。对他们提出的宝贵意见,我们永远心怀感激之情。

2016年10月,在该项目结项以后,我们又对全部六卷书稿进行了新一轮完善,并结合新的形势要求对其中的一些提法和观点进行了斟酌与修改。

写好一部以思想性见长的学术研究著作,尤其是像这样一部跨度百余年中国近代、现代和当代社会发展演进的历史进程,涉及中国传统文化和外来文化,尤其是不同的欧美国家文学之间在引进过程中的特殊性以及与中国文学之间相互影响和改造的复杂关系的著作,研究者不仅需要具有本学科深厚的学养、专业知识的储备,还要具有开阔的社会历史发展眼光、正确的指导思想以及科学的方法论。从这个意义上来说,很多方面我们都有着很大的不足。因此,在书稿出版之际,忐忑不安可能是每个课题组成员最真实心态的反映。我们期望着专家和读者的批评!

刘建军

2017年7月

目 录

导 论 ··· 1

第一个问题：为什么中国古代文学的思想和文化资源不能解决中国文学现代化的问题？ ·· 1
 一、传统文学所反映的伦理文化传统不能满足现代性启蒙的根本需求 ··· 2
 二、传统文学的功能、文类与表现形式不能够满足现代性启蒙宣传的需要
  ··· 7
 三、传统文学缺乏启蒙宣传所需的人物类型、题材与主题 ············· 11

第二个问题：为什么清末民初会出现欧美文学译介的热潮？ ············ 16
 一、印刷资本主义的兴起与知识分子的近代转型 ······················ 18
 二、政治舆论话语的营造与"舍旧谋新"的译介 ······················ 26
 三、文学公共领域的形成 ·· 29

第三个问题：为什么小说观念的变革与新小说翻译、仿写成为清末民初的显性现象？ ··· 34
 一、伏笔：明代中叶以来小说市场的繁荣 ······························ 34
 二、契机：清末民初小说观念从"开化"到"启蒙"的演进 ········· 37
 三、动力：欧美小说翻译的热潮 ··· 44
 四、内需：道统崩溃时代对现代文明的追慕与想象 ·················· 47

第四个问题：为什么欧美通俗小说率先进入清末民初的文坛？ ········ 51
 一、清末民初小说市场中的文化下移 ··································· 51
 二、传媒市场与市民阶层读者的共生关系 ······························ 54
 三、清末民初对"小说"的通俗化读解 ································· 57

第五个问题：梁启超对当时欧美文学译介有哪些重要推动作用？ …… 64
　　一、论证与规划了清末外国文学中国化的方向 ……………… 65
　　二、建设与发展了清末民初文学的理论 …………………… 67
　　三、梁启超对欧美文学译介的贡献与历史局限 ……………… 70

第六个问题：如何看待林纾及其作品地位的历史逆转？ …………… 75
　　一、林译的历史业绩及其对欧美文学的理解 ………………… 75
　　二、重新审视五四时期林纾的"落伍" ……………………… 84

第七个问题：如何理解清末民初文学译介中的"启蒙"观念？ …… 91
　　一、改造国民性的启蒙基调 ………………………………… 91
　　二、启蒙中的科学与法理 …………………………………… 93
　　三、启蒙中的个体与伦理 …………………………………… 95
　　四、义理与因果的混淆 ……………………………………… 97

第八个问题：清末文学译介是如何展开新民伦理想象的？ ………… 100
　　一、德的秩序与力的秩序 …………………………………… 101
　　二、译介中的伦理结现象 …………………………………… 105
　　三、合乎力本的群治 ………………………………………… 109

第九个问题：清末文学译介和引进出现了哪些问题与不足？ ……… 113
　　一、清末民初"豪杰译"的风气与成因 …………………… 113
　　二、"归化"与再创作意识的得失 ………………………… 118
　　三、工具/审美：小说诗学的进步与局限 ………………… 123

第十个问题：如何看待清末民初文学译介中语言变革与文学革命的关系？
　　…………………………………………………………………… 130
　　一、言文一致问题的提出 …………………………………… 130
　　二、晚清文学翻译与创作语言运用的困境与革新 ………… 133
　　三、语言与文学发展的历史趋势 …………………………… 136

第十一个问题:如何评价周氏兄弟的早期翻译实践? …………… 140
　一、文学性质的理解:从"治化之助"到"学以益智,文以移情" ………… 141
　二、周氏兄弟译介的理路:"托尼学说,魏晋文章" ………………… 146
　三、"改良思想,补助文明":《域外小说集》之后的价值 ………………… 151

第十二个问题:如何评价《新青年》与新文化运动前期译介的业绩? …… 155
　一、《新青年》的文学革命理路 …………………………………… 155
　二、《新青年》翻译业绩与"易卜生号"的出现 …………………… 159
　三、文学革命的实绩:"人的文学"与《欧洲文学史》 ……………… 163
　四、欧美文学中国化进程的初步规范 ……………………………… 168

第十三个问题:清末民初文学译介根本目的聚焦在哪些重大问题上? …… 171
　一、政治小说与立宪主张 …………………………………………… 172
　二、虚无党小说与无政府主义 ……………………………………… 180
　三、新文化运动与写实主义、文体革命 …………………………… 187

第十四个问题:如何重新审视清末民初文学(译介)与启蒙、革命之关系?
　…………………………………………………………………………… 195
　一、法国大革命与中国革命道路的抉择 …………………………… 195
　二、法国的卢梭与清末民初启蒙运动基调的形成 ………………… 200
　三、法国与中国的文学政治问题 …………………………………… 206
　四、解构与建构:启蒙的局限与文学的立场 ……………………… 211

结　语 ………………………………………………………………… 215
参考文献 ……………………………………………………………… 226
本卷外国人名索引 …………………………………………………… 236
本卷中国人名索引 …………………………………………………… 239
本卷后记 ……………………………………………………………… 242

导　论

　　以往的清末民初外国文学译介研究，无论是宏观的历史研究，还是微观的具体翻译家、小说类型等方面，都取得了重要的进展，逐步从单纯翻译规范、文献整理过渡到文学史、文化史视野的研究。这些研究多少都受到了哥伦比亚大学教授王德威的"没有晚清，何来五四"观点的影响。在对不同国家、不同民族、不同语种的文学作品和文学现象进入晚清的历程描述基础上，近期学者已从翻译规范、意识形态、传播接受等不同的理论视角，以文学史家的目光重新审视代表性翻译家的译述主张、译述策略、译述经验和启示；或者从史料的角度，对不同阶段的译介状况作描述，做了重要的归纳、发现了一些独特的现象，并从中引出一些结论性的意见，可以说，对欧美文学进入近代中国的来龙去脉，都进行了卓有成效的梳理和辨析，同时也对其进入中国文坛的规律，进行了有价值的总结。换言之，这些对欧美文学中国化的实践理路，已经描绘得相当详细了。在他人所做的具体工作的基础上，将实践层面的成果提升到理论层面，以便更加清楚地认识百年前中国的欧美文学翻译界对中国近代进程的历史贡献，改变对中国文化语境下"欧美文学"的认识方式，进行总体性的文化影响与文学基础理论创新，是本课题要进行的主要工作。

　　我们认为，欧美文学的中国化进程，肇始于清末民初。从鸦片战争开始到五四新文化运动之前，中国社会处在伟大变革的前夕，是"提出问题"的阶段。这个阶段的持续时间大约是从1840年到1919年前后。我们知道，清道光二十年，即公元1840年，发生了第一次鸦片战争，西方列强敲开了古老封闭的清帝国的大门，中国进入了半殖民地半封建社会。1842年，清政府被迫签订丧权辱国的《南京条约》，这是我国近代半殖民地半封建社会的开端。随着1860年第二次鸦片战争的失败，英法联军以及后加入的俄国逼迫清政府先后屈辱地签订了《天津条约》《北京条约》以及中俄《瑷珲条约》等和约，中国丧失了东北及西北共150多万平方公里的领土。帝国主义的坚船利炮使得中国人固有的"世界中心之国"或"中央之国"的优越感荡然无存。在这种情况下，一个巨大的问号摆在中国人民面前：为什么中国会衰败如此？中国社会走什么样的道路才能重新走向繁荣富强？可以说，这是经过几十年时间所累积形成的一个民族之问。在这段时间内，不同阶级、不同立场、不同处境下的人们做出了各种努力，复古派、洋务派等纷纷提出了各种主张。这些主张的背后，其实都隐含着"中国应该走什么道路"这个历史之问。而到了五四新文化运动前夕，欧美文学作品和政治、哲学、社会学等著作一样，也开始大量涌入中国，并且为中国的历史之问的形成做出了独特的贡献。

有鉴于此，本课题正是围绕着"中国应该走什么道路才能实现伟大的民族复兴"这个历史之问的形成，进行了问题式设计和回答。本卷一共包含着十四个问题。

第一组问题，是要阐明清末民初思想启蒙运动与文学革新之间的互动关系，尤其是注意当时话语体系的生成及文学价值体系的倡导，以及文学译介的驱动因素。具体问题包括为什么中国古代文学的思想和文化资源不能解决中国文学现代化的问题，为什么清末民初会出现欧美文学译介的热潮，为什么小说观念的变革与新小说翻译、仿写成为清末民初的显性现象，为什么欧美通俗小说率先进入清末民初的文坛。我们认为，晚清社会"摄取外国文学"的最初动机并非为了文学自身的革新，而是具有先进意识的士大夫阶层发起政治宣传的结果。他们所译介的政治小说、言情小说、科学小说和侦探小说，立意于下层社会民众的启蒙问题、情感问题、益智问题和人权问题的主题，是对中国社会诸种不足的"想象"弥补，以及满足改良群治、建构本土社会启蒙救国的话语体系的需求，是一种典型的"以西化中"过程。

第二组问题，具体讨论晚清翻译文学理论和实践两方面的代表人物梁启超和林纾，并在此基础上解析晚清文学译介中两个最重要概念："启蒙"与"新民伦理"。梁启超不仅详细论证和规划了当时译介的方向，更是较早地系统译介西方启蒙思想的学者，其文界革命、小说界革命建立在对文学的社会功用的认识上，许小说以"文学之最上乘"的地位，在晚清知识界为新小说翻译和创作的迅速发展作了理论准备。林译小说在开启民智、救亡图存的目的框架下，通过对原著的主动增删改写与修辞重构，使其符合新旧文化交替时期作者自身的伦理认知水平，目的是不过于忤逆本地化的意识形态，又能够传达西方的人文主义精神，使得传统汉语文化与西方思想文化内涵得以成功结合。通过考察晚清文学译介中"启蒙"的义理思路可以发现，救亡图存的历史需求注定"启蒙"在西方可以是历时数百年的思想演进现象，而在晚清，只能变成一场由弃绝传统仕途的知识分子根据自身对欧美模糊的经验和理解发起的"运动"。将政治小说、言情小说、科学小说和侦探小说等通俗文学译介纳入开启民智的维新命题,实际上是在感性领域配合改造国民性这一时代基调。然而,晚清文学译介并没有清晰的哲学义理层面的思辨和反思,更是过于以改造社会为先声,这必然会导致晚清文学思想资源的引入难以留下宝贵的历史遗产。译介者挟裹舆论与印刷的空间以建构现代公共领域,其中形成了晚清独特的充分利用外国文学与文化译介以塑造新民伦理风貌的现象。受特定历史语境的影响,时人对外国文学和文化的"误读"形成复杂的伦理转换空间,尤其是对进化论"力"的秩序的错位性接受,在逻辑上与儒家"礼"的德性伦理之间构成疏离甚至激烈对抗,并产生了以强者为导向的译介观念以及国民人格想象。另一方面,又因在情感上与传统伦理难以割舍的联系,在这一时期又必然形成传统人格与新民伦理并置与交错的"伦理结"。在促进思想界试图运用现代理性对传统伦理价值体系进行反思的同时,去价值、去伦理的力的秩序,在民国初期也产生了特定的政治后果。

第三组问题,涉及如何分析和评价晚清文学译介的业绩与市场机制问题。主要涉及语言变革与文学革命的关系,考察为什么删改节略、改译转译、译作杂糅风气能在晚清达成默契;清末民初的译介和引进出现了哪些问题与不足以及原因是什么。晚清文学译述既要综合权衡本土的道德规范、叙事策略、阅读习惯,把外国文学纳入汉语文学的表现体系与阅读传统中,又要满足"教化"和"群治"新民的思想性需求,通过半译半述或序跋借题发挥阐述政治主张,所以其必然着重于文化干预、思想启蒙方面,而不是文学性和技术规范方面,或文学的普遍价值方面。从宏观上看,广告、异国情调、聪明的包装成为外国小说翻译商业化的常用伎俩,如果将翻译研究的焦点从产品(即译作)拓展到产品、人(即生产者和消费者)、机构和翻译市场之间的相互依赖和交换关系,主张翻译是一种进口、操纵和转换文化货品和款式的实践,那么可以把晚清文学翻译视为一个复杂的文化生产领域。翻译文化资本的运作,大体上包含翻译动机(赞助人或译者的动机)、具体实施(文本选择与翻译策略)和结果(译本所获得的利润)等阶段,也包括读者需求、赞助人、原语和译语的文化与语言的声望等语境干涉。

第四组问题,考察1909—1919年间翻译的转型,重点涉及周氏兄弟与《新青年》杂志翻译的业绩,回顾清末民初文学译介所聚焦的几个重大问题,以及整体总结清末民初文学与启蒙、革命之间的互动与得失。晚清外国文学在中国化进程中,拓宽了国人对文学本质尤其是小说本质的认识,却又具有明显的新旧交替时期的特征。一方面其通过"不能非不为也"或"不为非不能也"翻译与阐释的"创造性的误解",满足"群治"教化与文化干预的目的,带来了近代思想资源的普及,另一方面随着政治热情的消退,文学翻译必然要回归自身,从政治化模式向艺术化模式的过渡。鲁迅与周作人《域外小说集》悄然宣告了严肃而忠实的外国文学的硬译方式,该翻译的重要性还在于将翻译作为一种体现"他国被压迫人民的不公和苦难的方式",开始关注西方殖民主义和经济不平等之下全人类的苦痛,其现实主义的改良社会责任感是一种政治意识的转向。翻译由归化向异化的转变,实际上不仅意味着新旧文化资源在参与文化资本转换竞争时,传统文化资源交换价值的没落,也意味着晚清人与未来"五四人"文化本位的转换。而从更为广泛的视野来看,从器物(科学技术)到制度(君主立宪与民主共和),再到国民性改造的文化心理层面的认知历程,反映了中国的知识分子力图对自己所处的现实环境中的政治混乱有所了解,也使得他们开始认识到中国精神传统与现代性的对立。国家政治改革方面的缓慢,引发知识分子在媒体公共领域空间对所面临的政治环境进行批判。清末民初二十多年的译介特点在于,它反映了对社会政治现实的强烈感受,这种急欲改革中国社会的热忱,使得文学革命俨然与社会伦理道德之革命、民主政体之政治革命,有了共同的理想与目的。外国文学的译介以及中国文学的创作,不是来自精神上或审美上的考虑,而是来自对中国政治、文化状况的思考。这种改造社会的热忱必然变为爱国的载道思想,认为文学在这方面是比科学和政治更有效的武器,对文学审美特质,或者是人类的普遍问题并不是很重视。

  限于篇幅,本书着重考察清末民初欧美文学译介之中国化进程,需要就研究范围做出几点说明。第一,在时间范围上,对于19世纪下半叶、20世纪初的短短几十年,无论是使用"近代",还是使用"晚清""清末",都是为了界定一个思想讨论的核心范围,而不仅仅限于时间上的跨度。本卷讨论的背景是1840年到1919年,主要基于晚清翻译小说完成了一个完整的肇始、发生、转变的进程,为即将到来的五四新文化运动做准备。西方文学的翻译,并不以1840年鸦片战争西学输入为契机,而是以1895年甲午战争引发的"公车上书"为肇始,此后作为文学运动的"诗界革命""文界革命""小说界革命"接连被提倡,以及作为这一运动实绩的"新小说"翻译和创作得以繁荣,标志着晚清最后十余年是近代纷繁杂陈、继往开来、衔接古今的重要年段。若要探讨中国具有近代性特征的小说与古代传统小说的联系与区别、外国小说对中国小说的影响以及中国小说的演变机制,都很难绕开这一阶段。

  第二,在作品翻译的具体情况分析中(译文学),重点考察译介动机、策略和效果(译介学)。自 1897 年严复和夏曾佑发表《本馆附印说部缘起》开始,晚清外来文学译介进入第一个繁荣时期,"兴废系乎时序,文变染乎世情",对外国文学的介绍、对小说社会价值的强调,以及对别具特色的"新小说"的呼唤,正是随缘附势、因时应世而变的适例。在这一改革思想大潮中,"诗界革命"和"文界革命"继之以"小说界革命","从晚清文学革命及其掌舵者的思想脉络的内在连续与断裂来看,充满了戏剧性反讽,其中冲突的激烈程度,恰恰是外在冲突的影像的投射。……所谓藉小说而达到'群治',出色表现了梁氏的政治及艺术想象,由此传达出噩梦似的预言:当小说戴上文学冠冕时,文本外的政治现实里,却活跃着酝酿暴力的群众运动,正移向历史舞台的中心"①。恰恰是充满政治想象与历史多方面局限的原因,使得当时外国文学的译介充满了"豪杰译"等"不忠实"的现象,这与当时译者的选择、译者的能力、当时接受文化语境等等密切相关,"在较新的理论里,翻译被认为是政治性十分强烈的活动。透过翻译所引入的新思想,既能够破坏以致颠覆接受文化中现行的权力架构及意识形态,又能协助在接受文化中建立新的社会秩序及架构,在政治、社会、文化等方面造成重大的冲击"②。

第三,在研究层面上,注重宏观与微观相结合的研究。文学艺术的创作和翻译,作为一种重要的文化形式,具有及时反映社会文化的功能,文学叙述和形象塑造既要以具体的生活形态再现出来,也能够在这种再现过程中揭示出各种社会文化矛盾的内在规律。晚清社会的意识形态必然通过各种表征符号渗透到社会生活中的各种思想、意识和观念中,对文学创作和文学翻译产生着或隐或显的深刻影响。晚清的文学翻译和阐释行为方式强烈渗透着当时社会意识形态的影响,同时反过来反作用于意识形态的结构及其发展。因此,研究外国文学在现代民族文化认同和民族国家建立中的作用,也有利于拓展外国文学传统研究新领域。

---

① 陈建华:《从革命到共和——清末至民国时期文学、电影与文化的转型》,桂林:广西师范大学出版社,2009,第 68 页。
② 王宏志编:《导言:教育与休闲——近代翻译小说略论》,《翻译与创作——中国近代翻译小说论》,北京:北京大学出版社,2000,第 1 页。

第一个问题：

为什么中国古代文学的思想和文化资源不能解决中国文学现代化的问题？

中国近现代文学观念的变革是建立在民族危机感日益强烈的基础之上的，自1840年以来列强发动的两次鸦片战争、甲午战争、日俄战争等给中华民族带来深重灾难。列强为什么要发动战争？1848年，马克思和恩格斯在《共产党宣言》中说得很清楚，资产阶级"把一切民族甚至最野蛮的民族都卷到文明中来了。它的商品的低廉价格，是它用来摧毁一切万里长城、征服野蛮人最顽强的仇外心理的重炮。它迫使一切民族——如果它们不想灭亡的话——采用资产阶级的生产方式；它迫使它们在自己那里推行所谓文明，即变成资产者。一句话，它按照自己的面貌为自己创造出一个世界"。由于世界上各落后的民族被强行纳入资本主义经济体系，在文学上"民族的片面性和局限性日益成为不可能，于是由许多种民族的和地方的文学形成了一种世界的文学"①。

当时西方列强带给中国的除了炮舰的威胁之外，很少有什么真正先进的东西。1792年来到中国后返回的马戛尔尼在他的《纪实》里写道："中华帝国是一个神权专制的帝国……他翻来覆去只是一座雄伟的废墟。""各国的冒险家都将来到中国，企图利用中国人的衰败来建立自己的威望……英国靠着它的创业精神已成为世界上航海、贸易与政治的第一强国；从这样的急剧变革中，它将获得最大的利益，并将加强它的霸主地位。"②所以说，驱使殖民者到中国来的动机，首先是追求经济的利益与政治的特权，而不是善意和友好的思想文化交流。1858年，马克思还预言了在弱肉强食的"丛林法则"中晚清帝国的命运，"一个

---

① 《马克思恩格斯文集》第二卷，北京：人民出版社，2009，第35—36页。"文学"一词在这里泛指科学、艺术、哲学与政治等方面的著作。——原编者注
② 阿兰•佩雷菲特：《停滞的帝国——两个世界的撞击》，王国卿等译，北京：生活•读书•新知三联书店，1995，第532—533页。

人口几乎占人类三分之一的大帝国,不顾时势,安于现状,人为地隔绝于世并因此竭力以天朝尽善尽美的幻想自欺。这样一个帝国注定最后要在一场殊死的决斗中被打垮;在这场决斗中,陈腐世界的代表是激于道义,而最现代的社会的代表却是为了获得贱买贵卖的特权——这真是任何诗人想也不敢想的一种奇异的对联式悲歌"①。马克思既洞察到了野蛮资本主义全球扩张的罪恶,也预见到晚清帝国在西方势力倾覆之下,无力摆脱自身困境的古老文化的悲剧。

而此时的中国则处在半殖民地半封建的境况之下,面对帝国主义的坚船利舰,加之内部的各种矛盾逐渐激化,一个朦胧的问号摆在了当时的国人面前:泱泱大帝国为什么会衰败至此?中国应该走什么样的道路才能走向复兴?在这种情况下,人们深感文化的振兴才能带来民族的振兴。我们的文化难以适应社会的需求和发展,不仅我们以往所尊奉的家国观念、社会理想、道德法规等无法适应新的现实的发展要求,从文学自身而言,也是如此。

一、传统文学所反映的伦理文化传统不能满足现代性启蒙的根本需求

中国古代的文化和文学系统依赖于数千年来较为稳定的政治经济结构和封闭的人文环境,文学的本质、社会属性、理论概念、形式体制、传播模式等要素,按照自己的轨道和思维惯性演变,很少受到大的外来影响。但在民族危机和社会危机的语境中,它们已经无法适应时代发展的需求了。我们知道,传统文学所反映的思想文化核心是天(道、自然)—伦理—人三位一体,到了封建社会后期已经成为中国文化发展与变革的桎梏。"天"在中国古代文化中有多种含义,按照冯友兰的概括,"天有五义,曰物质之天,即与地相对之天。曰主宰之天,即所谓皇天上帝,有人格的天、帝。曰运命之天,乃指人生中吾人所无奈何者……曰自然之天,乃指自然之运行……曰义理之天,乃谓宇宙之最高原理……"②大体而言就是自然、神灵、命运和伦理,严格意义上讲,对"物质之天"与"自然之天"的思考并不占据思想体系核心之地位。所谓天人合一的实质是人际关系与(俗世)伦理道德之关系,表面上是人与天的自然顺应,强调唯天惠民、圣人天德,实质上是血缘维系的宗法关系的反映,反过来又用来维护社会的

---

① 马克思:《鸦片贸易史》,《马克思恩格斯文集》第二卷,北京:人民出版社,2009,第632页。
② 冯友兰:《中国哲学史》上册,上海:华东师范大学出版社,2005,第35页。

秩序，实行道德教化、服务于政治统治。就中国传统文化功用的本质而言，这是一个内部圆融的封闭的文化体系。也就是说，它在一个封闭的社会结构内，对维持其内部的平衡是有效的，能够起到较好的调适作用。这也是为什么在两千多年的封建时代里，中国的社会制度和文化制度基本上是稳固的原因。但当传统的社会结构被打破，尤其是欧美资本主义发展起来，世界各国之间的关系变得越来越紧密，冲突也越来越强烈的情况下，中国文化的这种内倾型特点的弊端就开始显现出来了。所以在西学东渐的背景下，以人伦信仰为核心的思想体系受到了冲击。

对欧美这种新的现代文化的不适应，使得一些清末的士大夫们开始了探索。最初，这些士大夫们根本没有看到这是两种完全不同性质的文化冲突——不仅是西方的和中国的两种不同类型的文化冲突，更是传统的与现代的两种文化冲突。因此，还想以"固本纳新"的所谓"文化改良"，来应对中国社会急剧衰落的现实。例如，最早的士大夫阶层的有识之士醒悟本民族文化对"物质之天"与"自然之天"认识之不足，故"师夷智以造炮制船""中学为体、西学为用"的洋务运动应时而起；虽然对西方有选择的学习主要是向列强学"船坚炮利"之术，但主要思想上仍"以中国之伦常名教为原本，辅以诸国富强之术"①，还不涉及伦理思想上的根本变革。洋务派对于西方诸种思想体系并不了解，只是迫于形势将西学理解为自然之学、物质之学，以中学统驭西学，把"中学为体，西学为用"奉为富国强兵的国策。如梁启超在《戊戌政变记》的"上谕恭跋"所言，甲午以前士大夫以为西人之长不过在船坚炮利，机器精奇，故学之者亦不过炮械船舰而已。所以，在1894年之前，对外来文化的引进与翻译，集中于科学技术与外国"政事之书"，天文、舆地、光化、电汽诸学、矿务、商务、农学、军制，以及政治、法律、教育、哲学等社会科学方面的书籍。

随着危机的加剧，尤其是1894年中日甲午战争的失败，中国社会朝野上下引发的震动比起鸦片战争要大得多。梁启超说："吾国四千余年大梦之唤醒，实自甲午战败割台湾偿二百兆以后始也。"康有为也说"非经甲午之役，割台偿款，创巨痛深，未有肯翻然而改者"②。出使英、法、意比四国的公使参赞宋育仁已经认识到西学的用意"尤在破中国守先之言，为以彼教易名教之助"，由西方自然观出发，"天为无物，地与五星，同为地球，俱由吸力相引，则天尊地卑之说为诬，肇造天地之主可信。……上祀诬而无理，六经皆虚言，圣人为妄作……人伦

---

① 冯桂芬：《采西学议》，《校邠庐抗议》，上海：上海书店出版社，2002，第57页。
② 康有为：《京师保国会第一集演说》，《康有为政论集》，北京：中华书局，1981，第238页。

无处立根"①。至少在当时的有识之士看来,中学与西学之间存在着巨大的鸿沟,政治局势的危急以及严复"物竞天择、适者生存""择种留良"进化论的宣扬,更是引发了对传统思想文化基础的质疑。梁启超、谭嗣同、康有为等维新派,与孙中山、章太炎等革命派的首领,以及严复等启蒙主义者,借此活跃于政治与思想界,这些第二代思想家大都中西皆通,对西学的了解比前代更为广泛,认识到体与用的冲突,必然谋求制度的变革。故而到了1923年,梁启超应《申报》之邀,撰写了《五十年中国进化概论》,已经把清末民初这一思想变革的历程描述的比较清楚:

> 近五十年来,中国人渐渐知道自己的不足了。……第一期,先从器物上感觉不足……于是福建船政学堂、上海制造局等渐次设立起来。第二期,是从制度上感觉不足。自从和日本打了一个败仗(中日甲午战争——引者)下来,国内有心人,真象睡梦中着了一个霹雳。因想道堂堂中国为什么衰败到这田地,都为的是政制不良,所以拿"变法维新"做一面大旗,在社会上开始运动,那急先锋就是康有为、梁启超一班人……第三期,便是从文化根本上感觉不足。……这二十年间,都是觉得我们政治、法律等等,远不如人,恨不得把人家的组织形式,一件件搬进来,以为但能够这样,万事都有办法了。革命成功将近十年,所希望的件件都落空,渐渐有点废然思返。觉得社会文化是整套的,要拿旧心理运用新制度,决然不可能,渐渐要求全人格的觉悟。②

杨昌济也认为:"个人必有主义,国家必有时代精神。哲学者,社会进化之原动力也。一时代有一时代之哲学思想,欲改造现在之时代为较进步之时代,必先改造其哲学思想。……欲唤起国民之自觉,不得不有待于哲学之昌明。"③而陈独秀则认为:"自西洋文明输入吾国,最初促使吾人之觉悟者为学术,相形见绌,举国所知矣;其次为政治,年来政象所证明,已有不克守缺抱残之势。继今以往,国人所怀疑莫觉者,当为伦理问题。……伦理的觉悟,为吾人最后觉悟之最后觉悟。"④

伦理体系的逐渐觉悟,也必然涉及对文学性质的重新理解和定位。在当时

---

① 宋育仁编:《泰西各国采风记》,长沙:岳麓书社,2016,第86页。
② 梁启超:《五十年中国进化概论》(1922),《梁启超全集》,北京:北京出版社,1999,第4030页。
③ 杨昌济:《杨昌济文集》,长沙:湖南教育出版社,1983,第200页。
④ 陈独秀:《吾人最后之觉悟》,《青年杂志》1916年2月15日第一卷第六号,见《陈独秀著作选》第1卷,第108—109页。

的思想启蒙者和外国文学译介者看来,传统文学"志"与"情"的具体诉求,适应不了新的历史形势需要。中国传统的古代文学拥有两千多年的历史,包括了宇宙、自然、社会、历史以及文学的基本解释。按照今天的学术眼光来看,简明扼要地概括数千年的理论体系是十分危险的,但是儒家的"诗言志""诗缘情"显然是一个相当有代表性的议题。在中国古代传统对文学的本质认识上,"道"是文学的本原,"文"是"道"的外化。儒家学说的核心作为一种人学思想,重视和强调文学的道德教化功能和政治实用目的。虽然说"在心为志,发言为诗",但逐渐演变到"思无邪""温柔敦厚""发乎情,止乎礼义",再到汉代《毛诗序》"经夫妇,成孝敬,厚人伦,美教化,移风俗"的功能信条,使"无邪"的原则更加具体明确,与唐宋古文运动的"文以明道""文以载道"遥相呼应,也进一步与对外表现为政治统治、对内表现为伦理道德体系维护联系起来。既然"道"主要指儒家基于血缘的宗法关系而强调人伦尊卑和等级观念的"仁义道德",那么文学不仅是人伦之道的传达,还是"经国之大业,不朽之盛事"。当然,在中国传统文学中始终有另一股暗流,就是《文赋》所云"诗缘情而绮靡",或《沧浪诗话》曰"诗者,吟咏情性也"。

从文学观念的理路上看,伴随帝国列强坚船利炮而来的,是令国人全然陌生的现代性话语的迅猛冲击,脱胎于士大夫阶层的梁启超掀起声势颇大的小说界革命,"志"或者"道"所依存的文学系统必然成为质疑和变革的对象,一时间文坛受到了"以叫嚣为气盛,以粗豪为雄骏,以新词为奥衍,以俚语为雅饬"①的新风尚的冲击,传统尚古守成、中规中矩的文学观念,迅速转变为一种舍旧谋新、主我、主情的文学风尚。就"志"与文的关系而言,虽然小说界革命或外国文学的译介使命将对文学的功能、目标的认识局限在政治与伦理的教化和实用上,但其内容和指向不再是维护正统,而是为了"新一国之民",达到"救国"的目的。就"情"与文的关系而言,作为暗流的"情"反而有了更广泛的滥觞与宣扬,逐渐接受了欧洲文艺复兴以来的现代性文学思潮,强调对人的生活、情感本身的认识,而不是对先在于个人的社会伦理观念、文化习俗的强调。杰姆逊言,"在传统观念中,特别在中世纪时代,甚至古希腊和古罗马文化中(我想中国文化的某一阶段一定也是这样的),故事一般都认为包含的是道德方面的说教",而在现代小说中,"叙述某个人的生活、个人的经历是有价值的,也就是小说削弱了故事中寓言的成分,故事并不一定要表达什么思想或道德内容。……其自

---

① 汪辟疆:"与林琴南书",《清末五小说家》,《光宣以来诗坛旁记》,沈阳:辽宁教育出版社,1998,第47页。

身便有真实感,有充实的内容"①,这种所谓充实的内容和真实的情感,就是鲁迅在《摩罗诗力说》中所指出的,文学不是"究理",而是"直语其事实","人生诚理,直笼其辞句中,使闻其声者,灵府朗然,与人生即会"②,在清末民初具体表现为以言情小说为主的感性解放思潮。王国维也认为,"美术之务,在描写人生之痛苦与其解脱之道,而使吾侪冯生之徒,于此桎梏之世界中,离此生活之欲之争斗,而得其暂时之平和"③,瓦解了"天理和人欲之间的对立,从而完成了对人的自然情欲的去罪化"④,为五四时期力图摆脱传统伦理束缚的"人的文学"时代的到来奠定了基础。

传统文学所反映的理想人格期许,也承担不了启蒙革命的历史任务。对传统伦理体系觉悟和反省,带来了一个重要的变化就是"人的生存态度、精神气质由'静'向'动'的转变。《天演论》对此影响巨大,严复所倡导的竞争留良说将以主静、谦让、恭顺为美德的礼乐文化引向以竞争为至道的亢奋、激昂状态"⑤。古典文化传统也有理想的人格期许,例如庄周天地精神互通的情怀,屈原香草美人的自许,陶渊明"不为五斗米折腰"的清高,魏晋文士的深沉忧生叹世,李白"天生我才必有用""天子呼来不上船"的狂狷,杜甫"安得广厦千万间"的疾苦关切,多是在"道"与"势"的抗争中遗世独立,率性而行,在自己的作品中抒发自己人生、社会与自然的体悟和情趣。然而如青年时期的鲁迅所说,长期以来残酷的封建统治,使得中国古代难有"争天拒俗"的斗士,即便有屈原的放言无惮,却并无"反抗挑战"之声,"无邪"与"发乎情,止乎礼义"成了无形的束缚,"或心应虫鸟,情感林泉,发为韵语,亦多拘于无形之囹圄,不能舒两间之真美;否则悲慨世事,感怀前贤,可有可无之作,聊行于世"⑥。

儒家的修身内省传统被弃置,对作品中人物的道德伦理的评价和期许,由关注人的内在品德气质是否希圣、希贤,转向外在竞争和外向性扩展,以及是否能够拯救或激励民众救国于水深火热之中的信念与功利主义标准上。耿传明

---

① 弗·杰姆逊:《后现代主义与文化理论——杰姆逊教授讲演录》,唐小兵译,西安:陕西师范大学出版社,1987,第103页。
② 鲁迅:《摩罗诗力说》,《鲁迅全集》第1卷,北京:人民文学出版社,2005,第74页。
③ 王国维:《红楼梦评论》,《王国维文集》,北京:线装书局,2009,第94页。王国维进而举例说明歌德《浮士德》"以其描写博士法斯德(即浮士德)之苦痛,及其解脱之途径,最为精切故也"。
④ 耿传明:《天人关系与中国文学的现代转变》,《中国社会科学》,2013年第11期。
⑤ 同上。
⑥ 鲁迅:《摩罗诗力说》,《鲁迅全集》第1卷,北京:人民文学出版社,2005,第70—71页。当然我们不能说近代进步知识分子的思想解放、自由、独立的精神追求,在血缘上就没有"士"文化的遗传因子,主要是所处的历史语境与历史使命不同。

指出,"现代性还表现为将人改造社会的行动神圣化的趋势,现代文学中的英雄主义气质即由此而来",例如以译介虚无党小说而闻名的陈景韩,在《侠客谈·刀余生传》中宣扬"世界至今日,竞争愈激烈,淘汰亦愈甚,外来之种族,力量强我数十倍。听其天然之淘汰,势必不尽灭不止……与其听天演之淘汰,不如用我人力之淘汰"①。国人从翻译过来的外国文学中读出的冒险、进取与争取独立之意识成了新的人格追求,"读是书者,须知是书之旨趣何在,灵魂何存。曰:有独立之性质,有冒险之精神,而又有自治之能力是也……吸彼欧、美之灵魂,淬我国民之心志,则陈琳之檄,杜老之诗,读之有不病魔退舍,睡狮勃醒者乎!其弱其强,其存其亡,不在彼墨守之故旧,而在我可爱之青年。愿我国自命为将来之主人翁者,起舞迎之,熏香读之"②。清末民初对外国文学作品中像茶花女、福尔摩斯与鲁滨逊等"新人"解读的热衷,可被视为对过去君子德性形象的颠覆与超越。

二、传统文学的功能、文类与表现形式不能够满足
现代性启蒙宣传的需要

现代印刷技术为文化知识的产生与普及贡献了巨大的推动力量,梁启超等士大夫阶层或是通过兴办报纸、期刊,或以出版社出版单行本形式来传播新思想、新知识,推动社会和政治变革。从经济效益的角度讲,报纸杂志与书籍的出版面向市场,也需要市场(市民读者群),在市场经济的作用下具有明显的流通性、交换性特征,不仅有利于强化文学与市场的关系,也有利于催生能够依靠市场经济来生存的现代知识分子、作家群体——这两个方面的关系强化了文学的主导者(作者、宣传者、翻译者等)与受众之间影响被影响、接受被接受的双向互动关系。很大程度上讲,时局的危机与市场经济的契机因素,促进了进步知识分子试图以"文的觉醒"来促进"人的觉醒"。所谓"文的觉醒",意味着传统文学在现代性启蒙宣传、市场经济的双重需求下,对文学自身的价值与功能,文类的秩序,题材与表现形式都需要做出新的调整。

正因为传统文学所反映的伦理文化传统不能满足现代性启蒙的根本需求,

---

① 冷血:《侠客谈》,《新新小说》1904年第一年第一号。
② 白葭:《〈十五小豪杰〉序》,《新民丛报》1902年6月。舒芜等编选:《近代文论选》上册,北京:人民文学出版社,1959,第238页。

也决定了传统文学对自身的价值与功能的定位上也要相应地做出调整,既要强调文学外在特性——借助现代媒介宣传政治与启蒙的功能,也要看到文学应有、固有的人性的和审美的魅力,两个方面都决定了近现代中国文学观念和体系的更替规律。我们当然承认传统文学有着巨大的感染力量,但是清末民初存在着救国图存、启蒙大众觉悟的特殊历史需求,故此梁启超的《论小说与群治之关系》提出"小说有不可思议之力支配人道",认为小说有"熏、浸、刺、提"四种了不起的力量,可以起到"改良群治""新民"的作用,这绝不只是孔子"兴、观、群、怨"之说的翻版,或一时情感的渲染,而是试图加强文学与革命的互动,从"文学革命"到"革命文学",是要让文学成为撼动死水微澜局面的力量。从文学自身审美性质上讲,古代传统文学奉先秦的文言为典范,虽然建立了严格而又悠久的文学传统,但是对于充分地、自由地表现人的真实情感和对现实的深刻洞察,限制颇多,所以谭嗣同和夏曾佑提倡"诗界革命"、黄遵宪提出"崇白话而废文言",裘廷梁等提出"白话文为维新之本""开民智莫如改革文言",梁启超倡导"新民"说、推行"新文体",呼吁"小说界革命",周氏兄弟弃用先秦古文翻译《域外小说集》而用白话翻译和创作,新文化运动干将更为切实地以白话代替文言来进行翻译与创作,这些都是通过一种更为自觉的语言与文学意识来改变国民的"人性",也促使文学接近文学的审美本原。鲁迅早在 1907 年《摩罗诗力说》一文中就强调过文学"不用之用"的特点,他从文艺复兴时期意大利诗人"但丁之声"出发,指出文学之"职与用","在使观听之人,为之兴感怡悦",在审美愉悦中触发人的"理想",护持人的"精魂",而无关乎"实利"和"究理",此前王国维也有类似的观点。

  在文类的秩序上,受封建社会发展阶段和传统文化思想的影响所形成的文类秩序也需要适应时代的需求做出调整。第一,受儒家"道统"思想影响,中国的文学以崇实的诗文为上,小说与戏剧为末流,所以像历史、杂文、碑铭、书信等具有较强应用色彩的文章具有重要地位,而小说和戏剧等虚构文类一直受到正统的鄙视。班固云,"小说家者流,盖出于稗官。街谈巷语,道听途说者之所造也。孔子曰:'虽小道,必有可观者焉。致远恐泥,是以君子弗为也。'然亦弗灭也。闾里小知者之所及,亦使缀而不忘。如或一言可采,此亦刍荛狂夫之议也"①。实际上欧洲文学的不同发展阶段对文类秩序也有不同的理解,古希腊罗马以表现神和英雄人物的史诗和悲剧为上的传统一直延续到 18 世纪。受时

---

① 班固:《汉书》,赵一生点校,杭州:浙江古籍出版社,2002,第 594 页。

局因素和外国文学译介等影响,清末民初的文学概念也进一步明确,使得小说和戏剧等虚构叙事观念与历史、论述、应用文等文字表述相分离,但是这种分离一开始并不是在西方文学学科体系影响下的自觉意识,而是清末民初以来进步知识分子看重小说与戏剧的独特感染力,将其审美的功用与革命和启蒙思想的宣传紧密联系起来的,所以这种分离的过程并不是一蹴而就的。第二,与西方现代性兴起的情形类似,从文类角度来说,不同于传统文学的一个突出现象就是巴赫金所说的"文学小说化"趋势,因为小说特别适合表现人生的历程、人的内在自我成长过程,其开放性表现为"不断改变自身已形成的一切形式"①。黑格尔将小说称为"近代市民阶级的精神史诗",其实就是强调在世俗化的时代,小说适合表现普通人生活。卢卡奇则认为,现代性的最大问题是"总体文化"的失落,小说主人公的追求是对已经失去的史诗意义的追求:"小说是上帝所遗弃的世界的史诗;小说英雄的心理状态是魔力;小说的客观性是男性成熟的洞见,即意义绝不会完全充满现实,但是,这种现实没有意义就将瓦解成无本质的虚无;所有这一切说明的都是同一件事情。"②这些论述都指出了现代小说这种文体产生的基本前提是,传统的总体性伦理——在西方是基督教传统,在中国是儒家传统——瓦解失效后,需要通过强化人自身的情感或勇气去探索和解决现实问题。在小说的具体类型上,清末民初富有时代色彩的言情小说、侦探小说、政治小说、科学小说和教育小说的流行,福尔摩斯、茶花女和鲁滨逊三个人物受到的热烈关注,都说明小说作为现代的寓言,是以足够长的复杂篇幅、诗性的思考来解决现代性的困境问题。杜书瀛先生在《中国 20 世纪文艺学学术史》的"序论"之中说过:

> 由"诗文评"向现代文艺学的转换是中国近一二百年来整个社会由"传统"的农业经济社会向"现代"的工业经济社会转换过程的一部分,是整个中国政治、经济、文化、思想现代化过程的一个有机组成因素。当古典文论中大力宣扬"文以载道",大谈"义理""考据""词章""经济"的关系等等时,它从哲学基础、价值取向、思维方式、治学方法……到命题、范畴、概念、术语……以及它所使用的一整套语码,都属于中国"传统"的农业经济社会精神文化范畴,是"古典"思想的一个组成因子。但是,到了梁启超谈"欲新民必先新小说",王国维谈《红楼梦》的悲剧意义时,文论就开始跨进新时代的

---

① 巴赫金:《小说理论》,钱中文主编:《巴赫金全集》第三卷,白春仁、晓河译,石家庄:河北教育出版社,1998,第 544 页。

② 卢卡奇:《小说理论》,燕宏远、李怀涛译,北京:商务印书馆,2018,第 79 页。

门槛了,它们逐渐变成了现代精神文化的因子了。到了后来的胡适、陈独秀、鲁迅、周作人,再后来的朱光潜、周扬、蔡仪、胡风等等,虽然理论倾向可能不同,但都是"现代"的了,他们的理论思想和做学问的学术范型,是现代精神文化的因子了①。

第三,梁启超视"小说为文学之最上乘",实际上是假以西方文学的社会声望为蓝本。这些观念往往有明显夸大其词之性质,如在《译印政治小说序》中声称"在昔欧洲各国变革之始……仁人志士……胸中所怀,政治之议论,一寄之于小说。……往往每一书出,而全国之议论为之一变",不过,在18世纪的启蒙时期,无论是法国伏尔泰的哲理小说,还是英国的写实小说的确都深入地关心和探讨了社会现实的复杂现象,表现新兴阶层的思想情感与渴望。清末民初的进步知识分子,对西方重视民众启蒙与舆论宣传之关系,尤其是革命思想与文学影响之关系认识基本是正确的,梁启超曾言"近世泰西各国之文明日进月迈,观以往数千年,殆如别辟一新天地,这是法国大革命的结果;而法国大革命产生于对中世纪神权专制政体之反动力,这种反动力又唤起于新学、新艺之勃兴"。中外启蒙宣传者对小说如此重视,主要看中的就是小说叙事"以其浅而易解故,以其乐而多趣故","感人之深,莫此为甚"的特征,以及承载更多思想宣传内容之体量。1897年严复和夏曾佑在天津《国闻报》上发表《本馆附印说部缘起》,"今使执途人而问之曰:'而知曹操乎?而知刘备乎?而知阿斗乎?而知诸葛亮乎?'必佥对曰:'知之。'"所以小说"入人之深,行世之远","夫说部之兴,其入人之深,行世之远,几几处于经史上,而天下之人心风俗,遂不免为说部之所持"。康有为明确意识到小说"易逮于民治,善入于愚俗"。他曾经与上海的书商交流:"何书宜售也?"曰:"'书''经'不如八股,八股不如小说。"所以他认为:"故'六经'不能教,当以小说教之;正史不能入,当以小说入之;语录不能喻,当以小说喻之;律例不能治,当以小说治之。"②1898年,康有为刊行《日本书目志》,其中"小说门"的"识语"重复指出,"启童蒙之知识,引之以正道,俾其欢欣乐读,莫小说若也"。侠民在《〈新新小说〉叙例》中也认为:"小说有支配社会之能力,近

---

① 杜书瀛:"中国20世纪文艺学学术史·全书序论",钱竞、王飚:《中国20世纪文艺学学术史》第一部,上海:上海文艺出版社,2001,第27—28页。
② 1895年,傅兰雅曾在《申报》与《万国公报》上刊登《求著时新小说启》的广告,"窃以感动人心,变易风俗,莫如小说。推行广速,传之不久辄能家喻户晓,气息不难为之一变。"鼓励"愿本国富强"的"中华人士",针对"今中华积弊最重大者"的鸦片、时文、缠足"撰著新趣小说"。(转引自韩南:《中国近代小说的兴起》,徐侠译,上海:上海教育出版社,2004,第158页)

世学界论文綦详,比年以来,亦稍知所趋重矣。故欲新社会,必先新小说;欲社会之日新,必小说之日新。小说新新无已,社会之变革无已,事物进化之公例,不其然欤?"①

也就是说,推动小说从传统文学结构的边缘向中心移动的,是启蒙宣传者觉得小说有利于开民智、启新德、宣革命,正所谓名不正,言不顺,梁启超的"小说界革命",制造了"小说为文学之最上乘"的言论,就是为了确立小说的地位和功用,而西方小说真是"往往每一书出,而全国之议论为之一变"吗?用陈平原先生的话说,"不过没必要过分认真看待这种'理解的偏差',倘若不是采用如此夸张的语调,历来被视为小道的小说,也不可能在如此短的时间内一跃而为救国济民的利器,焉知梁启超们不是为了提倡小说而故意制造一个西方国家以小说立国的'神话'?"②诗文代变实际上古已有之,只不过清末民初中国文学文体结构的调整,是在域外文学的冲击和启蒙宣传的目的之下进行的,1898年之后不仅涉及小说的调整,还牵涉到诗歌、散文和戏剧。此外,受梁启超小说是"改良群治的利器"的影响,小说由传统的神魔仙狐、人情世故、英雄好汉转向了现实的谴责和批判,带动了谴责小说、言情小说等小说类型的滥觞。

三、传统文学缺乏启蒙宣传所需的人物类型、题材与主题

从伦理人格而言,梁启超《论小说与群治之关系》一文中,认为国民"轻弃信义,权谋诡诈""轻薄无行,沉溺声色",或是"多情、多感、多愁、多病"的年轻人,或是"大碗酒,大块肉,分秤称金银,论套穿衣服"的绿林豪杰,"憔悴""萎病""惨死""堕落"国民性都与小说的内容有关,"述英雄则规画《水浒》,道男女则步武《红楼》,综其大较,不出诲盗诲淫两端"。传统小说却被视为"雕虫小技""游戏笔端,资助谈柄",在内容上是"诲盗诲淫,以致国家落伍腐败""大方之家,每不屑道焉"③的文字游戏,"莫之或补,劝善惩恶,哀穷悼屈"④,因传统小说宣扬"国

---

① 侠民:《〈新新小说〉叙例》,《大陆报》1904年第二卷第五号。陈平原、夏晓虹编:《二十世纪中国小说理论资料》(第1卷),北京:北京大学出版社,1989,第124页。
② 陈平原:《中国现代小说的起点——清末民初小说研究》,北京:北京大学出版社,2005,第4页。
③ 梁启超(任公):《译印政治小说序》,陈平原、夏晓虹编:《二十世纪中国小说理论资料》(第1卷),第21页。
④ 黄霖编:《中国历代小说批评史料汇编校释》,南昌:百花洲文艺出版社,2007。

民轻弃信义,权谋诡诈,云翻雨覆,苛刻凉薄,驯至尽人皆机心",更是成为"群治腐败之总根源"。进化论观念的译介,极大地震动了甲午战争以后知识分子对自然和历史发展的逻辑想象,刺激国人主动选择"优化"自己的道路。严复进化论思想的核心特征是,他强调培养新国家所需要的民智、民德、民力合一的人格,"盖生民之大要三,而强弱存亡莫不视此:一曰血气体力之强,二曰聪明智虑之强,三曰德行仁义之强"①,以建设一种强有力的开明的现代文化。当传统礼的世界转向弱肉强食的力的世界的时候,晚清文学译介的政治小说主人公是可以纵横捭阖革命之前景的志士,侦探小说主人公是智勇双全的侦探,冒险小说的主人公是(或至少被译介为)开拓疆土的英雄豪杰,言情小说中的主人公多是有胆识的奇女子,他们成为崇尚进化论的"力"的时代的主要人格想象,而不是传统文学中温柔敦厚的君子,"仁"这种品德过于柔顺了。

所以,当中土小说不能满足需求时,最好的办法是翻译域外小说。严复与夏曾佑所说"且闻欧美、东瀛,其开化之时,往往得小说之助",意思就是"或译诸大瀛之外,或扶其孤本之微",康有为也是主张"泰西尤隆小说学哉","亟宜译小说而讲通之"。当梁启超等人批评中土小说、习惯于对中西小说甚至是中西文化背景做比较时,如陈平原先生所说,"实际上都暗寓着评论者对西方小说的理解水平和价值评判标准"。正是当时的理解水平和价值评判标准,使得清末民初域外以通俗的言情小说、科学小说、侦探小说、政治小说为主的小说类型,被强行纳入主流启蒙救国的话语体系中。

从政治小说的译介来看,中土的确缺乏这种以"著者欲以吐露其所怀抱之政治思想也"的小说类型,梁启超的"政治小说"就是借助艺术的想象,来对中国的政治展开思想的议论,达到政治小说宣传政治理念之目的。"政治小说"改变了中土文学"虽有文学思想,而无政治思想"的局面,也使得政治的文学化与文学的政治化成为此后文学启蒙的一种重要表征。从言情小说的译介来看,显然改变了过去"多情、多感、多愁、多病"的局面,或是"拾取当时时局,纬以美人壮士",或是"扫荡名士美人之局,专为下等社会写照",多是通过感情危机和情场纠葛展现"爱情神圣""婚姻自由"、个性解放的权利。从侦探小说来看,中国古代清官断案小说以清官的智慧和胆略为主要表现内容,而侦探小说的译介则代表西方的科学推理手段,以及证据理念、诉讼制度和法律体系。至于冒险小说和科学小说,均为中土小说不曾有过的类型,林纾在翻译的多部冒险小说序言

---

① 王栻主编:《严复集》第一册,北京:中华书局,1986,第18页。

中指出国人过于奴性与懦弱,翻译此类"壮侠之传""用以振作积弱之社会,颇足鼓动其死气""振吾国民尚武精神"①,鲁迅对科学小说的译介,则是为了"获一斑之智识,破遗传之迷信,改良思想,补助文明"。以上种种,不仅符合"改良群治"之目的,也为各种类型小说的发展提供了可能性。

在现代小说中,伴随个体意识觉醒的自由、民主、平等的意识本来就是重要的内容。现在学界总是有一种声音认为,改良派或者革命派主张小说要为"新民""觉民""开化民智"服务,将小说当作宣传工具是重回传统的文以载道之路,损害了文学的价值,甚至举出某些时人的观点,如徐念慈在《余之小说观》一文中所认为的:"小说者,文学中之以娱乐的,促社会之发展,深性情之刺激者也。……今近译籍稗贩,所谓风俗改良,咸惟小说是赖,又不免誉之失当。余为平心论文,则小说固不足生社会,而惟有社会始成小说者也。"或王国维在评述《红楼梦》时所认为的"美术之务,在描写人生之苦痛与其解脱之道"。某种程度上讲,将小说视为绝对的扭转乾坤的力量必然是夸大其词的说法,但是过度强调小说自身的"娱乐性""文学性"等审美价值或个人情趣,未免是割裂了自古以来文学与社会的天然联系而已。谈个体意识的觉醒、个体的自由意识、个体人生的痛苦不放置于历史与现实语境中的态度,显然是违背社会现实的态度。

从艺术风格看,启蒙宣传更需要现实主义的倾向,以及对社会的现实境遇深刻的认识和洞察。一般而言,域外小说的译介,多立足于中国的社会政治条件,而较少地出于精神上或艺术上的考虑;以小说为政治斗争的工具,在救亡图存的危机时代的确有利于提高小说的地位,吸引大批有才华的文人来从事创作与译介,但就小说自身而言,不能仅仅依靠"政界之大势",拯世济民、重整乾坤的夸大之词来谋得发展。事实上当译介者和启蒙的宣传者力图利用域外文学来解释当时中国所处环境的政治混乱状况时,他们会特别强调译介的"现实主义",例如,林纾赞赏狄更斯小说"扫荡名士美人之局,专为下等社会写照",善于"刻划市井卑污龌龊之事",善叙"家常平淡之事"②;张春帆称《苦社会》"几乎有字皆泪,有泪皆血,令人不忍卒读而又不可不读",文学的主人公由英雄豪杰、才

---

① 林纾:《〈鬼山狼侠传〉序》(1905),林纾:《〈埃及金塔剖尸记〉译余剩语》(1905),阿英编:《晚清文学丛钞·小说戏曲研究卷》,北京:中华书局,1960,第212、217页。
② 林纾:《〈孝女耐儿传〉序》,陈平原、夏晓虹编:《二十世纪中国小说理论资料》(第1卷),第272页。

子佳人专为关注小人物的安危,昭示了"平民意识"的崛起与"人"的觉醒①。陈独秀曾批评传统文学的缺点,"贵族文学,藻饰依他,失独立自尊之气象也;古典文学,铺张堆砌,失抒情写实之旨也;山林文学,深晦艰涩,自以为名山著述,于其群之大多数无所裨益也乃装饰品而非实用品;其内容则目光不越帝王权贵,神仙鬼怪,及其个人之穷通利达",其实有明确的所指,就是缺乏对社会现实的深刻洞察,以及推动社会进步之思想,"所谓宇宙,所谓人生,所谓社会,俱非其构思所及"。对于启蒙而言,的确需要的是一种"实利的而非虚饰的""科学的而非空想的"文学,"平易的抒情的国民文学""新鲜的立诚的写实文学"和"明了的通俗的社会文学",具有平民意识的文学。"写实主义"不但能"救治中国政治上道德上学术上思想上一切的黑暗",而且还能引导中国走向"科学""民主"的富强之路,"药中国现代创作界的毛病"。

  当然,我们强调古代的文化资源不适应历史文化需求的时候,也要有历史唯物主义的态度。首先,必须有不断地开放的心态来接受外来的文化资源。1923年,梁启超在《五十年中国进化概论》中说,"革命成功将近十年,所希望的件件都落空,渐渐有点废然思返。觉得社会文化是整套的,要拿旧心理运用新制度,决计不可能,渐渐要求全人格的觉悟"。自戊戌变法至辛亥革命后,中土文化受到西方的现代文化的激烈撞击,开始了现代化的蜕变。中国文学也开始了民族存亡背景上的外部与内部双重的现代化努力,许多观念性的变革在1898年前后发生,这一时期文类的代变,文学的主题意识和类型,艺术风格与伦理人格等问题,西方文学的引进与语言变革问题,表面上看与文学的政治改良、变革的工具化意识有关,实际上更是服膺于以国民的价值信仰、情感态度、观念意识和风俗习惯为要素的国民文化心理结构改造,毕竟中国的前途不仅取决于科技物质的发展,更取决于国民的认识、思维和行为的自我转化。正因为持续不断地"揖美追欧,旧邦新造",才有孙中山埋头于"心理建设",鲁迅要改造"国民性",陈独秀提出《东西民族根本思想之差异》,李大钊再论《东西文明根本之异点》。其次,在吸收外来文化资源的时候,也应注意革新传统文化资源,为

---

  ① 袁行霈:《中国文学史》第四卷,北京:高等教育出版社,1999,第505页。当然从另外一个角度来看当"政治小说"译介兴盛时,中土谴责小说也开始流行起来,如鲁迅所说,"光绪庚子(一九〇〇)后,谴责小说之出特盛。……有识者则已翻然思改革,凭敌忾之心,呼维新与爱国,而于'富强'尤致意焉。戊戌变政既不成,越二年即庚子岁而有义和团之变,群乃知政府不足与图治,顿有抨击之意矣。其在小说,则揭发伏藏,显其弊恶,而于时政,严加纠弹,或更扩充,并及风俗。虽命意在于匡世,似与讽刺小说同伦……故别谓之谴责小说"。(《中国小说史略》第二十八篇 清末之谴责小说,见《鲁迅全集》第9卷,第291页)以谴责社会为能事,实际上也是小说艺术风格适应时代变化的要求。

中国特色的文化建设做出努力。以五四新文学为例，五四新文学创作与古代文学传统之间存在着密切的联系，从这个意义上说，没有对古代文学传统的改造、发扬，就没有新文学创作，与历朝历代的文学变革不同，五四新文化运动不仅继承古代文学传统，而且也在文学创作和文学批评双重路径上进行了创造性转换，使之成为能传达现代启蒙观念、自由表达现代人思想、情感的文学，正是能够强调互补关系，强调东西方文化的交流和互补，也强调文学创作和文学批评的融合，才能够诞生像鲁迅、茅盾等一大批学贯中西，身兼作家、翻译家、批评家于一身的大师人物。

中国在清末沦为半殖民地半封建社会，被迫介入欧洲国家的社会和政治现实。当代西方学者施威雪（Earl Swisher）曾分析道："19世纪的中国知识分子形成一种故步自封的思维定式，他们过于受传统思维定式的影响，以至于不太可能为了维持其领导地位而真的改变最基本的意识形态观念。就中国知识分子坚定地维持孔学正统来看，19世纪的中国与中世纪的欧洲十分相似，在培根引发知识革命之前，此前的欧洲知识分子浸沉于亚里士多德和经院哲学之中。中国的知识分子具有诸多的德性品格，而且常常是十分聪慧、心态健全的人，可是他们缺乏变通，老是在一个有限的圈子里思考与行事。"[①]也就是说，思想上的惰性使得中国人在鸦片战争失利之后仍死抱着自高自大的心态不放，这就在中国近代化的道路上设置了难以逾越的障碍。然而这种说法并不公平，因为这是一种典型的以欧美为中心的霸权话语，其实随着外来军事、政治和文化的入侵，以及前所未有的剧烈社会动荡，在鸦片战争之后的数十年间，中国的知识与思想界领域人士，为中国社会走出困境进行了不懈的努力。

---

① Earl Swisher, "Chinese Intellectuals and the Western Impact, 1838—1900," *Comparative Studies in Society and History*, Vol.1, No. 1 (Oct., 1958), pp. 26—37.

第二个问题：

为什么清末民初会出现欧美文学译介的热潮？

鸦片战争以后，外国文学作品被零星地翻译过来。1872年创办不久的《申报》于同治壬申四月十五日至四月十八日（5月21日至5月24日）发表了不知何人翻译的英国小说家斯威夫特《格列佛游记》中的"小人国"部分，译名为《谈瀛小录》。同治壬申四月二十二日（1872年5月28日）美国小说家欧文的《瑞普-凡·温克尔》被翻译发表于上海英商创办的《申报》，1873年起蠡勺居士在上海的文学刊物《瀛寰琐记》上连载他翻译的英国小说《昕夕闲谈》，但总体上波澜不惊，没有引起反响，只有蠡勺居士的一些散论值得后人注意，如他曾经在《昕夕闲谈·小叙》中赞《昕夕闲谈》道："今西国名士，撰成此书，务使富者不得沽名，善者不必钓誉，真君子神彩如生，伪君子神情毕露；此则所谓铸鼎像物者也，此则所谓照诸然犀者也。因逐节翻译之……其所以广中土之见闻、所以记欧洲之风俗者，犹其浅焉者也。诸君子之阅是书者，尚勿等诸寻常平话、无益之小说也可。"将其翻译过来，至少具有"广中土之见闻""记欧洲之风俗"的作用①，又在《新译英国小说》中言：

> 据西人云，伊之小说，大足以怡悦性情，惩劝风俗。今阅之而可知其言之确否。然英国小说，则为华人目所未见、耳所未闻者也。本馆不惜翻译之劳，力任剞劂之役。拾遗补缺，匡我不逮，则本馆幸甚。如或以为不足观而竟至失望，则本馆之咎也。惟此小说系西国慧业文人手笔，命意运笔，各有深心。此番所译，仅取其词语显明，片段清楚，以为雅俗共赏而已，以使阅之者不费心目而已。幸诸君子少垂鉴焉。②

因而，读之"庶不失此书之纲领而可得此书之意味"。亦即借助外来观念改

---

① 蠡勺居士：《昕夕闲谈》，陈平原、夏晓虹编：《二十世纪中国小说理论资料》（第1卷），第542页。
② 颜廷亮：《晚清小说理论》，北京：中华书局，1996，第11—12页。

良社会,匡正时弊之先声。这一时期国内翻译界倾心关注的仍是西方的声光化电、天文地理与历史算学之书。

1894年中日甲午战争爆发致使北洋水师全军覆没,中国战败,三十余年的"自强新政"、洋务运动宣告破产,使得中国改良派的知识阶层认识到引进西方的技术解决不了现实问题,有了新的觉醒:"中国之患,患在政治不立,而泰西所以治平者不专在格致也"①,必须输入新学,变革社会制度。谭嗣同在致恩师《上欧阳中鹄书》中云:"经此创巨痛深,乃始屏弃一切,专精致思。当馈而忘食,寝而累兴,绕屋彷徨,未知所出","被发左衽,更无待论"。梁启超更是在《戊戌政变记》中说:"唤起吾国四千年大梦唤醒,实自甲午战败割台湾偿二百兆始也。"1895年5月2日,康有为发动著名的公车上书,把以救亡图存和发动政治变革为主旨的维新变法运动推向历史舞台,随着维新变法运动的推动,维新派意识到学习西方的社会、政治和思想学说必须提到历史日程上来。"公车上书"预示着中国要逐渐形成一种有独立意识的社会群体,原属于不同派别、阶层的知识分子逐渐蜕变成具有独立新意识的社会政治力量。新式学堂的出现以及出国留学人员的激增,促使近代知识分子群体迅速扩大。过去为学习西方"器物",购买和建造自己的"坚船利炮",对西方文化的译介多集中在科技、经济以至国际法等方面,而甲午战争以后欧美文学的翻译和介绍成了一个显性现象。1949年前后阿英先生编著《晚清戏曲小说目》,收录了光绪初年至辛亥革命(1875—1911)时期的翻译小说608种,他在《晚清小说史》的"翻译小说"一章中指出:"晚清的小说……'翻译多于创作'。就各方面统计,翻译书的数量,总有全数量的三分之二。"②日本学者樽本照雄于1997年出版《新编清末民初小说目录》收录翻译小说4974件(含短篇小说、寓言、戏剧及同书异译与同一译本的再版、重印等),根据统计来看,1902年至1908年间,创作约有674种,翻译则有780种,特别是1907年,创作约104种,翻译198种③。阿英先生所言翻译多于创作还是可信的。这么庞大的欧美文学翻译现象是如何出现的呢?

晚清西学东渐是在西方坚船利炮的特殊社会环境下开始的,故而沿海、沿江的通商口岸成为接受外来文化的窗口。其中上海、广东、福建、浙江甚至内地沿江的湖南、四川为新兴人物的出现提供文化氛围。新的经济形态的发展,以及江浙沿海一带航运发达,也利于西方思想的扩散和接受,为新的知识分子群

---

① 高凤谦:《翻译泰西有用书籍议》,邵之棠:《皇朝经世文统编》(第1卷),光绪二十七年刻本。
② 阿英:《晚清小说史》,北京:人民文学出版社,1980,第210页。
③ 数据来自樽本照雄:《新编清末民初小说目录》,贺伟译,济南:齐鲁书社,2002。

体出现奠定了经济基础。与此同时,江浙、广东兴办了一些新式教育、教会学校①、私立学校、学堂等等,也为培养大批具有近代意识的知识分子打下基础。此外,在这些地区,宣扬新思想的报刊、出版机构的出现,西方传教士的文化渗透,加速了外来文化的影响进程。欧美文学的译介与清末民初的商品经济与文化市场的兴起,政治舆论话语的营造与"舍旧谋新"趣味追求,新兴知识分子和市民读者群的涌现等因素都有着密切的关系。

一、印刷资本主义的兴起与知识分子的近代转型

清末民初是中国社会结构转型的重要历史时期,其中影响很大的两个社会阶层是士与商,涉及传统士大夫阶层向新式知识分子的转型,传统重农抑商向市场经济的逐步放开转型。一些活动在苏锡常、上海、湖南和福建一带的较为殷实的实业家投资于矿产、盐业、棉纱、机械、烟草等领域。这些实业家往往也是绅商、士商,努力摆脱传统商业阶层在权力、文化、道德的边缘地位,具有发展民族工商业愿望,能够意识到新文化运动的市场潜力和推动文化转型价值,很快以资助人或幕后操纵者的身份跻身于报刊出版、文化教育等领域,向拥有民族意识、承担社会道义、敢于探索市场的现代商人转型,成为新文化运动市场的主导力量。此外,中央政权控制力的削弱,也使得印刷工业,大众媒介如报纸、杂志有了迅猛发展的环境。投资或资助文化产业的商人,对于推动新式知识分子群体的形成起到至关重要的作用,也让以印刷品为载体的"印刷资本主义"能够同时实现道德价值和经济价值:一方面能够通过图书来影响民众对现实的看法与作为,另一方面能够根据市场的需求来灵活地获利。

本尼迪克特·安德森所提出的"印刷资本主义"主要是指面向大众的、商业化的、世俗的、民间的(而不是官方的)、营利的文本生产。阿英先生早年就说过,那时"由于印刷事业的发达,没有此前那样刻书的困难"。虽然宋代以来也存在手工雕刻印刷的民间书坊,但是毕竟不是机械化生产的结果,只有大规模机械化才能削减成本,达到更好的规模效益,为中国印刷资本主义提供了物质基础。以通俗小说为例,明代万历年间《封神演义》价格定为纹银二两,而"万历

---

① 西方传教士对中国近代文化影响参见袁进:《重新审视新文学的起源——试论近代西方传教士对中国文学的影响》,《湖南文理学院学报》(社会科学版),2005第5期。何绍斌:《越界与想象:晚清新教传教士译介史论》,上海:上海三联书店,2008。

时期的米价,平均约为每石七钱二分七厘,这样一本《封神演义》约值米2.75石,竟相当于一名知县月俸的三分之一强"①。这种高昂的价位到清代中期也基本相似,而晚清以印刷机印刷的《申报》的价格则只有"每份八文钱,外地十文钱",图书价格也有大幅降低,才使得印刷品成为市民的消费品。此外,农业社会生存维系的艰难、审美欲望的抑制和文类秩序的观念等等,难以形成小说被广泛接受的市民消费热潮。而随着民族工商业与贸易的发展以及殖民化程度的加深,以上海为中心的江浙沪商业城市群逐渐形成,城市人口急剧增加,城市商品经济的繁荣与市民消费欲望的形成无疑也是清末民初包括翻译小说在内的通俗小说得以兴起的重要原因。上海无疑成了中国近现代出版业最为重要的中心,据张静庐编制的《中国出版史料补编》记载,从20世纪初到20世纪30年代初,上海印刷工业规模增长了6倍,占据国内印刷事业半壁江山②,与此同时,从1902年到1916年这14年间创刊的文艺期刊则有57种,从1917到1927年这10余年期间创刊的文艺期刊共有143种左右。这些出版物字体小、容量大、周期短、效率高、价格低、发行量大,使得出版商能够将翻译小说、现代小说、教科书、学术著作、科学著作等产品卖向全国各地,扩大了商业化的阅读市场,促进市民文化的产生,促进翻译文学的接受,促进中国现代文学的发展,也为文化市场的建立准备了物质基础,进而转化为20世纪中国文化重建与文明建构的有效手段。

晚清政府为抵制革命、维护其摇摇欲坠的统治,不得不顺从时代潮流,于1902年8月下诏废八股,1905年9月又正式停止科举,改书院、私塾为学堂,颁布新学制,使得传统的士人阶层失去固有的仕途道路或求生路径,加上此前科场失意的文人、求仕无门的士子、家道中落的乡绅,为求得生存,也只得跻身于报馆、译局、出版社等新兴的行业。其中上海文学期刊、出版社创办的最多,作家职业化、作品商品化程度之高成为一个时代的缩影。很多知识分子陆续成为职业报人、自由撰稿人、职业翻译和创作为生者,从梁启超、李伯元、吴趼人、韩邦庆、曾朴,到林纾、严复、包天笑、周瘦鹃,到稍晚的鲁迅、茅盾、郭沫若等均与各类报刊、出版机构有着密切的经济往来。夏瑞芳于1897年在上海创立商务印书馆时,看中的是废科举、办新学之际编印各类新学教科书的市场,聘请张元济主持编译,并聘请高梦旦、任鸿隽、竺可桢、郑振铎、周建人、叶圣陶、顾颉刚等

---

① 《明太祖实录》卷一八五,见潘建国:《明清时期通俗小说的读者与传播方式》,《复旦学报》2001年第1期。
② 张静庐辑注:《中国出版史料补编》,北京:中华书局,1957,第88—89页。

编撰教科书。后来更是组织翻译了大批广受市场欢迎、不断重版的外国文学译作,出版《东方杂志》《小说月报》等各科杂志十数种。在旅日华侨冯镜如、冯紫珊、林北泉等人募集支持下,支持维新派的重要刊物《清议报》于1898年在日本创建。陆费逵颇有预见性地号准了共和政体对新式教科书需求的脉搏,于1912年离开商务印书馆改立门户、在上海创办中华书局时,也聘请了梁启超、于右任、马君武、张闻天、徐志摩等人物,打破了商务印书馆一统天下的出版垄断局面,为我国近代出版业的发展带来了生机和活力。1915年9月创刊的《新青年》自始至终由群益书社出版、亚东图书馆发行。除了商务印书馆、中华书局等资金最为雄厚的出版机构,加上功不可没的亚东、群益、泰东、北新、新潮等小出版公司,与后来的开明书店、光华书店、现代书局、良友图书公司、远东图书公司一道成为新文化运动的市场主导力量,其创办之初,一般都离不开文化商人的经费赞助和出版支持。

实际上在清末民初短短的十几年里,商品经济下的市场文化规律并没有被认识得这么明确,现代商人看中了文化市场的经济效益,政治变革带来知识分子仕途的弃绝,时代危机与外来文化传播促使近代知识分子观念转型和与之而来的从业观念的改变,城市兴起带来新型市民读者群的兴起,报刊、出版社的建立,几乎与外国文学的翻译同时发生。许多相当有文学天赋的知识分子加入自由撰稿人与译者的行列,既可以通过小说的翻译与创作来实现文化思想上的地位和影响力,又可以满足生存的物质需求。近代知识分子高度地依赖文化市场,尤其是现代稿酬和版权制度的确立,彻底改变了"不谋与商"的传统,郭延礼先生曾指出,中国职业作家出现的过程分三步走:"第一步是报人的出现,第二步是报人小说家,第三步才是职业小说家(作家)的诞生。"① 在中国古代所谓的稿费称为"润笔",无统一规定,但无碍乎三种常见情况才会被重金求文:一是为活人写寿序,二是给死者撰碑文,三是写者为当时文坛名家。据研究最早支付稿费的报纸是英国人办的大名鼎鼎的《申报》,1902年梁启超主编的《新民丛报》刊登了一则"新小说征文启",说明了要付稿酬以及所付标准;由于读者数量多,小说翻译与创作基本能得到不菲的稿费,而诗文基本没有,只有赠册;1907年2月创刊的《小说林》明确规定,凡小说入选者,"甲等每千字五元,乙等每千字三元,丙等每千字二元"。尽管梁启超等人持续发起诸种文界革命,但是旧的文学样式如桐城派古文、旧体诗和骈文小说等仍然颇受欢迎,也有庞大的创作

---

① 郭延礼:《中国前现代文学的转型》,济南:山东大学出版社,2005,第27页。

和读者群。然而值得注意的是,新旧文学在商业化文学市场化上待遇差别很大,这些古代文学的主流作品在近代市场稿酬制度中一直颇受歧视,《月月小说》《小说林》《小说月报》《小说时报》等都声称,诗文杂著只酌情得到"奉赠一册,聊答雅意","'当时报纸,除小说以外,别无稿酬,写稿的人,亦动于兴趣,并不索稿酬的。'不索稿酬并非为艺术而艺术,对金钱不感兴趣;而是想索稿酬也索不到,因诗文只是点缀,报纸不靠诗文吸引读者,因而,诗文家的精神劳动便无法直接转化为生存资料"①。

晚清时期翻译版权观念一开始就受到作者的重视,严复在与张元济商讨翻译《原富》事宜的时候,明确提出了译作的版权问题,不仅索要稿费,还要抽取版税提成。1907年《小说林》杂志第三期上有如下广告:"本社所有小说,无论长篇短著,皆购有版权,早经存案,不许翻印转载","除由本社派人直接交涉外,如有不顾体面,再行转载者,定行送官,照章罚办,毋得自取其辱,特此广告"。而到了1910年,清朝政府还颁布中国第一部《著作权律》,使稿费制度和著作权得到了法律的认可。梁启超的稿费可能是最为优厚,千字20元;林纾翻译《巴黎茶花女遗事》之后使得商务印书馆"林译小说"成了市场的摇钱树,按照裴毅然在《稿费初始——推动现代文学勃兴的经济基础》中所言,在他人千字差不多只有一到两个大洋的时候,林纾稿费就高达五至六块,1900年至1920年,林纾日均稿费近十元,十几年间的稿酬收入可能高达20万银圆以上;包天笑翻译《三千里寻亲记》和《铁世界》,约四五万字,卖给文明书局,共得稿费100元,就"当时的生活程度,除了到上海的旅费以外,我可以供几个月的家用",所以"我于是把考书院博取膏火的观念,改为投稿译书的观念了"②。据胡适1909年至1910年日记记载,当时他在上海生活困顿,其师王云五"劝余每日以课余之暇多译小说,限日译千字,则每月可得五六十元,且可以增进学识;此意余极赞成,后此当实行之"③;周瘦鹃初次投稿《小说月报》得16元稿费后,便"益信小说之文,可售以谋生,竭其心血才力,专注于稗文野史"④;鲁迅尤为看重经济与人格之间的关系,认为它是人格自由的前提,"为准备不做傀儡起见,在目下的社会里,经济权就见得最要紧了"⑤。有人研究鲁迅的收入,除稿费、讲课费之外,超过八成

---

① 陈平原:《中国现代小说的起点——清末民初小说研究》,第80页。
② 包天笑:《译小说的开始》,《钏影楼回忆录》,香港:大华出版社,1971,第174页。
③ 胡适:"1910年2月13日日记",《胡适日记全编 1910—1914》,曹伯言整理,合肥:安徽教育出版社,2001,第18页。
④ 许廑父:《周瘦鹃》,见王智毅:《周瘦鹃研究资料》,天津:天津人民出版社,1993,第167页。
⑤ 鲁迅:《娜拉走后怎样》,《鲁迅全集》第1卷,北京:人民文学出版社,2005,第168页。

的都是他著作的版税收入,绝大部分是北新书局出版的著译。显而易见,那时稿费并不算低,写作者写稿、译稿、卖稿可作为一种养家糊口的职业。一方面小说创作因为广泛的销量,使得出版商愿意付出优厚的稿酬①,另一方面,为商业利益而设立的稿酬制度,又利于诱发和刺激更多的知识分子投入创作和翻译的行列,促使中国开始出现职业的小说创作和翻译者。翻译小说在当时迅速成为近代文化产业,是新近知识分子阶层参与社会、实现价值的重要出路,全新的价值取向和职业观必然影响新一代读书人的入世渠道,使不同文化背景的译者带着不同的心态进入文学翻译活动。

除了市场经济的因素之外,正如有学者研究指出的②,清末民初处于转型中的新知识群体,主要有以下几部分构成。一是国人自办的新式学堂和来华传教士开设的教会学校的学生。自1862年至1894年甲午战争之前,各类新型学校约34所,在校学生约800人左右,而1895年甲午战争之后至1899年,全国共兴办新型学校超过150所,最高峰时学生人数达万人;1866年,来华传教士所办的教会学校约19所,学堂44所,学生总数不及千人,然而到了1899年各类教会学校人数达16836人。随着1903年《奏定学堂章程》的颁布,中国开始建立现代意义上的完整学校制度,出现了"上有各府州县官立学校之设,下有爱国志士、热心教友蒙学、女学各种私立学校之设立",据学部奏报,1909年全国学生数已达160余万人。

二是出国留学的学生。清代到国外留学,是从19世纪50年代自费留学开始;从1872年到1875年,清政府先后选派了120名10岁至16岁的幼童赴美留学,成为近代中国历史上的第一批官派留学生,这些人进入哈佛大学、耶鲁大学、哥伦比亚大学、麻省理工学院等美国著名学府,后来很多成为对中国进步做出贡献的人才,其中包括清华大学校长梅贻琦、北洋大学校长蔡绍基、主持修筑京张铁路的詹天佑等许多有影响的人物。甲午战争失败后,中国对外派遣留学生开始由欧美转向日本——因"至游学之国,西洋不如东洋:一、路近费省,可多遣;一、去华近,易考察;一、东文近于中文,易通晓;一、西书甚繁,凡西学不切要者,东人已删节而酌改之。中东情势风俗相近,易仿行。事半功倍,无过于

---

① 范伯群、朱栋霖主编:《1898—1949中外文学比较史》,南京:江苏教育出版社,1993,第195页。王学钧指出,稿酬制度对于留学生和新式学生来说,具有补贴学习生活费用的好处,这也是自由发挥自己之条件的。(王学钧:《晚清"小说界革命"与小说市场》,《明清小说研究》,1997年第3期)

② 陆建洪、侯强:《论清末民初中国知识分子的转型》,《江苏社会科学》,2003年第6期。

此"①,出洋留学有所发展,至20世纪初年大盛。据统计,1896年留日学生为13人,1898年为61人,1904年增至2400人,而到1905年至1906年,达到最高峰,总人数在8000人左右。出现了"父遣其子,兄勉其弟,航东负笈,络绎不绝"的留日热,在随后二三十年的历史演进中,总人数均保持在8000人至1万人之间,其中60%左右为清朝政府、北洋政府、国民政府和各省政府出资官派,而国内民间赴日游学者也为数众多。梁启超后来感叹晚清西洋思想之运动最大不幸就是西洋留学生未能全体参加该运动,"运动之原动力及其中坚,乃在不通西洋语言文字之人。坐此为能力所限,而稗贩、破碎、笼统、肤浅、错误诸弊,皆不能免。故运动垂二十年,卒不能得一健实之基础,旋起旋落,为社会所轻。就此点论,则畴昔之西洋留学生,深有负于国家也"②,然而事实恰恰相反,留学生一直发挥着相当重要的思想引领作用,只不过要到五四前后才取代梁启超、严复、林纾等旧式文人,占据历史舞台的中央。

具有海外留学、游学、游历与任职经历的人,成为清末民初小说翻译风气演进的引领者、小说翻译群体的主体。陈寿彭、王寿昌、戢翼翚、伍光建、苏曼殊、陈景韩、周氏兄弟、徐卓呆、杨心一、吴祷、徐念慈等人都是清末民初重要的外国小说译介者。由他们翻译的小说,几乎囊括了清末民初大部分重要译著,其中科学小说、虚无党小说、政治小说几乎都是他们翻译的。第一批留欧学生陈季同游学欧洲以后意识到,"第一不要局于一国的文学,嚣然自足,该推扩而参加世界的文学;既要参加世界的文学,入手方法,先要去隔膜,免误会。要去隔膜,非提倡大规模的翻译不可,不但他们的名作要多译进来,我们的重要作品,也须全译出去"③。这种观念对曾朴影响很大:

> 他(陈季同)指示我文艺复兴的关系,古典和浪漫的区别,自然派,象征派,和近代各派自由进展的趋势;古典派中,他教我读拉勃来的《巨人传》,龙沙尔的诗,拉星和莫理哀的悲喜剧,白罗瓦的《诗法》,巴斯卡的《思想》,孟丹尼的小论;浪漫派中,他教我读服尔德的历史,卢梭的论文,嚣俄的小说,威尼的诗,大仲马的戏剧,米显雷的历史;自然派里,他教我读弗劳贝、佐拉、莫泊三的小说,李尔的诗,小仲马的戏剧,泰恩的批评;一直到近代的白伦内旬《文学史》,和杜丹、蒲尔善、弗朗士、陆悌的作品;又指点我法译本

---

① 张之洞:《劝学篇》,李凤仙译注,北京:华夏出版社,2002,第88页。
② 梁启超:《清代学术概论》(1920),《梁启超全集》,第3105页。
③ 曾朴:《曾先生答书》,欧阳哲生编:《胡适文集》第4卷,北京:北京大学出版社,1998,第617页。

的意、西、英、德各国的作家名著。①

严复归国后曾创办《国闻报》,以《本馆附印说部缘起》为发轫,翻译了大量西方思想界的名著,而且也将西方的文学观念带进了中国。即便是林译小说,也普遍与游学欧美的人有关,比如晚清第三批留欧学生中的王寿昌归国后,把小仲马的《茶花女》介绍给了林纾,"晓斋主人归自巴黎,与冷红生谈巴黎小说家均出自名手。生请述之"。

清政府早在19世纪70年代初派往欧美的留学生,主要学习的是西方科学技术,也办有少量宣传政论、介绍西方文明的期刊,但人数上比后来留日学生少得多,后者学文科者居多、思想更活跃,对小说的重视与鼓吹显得更为急激与强烈,成为晚清"小说界革命"发生不可或缺的重要前奏。杨度《游学译编叙》以是否能促进国民进步为评价文学的唯一标准,"我国民之不进化,文字障其亦一大原因也。夫小说文字之所以优者,为其近于语言而能唤起国民之精神故耳"②,对小说地位的抬高有超越传统诗文而上之的趋势;许定一《小说丛话》也曾言:"今日改良小说,必先更其目的,以为社会圭臬,为旨方妙……然补救之方,必自输入政治小说、侦探小说、科学小说始。盖中国小说中,全无此三者性质,而此三者,尤为小说全体之关键也"③,提倡小说"必须以普及之法""去人人轻视小说之心";1903年由浙江留学生创办的刊物《浙江潮》,其《发刊词》中甚至称"小说者,国民之影而亦其母也";王国维也是于1902年初在罗振玉的资助下东渡日本。除众所周知的鲁迅以外,大批留学日本的学生加入小说的革新运动中去,梁启超曾描述这种盛况:"壬寅、癸卯间,译述之业特盛,定期出版之杂志不下数十种。日本每一新书出,译者动数家。新思想之输入,如火如荼矣。"④所以,"中国的现代小说观主要是在晚清的一个特殊群体——留学生——中萌生并初步成型的,这说明它是中西文化碰撞与融合的直接产物……留学生对域外小说观的接受并非原汁原味,而明显表现出了选择上的主观能动性",而且"过分强调小说的政治功利性……整体上仍未脱出传统小说观的羁绊"⑤。

三是从封建士大夫营垒中分化而来。传统中国士绅阶层与地方的乡土社

---

① 曾朴:《曾先生答书》,欧阳哲生编:《胡适文集》第4卷,第616页。
② 杨度:《游学译编叙》,《游学译编》第1期,光绪二十八年(1902)十月十五日。转引自姜荣刚:《留学生与晚清小说关系考论》,《文学遗产》,2015年第2期。
③ (许)定一:《小说丛话》,《新小说》1905年第15号。陈平原、夏晓虹编:《二十世纪中国小说理论资料》(第1卷),第84页。
④ 梁启超:《清代学术概论》,《梁启超全集》,第3104—3105页。
⑤ 姜荣刚:《晚清留学生与中国现代小说观的萌蘖》,《东岳论丛》,2010年第4期。

会、地方政府有着密切的联系,而像梁启超、严复这样现代转型期的知识分子因考场失利、科举罢废、政治立场等原因,从传统士绅阶层分化出来,被迫脱离乡土社会与中央政权,寄居于有商业化背景的上海这样的大都市,他们赖以活动或生活的方式,除了学校教书、自由结社之外,就是从事报纸杂志,因脱胎于旧身份的关系,对新旧文化认同感也就难免带有强烈的游移性、暧昧性与矛盾性。虽然从晚清政治层面来看,他们是为数不多的政治边缘人物,但在文化上却借助传播媒介,发挥重大的影响。例如最早产生广泛影响的译介者严复与林纾,都出生于19世纪50年代,林纾30岁成为举人,直到45岁仍是科举仕途的失意者;严复虽早早选择了刚刚开始招生的福州船政学堂,但留学归来后仍于33岁至40岁间多次参加科举,希望走入"正途"。像林纾、严复这样的早期翻译者,有这样几个特点,一方面他们多数都是清末教育体制转变后的读书人,古文修养、兼济天下的胸怀,都与传统文化的熏陶有着密切的联系。然而时代的转变使得他们人生出路的选择环境大不相同。另一方面,因"当年误习旁行书",他们也开始逐渐不同程度地接受西方文明,尤其是其对传统文化中的批判性因素。在《闽中新乐府》(1897)中记录了中年林纾与福州船政朋友的交往,借此接触西方文明的过程,而严复更是从福州船政学堂走出国门,他们都是从政治的失望或失意中走向文化事业的追求,从渴望经世走向退而译述。最后,市场因素也多少推动他们观念转型。

与此同时,市场经济的出现以及期刊、出版市场的介入,也多少改变了知识分子创作和翻译的价值取向,尽管在初始阶段很多知识分子并不能坦然面对市场,例如林纾早年翻译《茶花女遗事》,还属于传统文人生活的范式,"失意者的自我排遣,友人交往兴之所至"。但是个人的写作必然超越个人游戏与消遣的范畴,与某些期刊、出版社建立密切的联系,这使得商业运作的翻译和创作,成为新的施展文才、实现抱负的舞台。一旦文学与市场化、商业化相连,随着文学市场化的进一步扩大,读者的范围也就从传统的士大夫等传统读书阶层向普通民众阶层扩散,呈现出文化下移的现象,不同时期翻译者和读者之间"在救世与谋生之间,也在服务教化与表现自我之间,并存着各种层次的不同选择"①。

---

① 韩一宇:《清末民初汉译法国文学研究(1897—1916)》,北京:中国社会科学出版社,2008,第33页。

二、政治舆论话语的营造与"舍旧谋新"的译介

本尼迪克特·安德森曾经在《想象的共同体:民族主义的起源与散布》中提出一个重要观点:现代民族国家在兴起之前有一个想象的过程,其中最为重要的两种想象形式——小说与报纸——即文字(阅读)的印刷资本主义带来的认识论和社会结构的根本转变,为重现"民族这种想象共同体提供了技术的手段",为民族政治的兴起提供了必要的环境[1],这个想象的过程也就是一种公开化、社群化的过程,同时也是对民众进行新的政治目的的动员。

出于政治改革运动的需要,梁启超的维新报刊《强学报》和《时务报》先后创立于1895年和1896年,而1898年戊戌变法失败逃亡日本之后,他在那里仍然创办了两份权威性报纸《清议报》(1898)和《新民丛报》(1901),到了1906年,宣传新思想的报纸和杂志已经蔚为大观,"如果没有这些物质因素作为文化和社会环境条件,梁启超对文学革命的呼吁不可能取得如此势不可挡的效果"[2]。张仲民先生曾整理了社会各界人士对梁氏主持报刊的评价,有人评价《时务报》:"甲午挫后,《时务报》起,一时风靡海内,数月之间,销行至万余份,为中国有报以来所未有,举国趋之,如饮狂泉。"[3]而影响更为深远的《新民丛报》,"国人竞喜读之,清廷虽严禁,不能遏,每一册出,内地翻版本辄十数",《清议报》的影响力居于两者之间,其刊登的梁启超《译印政治小说序》,直接带动了政治小说的引进。晚清浙江名士宋恕曾对《清议报》"期期读、字字读""恨不能销于内地"[4]。事实上,清代官员、文学家樊增祥也曾评价《新民丛报》:"世间报纸,惟《新民丛报》最易行销,言无文则不远,谁谓笔墨无用耶?"[5]而同属不那么趋新阵营的清末著名数学家、语言文字学家劳乃宣也称赞《新民丛报》:"《新民丛报》中议论,近颇改变,归于平实,甚有益于后生小子。"[6]历史学家吕思勉则评价:

---

[1] 本尼迪克特·安德森:《想象的共同体:民族主义的起源与散布》,吴叡人译,上海:上海人民出版社,2003,第34—35页。

[2] 孙康宜、宇文所安主编:《剑桥中国文学史》下卷,北京:生活·读书·新知三联书店,2013,第491—492页。

[3] 梁启超:《本馆第一百册祝辞并论报馆之责任及本馆之经历》,《清议报》第100册,1901年12月21日,《梁启超全集》,第477页。

[4] 《致饮冰子书》(1899年9月23日),胡珠生编:《宋恕集》上册,北京:中华书局,1993,第603页。

[5] 《樊增祥致缪荃孙》,《艺风堂友朋书札》上册,顾廷龙校阅,上海:上海古籍出版社,1983,第111页。

[6] 孙宝瑄:《忘山庐日记》上册,上海:上海古籍出版社,1983,第588页。

"《时务报》多论政事,《新民丛报》则多贬针人民。欧西思想习俗与中国不同之处,乃渐明了。自由、平等、热诚、冒险、毅力、自尊、自治、公德、私德诸多名词,乃为人人所耳熟。……其于政治,初主革命,自由主义,种族之戚,情见乎词。"① 一些史料表明,在日本发行的这些报刊居然能够以上海为中转地,向浙江、江苏、武汉、广州、四川等地发散,温州趋新士人张棡将《新小说》中的内容讲给女儿听。读了《新小说》中小说《新中国未来记》后,觉得此书"尤有无穷新理,不得与寻常小说一例观也"。郭沫若也曾回忆年幼时远在四川县城学堂就读到了梁启超编译的《意大利建国三杰传》《经国美谈》,"他轻灵的笔调描写那亡命的志士,建国的英雄,真是令人心醉"②。

庚子事变之后,随着海外留学尤其是日本留学者渐增,外国文学的翻译事业快速发展,壬寅、癸卯间,定期出版之杂志不下数十种。这些具体的影响足以说明报纸杂志成为当时知识散布、思想宣传与政治参与的重要渠道,以印刷媒介为平台的交往空间逐渐构成了哈贝马斯所谓的公共领域,公共领域之出现直接反映了两种现象:政治参与和理性批判的意识③。梁启超在《本馆第一百册祝辞并论报馆之责任及本馆之经历》中,充分重视舆论宣传之价值,"《清议报》之事业虽小,而报馆之事业则非小,英国前大臣波尔克,尝在下议院指报馆记事之席",自以为"此殆于贵族、教会、平民三大种族之外,而更为一绝大势力之第四种族也"④,将"思想自由、言论自由、出版自由"视为"一切文明之母"。报刊中原本发表文学与娱乐性质的文章,先是以"副刊"出版,后来作为独立的杂志单独出版,使得晚清一批影响颇大的专门文学刊物开始出现。这些出版物发表了大量的翻译、译作甚至伪称翻译的小说、诗歌和散文等作品,内容五花八门,既是为了激发民众的政治觉悟和社会觉悟,也为娱乐消遣服务。这一时期的刊物一个最为显著特点,就是予以"小说"这一文类举足轻重的地位,这首先要归功于梁启超等开明知识分子的不懈努力,将启蒙意义的知识和政治意义灌输到这种为传统所鄙视的文学样式中来。

1897年是欧美文学中国化开启的重要标志性年份。在这一年,梁启超发

---

① 吕思勉:《三十年来之出版界(1894—1923)》,《吕思勉遗文集》上册,上海:华东师范大学出版社,1997,第332页。
② 郭沫若:《童年时代:沫若自传之一》,重庆:重庆作家书屋,1942,第168页。关于梁启超办刊对时人影响的总结,参见张仲民:《"亡国之媒"——梁启超与清末民初的阅读文化》,《南京政治学院学报》,2017年第2期。
③ 许纪霖、宋宏主编:《现代中国思想的核心观念》,上海:上海人民出版社,2011,第5页。
④ 梁启超:《本馆第一百册祝辞并论报馆之责任及本馆之经历》,《梁启超全集》,第475—476页。

表《论译书》,言"处今日之天下,则必以译书为强国第一义。"同年康有为撰写《日本书目志》,其"小说门"收日本小说(包括笔记)1056 种,并附"识语"云"亟宜译小说而讲通之。泰西尤隆小说学哉!"同年严复、夏曾佑在天津《国闻报》发表《本馆附印说部缘起》,说"且闻欧、美、东瀛,其开化之时,往往得小说之助",主张译介欧美小说以"使民开化",并拟"不惮辛勤,广为采辑,附纸分送,或译诸大瀛之外,或扶其孤本之微"。1898 年,梁启超在《译印政治小说序》中,明确提出"特采外国名儒撰述,而有关切于中国时局者,次第译之",以推动"政界之日进"。维新派领袖人物的这些理论倡导,不可能不对翻译文学产生影响。自1899 年梁启超又依次提出"诗界革命""文界革命"和"小说界革命",其共同要义是师法西洋文学,改造乃至重建中国文学。在《夏威夷游记》里,梁启超指出,"诗界革命"是"第一要新意境,第二要新语句,而又须以古人之风格入之","文界革命"则应"善以欧西文思"入文,而 1902 年梁启超在《论小说与群治之关系》提出"小说界革命"直接源于欧美及日本的政治小说,由此大规模的诸种文学成分或观念逐渐影响中国文学,并就此融入中国文学中,并促成了清末民初中国文学的一系列变革。这一宏观性的思想背景,为欧美文学在中国的翻译和传播提供了思想指南。

目前学术界一般公认近代文学翻译事业的正式兴起,是以 1899 年林纾的《巴黎茶花女遗事》为标志。因为只有这部翻译作品的译本"不胫而走",风行全国,被誉为"外国《红楼梦》",有洛阳纸贵之誉,标志着翻译文学在中国社会产生了影响。虽然史料记载这部作品不过是为排遣丧妻之"岑寂",应友人王寿昌之约合作翻译,然这部作品正值鼓吹"小说界革命"之时,符合了正在酝酿的社会需求。林纾虽未参加"小说界革命",但其所译《巴黎茶花女遗事》却成了"小说界革命"鼓励翻译外国文学的最早收获。林纾每年都有十种左右译品问世,且多是中长篇之作,"林译小说"也因此成为一个专用名词。

一般认为,1897—1905 年是清末民初外国文学翻译的初始时期,除了有林纾、梁启超、周桂笙、包天笑这样不谙外文的译者,又有周作人、苏曼殊、马君武、陈冷血、徐念慈、伍光建、吴祷等精通外文的新人,以及不少佚名译者。当时国人创作的小说,虽然也有一些颇有影响,但基本上被外来的翻译小说抢了风头。摩西在《〈小说林〉发刊词》中说:"狭斜抛心缔约,辄神游于亚猛、亨利之间;屠沽察睫竞才,常锐身以福尔、马丁为任。摹仿文明形式,花圈雪服,贺自由之结婚;崇拜虚无党员,炸弹快枪,惊暗杀之手段。小说之影响于社会者又如是。则虽谓吾国今日之文明,为小说之文明可也。"①其所举之例均系外国之小说,也概括了这一时期翻译小说的基本特点。以陈冷血为代表译者的虚无党小说、以周桂笙为代表译者的侦探小说热的出现,原因在于陈冷血云:"我爱其人勇猛,爱其事曲折,爱其道为制服有权势者不二之法门。"梁启超、陈冷血等有意鼓吹,使得文学翻译不再是孤立的个别现象,开始有了有力的理论引导,逐渐形成浓郁的社会气候。此后的二十余年间,翻译文学作品逐渐增多,而且呈直线上升的趋势,1905—1912年间达到一个高峰,约有1000种左右。

以梁启超为代表的近代知识分子借助报刊等媒介,共同促成了清末民初中国"舍旧谋新"崇拜的形成,如康有为言:"而今学者,乃以欧美一日之富强而尽媚之,以为无一不超出吾国者;见吾国一日之弱,遂以为绝无足取焉"②,严复言"上海所卖新翻东文书,猥聚如粪壤。但立新名于报端,作数行告白,在可解与不可解间,便得利市三倍"③。张仲民先生对此现象予以了解释:这个崇拜的"权势"在当时是与时俱增,然而"这时所谓的新,更多其实是表面上的新、形式上的新,系对'新'的误解误用","到了此时,风气大开,打这面旗儿的,也就一天多似一天,无论是人非人,乐得借此营生"④。

三、文学公共领域的形成

自从哈贝马斯《公共领域的结构转型》一书出版后,"公共领域"(public sphere)与"市民社会"(civil society)成为讨论现代性社会和文化机制的重要概念。在中国近现代文学史、历史和文化研究领域,李欧梵、季家珍、许纪霖等学者都借用"公共领域"的理论来讨论近代中国报刊传媒所构筑的批评空间。哈贝马斯认为,封建社会向资本主义社会转变的过程中,出现了公共权威和市民社会,前者主要是指国家的司法体制或暴力手段,后者是指日常生活的私人利益领域。在国家公共权威与市民社会之间,出现了公共领域,所谓的公共领域

---

① 摩西:《〈小说林〉发刊词》,《小说林》1907年第1期。陈平原、夏晓虹编:《二十世纪中国小说理论资料》(第1卷),第233页。
② 康有为:《英国监布烈住大学华文总教习斋路士会见记》(1904),姜义华、张荣华编校:《康有为全集》第8卷,北京:中国人民大学出版社,2007,第31页。
③ 严复:《与熊季廉书(八)》,孙应祥、皮后锋编:《〈严复集〉补编》,福州:福建人民出版社,2004,第237页。
④ 张仲民:《"亡国之媒"——梁启超与清末民初的阅读文化》,《南京政治学院学报》,2017年第2期。

是指"公共领域最好被描述为一个关于内容、观点也就是意见的交往网络;在那里,交往之流被以一种特定方式加以过滤和综合,从而成为根据特定议题集束而成的公共意见或舆论"。首先,公共领域是在人们之间相互话语交流所产生的虚拟空间,"这个空间原则上是一直向在场的谈话伙伴或有可能加入的谈话伙伴开放的。也就是说,要阻止第三者加入这种用语言构成的空间的话,是需要采取特别预防措施的"①,也就是强调公民公众拥有对公共事务自由发表意见、交流看法的空间和权利。

其次,公共领域的交流与一般性交流的不同之处在于,它与公众联系在一起,并且通过由贵族聚会转化而来的小规模的咖啡馆、图书馆、大学及博物馆等场所——后来是报纸、杂志、电视等大众传媒,使得散布在各处的参与者(读者、观众)得以交流,"公共领域与这种亲身到场的联系越松,公共领域越是扩展到散布各处的读者、听众或者观众的通过传媒中介的虚拟性在场,把简单互动的空间结构扩展为公共领域的过程所包含的那种抽象化,就越是明显"②。通过话语交流而进行的观点、内容交流的领域都属于公共领域。而从人们所讨论话题的范围来看,公共领域也可以分为文学公共领域、政治公共领域和科学公共领域。文学公共领域表达个体生活中的情感和体验,以及对社会的批判与阐释,侧重于个人情感与个人对外部世界的体验;在政治公共领域中,人们所讨论的是人与人之间相互关系的社会规范问题,科学公共领域所涉及的是外部世界。在哈贝马斯看来,公共领域主要是资产阶级知识分子——过分对资产阶级的重视而忽视平民公共领域是后来学者主要诟病之处——聚集在一起,以理性论争的自由言论方式共同讨论他们所关注的公共事务,形成公共的舆论,并组织对抗武断的、压迫性的国家与公共权力形式,进而构成不受国家干涉的"公共性"原则,从而维护总体利益和公共福祉——这种舆论是独立于现有政治建构之外的公共交往和公众舆论,对于现存的政治权力具有批判性,同时又是新的政治合法性的基础。

哈贝马斯的公共领域理论给我们几点有益的启示,哪怕他的理论在细节上与中国的具体语境存在着一定的差异性。正如张灏先生所指出的,晚清以后的都市社会中,逐渐出现使现代知识分子得以形成的制度性媒介,即学校、传媒和

---

① 哈贝马斯:《在事实与规范之间——关于法律和民主法治国的商谈理论》,童世骏译,北京:生活·读书·新知三联书店,2003,第447页。
② 同上。

结社①，三者合称为基础建构（infrastructure），成为"知识人社会"得以凭借的公共网络。就学校而言，事实上，更多的人会接触到教科书而不是报刊，商务印书馆与中华书局的教科书给人们的信息也比报刊更稳定、可靠。就传媒途径而言，相对于西欧的图书馆、剧院、咖啡馆、沙龙等举行公共活动的空间，中国的公共领域更多地体现在报纸杂志这一印刷文本空间，报纸杂志在公共舆论建设中起到至关重要的作用，这些相对独立的知识空间都是古代中国没有过的②，这是现代知识分子所赖以存在的社会空间，反过来说，这一新的社会空间又促使更多文学作者由士大夫转变成依靠稿费和版税为生的、具有独立地位的知识分子。严家炎曾指出，以女性作家为例，几千年中国文学史上只出现过蔡琰、李清照等屈指可数的几位女性作家，而"五四"以后短短十年内竟涌现出了陈衡哲、冰心、庐隐、淦女士、苏雪林、凌叔华、石评梅、白薇、丁玲、陆晶清、谢冰莹、袁昌英、林徽因、冯铿等一大群女性作家，"其中就有近代传媒所起的巨大作用"③。

就结社途径而言，报纸杂志与结社团体也密不可分，几乎每个社团都有报纸、刊物或丛书作后盾，梁启超早在《时务报》上发表《变法通议》时就认为，兴办学会有利于振兴中国，"今欲振中国，在广人才；欲广人才，在兴学会"。时务报馆主办或协办了各种学会，如戒缠足会、大同译书局、蒙学公会，支持创办了务农会和上海女学堂④。相对于传统的中国读书人，清末民初的知识人在文化介入方式上的一个最大不同，便是与报纸杂志的广泛联结。作为清末民初文化市场的平台，报纸杂志不仅是传播新知、启蒙大众、进行文化和政治批评的重要载体，也是彼此进行交往的纽带，"用机器复制的中国近代报刊和平装书的发展，改变了传统的文学运行机制，从而也改变了文学的作者、文本和读者"⑤。当然值得注意的是，毕竟相当数量的中国近代知识分子，以及报纸杂志出版商、赞助

---

① 正如一些汉学者所指出的，很多刊物是由与商务印书馆有很深关系的南社社员所办的，王蕴章和恽铁樵编辑了商务印书馆的《妇女杂志》，包天笑承担商务印书馆另一本杂志《教育杂志》中"教育小说"栏目的大部分创作，《小说月报》第 1 期出刊时，21 名作者是南社社员，《小说月报》早期主编为王蕴章，替《小说月报》撰稿的南社社员数量不少。（参见 Denise Gimpel, *Lost Voices of Modernity*: *A Chinese Popular Fiction Magazine in Context*, Hawaii: University of Hawaii Press, 2002, pp. 204—207）
② 现代传媒的兴起能够大大加快信息的传播速度。吉登斯曾言，报纸使"某个边远乡村的居民对当时所发生事件的知晓程度，超过了一百年前的首相。阅读某份报纸的村民自己就同时关心着发生在智利的革命、东非的丛林战争……和发生在俄国的饥荒"；没有现代的传媒，"现代性制度的全球性扩张本来是不可能的"。（吉登斯：《现代性的后果》，田禾译、黄平校，南京：译林出版社，2000，第 67—68 页）
③ 严家炎、袁进：《现代性：二十世纪中国文学的显著特征》，《北京大学学报》（哲学社会科学版），2005 年第 5 期。
④ 闾小波：《中国早期现代化中的传播媒介》，上海：上海三联书店，1995，第 73—74 页。
⑤ 袁进：《中国文学观念的近代变革》，上海：上海社会科学院出版社，1996，第 36 页。

人是由士大夫阶层脱胎而来,以大都市为生活空间的知识分子,尽管离开了传统中国维系宗法体系的土壤,但他们很大程度仍然保持着非商业的士大夫价值观,与西欧报纸杂志出版商完全是依靠机器生存的早期资本家不同。汉学家戴仁在研究商务印书馆史时就认为,"中国的出版商有两副根本面目——理想的一面和商业的一面,一家出版商的名声在很大程度上取决于对二者的平衡",戴仁暗示传统的文化价值可能对现代出版商的生意产生重要影响①。图书,尤其是教科书、工具书、小说与科学书籍,在塑造中国社会舆论的过程中,起到了和报刊同等重要的作用。

晚清小说译介和创作能够在《巴黎茶花女遗事》出版之后短短的几年内成为市场主流,梁启超的"新民说"和"小说界革命"固然功不可没,但是小说得以持续流传的原因,相当程度上也归功于全新的商业化市场逻辑。袁进在《中国文学观念的近代变革》一书中指出:近代文学的重要特点之一是文学传播机制的市场化;早在明清时代,小说的商业化倾向已经初现端倪,而在近代,随着印刷术的发展和近代报刊、平装书的问世,文学的商业化趋势得到了飞速发展;近代报刊和平装书与传统书籍的不同之处在于,它们"从一开始便是作为商品来生产的"②。自从《申报》在创办不久就开设了文艺副刊《瀛寰琐纪》并连载蠡勺居士翻译的《昕夕闲谈》开始,"就意识到了文学所特有的寓教于乐的特性,会使其在现代化的社会动员中起到事半功倍之效"③。正如米兰·昆德拉所言:"'认识'开始成为小说惟一道德。"④在传统伦理价值作为精神支柱退场之后,人们开始从外来的感受、体验出发去重新理解现实、寻找精神的立足点,这也就成为文学现代性的基本动机和起源。

最后不得不指出的是,清末民初以上海为中心的近代都市固然成为新思想、新知识的策源地,但也逐渐受到市场消费机制控制。印刷资本主义和市场消费机制,也促生了以市民大众为目标读者、以消闲文化为内容的大量读物,借助文化生意,经营新的都市文化消费。印刷资本主义背景下的文学自身的审美

---

① Jean-Pierre Drège, *La "Commercial Press" de Shanghai* (1897—1949), Paris, Collège de France, Institut des hautes études chinoises, 1978, p. 3. 转引自芮哲非:《谷腾堡在上海:中国印刷资本业的发展(1876—1937)》,张志强等译,郭晶校,北京:商务印书馆,2014,第 17 页。

② 袁进:《中国文学观念的近代变革》,上海:上海社会科学院出版社,1996,第 35 页。

③ 耿传明、于冰轮:《清末报刊与文学的共生性繁荣与世界的"图象化"》,《南开学报》(哲学社会科学版),2017 年第 1 期。

④ 何尚主编:《窥探魔桶内的秘密:20 世纪文学大师创作随笔》,广州:广东经济出版社,1999,第 272 页。

逻辑，容易使得译介和在译介影响下创作的小说多数都是面向市民的通俗小说，迎合了读者的审美趣味、政治想象，"随着大众对新知的孜孜以求，商业印刷的繁荣，以及读者用小说想象来解决历史实际问题，作者借小说以构建对未来和过去的乌托邦/恶托邦视角等其他因素，其结果是想象中的现实与新建立的现代叙述正统相互龃龉，形成了众声喧哗的局面"①。这种文化下移在民族危机时代容易产生两个方面的效应，一是在政治热潮影响下加强了文学与意识形态的关系，另一方面又容易受经济效益影响，使得创作和翻译容易受到读者口味的影响，从而促进翻译者和读者之间产生双向互动的关系。

---

① 孙康宜、宇文所安主编：《剑桥中国文学史》下卷，1375—1949，刘倩等译，北京：生活·读书·新知三联书店，2013，第496页。

第三个问题：

为什么小说观念的变革与新小说翻译、仿写成为清末民初的显性现象？

随着清末全国工商业经济取得大的发展，以上海为中心的一大批新兴城市也迅速繁荣起来，我们在上一个问题里论及"印刷资本主义的兴起"、近代报刊的出现，以及科举制度的废除、出国游学人数的激增，为小说的创作、翻译、发表都提供了一些条件，但是还有一些其他外在和内在条件是晚清小说观念的变革与新小说翻译与仿写能够兴盛的重要因素。明代中叶以来小说市场的繁荣，维新派、革命派等知识分子将小说作为思想启蒙的最佳选择带来的小说观念的更新，外来小说翻译市场的推动，官方教育制度的改革等等，把小说观念的变革与新小说翻译与仿写推向了近代思想进程的聚焦点。

一、伏笔：明代中叶以来小说市场的繁荣

晚清小说观念的变革与新小说翻译与仿写能够兴盛的外在契机，应与晚明以来小说市场的成熟有关。在第一个问题里，我们已经说明在古代的文类秩序里小说是三教九流的闲书，阅读小说完全被视为消闲娱乐，写小说、读小说与谋生的手段或功名无关。

小说有了较为广阔的市场应发端于明代，明代是我国古代图书出版产业的鼎盛时期，已经具有了一定的市场化和产业化规模。这一方面得益于雕版印刷术的普遍应用与商品经济文化的发展。明代嘉靖之后，湖州、歙州的坊刻书工艺相当发达，到了万历崇祯年间这些地区的技工向南京、苏州、常熟一带迁移。永乐建都北京后，北京的坊间刻书也迅速发展。但总体而言，福建建阳是中国古代雕版印刷事业最繁荣发达的地区。另一方面也与明代后期和清初的市场

分工、专业书肆出现有关,如建阳地区多刻戏曲、杂剧、小说、小说的评点本,具有明显的商业特点。书肆遍布全国各地,书商坊主已具有浓厚的商业意识,他们及时把握市场信息,使用各种手段来达到牟利的目的,如同一作品使用不同书名来编选小说作品集,甚至伪造、假托、剽窃知名作品。与此同时,李卓吾、金圣叹以及明清一些人物,已经有了将小说推向思想文化前台的意识,赞之为"天地之至文""才子书"等等①。

在当时的社会条件下,与政治统治秩序密切相关的文类秩序中,必然是能够维护政治统治与精神秩序的经书为上,娱乐休闲的小说为下,但从商品市场来看,必然是小说更有市场,价值序列正好相反。这种小说发展的平民化、通俗化趋势受到了官方的压制,很大程度上是因为诗和文,不仅符合官方意识形态要求,也反映士大夫文化的审美情趣,而小说、戏曲等通俗文学更多体现了市民阶层的伦理观念、生活态度和审美习惯。程朱理学家标榜"存天理灭人欲",然而明代中叶以后随着商品经济的发展、市民阶层的兴起带来的社会思潮的世俗化转向,则呼唤人性解放。王阳明称:"百姓日用即道","天理者,天然自有之理也,才欲安排如何,便是人欲"②。晚明末期白话文小说作家以及编撰者冯梦龙有感世事纷纭、历史动荡,认为当史统不再是人们判断各种价值的唯一标准时,小说取而代之,亦即"史统散而小说兴"③。入清以后,明末刚刚兴起的小说艺术则又受到压制,特别是康熙朝以后,出于维护封建思想文化统治的需要,对通俗小说的禁毁日益严厉。康熙二十六年刑科给事中刘楷奏章中说:"臣窃思学术人心,教育之首务也。……自皇上严诛邪教,异端屏息,但淫词小说犹流布坊间……臣见一二书肆刊单出赁小说,上列一百五十余种,多不经之语,诲淫之书。……臣请敕部通行五省,责令学臣并地方官,一切淫词小说,……立毁旧板,永绝根株。"④但小说这种具有通俗性和平民化特征的文类,生命力却极为顽强。虽然康熙之后历朝反复禁毁小说,然小说却禁而不止。这可以通过康熙年间江苏巡抚汤斌《严禁私刻淫邪小说戏文告谕》看出来:"独江苏坊贾,唯知射

---

① 骆冬青:《"小说为国民之魂"——论晚清"小说学"的奠立与政治教化的关系》,《明清小说研究》,2005年第4期。
② 王艮著、陈祝生主编:《王心斋全集》,南京:江苏教育出版社,2001,第10页。
③ 冯梦龙在编撰小说集《古今小说》时作的序言中提出了"史统散而小说兴"观念:"史统散而小说兴。始乎周季,而浸淫于宋。韩非、列御寇等人,小说之祖也。《吴越春秋》等书,虽出炎汉,然秦火之后,著述犹稀。迨开元已降,而文人之笔横矣。若通俗演义,不知何昉?按南宋供奉局,有说话人,如今说书之流,其文笔通俗,其作者莫可考。"(冯梦龙:《古今小说·叙》,《古今小说》(上),上海:上海古籍出版社,1992)
④ 王利器辑录:《元明清三代禁毁小说戏曲史料》(增订本),上海:上海古籍出版社,1981,第24—25页。

利,专结一种无知无识希图苟得之徒,编纂小说传奇,宣淫诲诈,备极秽亵,污人耳目,绣像镂版,极巧穷工"①,可见清代书商为了利润,寻求技术的进步和形式的精巧去占领小说市场。

明代中期以后的世俗小说的流行,高度依赖于其借以生存的小说市场。王学钧指出,"将小说市场的情形和书肆坊贾的经验化用为自己的目标服务,乃是'小说界革命'之所以发生的基本原因,也即基本思路和策略"②。清末戊戌变法之前,康有为就上海的图书市场曾询问过上海点石斋的老板:"何书宜售也?"曰:"'书''经'不如八股,八股不如小说。"对江南的这些书商来说,"卖古书不如卖时文,印时文不如印小说春宫,以售多而利速也"。由此康有为才会转变传统观念,重视小说的价值:"宋开此体,通于俚俗,故天下读小说者最多也。启童蒙之知识,引之以正道,惮其欢欣乐读,莫小说若也。"③梁启超则在《变法通议·论幼学》(1897)中论道:"《水浒》《三国》《红楼》之类,读者反多于六经、寓华西人亦读《三国演义》最多,以其易解也。"戊戌变法失败后,流亡日本的梁启超创办《清议报》《新民丛报》,以及《新小说》月刊,倡导"小说界革命"与"政治小说",其实就是要争夺小说市场的文化主导权,"大圣鸿哲数万言谆诲之而不足者,华士坊贾一二书败坏之而有余","斯事愈为大雅君子所不屑道,则愈不得不专于华士幼贾之手"④。

新小说的倡导者、译介与创作者正是凭借着这种市场的商业机制,来拓展其思想空间的。《新小说》创刊伊始就有了鲜明的市场经济特征,列出订价和预订方法,刊登广告的《告白价目表》,更重要的是在《本社征文启》里列出来具体稿酬⑤。除了《新小说》外,其他的小说刊物与图书市场也比较广阔,从1872年至1897年这25年中,总共才出现过5种文学期刊,而1902年到1916年这16年中创刊的文艺期刊就达57种之多。《孽海花》1905年出版,重印至六七版,已在两万部左右;柯南·道尔《华生包探案》1906年至1920年间印行七版。林纾(冷红生)笔述、王寿昌口译法国小仲马《巴黎茶花女遗事》,除了在林琴南家

---

① 王利器辑录:《元明清三代禁毁小说戏曲史料》(增订本),第100—101页。
② 王学钧:《晚清"小说界革命"与小说市场》,《明清小说研究》,1997年第3期。
③ 康有为:《日本书目志》卷十识语,陈平原、夏晓虹编:《二十世纪中国小说理论资料》第1卷,第13页。
④ 梁启超:《论小说与群治之关系》,《新小说》1902年第1号。陈平原、夏晓虹编:《二十世纪中国小说理论资料》第1卷,第36页。
⑤ 其中最值得注意的是,只有小说和剧本才有稿酬,小说的稿酬又分为自著与翻译两类,自著小说又分为甲乙丙丁四等,稿酬依等第每千字酬金四元、三元、二元、一元五角。译本则分为甲乙丙三等,稿酬依等第每千字酬金二元五角、一元六角、一元二角。

乡福州出版的木刻大巾箱本（畏庐藏版），1899年上海索隐书屋委托昌言报馆代为发行，又有1901年玉情瑶怨馆、1903年上海文明书局等多个版本，1923年由商务印书馆再版。林纾与魏易翻译英国哈葛德《迦茵小传》，该作疑有更早线装本，1905年2月由商务印书馆出版，至1906年9月已发行三版，1913年、1914年几度再版，先后编入"说部丛书""林译小说丛书"，成为当时中国一大畅销书。伍光建翻译大仲马《侠隐记》（今译《三个火枪手》）、《续侠隐记》（今译《二十年后》）两书，由上海商务印书馆作为"欧美名家小说"分别初版于1907年的7月和11月，1915年10月出第三版，并与"林译小说"一起被编入商务印书馆的"说部丛书"第二集。苏曼殊取法国文豪雨果的《悲惨世界》第一部第二卷《沉沦》半译半作成《惨社会》（时译为嚣俄的《哀史》）11回，于8月18日《国民日日报》连载，1904年上海镜今书局出单行本，1921年10月交给上海泰东图书局翻印，至1929年翻印5版。各版本翻印20次左右，足见小说市场之兴盛。

二、契机：清末民初小说观念从"开化"到"启蒙"的演进

甲午之后社会群体心态发生一系列剧烈震荡，随之而来的维新变法唤醒了士人阶层广泛的公共参与意识。"《天演论》的流行，则终结了读书人的传统继嗣者心态，树立起一种面向未来的进步主义信念，由此推动社会形成一种崇新、崇洋的时代风气，为晚清时期文学的诗、文、小说的三界革命提供了文化心理基础"①。长期滞留在传统文化边缘的小说，一跃成为清末民初文化格局中的一种优势话语，必然是各种文化势力综合作用的产物，其中一个重要原因就是小说观念自身的进化演进。

1897年，严复和夏曾佑在天津《国闻报》上发表《本馆附印说部缘起》，被阿英称为"阐明小说价值的第一篇文字"②。其论述小说功用甚详，强调小说"入人之深，行世之远"，并提出小说乃是表现人类的"公性情"。"非有英雄之性，不能争存；非有男女之性，不能传种"，进而论及历史上各种政治体制的兴衰，以及由"男女"关系衍生而出的人类秩序；指出曹操、刘备等人的故事之所以能够留传于世靠的是罗贯中的《三国演义》，而不是陈寿的《三国志》。因此"夫说部之兴，其入人之深，行世之远，几几处于经史上，而天下之人心风俗，遂不免为说部

---

① 耿传明：《清末民初小说中"现代性"的起源、形态与文化特性》，《文学评论》，2010年第5期。
② 阿英：《晚清小说史》，北京：东方出版社，1996，第2页。

之所持"。这是从传统文化的势力消长而言的,由于小说"更能曲合乎人心",而战胜了"经史",成为一种更有魅力、更有势力的意识形态。何况"且闻欧美、东瀛,其开化之时,往往得小说之助",所谓"开化",实质就是"启蒙",已经有超越"载道""劝善惩恶"等传统思想范围的意图。康有为对这种正史不传而小说传世的现象也做了论述,"启童蒙之知识,引之以正道,俾其欢欣乐读,莫小说若也","故'六经'不能教,当以小说教之;正史不能入,当以小说入之",具体的方法就是放眼世界,"泰西尤隆小说学哉""亟宜译小说而讲通之"。①戊戌变法的惨败使得东渡日本的梁启超意识到"于日本维新之运有大功者,小说亦其一端也"②。继而发起的小说界革命更是直接把原处于传统文学结构边缘的小说推到中心地位,很快形成一个小说批评和理论研究活跃、新小说创作空前繁荣的局面。

清末民初小说观念的演进至少包括三个方面的显著特征,有助于小说市场的推动与繁荣。

第一,赋予小说唤醒民众、启迪民智、积聚民力的启蒙要求,营造了以小说为载体的公共话语空间平台。西方何以富强,中国何以贫弱?自鸦片战争以来,进步知识阶层一直反复思考这一问题。维新变法时期康有为、梁启超、严复、谭嗣同等维新思想家们基本结论是,"民权兴则国权立,民权灭则国权亡"③。西方之所以富强,是由于所行使民主制度之下"人人有自主之权",人人"各尽其所当为之事,各得其所应有之利"④。中国之所以贫弱,是由于所实行的君主专制制度"收人人自主之权,而归诸一人""使治人者有权,而受治者无权",以至于"君权日益尊,民权日益衰,为中国致弱之根原(源)"。那么,中国要救亡图存,必然道路就是"兴民权","言爱国必自兴民权始"⑤。如何才能"兴民权"?梁启超认为"权者生于智者也","有一分之智,即有一分之权。有六七分之智,即有六七分之权;有十分之智,即有十分之权","权之与智相倚者也"。千年君主专制统治之后,必然要以"塞民智为第一义",造成中国"民智极塞,民情极涣",因此,"今日欲伸民权,必以广民智为第一义"⑥。经历了甲午战争和"百

---

① 康有为:《〈日本书目志〉识语》十四,上海:大同译书局,1898。陈平原、夏晓虹编:《二十世纪中国小说理论资料》(第1卷),第14页。
② 梁启超:《传播文明三利器》(1899),《梁启超全集》,第359页。
③ 梁启超:《爱国论》(1899),《梁启超全集》,第273页。
④ 梁启超:《论中国积弱由于防弊》(1896),《梁启超全集》,第64页。
⑤ 梁启超:《爱国论》(1899),《梁启超全集》,第273页。
⑥ 梁启超:《论湖南应办之事》(1898),《梁启超全集》,第177页。

日维新"等一系列的失败和挫折,自上而下的政治革命走不通,必然要将注意力转向群众,而新思想的宣传者普遍认为开启民智最方便、最有效的途径之一就是小说。国人素来讲求名正言顺,只有给小说正名,制造"小说为文学之最上乘"的言论,才能真正提升它的地位。历来被视为末流的小说在很短时间一跃而为救国济民的利器,可谓知识分子为利用小说进行思想宣传而故意制造一个西方国家以小说立国的"神话"。学者陈平原及袁进先生等都已指出过,梁启超等描绘的小说在外国的地位并不真实,只不过是梁启超等人制造出来的虚构"神话"[①];夏志清更是提出,开化显然是指1868年明治维新之后的日本,"但'开化'一词用来讲欧美,则不知所云。英法二国到底何时开化?文艺复兴时?启蒙运动时?还是产业革命时?……只有在明治维新的日本,小说才可以说是扮演了一个明显的角色,唤起了民众,帮助了政府现代化和进步"[②]。

而在文学领域,小说的兴起迎合了救亡图存的时代需求。1898年冬梁启超在日本创办《清议报》,将自己所译《佳人奇遇》在报上连载,并发表了专论《译印政治小说序》,正式提出与传统章回小说所不同的"政治小说",表示"今特采外国名儒所撰述,而有关切于今日中国时局者,次第译之,附于报末。"于今日来看,梁氏对外国文学并无专攻,对日本文学乃至西洋文学并不可能有深入了解,"在昔欧洲各国变革之始"更是无稽可考,选择"政治小说"作为译介对象,就是因为梁氏看中了小说容易被百姓喜闻乐见的特点,可以对广大读者群进行因势利导,其实质目的就是要改良政治,利用变革政治的愿望来制造抬高小说地位的"神话","借以吐露其所怀抱之政治思想"[③],图"政界之日进"[④]。正如黄摩西所说:"小说之影响于社会,而矣,而社会风尚,实先有构成小说性质之力;二者盖互为因果也"[⑤],这就是为什么梁启超振臂高呼,自此争夺小说市场的话语阵地成为小说译介与仿写、创作的重要意图。陈平原先生有言:"可以这样说,几乎所有晚清小说家没有不关心'改良群治'的,只不过立足点着眼点不同而已。纯粹'借以吐露其所怀抱之政治理想'的政治小说,本身成绩并不可观;可影响

---

① 陈平原:《中国现代小说的起点——清末民初小说研究》,北京:北京大学出版社,2005,第12页;陈伯海、袁进:《上海近代文学史》,上海:上海人民出版社,1993,第246页。
② 夏志清:《新小说的提倡者:严复与梁启超》,《人的文学》,福州:福建教育出版社,2010,第70—71页。
③ 新小说报社:《中国唯一之文学报〈新小说〉叙》,《新民丛报》1902年第14号。陈平原、夏晓虹编:《二十世纪中国小说理论资料》(第1卷),第44页。
④ 梁启超(任公):《译印政治小说序》,陈平原、夏晓虹编:《二十世纪中国小说理论资料》(第1卷),第22页。
⑤ 蛮(黄摩西):《小说小话》,《小说林》1908年第9期。陈平原、夏晓虹编:《二十世纪中国小说理论资料》(第1卷),第245页。

于'谴责小说'的写时事与发议论,'言情小说'的借男女情事写时代变革、'社会小说'的政治热情与寓言式象征……,以至在晚清大部分小说中都隐隐约约可见政治小说的影子"①。从现有的文献资料来看,当时各种小说单行本序言以及随附的前言后记、序跋评语频频出现的关键词就是"化民""群治""教育""改良",如《小说与民智之关系》《小说与群治之关系》《论小说与社会之关系》《论小说之教育》《小说种类之区别实足移易社会之灵魂》等,各种期刊发刊词也是如此:

  傅兰雅:窃以感动人心,变易风俗,莫如小说。推行广速,传之不久,辄能家喻户晓,气息不难为之一变。(《求著时新小说启》,《申报》1895年5月25日)

  新小说社:小说为文学之上乘,于社会之风气关系最巨。本社为提倡新学,开发国民起见,……写情小说,惟必须写儿女之情而寓爱国之意者乃为有益时局,又如《儒林外史》之例,描写现今社会情状,藉以警醒时流,矫正弊俗。(《新小说》征文启,1902年10月31日《新民丛报》第19期。)

  商务印书馆教育小说:述旧时教育之情事,详其弊害,以发明改良方法为主;社会小说:述风水、算命、烧香、求签及一切禁忌厌胜之事,形容其愚惑,以发明格致真理为主;……实业小说:工商现状,述现时工商实在之情事,详其不能制胜之故,以筹改良之法。(上海商务印书馆征文广告,《中外日报》1904年11月6日)

  新小说丛报社:吾国社会之欲改革诚亟亟已,然欲求其改良之法,自以小说为最有效果。以稗官野史之记载,寓诱智改革之深心,以为前途之预备。(新小说丛报社征求小说广告,《时报》1906年9月10日)

  改良小说社:本社以改良社会、开通风气为主义。宗旨纯正、辞义浅显……藉稗官野史之势力,为开智革俗之津梁。(小说改良社征求小说广告,《申报》1909年6月26日)

梁启超和其他文学界精英们为改良群治的政治运动而发起的小说革命,是要把时代使命与政治意义灌输到这种历来"遭贬"的文学样式中来。梁启超的确成功地将小说变为舆论宣传的重要媒介,《论小说与群治之关系》所树立的外

---

① 陈平原:《中国小说叙事模式的转变》,北京:北京大学出版社,2010,第2版,第139页。

国榜样的幻象,就是让人们能够相信"新小说"能够通过"熏、浸、刺、提"对民族的道德、宗教、风俗、习惯乃至文学创作,产生决定性的影响。受历史条件的限制,中国的近代知识分子不能像西方资产阶级那样将咖啡厅、图书馆和沙龙等空间作为公共话语空间,而是将报刊作为公共话语空间的平台:"'公共'这里指的不一定是'公民'领域,而是梁启超的言论——特别是所谓'群'和'新民'的观念——落实到报刊而产生的影响。"①清末民初近代知识分子交流的平台就是《国闻报》《时务报》《新民丛报》《国民》《江苏》《浙江潮》等报刊,而这些知识分子又将刊载在报刊副刊与小说杂志上的新小说,作为向更广泛人群宣传思想启蒙的平台。

第二,小说观念的更新绝不只是"开化",更是"启蒙",适应了现代性的市民性、世俗性、民主性需求②。梁启超提出"小说界革命",清醒地认识到中国古代儒家经典的"汤武革命,顺乎天而应乎人"与西方 revolution 有所不同③。梁启超 1902 年发表《释革》,专门解释"革命"一词的古今中西之义。"革命"之古义,仅是一个政治术语,梁氏称,"革命"之名词,始见于中国者,其在《易》曰:"汤武革命,顺乎天而应乎人。"其在《书》曰:"革殷受命。"皆指王朝易姓,以暴力手段改朝换代而言,是"不足以当 revolution 之意也"。而西方的 revolution,却普及"人群中一切有形无形之事物",不独政治为然。而按西方的 revolution 之义:"必一变其群治之情状,而使幡然有以异于昔日"。亦即革命应是开民智、鼓民权,人人争做"新民",更多是"变革"的意义。梁氏的"诗界革命""文界革命"和"小说界革命",在文学与革命之间,其连接点就是民众。如果说过去的革命是"顺乎天而应乎人",遵从民心向背的"天命",现在的革命则是通过通俗传媒直接向民众启蒙新知,实则赋予了"革命"一种极具现代色彩的正当性。梁启超从 1902 年起《新民丛报》上连载了他的 10 万余字专著《新民说》,一方面分析了积淀在中国人心灵深处的国民性的种种弊端及其根源,另一方面设计出了一个自觉的、爱国的、有公德、有学养、有进取心的新民族形象。塑造国民精神面貌的

---

① 李欧梵:《现代性的追求》,北京:生活·读书·新知三联书店,2000,第 4 页。
② 欧美现代小说,显然也是随着民主与经济扩张而发展,一方面,小说是迎合大众口味、颠覆传统权威的读物,围绕个人的抱负、欲望展开,逐渐瓦解传统的公共秩序,促进个人主义与民主观念的发展;另一方面又与市场经济的商业可行性密切联系。
③ revolution 相关考证,可参见陈建华先生的《"革命"的现代性——中国革命话语考论》,刘小枫先生的《儒家革命精神源流考》。revolution,按英国历史学家艾瑞克·霍布斯鲍姆的说法,既指法国大革命式的激烈的政治突变,亦指英国工业革命式的渐进的社会突变,他称之为"双元革命"。见艾瑞克·霍布斯鲍姆:《革命的年代:1789—1848》,王章辉等译,江苏人民出版社,1999,第 1 页。

理想模式和实现途径之一,就是"新小说"的宣扬。梁把小说比作"空气"和"菽粟",中国人"日日相与呼吸之餐嚼之",小说对市民的影响力当然不是属于高雅的诗文所能比拟。

既然中土小说为"中国群治腐败之总根源","故今日欲改良群治,必自小说界革命始;欲新民,必自新小说始"。维新派把旧小说推翻,然而马上创造一种新小说必然是无法实现的,惟一依靠的便是外国小说。维新派一方面在理论上确立外国小说的地位,另一方面着手翻译外国小说,以作为创作新小说的楷模。黄小配(1873—1913)在《小说风尚之进步以翻译说部为风气之先》文章里言道"以译本小说为开道之骅骝""翻译者为前锋,自著者为后劲""先以译本诱其脑筋;吾国著作家于是乎观社会之现情,审风气之趋势,起而挺笔研墨以继其后"①。一方面,大量的新名词、新概念、新观念如科学、自由、民权、女性解放等伴随着小说的翻译、仿写和创作而得以广泛流行。这些新名词和新概念散见于小说序、跋、丛话、缘起、例言中,如周桂笙在《歇洛克复生探案弁言》中谈论人权、法治,卧虎浪士的《女娲石叙》谈女权和女界启蒙,林纾、我佛山人在翻译小说中介绍西方文化生活和社会制度。另一方面,小说的类别也变得非常繁多,如《新民丛刊》发表的《中国唯一之文学报〈新小说〉》(1902)、小说林社《谨告小说林社最近之趣意》(1905)以及《月月小说》第一年第三号发刊词(1906),大致将小说分为历史小说、政治小说、科学小说、军事小说、冒险小说、侦探小说、言情小说、国民小说、家庭小说等等,其内容基本反映了小说与各种新知识之间的关系,正如杨联芬所总结的,"围绕着政治、文化、教育、女权等话题而展开的中国社会现代化讨论,是从晚清一直持续到五四的;这些讨论,在民初至五四主要是通过杂志的社评、杂说、游记、通讯、随笔等报刊文章进行,但在清末,则主要是通过小说来完成的"②。"醒世""觉民"的小说观念绝不只是为启蒙营造舆论空间,而是直接、间接地对当时社会各种问题的深入探讨和批判,"愤政治之压制""痛社会之混浊""哀婚姻之不自由",将一系列全新的政治、伦理、科学、法制观念输入中国,从而具有了面向市民、通俗易懂、宣传民主的全新内容诉求,使现代思想文化得到传播。

第三,小说观念的变革,还涉及小说艺术形式的丰富与拓展,加大了小说在市场上的吸引力。在小说理论建设明显不够丰富的情况下,清末民初外国小说

---

① 世(黄小配):《小说风尚之进步以翻译说部为风气之先》,《中外小说林》1908年第4期。陈平原、夏晓虹编:《二十世纪中国小说理论资料》(第1卷),第300—301页。

② 杨联芬:《"新"之启蒙与公众舆论——论晚清新小说的价值》,《明清小说研究》2003年第4期。

的译介实践大大地弥补了这一不足,首次涉及近代小说理论的《〈昕夕闲谈〉小序》,就是以对翻译小说的介绍、评价来提出自己的小说观念的。从1899年开始,在不到三年时间里,梁启超依次提出"诗界革命""文界革命"和"小说界革命"的口号,并认真付诸实践。其共同主旨是师法外国文学,改造乃至重建中国文学①。"诗界革命"提倡"第一要新意境,第二要新语句,而又须以古人之风格入之";"文界革命"倡导"善以欧西文思"入文;而"小说界革命"则直接源于欧美及日本的政治小说。梁氏于1902年发表的《论小说与群治之关系》,被公认为晚清"小说界革命"发轫的"宣言书"。关于"小说为文学之最上乘"观点的历史性开创意义,以及"小说界革命"的影响等方面②,前辈学者们作了大量的探讨和评估,大体认为"小说界革命"既给晚清小说在理论和创作上带来了广泛影响,又觉得梁文在理论上缺乏建树。在今天看来,梁氏文章还是在艺术本质上赋予了传统小说向现代性文类转化的条件,详细分析了小说"易传行远"的原因,除了"以其浅而易解故,以其乐而多趣故""必其可惊可愕可悲可感,读之而生出无量噩梦,抹出无量眼泪者也",还"常导人游于他境界,而变换其常触常受之空气,并且通过摹写人们行之不知、习矣不察的怀抱之想象、经阅之境界以及常若知其然而不知所以然的为哀为乐",所以才有"有不可思议之力支配人道故"。他还运用佛家语汇诠释小说之所以支配人心的"四力"——熏、浸、刺、提,挖掘了小说艺术感人的真谛,揭示了小说之为小说的艺术本质。

在19世纪末、20世纪初文化意识形态混乱的情形下,梁氏的"小说界革命"一呼百应,让"想象"的小说负载民族"想象共同体"的特殊身份。开篇之"故欲新道德,必新小说;欲新宗教,必新小说;欲新政治,必新小说;欲新风俗,必新小说;欲新学艺,必新小说;乃至欲新人心,欲新人格,必新小说",本身就利用修辞的手段与意识形态的宣传融合,赋予"小说"对社会民众整体进行塑造的功能。随后梁启超也积极将"新小说"付诸创作和译介的实践。自1902年梁启超于日本横滨创办《新小说》杂志之后,时人自觉将"新小说"和在此之前存在的中

---

① 诗界革命、文界革命分别于1899年12月25、28日于《夏威夷游记》中提出。在提倡理论的同时,理论者不得不考虑在实践方面由谁来写,为谁写,怎么写的问题。"诗界革命"和"文界革命"与传统理路差异不大,而小说则在理论和实践方面缺乏基础。陈建华先生指出,梁启超先提倡"诗界革命"和"文界革命",后来提倡"小说界革命",从文类的角度看,似乎意味着对传统文类等级的不无诡谲的服从和反抗,但同时"这是在现代境遇中展开的方式,在文学和政治、理论和实践等交相错综的关系中,梁启超在探寻、铸塑新的语言,新的意识形态的过程中,达到小说是文学最上乘的结论"。见陈建华:《从革命到共和——清末至民国时期文学、电影与文化的转型》,桂林:广西师范大学出版社,2009,第72页。

② 同上书,第66页。

国旧小说区别开来,甚至刻意在理论上予以比较,如称"旧小说,文学的也;新小说,以文学的而兼科学的。旧小说,常理的也;新小说,以常理的而兼哲理的"①。在文学译介领域,为了达到启蒙教化目的和颠覆传统文类的性质,有三大类作品最受欢迎,即政治小说、侦探小说、科学小说,因为小说界革命"必自输入政治小说、侦探小说、科学小说始……而此三者,尤为小说全体之关键也"。梁启超数年来大量使用的"新名词",虽无学理建树,却有利于提高小说的地位,吸引大批有才华的文人来从事创作,梁氏"已经营造了一个现代的知识架构,一种新的意识形态,正通过报纸期刊和交通运输系统,倾动朝野,迅速地传播到内地各个角落,事实上通过资本主义市场扩散的'印刷语言',使身居异地、素不谋面的国人迅速接受了梁氏的'新民'想象。正是在这样的国族想象的语境里,梁氏为小说加冕,使之发挥号令诸侯的整体性效能"②。

三、动力:欧美小说翻译的热潮

虽然中国传统文学中也有《水浒传》《红楼梦》《儒林外史》这样的杰作,但总的来说成就与创作实践远不及诗文,再加上启蒙思想的宣传者对传统小说心存偏见,往往简单地视之为"诲淫诲盗"打入另册。当传统文学中出现转折点、危机或文学真空之时,晚清的翻译文学恰恰好顺势占据文学多元系统的中心位置,满足"以西化中"的目的。具体动力因素包括以下几个方面。

第一,类型丰富的欧美小说翻译,极大地拓展了清末民初的小说阅读与仿写的空间。中国传统小说类型主要是描写帝王将相的历史小说、才子佳人的言情小说、英雄豪杰的英雄小说和侠义公案小说、神魔小说等,而欧美自18世纪以来具有现代意义的小说发展已经有将近200年的历史,艺术类型趋于复杂成熟。林纾《巴黎茶花女遗事》的洛阳纸贵,加上康、梁一呼百应,使欧美小说的译介突然备受重视,使得欧美翻译小说能够成为晚清小说界革命的前奏,成为我国近现代小说借鉴与创作的原动力。林纾曾经言及以译介作为"新民"工具的心路历程:"吾欲开民智,必立学堂;学堂功缓,不如立会演说;演说又不易举,终

---

① 《读新小说法》,《新世界小说社报》1907年第8期。陈平原、夏晓虹编:《二十世纪中国小说理论资料》(第1卷),第278页。
② 陈建华:《从革命到共和——清末至民国时期文学、电影与文化的转型》,第67页。

"之惟有译书。"①"译书"应当是指"翻译小说",因为他自己所译的正是小说,也恰恰是林纾等人的译介深入人心,20世纪初期至1907年,欧美小说(往往从日译本转译)翻译的数量远远超过国人创作小说的数量;自《巴黎茶花女遗事》以来十年左右的酝酿,至1908年,中国仿写与创作小说的数量才逐渐超越翻译小说,所创作小说的类型也远远超过传统小说。

晚清几种重要的翻译小说类型,都是传统小说中所没有的:在政治小说《佳人奇遇》的启示下,梁启超亲自撰写了《新中国未来记》,随后出现了陈天华的《狮子吼》、怀仁的《卢俊魂》、春帆的《未来世界》等;就言情小说而言,林纾所翻译的《巴黎茶花女遗事》"迅速为中国读者和新小说家所接受和模仿,明显的例子可以举出钟心青的《新茶花》、何诹的《碎琴楼》、林纾的《柳亭亭》、苏曼殊的《碎簪记》和徐枕亚的《玉梨魂》"②,更不要说言情小说还分为惨情小说、苦情小说、哀情小说、妒情小说、孽情小说、艳情小说、烈情小说、怨情小说、幻情小说、侠情小说、奇情小说、痴情小说等繁多的类型;在英国侦探小说家柯南·道尔《福尔摩斯探案集》的影响下,自挽澜在《江苏白话报》1905年第1期上发表《身外身》后出现了大量侦探小说作品,如程小青的《霍桑探案》,李涵秋《雌蝶案》,吕侠发表的第一部女性侦探作品《中国女侦探》,傲骨的《中国侦探砒石案》《中国侦探鸦片案》等不同于传统公案小说的侦探作品;受外国教育小说影响,包天笑在上海商务印书馆发行的《教育杂志》上连续刊载了《馨儿就学记》《埋石弃石记》《苦儿流浪记》《孤雏感遇记》《二青年》《童子侦察队》《双雏泪》等一系列标署"教育小说"的作品后,发表了一系列长、短篇教育小说:《三千里寻亲记》(1903)、《儿童修身之感情》(1905)、《儿童历》(1913)等。实际上除教育专刊之外,很多"以辅助教育、改良社会为宗旨"的报纸杂志都刊登过教育小说。尽管清末民初欧美小说的翻译屡遭五四知识分子的诟病,但是不可否认的是,小说的翻译为这一时期小说市场的繁荣、中国现代小说创作的诱导与培养做出了不可估量的贡献。

第二,叙事视角、叙事时间以及叙事结构多样的欧美小说的翻译,促进了读者的兴趣,也引发了中国小说写作手法上的创新。中国传统小说往往特有的程式和习惯,比如章回体、回目诗、起句"话说"、末尾"欲知后事如何且听下回分解"等;鲜有景物描写和人物心理活动描写;结构方式明白晓畅,一般都是采用说书人的口吻来全知叙事,"我国小说体裁,往往先将书中主人翁之姓氏、来历,

---

① 林纾:《〈译林〉序》,陈平原、夏晓虹编:《二十世纪中国小说理论资料》(第1卷),第26页。
② 陈平原:《中国现代小说的起点——清末民初小说研究》,北京:北京大学出版社,2005,第56页。

叙述一番,然后详其事迹于后;或亦有楔子、引子、词章、言论之属,以为之冠者,盖非如是则无下手处矣"①。只有一些笔记小说、传奇小说中存在少量的第三人称内视角、第一人称内视角和第一人称外视角。清末民初小说的创作者和评论者还意识到中西小说明显不同的特点,"我国小说,起笔多平铺,结笔多圆满……西国小说,起笔多突兀,结笔多洒脱"②。西方小说的开头"凭空落墨,恍如奇峰突兀,从天外飞来;又如燃放花炮,火星乱起"。③ 市场影响最大的侦探小说,很大程度与自由转换叙事视角的新奇有关,觚庵指出福尔摩斯探案的叙事技巧在于有限视角与谋篇布局的巧妙结合,"因华生本局外人,一切福之秘密,可不早宣示,绝非勉强。而华生既茫然不知,忽然罪人斯得,惊奇自出意外。截树寻根,前事必需说明,是皆由其布局之巧,有以致之,遂令读者亦为惊奇不置"④。倒叙、插叙、推理、旁白、独白以及多人称的交替使用等现代小说艺术表现手法,随着欧美小说的翻译而进入中国读者与小说创作者的视野。林纾虽然出于迎合读者口味等方面考虑采用"归化"策略,大肆删改,但作品《巴黎茶花女遗事》的译文中的基本叙事形式没有改变:作者开篇以第一人称交代缘起,中间则以男主人公亚猛回忆的形式讲述自己与茶花女之间的悲欢离合,最后则以茶花女临终前的日记交代结局,这些叙事手法被中国作家所效仿和借鉴。随着译者对翻译性质的认识,"豪杰译"的风尚逐渐改变,越来越强调忠于原著,也容易让中国读者接触到更多叙事艺术技巧的细节。欧美小说的翻译,也进而促进了中国小说叙事结构的变化。例如吴趼人在《九命奇冤》中对倒叙方式的运用相当成功,很可能是受到了法国作家鲍福的小说《毒蛇圈》的影响。周瘦鹃的短篇小说《旧恨》,写慧圆师太二十岁削发为尼,到了七十岁时偶遇她昔日的情人,在两人相逢对视中,慧圆师太扑地"圆寂",对慧圆一生的描写并不是直接描述,而是通过小尼姑的眼睛勾勒而来,这种类似于莫泊桑《项链》截取生活的截面来展现人物一生、间接描写的手法显然是源自外国小说;而在周瘦鹃《旧约》这部作品中,不仅有了景物描写的铺垫,而且还不断地灵活自如地切换视角,显然与他翻译过莫泊桑、欧·亨利、契诃夫和托尔斯泰的作品有关。

---

① 周桂笙:《〈毒蛇圈〉译者识语》,《新小说》1903年第8号。陈平原、夏晓虹编:《二十世纪中国小说理论资料》(第1卷),第94页。
② 徐念慈:《〈电冠〉赘语》,《小说林》,1908第8号。
③ 周桂笙:《〈毒蛇圈〉译者识语》,《新小说》1903年第8号。陈平原、夏晓虹编:《二十世纪中国小说理论资料》(第1卷),第94页。
④ 余明震:《觚庵漫笔》,《小说林》,1907第5期。陈平原、夏晓虹编:《二十世纪中国小说理论资料》(第1卷),第249页。

第三，欧美小说翻译以及仿写，促进了语言与文体的现代化，扩大了读者接受的群体。晚清启蒙者为开启民智，意识到推行白话是进行思想宣传的必要手段，但从梁启超到早期的鲁迅，受旧式教育背景的局限，驾驭白话远不如驾驭文言自如，所以在五四以前的欧美小说的翻译、中国近代新小说的创作大体上还是文言占据优势。然而，必须看到，在文言为浅近化白话文取代方面，或者说中国小说语言通俗化方面，小说翻译与创作起到了不可忽视的作用，尤其是言文一致（俗语的运用）、新译词使用、欧化句式的使用。徐念慈在《余之小说观》中强调俗语文体是文学进步的方向，"造出最适之新字""文言参半""用各省之方言"。而包天笑则直接认为"词章之笔"不宜翻译欧文，应该用"活的语言"翻译欧美的"活的文学"，这也是为什么到了清末民初时包天笑、周瘦鹃等人创作的小说采用相当标准的白话，更不要说新文化运动期间陈独秀等人提出的文言合一的问题。面向市民阅读市场的小说需求与小说的翻译和创作生产之间，存在着相互影响的关系，促进文学语言与形式的变革，这也是中国文学现代化中最深刻并具有根本意义的变革之一，这一点我们将在后面的问题中详细论述。

总之，在古典思想衰落和现代性尚未成型这一历史断层中，晚清小说的翻译与仿写、创作，成为中国近代知识分子营造公共领域的平台，也成了它们搭建观察世界、审视民族和自我的平台——这意味着动摇了传统士大夫阶层的文化优越感，扭转了传统文类秩序的观念。从表层看这是一个逐渐从模仿、吸纳欧美小说情节结构，挖掘新的题材素材，更新语言文字形式，汲取叙事形式，讲好故事的过程，从深层看也是中国近代知识分子学会从现代性的角度，去思考什么是民主、自由、科学，去寻求人格独立、个性解放和精神自由，对封建观念和旧礼教的批判，对尚武精神的倡导，力图改变中国的思想进程。

四、内需：道统崩溃时代对现代文明的追慕与想象

20世纪的第一个十年，在晚清政局动荡、历史纷扰的时代背景下，小说观念的变革与新小说翻译与仿写成为当时的显性现象。王德威认为，晚清小说四种类型：狭邪、公案侠义、谴责、科幻，预告了20世纪中国"正宗"现代文学的四个方向：对欲望、正义、价值、知识范畴的批判性思考，以及对如何叙述欲望、正

义、价值、知识的形式性琢磨。① 进一步延伸王德威的观点到清末民初小说的翻译,政治小说、言情小说、侦探小说、冒险小说,实际上是以幻想的形式捕捉到当时所存在的各种社会现象,"也对中国的现代性何去何从提出了最精彩甚至是最惊心动魄的观察",其中最为重要的是从各种形式来寻求国家的寓言、历史的预言,幻想国家与历史的过去与未来。过去中国人的乌托邦图景植根于《礼记》,"大道之行也,天下为公,选贤与能,讲信修睦",继而是陶渊明《桃花源记》。清末民初小说的翻译与创作,想象和描绘了未来国家景象,实现了对古典乌托邦的超越。但是值得注意的是,西方文学现代性产生于对资本主义兴起、工业革命和技术进步等价值观的不满,而对于受到西方国家威胁的半殖民地半封建社会的中国来说,启蒙知识分子还无法分辨这些由翻译小说挟裹而来的现代性观念的批判性本质,但是已经能够以自己的智识来努力拣选和论述中国的现代文明发展方向,推动封建专制体制下的人伦教化向民主革命启蒙转型。

晚清政治小说艺术成就最为一般,但也是最为符合启蒙宣传者建立理想社会的需求,带有鲜明的唯理性主义和唯意志主义色彩。政治小说的翻译与创作以1891年英国传教士李提摩太翻译发表于《万国公报》的美国小说家爱德华·贝拉米《回头看纪略》为开端,1895年傅兰雅在《万国公报》上发出的《求著时新小说启》为接续,梁启超翻译《佳人奇遇》、创作《新中国未来记》为标志,加上陈天华《狮子吼》、陆士谔的《新中国》、蔡元培的《新年梦》等作品,以"寓言"和"演说"的修辞方式给人们提供了新的想象空间,托寄着攸关当时中国前途命运的政治辩难。虽然政治小说内容的功用性超过形式的艺术性,但是它本身属于进步知识分子的集体愿望,何况这种在小说内部建立的一套政治话语的形式,在随后的虚无党小说以及五四新文学中得以延续,并渗透进其他各类小说翻译与创作意识中。18世纪法国启蒙主义者用科学和理性来开启民智,用哲理小说、现实主义小说来进行宗教和封建专制思想的批判,对资产阶级自由、平等、博爱思想的弘扬,主要的立足点是对于理性和主体性的坚定信念,而梁启超的政治小说对社会政治主题的考察也从"文以载道"的对政治统治的维护迁移至对政治制度的讨论,虽然都属于政治教化、经世致用的性质,但是却有了确立一种不同于传统循环论的进化论历史发展意识,对现存封建政治意识形态进行解构,对于家族制度和礼教的弊害多有揭露,提出过"家庭立宪""家庭革命"的口号,后来的虚无党小说甚至提出"三纲革命"和"无父、无君、无法、无天"的"四无主

---

① 王德威:《被压抑的现代性——没有晚清,何来"五四"》,《想像中国的方法——历史·小说·叙事》,北京:生活·读书·新知三联书店,1998,第16页。

义",主张个人的绝对自由。这些以政治改革为目的的小说,表现出一种理想主义的相信未来的信念、态度,唤起人们对新的政治制度的向往和渴望。

就科幻小说而言,在清末民初西学东渐的风潮中,以小说来唤起民众对"科学"与"未来"的兴趣也成为一种潮流,梁启超、鲁迅、包天笑等重要知识分子都曾译介过各种科幻小说,梁启超的《新中国未来记》,吴趼人的《新石头记》,碧荷馆主人的《黄金世界》和《新纪元》,陆士谔《新中国》都是从科学角度对未来世界进行乌托邦式或科学性的预测。在《新中国未来记》里,"到二十世纪后半期,中国将跻身世界强国之列"。到那时,世界列强皆派出头等钦差"齐集南京,好不匆忙,好不热闹",孔子后人孔觉民老先生为两万名听众讲演过去六十年的中国史,显然意味着这是一部从"未来"追忆的"革命往事"。而吴趼人《新石头记》则写道,话说贾宝玉修炼多年后重返人间,不料竟然来到20世纪初的中国,经历了兵燹和黑暗之后,偶然闯入了一处"文明境界",也是一个"科技乌托邦"。在这个新世界里,他乘"飞车"翱翔天际,坐潜艇畅游海底,见证了一个科技昌明、道德完备的乌托邦世界。这些科幻作品都以最神妙的方法引导我们进入对未来乌托邦的想象,然而又兼具政治小说与理想小说的特征——吴趼人自己都说《新石头记》"兼理想、科学、社会、政治而有之",如今这些科幻小说用文学诠释政治,处处投射着新的公理世界观、世界历史中的民族竞争图景与进步观,虽然在艺术上几无值得称道之处,但是激发并体现了晚清小说家对新文明的想象,"要改变现实,势必要树立一个理想的典范"。

清末民初小说中还有一个重要的派别即社会言情小说。晚清政治小说主要是以小说为改革社会的药石,更倾向于群体、民族、国家等宏大叙事,故此小说中议论多、道理强,小说几乎成了表达政治宣传的手段。而言情小说则书写自己的感情,靠真实、深邃的内心世界感动读者,"可怜一卷《茶花女》,断尽支那荡子肠",说的就是这个意义。从艺术的本身来看,政治小说的政治理念大大压倒了人物形象和描写细节,因为缺乏有血有肉、性格鲜明的人物而注定短命,反倒是注意个体的觉醒,个人生存环境、生存境遇的言情小说具有强大的生命力。巴赫金曾说历史上出现"文学小说化",是因为小说特别适合表现人生的历程、人的内在自我成长过程,其开放性表现为"不断改变自身已形成的一切形式",其实就是强调在世俗化的时代,小说适合表现普通人生活,而言情小说显然能够符合这一现代性的特征。对于清末民初的启蒙知识分子来说,自由、独立的"个人"不是终极关怀的对象,而是以"合群"为中心;言情小说虽多通过情感纠葛和危机展现"爱情神圣""婚姻自由"、个性解放的权利——当然并非是指低俗艳情小说，但作为小说译者和著者往往鲜有关注"写情"，忽视了其感性爱欲解放的价值，甚至像"鸳鸯蝴蝶派"都是作为五四新文学的批判对象而存在的。言情小说对自由与秩序潜在表达具有明显的现代性性质，事实上触及西方启蒙强烈的个人主义色彩，"不为拿破仑，便为贾宝玉"（何海鸣语），"唯理"和"唯情"本是现代性的两极，"'唯情'催发的是一种将情感作为道德的基础的浪漫主义的伦理观"①。正如卢卡奇所认为的，现代性的最大问题是"总体文化"的失落，五四新文化运动中问题小说对觉醒后个体的重视，恰恰部分是来自于晚清言情小说中个体意识的探索。

  清末民初小说翻译与小说创作数量庞大，然而能够传世的不多，也没有什么堪称典范的经典作品。但是，作为一个转型时代文学的共同兴趣与价值，迎合了道统崩溃时代民众普遍渴求的一种心理状态，亦即在小说的翻译、仿写与创作中去想象民族现代性的可能，使得晚清小说在中国传统文化旨趣之外，寻找到一个更为崇高的定位：小说成为表现人类理想的形式，成为整个社会精神的先锋与指南。这些政治小说、言情小说、科幻小说、侦探小说所铺陈的奇幻空间和政治想象毕竟过于天马行空，要逐渐为五四的现实主义以及写实主义新文学主流所代替。

---

① 耿传明：《清末民初小说中"现代性"的起源、形态与文化特性》，《文学评论》，2010年第5期。

第四个问题：

为什么欧美通俗小说率先进入清末民初的文坛？

在清末民初小说的翻译过程中，政治小说、言情小说、侦探小说与科幻小说等几种主要类型的小说实际上以通俗文学为主，名家名作占据的比例不大。被译介最多的作家有英国的柯南·道尔、哈葛德，法国的凡尔纳、大仲马和日本押川春浪等。最为读者所熟知的小说人物，一是茶花女马克，一是大侦探福尔摩斯。在救亡图存的启蒙背景下，为什么这些通俗小说题材的欧美文学占据主流？探索这一问题可以从文化市场上的读者群分析入手，毕竟没有足够的读者群体的需求，通俗小说很难广泛地流行。

一、清末民初小说市场中的文化下移

任何时代小说读者群的形成，都是社会政治、经济、文化和教育发展多种因素共同作用的结果。在前面的问题中我们总结过清末民初知识分子来源于国人自办的新式学堂，来华传教士开设的教会学校，出国留学人员，从封建营垒中分化而来的士大夫，这些知识分子是小说翻译和创作者，新学的倡导者，"数千万之士人，皆不得不舍其兔园册子、帖括讲章，而争讲万国之故及各种新学。争阅地图，争讲译出之西书。昔之梦梦然不知有大地，以中国为世界上独一无二之国者，今则忽然开目，憬然知中国以外，尚有如许多国，而顽陋倨傲之意见，可以顿释矣。……耳目既开，民智骤进"[①]。与此同时，这些知识分子也是小说期刊、图书的重要消费者，而小说期刊、图书的出版也影响和带动着中国近代化知识分子队伍不断扩大。时人徐念慈《余之小说观》中观察了当时小说读者队伍的组成，"余约计今之购小说者，其百分之九十，出于旧学界而输入新学说者，其

---

① 梁启超：《戊戌政变记》（1898），《梁启超全集》，193页。

百分之九,出于普通之人物,其真受学校教育,而有思想、有才力、欢迎新小说者,未知满百分之一否也?"①而当代袁进先生认为,清末民初"小说市场的扩大主要不是由于市民的急剧膨胀,而是士大夫读者的急速增加"②,事实上由于小说观念的转变以及新小说的提倡,势必导致更多原有的鄙视小说的士大夫阶层开始重视小说,成为新小说的译者、作者和读者,但是另一方面,新式知识分子的群体本身也是不断增加的,从而造成小说市场的急剧膨胀。

然而有意思的是,最初倡导"小说界革命"和译介新小说者,心目中假想的读者多是文化水平不高的"愚民",所以试图用白话来表达。康有为在《〈日本书目志〉识语》中,强调"天下通人少而愚人多,深于文学之人少,而粗识之、无之人多",唯有小说能满足开启民智的需求;而黄遵宪倡议"我手写我口"之余,更说过"盖语言与文字离,则通文者少;语言与文字合,则通文者多,其势然也"③,要求以白话来取代文言,借助白话来开启民智。而当时一篇题为《论小说之教育》的文章,称"愚民"太多,只能靠"以至浅极易小说之教育"④。而小说《母夜叉》的译者解释道,之所以以白话来翻译,是因为又聋又瞽、拥肿不宁、茅草塞心肝的许多国民,只能读这种书⑤。所以说早期的新小说的译介者虽然也是强调小说能开启民智、能教育群众的启蒙主义者,却采取非常自负、高高在上的态度。周作人后来比较了五四时期与晚清白话文运动的分别,"第二,是态度的不同——现在我们作文的态度是一元的,就是:无论对什么人,作什么事,无论是著书或随便地写一张字条儿,一律都用白话。而以前的态度是二元的:不是凡文字都用白话写,只是为一般没有学识的平民和工人才写白话的……但如写正经的文章或著书时,当然还是作古文的,因此我们可以说,在那时候,古文是为'老爷'用的,白话是为'听差'用的"⑥。事实上,新小说刊物数量的激增意味着小说市场的急剧扩大,然而这时期阅读新小说的读者,并不是它的倡导者所预期的"仅识字之人"。由近代新式学堂培养出来或通过出国留学而形成的新知识分子,以及愿意接受新事物的原士大夫阶层组成的市民阶层,才是晚清小说读者队伍

---

① 徐念慈(觉我):《余之小说观》,陈平原、夏晓虹编:《二十世纪中国小说理论资料》(第1卷),第314页。
② 袁进:《中国文学观念的近代变革》,上海:上海社会科学院出版社,1996,第44页。
③ 黄遵宪:《学术志二文字 日本国志》,陈铮编:《黄遵宪全集》第二卷,北京:中华书局,2005,第1420页。
④ 佚名:《论小说之教育》,《新世界小说社报》,1906年第4期。陈平原、夏晓虹编:《二十世纪中国小说理论资料》(第1卷),第186页。
⑤ 小说林编译所:《〈母夜叉〉闲评八则》,《母夜叉》,小说林社,1905。陈平原、夏晓虹编:《二十世纪中国小说理论资料》(第1卷),第157页。
⑥ 周作人:《中国新文学的源流》,上海:华东师范大学出版社,1995,第56页。

的主力军,钟骏文提到"十年前之世界为八股世界,近则忽变为小说世界,盖昔之肆力于八股者,今则斗心角智,无不以小说家自命"①。老棣看到:"自文明东渡,而吾国人亦知小说之重要,不可以等闲观也,乃易其浸淫'四书''五经'者,变而为购阅新小说。"②黄人指出士大夫"昔之视小说也太轻,而今之视小说又太重也。"③梁启超在1915年惊叹:"举国士大夫不悦学之结果,《三传》束阁,《论语》当薪,欧美新学,仅浅尝为口耳之具,其偶有执卷,舍小说外殆无良伴。"④这些都反映了士大夫阶层对小说态度的变化,在有文化修养、购买能力和闲暇时间的有文化的阶层中形成读小说的风气。

  实际上,从小说市场的销售数量和规模来看,新式知识分子的群体消化不了所有的市场份额。清末民初随着开埠通商和口岸贸易的兴起,沿海通商口岸城市、东南部省会和工业城市、沿长江溯流而上的城市商品经济逐步发展,加上新学的倡导与国民教育体系的调整,报纸杂志媒体的兴盛,为通俗小说市场培育了有消费能力、有阅读能力和兴趣的现代市民阶层,市民阶层与新式知识分子既有身份的关联——很多知识分子因仕途的弃绝自然成为城市市民的组成部分,也有思想认识上的差异,林培瑞认为,小市民一词应指"小商贩,各类公司职员,高中学生,家庭主妇和其他受过一定教育的,生活富裕的都市人,这些人是通俗小说的忠实读者,"⑤其实市民是依托城市为生,进入市场经济轨道,凭的是个人才智、经营能力,以市场的交换为主要谋生手段的群体。市民阶层的出现必然伴有阅读的需求,《〈小说林〉缘起》曾指出,新小说"文野智愚""咸欢迎"⑥,但是他们与新式知识分子的阅读兴趣必然有着明显的差异:就是明显的

---

① 寅半生(钟骏文):《小说闲评·叙》,《游戏世界》,1906年第1期。陈平原、夏晓虹编:《二十世纪中国小说理论资料》(第1卷),第182页。
② 老棣:《文风之变迁与小说将来之位置》,《中外小说林》,1907年第6期。陈平原、夏晓虹编:《二十世纪中国小说理论资料》(第1卷),第206—207页。
③ 摩西:《〈小说林〉发刊词》,《小说林》1907年第1期。陈平原、夏晓虹编:《二十世纪中国小说理论资料》(第1卷),第233页。
④ 梁启超:《告小说家》,《中华小说界》,1915年第2卷第1期。陈平原、夏晓虹编:《二十世纪中国小说理论资料》(第1卷),第484页。
⑤ Link Perry(林佩瑞),*Mandarin Ducks And Butterflies: Popular Fiction In Early Twentieth-Century Chinese Cities*(《鸳鸯蝴蝶派:20世纪早期中国城市的通俗小说》),Berkeley, Los Angeles and London: University of California Press, 1981, pp.5—7.(转引自卢汉超:《霓虹灯外——20世纪初日常生活的上海》(*Beyond the Neon Lights: Everyday Shanghai in the Early Twentieth Century*),段炼等译,上海:上海古籍出版社,2004,第49页)
⑥ 徐念慈(觉我):《〈小说林〉缘起》,《小说林》1907年第1期。陈平原、夏晓虹编:《二十世纪中国小说理论资料》(第1卷),第235页。

消遣娱乐性质。

所以一般市民也逐渐构成了晚清小说读者的庞大队伍。例如"宁可不娶小老嬷,不可不看《礼拜六》"就表明了通俗小说对市民的适应与迎合,可见通俗小说拥有的庞大读者群体主要是市民,市民读者群的出现为通俗小说的产生和繁荣,提供了一种前所未有的巨大动力。陈平原先生曾经说过,作为一种物质形态的"书籍",与作为一种社会行为的"读书"之间,有某种微妙的关系,最有意思的是《礼拜六》的说法:"买笑耗金钱,觅醉碍卫生,顾曲苦喧嚣,不若读小说之省俭而安乐也","一编在手,万虑都忘,劳瘁一周,安闲此日,不亦快哉!"[①]在今天看来,内容低俗的《礼拜六》的说法纯属戏谈,但是不难发现普通民众可以买得起一般的小说期刊,阅读成为一般市民的普通消费,这就为满足市民趣味的通俗小说铺垫了市场。从语言文字的变革来看,清末民初小说的翻译与创作不得不采用文言文,显示了士大夫的欣赏趣味和表达习惯,但是逐渐为白话小说所替代,也体现出了面向市民社会市场的庞大吸引力。

二、传媒市场与市民阶层读者的共生关系

学界一般认为,近代传媒培养和造就了两种类型的读者,喜欢新文学的学生、留学生和士大夫阶层脱胎来的知识分子;喜欢通俗文学的普通市民阶层。事实上清末民初的实情要复杂得多,晚清虽然没有资本主义经济体系的完整发展,但是现代城市经济的建立、民族工商业与印刷资本主义的发展,的确有助于商人与知识分子阶层摆脱封建国家政权的束缚,有助于传统封建社会向市民社会的转型。商品经济显然是公共领域建构的重要隐性力量,民族资本家或商人从实业救国目的出发,在发展商业利益的同时不忘救亡图存的历史使命,建立新式学堂、兴办报纸杂志、扶持社团组织,使得清末民初的知识分子能够依靠包括小说期刊、小说图书在内的媒体市场获得了生存的空间,培育和扩大新文化的接受对象(读者),也建立了文学公共领域的机制——一个"具有批判功能的公共领域",亦即通过阅读和讨论,在公众之间形成了一个交往网络。以新小说为代表的文化不是消遣和娱乐的对象,而是批判的武器,是文化批判、社会批判的重要手段。文学制度的改革最终是要推动社会制度的变革,朱光潜甚至说

---

① 王钝根:《〈礼拜六〉出版赘言》,《礼拜六》第1期,1914年6月6日。

过:"在现代中国,一个有势力的文学刊物比一个大学的影响还要更广大,更深长。"①哈贝马斯所认为的理想的"代表型公共领域"私人领域和公共领域之间达成了一种良性的循环和平衡,这要求市民阶层受过良好的教育,拥有不易受政治干涉的独立经济的能力,并且能够通过争论形成理性的思想。

知识分子借重市场机制获得了独立的生存条件,依赖小说市场去打破封建社会的经济垄断和文化专制,依靠市场来形成自己的批判特征和审美特性。然而市场自身的强大操纵力量,使得市场规律在文化市场逐渐发挥自身的特性,使得现代大众传媒带来"资产阶级公共领域再封建化",导致"代表型公共领域"的萎缩,公共权力领域得以强化,公众文化由塑造公众的批判意识变成了纵容公众的消费意识,"阅读公众的批判逐渐让位于消费者'交换彼此品味与爱好'","文学公共领域消失了,取而代之的是文化消费的伪公共或伪私人领域"②。批判意识逐渐转换成了消费观念,文化批判的公众也变成了文化消费的市民,即被操纵的公众。商务印书馆在《说部丛书》出版100编时,制作过一批广告,"本馆所印'说部丛书'皆系新译、新著之作,饶有兴味,早已风行一时,积五六年之力始得完成一百种,计一百三十一册,兹特装成一木箱以便购者,得窥全豹"。其中前三种广告词如下:

> 言情小说。《天际落花》。三角。有妇人被男子自塔顶推落,同时别有一男子游塔上以嫌疑被捕,遂横生无数枝节,情事离奇,不可思议。
> 侦探小说。《剧场奇案》。四角。有孪生姊妹二人,因承袭遗产被人窥伺,先杀其姊,并欲及妹,妹之未婚夫历尽艰辛,侦得真相而获正凶。
> 科学小说。《梦游二十一世纪》。二角。是书为荷兰哲学士所著,风行欧洲,书中所述皆本格致之原理,推世界之进步,奇想天开,新理迭出。③

我们从这个广告可以一窥清末民初文学思潮的这种矛盾性特征,一方面意在对社会进行启蒙,力图建设觉世的文学,另一方面,又不得不表现出重市场、讲趣味、趋新崇洋、消遣娱乐的世俗化价值取向,似乎又是媚世的文学。由于商业利益的驱使,必然是要寻求更多的市民大众购买,去迎合市民休闲娱乐的胃口。读者阶层与小说翻译、小说创作之间在市场机制下形成了一种互动关系,并进而影响到清末民初的文学生态和文学生产,由此也带来了清末民初通俗文

---

① 朱光潜:《论小品文(一份公开信)》,《朱光潜全集》第三卷,合肥:安徽教育出版社,1987,第429页。
② 哈贝马斯:《公共领域的结构转型》,曹卫东等译,上海:学林出版社,1999,第196,201页。
③ 周振鹤编:《晚清营业书目》,上海:上海书店出版社,2005,第363页。

学的繁荣,也进而影响到民国初年文坛创作不当取向,亦即像"新鸳鸯蝴蝶派"那样,完全把满足市民读者的审美价值和趣味作为自己的写作策略。

除了市场机制之外,小说翻译与创作者的小说观念也影响到通俗小说的流行。最初倡导"小说界革命"和译介新小说者,心目中假想的读者多是文化水平不高的"愚民",所以试图用白话来表达。尽管五四以前以文言文翻译、创作的小说占较大的数量,但是自梁启超创作《新中国未来记》开始,就力图运用白话文,这里就开始有了一个观念上的关键变化,就是雅俗的合流。通俗化白话文的使用,虽然并非是梁启超甚至是鲁迅等人所情愿或灵活驾驭的,但是他们知道新小说的翻译与创作在内容及方式上应该满足一般民众需要,且为一般民众喜闻乐见,通俗化则有助于扩大文学消费群,必然有助于文学的雅俗合流。与佶屈聱牙、冰冷刻骨的桐城派古文相对,文白相间、清新晓畅的报章体文字在小说翻译与创作中逐渐扩大。梁启超称:"自报章兴,吾国之文体,为之一变,汪洋恣肆,畅所欲言,所谓宗派家法,无复问者。"[1]这不仅是译者与作者的价值取向,进而成为读者的价值取向,这也是从梁启超的"小说界革命"到新文化运动的"文学革命",再到20世纪三十年代"革命的文学"在内容与形式上的共同要求。五四白话文是继报章体之后的再度革新,进一步推进文学通俗化的时代趋势。

值得一提的是,通俗小说的兴起,还与非功利的小说审美观念、娱乐消遣的小说观念出现有关。非功利的小说理论观以王国维、徐念慈、黄人为代表[2],王国维提出"美术之务,在描写人生之苦痛与其解脱之道,而使吾侪冯生之徒,于此桎梏之世界中,离此生活之欲之争斗,而得其暂时之平和,此一切美术之目的也。"而徐念慈在《余之小说观》也并不认同小说能够挽救社会一切的理念,而且在《小说林缘起》一文中强调小说自身的审美性质:"所谓小说者,殆合理想美学、感情美学而居其最上乘者。"而摩西在《〈小说林〉发刊词》等文中也认为小说是"文学之倾于美的方面之一种","文学之有高格可循者,一属于审美之情操"。[3] 虽然非功利的小说审美观念与通俗小说本身没有天然的联系,但是与生活、情感的审美方面都有颇多关联之处,甚至可以与消遣娱乐的观念有所勾

---

[1] 梁启超:《中国各报存佚表》,《清议报》1901年,第一百期。张静庐辑注:《中国出版史料补编》,北京:中华书局,1957,第75页。
[2] 谢昭新:《晚清小说理论的"现代化"转化》,《安徽师范大学学报》(人文社会科学版),2008年第3期。
[3] 摩西:《〈小说林〉发刊词》,《小说林》1907年第1期。陈平原、夏晓虹编:《二十世纪中国小说理论资料》(第1卷),北京:北京大学出版社,1997,第234页。

连。杨义先生指出,处于晚清和五四两个启蒙波谷时期的民初作家,是启蒙精神最为淡化的时候,原来大大弱化的传统文人墨客、市井闲人的消遣情趣观念重新抬头,像包天笑、徐枕亚、王纯根等人物走上追求消遣娱乐趣味的道路①,反映出清末民初小说观念的真、善、美与乐四方的角力与平衡关系。市场经济运作的商业化特征必然会给小说的翻译、创作与评论带来负面的影响,这些现象也在五四时期的小说论者那里有所纠正。

三、清末民初对"小说"的通俗化读解

处于商品经济条件下的报纸杂志,为了保持销量以及对普通民众的影响力,小说的译介在栏目、体裁、题材、主题上当然要迎合市场的需求。林纾翻译的《巴黎茶花女遗事》在这个时间适时地出现,小说发表后广为流布,"一时纸贵洛阳,风行海内"。严复的"可怜一卷《茶花女》,断尽支那荡子肠"的诗句,描绘了当时中国文人被《茶花女》深深震撼的情形。仔细翻检清末民初小说翻译的目录,我们不难发现当时没有欧美文学史的系统观念,没有经典与通俗的分野。翻译的原本的抉择应该有这么几个因素:(1)多数应该属于海外留学或游学者从外国市场带来的,尤其是日本图书市场,这与甲午战争之后留日学生遽增有关,这也是为什么大多数文本尽管是欧美小说,但又都从日译本转译的原因,例如戢翼翚重述普希馨(普希金)的著作、日本高须治助译述《斯密士玛丽传》(《俄国情史》或《花心蝶梦录》,今译《上尉的女儿》)。(2)在没有学术体系指引的情况下,图书的抉择容易从大众图书市场挑选畅销的通俗读物,侦探小说、科幻小说、言情小说和政治小说本来都是近代日本图书市场上较为常见的读物,要有趣味性、娱乐性、知识性和可读性。日本明治维新之后,日本文坛兴起了翻译政治小说和创作政治小说的热潮。达文社翻译《海外奇谈》时标注英国莎士比亚,实际为 Charles Lamb、Mary Lamb 所写的《莎士比亚戏剧故事集》(*Tales from Shakespeare*),这种故事集显然就是大众市场上的通俗读物。(3)随着留学生在国外学习的深入,一些18—19世纪资产阶级上升时期的经典之作也翻译过

---

① 杨义:《中国现代小说史》第1卷,北京:人民文学出版社,1985,第16—17页。

来,最主要的是商务印书馆编译所的"说部丛书"①,但是译介者并没有将其置于高雅文学、经典文学的地位,所以所谓"通俗"主要是从读者受众、语言的变革和翻译与仿写、创作的解读意图而言的。换句话说,当时译者与读者基本没有按照"雅"的标准来审视和看待"新小说"②,"我们也应该同时明白这并不代表晚清民初的译者缺乏文学判断力……西方文学建制并不是他们最关注的事",如果后世论者"忽视这一点,硬把这个时期的翻译和原作者在原作品文化的地位挂钩,实在有点本末倒置"③。

译介者出于关心国事的社会责任心,面对内忧外患,他们真切地表达了自己强烈的忧患意识,对不同类型的雅俗小说的拣选只是依照自己的启蒙思路予以解释。表现下层社会悲苦生活的小说者甚多,这点也格外受到读者和评论者的重视。新的通俗性质的小说将传统描写帝王将相、英雄豪杰、才子佳人的内容转向下层普通的、日常的、平凡的生活,使得叙事内容与市民阶层的现实生活、人情事态、所处社会矛盾紧密联系,容易使得市民阶层通过阅读这些作品获得生存的技能与启发,并将阅读通俗小说成为生活的有机组成部分。冷血是早期致力于翻译介绍雨果的主要译者之一,尤其关注悲惨世界中的精神生活。在《惨世界》第一回末"冷血曰:痛!巴黎仅有玛芸娘,而我国到处皆玛芸娘"。第二回末:"上海滩数万可怜儿当同声哭。"林纾赞赏狄更斯小说"扫荡名士美人之局,专为下等社会写照"的思想意义,更突出强调善于"刻划市井卑污龌龊之事",善叙"家常平淡之事"。林纾和魏易翻译《黑奴吁天录》时,不仅两人且泣且译,且译且泣,一位名为灵石的读者发表《读黑奴吁天录》时称,"我读《吁天录》,以哭黑人之泪哭我黄人,以黑人已往之境,哭我黄人之现在,我欲黄人家家置一《吁天录》。我愿读《吁天录》者,人人发儿女之悲啼,洒英雄之热泪。我愿书场、茶肆演小说以谋生者,亦奉此《吁天录》,竭其平生之长,一摹绘其酸楚之

---

① 收录了狄更斯《块肉余生述》《大卫·科波菲尔》、《孝女耐儿传》《老古玩店》)、《冰雪姻缘》《董贝父子》)、《贼史》《雾都孤儿》);易卜生《傀儡家庭》《玩偶之家》)、《梅孽》《群鬼》、《社会柱石》《青年同盟》),雨果《孤星泪》《悲惨世界》)、《双雄义死录》《九三年》);夏洛蒂·勃朗特《简·爱》《媒孽奇谈》);巴尔扎克《哀吹录》《人间喜剧》节选);塞万提斯《魔侠传》《堂吉诃德》);大仲马《侠隐记》《三剑客》);华盛顿·欧文《拊掌录》《见闻杂记》)、《旅行述异》(今译《旅客谈》);笛福《鲁滨孙漂流记》;斯威夫特《海外轩渠录》《格列佛游记》);司各特《撒克逊劫后英雄略》《艾凡赫》)等等。

② 林纾翻译了大量的哈葛德的作品,但是到了五四时期,鲁迅、胡适、郑振铎、陈源、沈雁冰等人都对哈葛德嗤之以鼻,认为他不过是二三流的作家,翻译哈葛德的作品不过是消遣娱乐,迎合市民阶层,于时政无补。

③ 孔慧怡:《还以背景,还以公道——论清末民初英语侦探小说中译》,王宏志编:《翻译与创作——中国近代翻译小说论》,北京:北京大学出版社,2000,第107页。

情状,残酷之手段,以唤醒我国民!"①陈平原先生指出,"以普通人的日常生活而不是帝王将相的丰功伟绩或者才子佳人的浪漫传奇为小说的表现题材,晚清已经开始出现,批评家也还颇为重视",如张春帆为《苦社会》作序,称其"几乎有字皆泪,有泪皆血,令人不忍卒读而又不可不读"②。文学的主人公由英雄豪杰、才子佳人转为关注小人物的安危,昭示了"平民意识"的崛起与"人"的觉醒③。可以说读者、译介者和批评者在救国强国的共同心声中汇集,无形当中为小说现代性叙事划定了一个主流模式,谴责与批判的社会学视野从清末民初至今仍是小说叙事批评所接受和重视的主要视野。

梁启超所提倡的政治小说重于表达政治理想,读者注重其主题意识是理所当然;然而即便是言情小说与社会政治意图直接关联尚有牵强之处,新小说翻译者和批评者也要努力突出其教诲意义,能够从中解读出市民阶层所渴求的民主、自由、独立、权利等现代性思想意识的内容。然而从小说的翻译与创作的实践来看,过于强调载道与宣教的功能未免是对小说的简化与压抑,从而限制小说的多重理解。言情小说中,影响最大、最具代表性的还是要算《巴黎茶花女遗事》和《迦茵小传》,而后者在中国翻译引起的一段公案可见一斑。《迦茵小传》的第一个译本由包天笑、杨紫麟合译,名为《迦因小传》(与《迦茵小传》一字之差)。在这一译本里,为了避免读者的过激反应,包天笑和杨紫麟故意声称只得到原著的下半部,可以回避上半部所涉及的迦茵私怀身孕,以及为亨利的家庭大局而牺牲个人幸福自动退出的内容。三年以后林纾与魏易合译的全本《迦茵小传》由上海商务印书馆出版。结果,金松岑在《新小说》17号(1905)上发表了《论写情小说于新社会之关系》,攻击林译《迦茵小传》的全译本,称林译虽未全本,但破坏了前译本所形成的迦茵的美好形象,而且社会影响恶劣,"女子而怀春,则曰我迦因赫斯德也,而贞操可以立破矣",因此说前译本的"半面妆文字,胜于足本"④。而钟骏文则批评"凡蟠溪子所百计弥缝而曲为迦而讳者必欲历补之以彰其丑","亦复成何体统"⑤。这段公案常常被用来佐证近代中国翻译

---

① 灵石:《读〈黑奴吁天录〉》,《觉民》,1904年第8期。陈平原、夏晓虹编:《二十世纪中国小说理论资料》(第1卷),第117页。
② 张春帆(漱石生):《〈苦社会〉序》,《苦社会》,申报馆,1905。陈平原、夏晓虹编:《二十世纪中国小说理论资料》(第1卷),第136页。
③ 袁行霈:《中国文学史》第四卷,北京:高等教育出版社,1999,第505页。
④ 松岑:《论写情小说与社会之关系》,《新小说》1905年第17号。陈平原、夏晓虹编:《二十世纪中国小说理论资料》(第1卷),第155页。
⑤ 寅半生:《读〈迦茵小传〉两译本书后》,《游戏世界》1907年第11期。陈平原、夏晓虹编:《二十世纪中国小说理论资料》(第1卷),第229页。

文学所面对的复杂读者群和脆弱的读者心理。事实上这一时期外国言情小说的译介,多是通过感情危机和情场纠葛展现"爱情神圣""婚姻自由"、个性解放的权利,鲜有单纯写情,多要与时代困境关联,如林纾1905年曾表示:"畏庐笔述书,将及十九种,言情者实居其半。行将撷取壮侠之传,足以振吾国民尚武精神者,更译之问世,但恨才力薄耳。"①将言情小说的范围扩大,正是林纾所谓"拾取当时时局,纬以美人壮士"②。

《巴黎茶花女遗事》和《迦茵小传》的传播迅速受到新小说者的模仿,如钟心青的《新茶花》、何诹的《碎琴楼》、林纾的《柳亭亭》、苏曼殊的《碎簪记》和徐枕亚的《玉梨魂》等,像《玉梨魂》这样道地的言情小说,其中也夹杂不少政治议论,当得知梦霞战死武昌城下,方才慨叹其"柔情侠骨,兼而有之""梦霞有此一死,可以润吾枯笔矣"(第29章)。受这在新旧伦理交替之际的时代,这些作品很容易激发民众的想象力,将马克、迦茵泯灭自我真正需求的牺牲精神与传统道德、个性自由解放结合起来。然而从更广泛的意义上看,新小说中的言情叙事立足于以饮食男女日常生活经验,表现的正是社会转型时期自我价值、伦理观念重新确立的内容,为市民阶层提供了受动式、经验累积型的现代性内容,无须仰仗小说启蒙的崇高义理——对此王德威在《被压抑的现代性》一文中多有论述——这为五四新文化走向自觉、能动的现代性追求埋下了伏笔。

科学小说也是产生于"格致兴国"的启蒙浪潮中,其浅而易解、乐而多趣的艺术特点,自然易于"使读者触目会心,不劳思索,则必能于不知不觉间,获一斑之智识,破遗传之迷信,改良思想,补助文明……导中国人群以进行,必自科学小说始。"③晚清四大小说杂志《新小说》《绣像小说》《月月小说》《小说林》无不刊载科学小说,可见科学小说备受青睐。《新小说》把"哲理科学小说"定义为"专借小说以发明哲学及格致学"。科学小说的译介者借小说之科幻或建构的强国形象,畅述自己未竟之抱负,或开通民智、灌输新知,将其视为鼓励冒险、振奋国民精神的重要资源。科学小说不仅是认识新知的途径,更是强调一种危机感之中的"尚武"精神,青年鲁迅在《月界旅行》"辨言"中也突出强调"培伦氏""实以其尚武之精神,写此希望之进化者"。正如韩一宇指出的,"在科学小说的翻译

---

① 林纾:《〈埃及金塔剖尸记〉译余剩语》,1905。阿英:《晚清文学丛钞·小说戏曲研究卷》,北京:中华书局,1960,第212页。
② 林纾:《〈劫外昙花〉序》,《中华小说界》,1915年第2卷第1期。吴俊标校:《林琴南书话》,杭州:浙江人民出版社,1999年,第139页。
③ 周树人:《〈月界旅行〉辨言》,东京:进化社,1903。陈平原、夏晓虹编:《二十世纪中国小说理论资料》第1卷,第50页。

和接受中,译者着眼于这一文类'经以科学,纬以人情'的独特魅力,而读者似乎更注意'人情',更看重主人公的勇气和冒险精神"。1905年金松岑历数他对翻译小说的崇拜:

>……故吾读《十五小豪杰》而崇拜焉,吾安得国民人人如俄敦、武安之少年老成,冒险独立,建新共和制于南极?……吾读《秘密使者》而崇拜焉,吾安得国民人人如苏朗笏、那贞之勇往进取,夏理夫、傅良温之从容活泼,以探西伯利亚之军事?
>
>吾读《八十日环游记》而崇拜焉,吾安得国民人人如福格之强忍卓绝,以二万金镑,博一千九百二十点钟行程之名誉也?吾读《海底旅行》、《铁世界》而亦崇拜焉,使吾国民而皆有李梦之科学、忽毗之艺术,中国国民之伟大力可想也。吾读《东欧女豪杰》、《无名之英雄》而更崇拜焉,使吾国民而皆如苏菲亚、亚晏德之奔走党事,次安、绛灵之运动革命,汉族之光复,其在拉丁、斯拉夫族之上也。①

从该引文可见,"科学小说在某种意义上被赋予政治小说的意味,对它们的阅读和接受与《新小说》时代对小说教化作用的推重一致,体现了翻译选择与社会人心的呼应"②。值得补充的是,除科学小说外,其他不同类型的小说都对尚武精神和英雄精神有所呼唤和体现。如林纾在所译哈葛德的《埃司兰情侠传·序》中,批判了因循、敷衍、自私、卑怯的官僚,提倡以阳刚之气和尚武精神改造国民的心理素质,追求自由独立"无论势力不敌,亦必起角,百死无馁,千败无怯,必复其自由而已。……明知不驯于法,足以兆乱,然横刀盘马,气概凛然,读之未有不动色者"③。

对于侦探小说,译介者和批评者不仅解读出对正义的渴求,其有限的叙事视角、惊险、曲折、紧张的气氛以及严密的逻辑推理,绝非传统公案小说所能比。当时的侦探小说极为繁盛:"……而当时的译家,与侦探小说不发生关系的,到后来简直可以说是没有。如果说当时翻译小说有千种,翻译侦探要占五百部以

---

① 松岑:《论写情小说于新社会之关系》,《新小说》1905年第17号。陈平原、夏晓虹编:《二十世纪中国小说理论资料》(第1卷),第155页。
② 韩一宇:《清末民初汉译法国文学研究(1897—1916)》,第45页。
③ 林纾:《鬼山狼侠传》序》,商务印书馆,1905。陈平原、夏晓虹编:《二十世纪中国小说理论资料》(第1卷),第143页。

上。"①侦探小说则"餍人好奇之性",药中国著述"向壁虚造""不合情理"之大病②。侦探小说的科学推理手段、显示西方法治体系的相对完善、法律和对人权的重视与中国现实也形成了鲜明的对照。周桂笙在《新小说》上刊登的《电术奇谈》点评了西方侦缉审判制度:"观其讯此一案,经若干见证,若干驳诘,然后定案。判断时,复以陪审官意见,当众宣布,一若仍恐犯人尚有冤诬也者,而犯人于应受之刑法外,别无丝毫痛苦。呜呼!其视地狱威逼者为何如耶?然而微侦探力不及此,此侦探之所以可贵也。……吾观夫中国之问案,动辄以刑求……公堂云乎哉,地狱耳;审讯云乎哉,威逼耳,有此威逼之地狱,为其习惯,彼尚乌知侦探之足为问官之指臂耶!"③陈熙绩将《歇洛克奇案开场》中的复仇者比作"西国之越王勾践伍子胥",钦佩其锲而不舍的精神,"使吾国男子,人人皆如是坚忍沈挚,百折不挠,则何事不可成,何侮之足虑?"④而刘半农则认为"启发民智之宏愿"才是"柯南·道尔最初之宗旨之所在"⑤。在输入西方文明的同时,也引发反衬和批判本土文明,带有政治意味的目标投射到域外文学的译介上,应该说很大程度上回应了市场上读者对黑暗社会的关注,以及了解外部世界的期待,更何况侦探小说用曲折突兀的情节描述人生种种情状,贴近民众的情感关怀和生活愿望。

无论是政治小说、言情小说、科学小说还是侦探小说,其集中于下层社会民众的启蒙问题、情感问题、益智问题和人权问题的主题,被广泛译介、宣传和评价,显然是植根于本土社会的需求的满足,对中国社会诸种不足的"想象"弥补。这一翻译、传播和阅读、批评的过程,显然也是以西化中、以中化西的双向过程。无论是"言情""侦探"还是"科学",对于晚清的文化构建来说,都是对"我"的转化和扩展,并很快为中国作家所理解和模仿。然而也要注意到晚清的救亡图存运动首先由传统士大夫阶层发起,但很快借助翻译作品的流行从较为狭窄的思想阶层拓展到整个公共领域,言情小说、科学小说、侦探小说、政治小说被强行纳入主流启蒙救国的话语体系中,使得翻译作品不再是一个单纯的文学作品,

---

① 阿英:《晚清小说史》,北京:人民文学出版社,1980,第 217 页。
② 管达如:《谈小说》,《小说月报》,1912 年第三卷第五、七至十一号。陈平原、夏晓虹编:《二十世纪中国小说理论资料》(第 1 卷),第 382 页。
③ 周桂笙(上海知心主人):《〈电术奇谈〉评语》,《新小说》1905 年第 5 号。
④ 陈熙绩:《〈歇洛克奇案开场〉叙》,商务印书馆,1908。陈平原、夏晓虹编:《二十世纪中国小说理论资料》(第 1 卷),第 328 页。
⑤ 半侬:《〈福尔摩斯侦探案全集〉跋》,中华书局,1916。陈平原、夏晓虹编:《二十世纪中国小说理论资料》(第 1 卷),第 519 页。

而成为新文化运动中不可或缺的重要组成部分。当然这些译介者的翻译、介绍,读者和评论者的理解在今天看来有很多的误区和曲解,但是仍然赢得了市场上读者的认同。

数千年来"学而优则仕"的价值观,使得士大夫阶层在经济与政治上都与王权统治紧密联系在一起,而现代社会政治、经济的变革使得知识分子阶层可以依靠市场经济来独立地谋生,将创作小说、翻译以及编辑作为一种职业、一种谋生手段,也就是说文化经济的运作为外国文学的译介提供了适宜的社会环境。然而从另一个方面来看,清末民初以市场化运行的报刊、出版媒体,对都市文化消费市场有着极强的依附性质:从外国文学翻译来看,言情小说、侦探小说、政治小说和科幻小说都具有极强的通俗文学的性质,而且翻译混乱无序、乱译滥译抢译现象与市场的导向也有密切关系,从中国新文学的创作来说,例如以言情小说为主的"甲寅中兴",还有"黑幕小说"都是消费文化市场极度膨胀的结果,"新兴都市上海文化根柢上的商业性与消费性,使清末与民初上海有明显差异的小说最终趋于一致"①。这就使得清末民初的思想启蒙运动的大旗,历经以上海为中心的消费市场的洗礼,要到五四文学革命时期才能重新恢复思想启蒙的初衷,"由此可以认识到《新青年》从上海转到北京而可能发动五四文学革命,为什么立足于北京发动的文学革命要以思想启蒙即改造国民性为先导,而可能使中国文学真正发生变革"②。五四新文化运动提倡通俗文学,如陈独秀发表了文学革命论,提出建设平易的抒情的文学、建设新鲜的立诚的写实文学、建设明了的通俗的社会文学,新文化运动也接受了西方文学建制里的经典规范,但又自觉地蕴酿着雅俗之分,因为要坚决抵制与批判休闲娱乐的文学倾向,但是又很难将两者截然分开,鲁迅等一批文化界人士引导新文学步入纯文学的殿堂的时候,其深刻精神实质却很难为许多普通人所理解和接纳,反过来意味着作家为了争夺广大的文化市场,又必须兼有通俗文学的一些基本特征。

---

① 陈方竞:《新兴都市上海文化·文化消费市场·言情小说流变——清末民初上海小说论》(下),《福建论坛·人文社会科学版》,2008年第10期。
② 同上。

第五个问题：

梁启超对当时欧美文学译介有哪些重要推动作用？

梁启超（1873—1929）字卓如，号任公，别署饮冰子、哀时客、饮冰室主人、自由斋土人、中国之新民、少年中国之少年等，广东新会人。梁启超在中国近代史上是首屈一指的人物，诸重大政治事件与他相连，其在近代的政治思想变革、文化启蒙、学术治史、"文界革命"等各领域的开拓作用是无可替代的，在近代外国文学翻译、宣传和理论化方面更是彪炳千秋。1923年，梁氏发表了回顾1840年以来中国近代思想观念变化的《五十年中国进化概论》，言道："第一期，先从器物上感觉不足。……于是福建船政学堂、上海制造局等等渐次设立起来。……第二期，是从制度上感觉不足，所以拿'变法维新'做一面大旗，在社会上开始运动。……第三期，便是从文化根本上感觉不足。"抛却这种思想史划分的过于武断性，是大体符合晚清数十年的思想变革取向的。

梁氏早在1896年于《时务报》创刊号上发表的《论报馆有益于国事》，论及报刊应首推"广译五洲近事"。如此"则阅者知全地大局，与其强盛弱亡之故，而不至夜郎自大，坐智井以议天地"。1896年之后陆续编写过《西学书目表》和《读西学书法》，以及《论译书》《大同译书局叙例》《读日本书目志书后》《续译列国岁计政要叙》《西政丛书叙》《译印政治小说序》《论学日本文之益》等一系列提倡翻译西书的文章，系统介绍西学书籍，扩大西学影响，并在《西学书目表序例》中指出"国家欲自强，以多译西书为本；学者欲自立，以多读西书为功。"次年，他在《论译书》中分析了西方各国之所以强盛的原因，指出："且论者亦知泰东西诸国，其盛强果何自耶？泰西格致、性理之学，原于希腊；法律政治之学，原于罗马，欧洲诸国各以其国之今文，译希腊罗马之古籍。译成各书，立于学官。列于科目，举国习之，得以神明其法，而损益其制。故文明之效，极于今日"[①]。是故，梁氏认为挽救中华民族危亡，效仿西方翻译事业之发达，以致"今日之天下，则

---

① 梁启超：《论译书》，《梁启超全集》，第45页。

必以译书为强国第一义,昭昭然也"①。"及今不速译书,则所谓变法者,尽成空言,而国家将不能收一法之效"②。当时全国兴办新式报刊、学堂十分盛行,1897年,梁启超受聘为湖南时务学堂中文总教习,形成了"家家言时务,人人谈西学"之势,大大地扩大了变法维新的思想阵地,培养了大批"英俊沈毅之才",梁氏在《戊戌政变记》中写道:"自时务学堂、南学会等既开后,湖南民智骤开,士气大昌……人人皆能言政治之公理,以爱国相砥砺,以救亡为己任。其英俊沈毅之才,遍地皆是。"③

一、论证与规划了清末外国文学中国化的方向

梁启超对翻译最大的贡献在于,他从一定的高度上详细论证和规划了当时译介的方向,强调译介西学应有抉择性,化日欧之学入中国之脑。梁启超自己在《清代学术概论》中说:"壬寅、癸卯间,译述之业特盛,定期出版之杂志不下数十种。日本每一新书出,译者动数家。新思想之输入,如火如荼矣。然皆所谓'梁启超式'的输入,无组织,无选择,本末不具,派别不明,惟以多为贵,而社会亦欢迎之。盖如久处灾区之民,草根木皮,冻雀腐鼠,罔不甘之,朵颐大嚼,其能消化与否不问,能无召病与否更不问也,而亦实无卫生良品足以为代。"④梁启超的译介主张始终是围绕启蒙与新民。他指出:"新民云者,非欲吾民尽弃其旧以从人也。新之义有二:一曰,淬厉其所本有而新之;二曰,采补其所本无而新之。二者缺一,时乃无功。"⑤这一具有前瞻性的引介西学意识,落实到具体实践上,即译书"当首立三义:一曰,择当译之本;二曰,定公译之例;三曰,养能译之才。"⑥必须把译书和救亡图存、变法图强结合起来,把法律书籍、史书、工艺书、农业书、经济学、哲学著作放在首位,以提高国民之素质,这就要求输入的思想,要有纠正国民思想的价值,"若夫处今日万芽齐茁之世界,其各各新思想,淆列而不一家,则又当校本国之历史,察国民之原质,审今后之时势,而知以何种思想为最有利而无病,而后以全力鼓吹之,是之谓正"。"凡欲造成一种新国民

---

① 梁启超:《论译书》,《梁启超全集》,第45页。
② 梁启超:《大同译书局叙例》,《梁启超全集》,第132页。
③ 梁启超:《梁启超全集》,第249页。
④ 梁启超:《清代学术概论》,《梁启超全集》,第3104—3105页。
⑤ 梁启超:《新民说·释新民之义》,《梁启超全集》,第657页。
⑥ 梁启超:《论译书》,《梁启超全集》,第46页。

者,不可不将其国古来误谬之理想,摧陷廓清,以变其脑质。而欲达此目的,恒须藉他社会之事物理论,输入之而调和之"。所以,"交换智识,实惟人生第一要件。而报馆之天职,则取万国之新思想以贡于其同胞者也"①。但梁启超同时认为一个民族必须保护自身特质与精神,无论是道德、法律,还是风俗习惯、文学艺术,但保护不意味着自给自足,而是要"濯之拭之,发其光晶;锻之炼之,成其体段;培之浚之,厚其本原;继长增高,日征月迈,国民之精神,于是乎保存,于是乎发达",还要"博考各国民族所以自立之道,汇择其长者而取之,以补我之所未及"。总之,"吾所谓新民者,必非如心醉西风者流,蔑弃吾数千年之道德、学术、风俗,以求伍于他人;亦非如墨守故纸者流,谓仅抱此数千年之道德、学术、风俗,遂足以立于大地也"②。梁启超认为中国人能够汲取西方文化,并预言:"他日欧学入中国,消化于中国人之脑中,必当更发奇彩,照耀于全世界,自成一种中国之欧学,非复寻常之欧学者。"③

梁氏是系统译介西方启蒙思想较早的学者,一生译述多部启蒙时期学说著作、马克思主义著作和文学作品(主要是政治小说)。1899年,《清议报》刊载所译的德国伯伦知理著的《国家论》,1902年广智书局印行所译《国家学纲领》,1899年《清议报》刊出所译《蒙的斯鸠之学说》,为国内首次系统介绍孟德斯鸠学说;1901年《清议报》刊出《卢梭学案》,这些译述后来都由《新民丛报》再次推出,在20世纪初产生广泛的影响。1902年,梁氏发表《进化论革命者颉德之学说》,译引英国进化论者颉德(Benjamin Kidd)的话说:"今日之德国,有最占势力之二大思想,一曰麦喀士(即马克思)之社会主义,二曰尼志埃(即尼采)之个人主义。""麦喀士,日尔曼人,社会主义之泰斗也。"又说,"麦喀士谓今日社会之弊端,在多数之弱者为少数之强者所压伏"。次年发表《二十世纪之巨灵托辣斯》介绍道"麦喀士,社会主义之鼻祖,德国人,著书甚多",1906年,又在《杂答某报》上盛赞"社会主义为将来世界最高尚美妙主义"④,成为最早译介马克思思想的中国人。王哲甫在《新文学运动史》中评价道,"至于个人方面介绍西洋学术文化,当推梁启超为最有功绩之人。梁氏自戊戌变法失败后,即逃避日本蛰居饮冰室中,专心著作,如达尔文的进化论,卢梭的自然主义,培根的经验哲学,笛卡尔派的推理哲学,罗兰夫人的革命事迹,以及平等自由等等新思潮,均

---

① 梁启超:《清议报一百册祝辞并论报馆之责任及本馆之经历》,《梁启超全集》,第476页。
② 梁启超:《新民说·释新民之义》,《梁启超全集》,第658页。
③ 梁启超:《论中国人种之将来》(1899),《梁启超全集》,第261页。
④ 王秉钦:《20世纪中国翻译思想史》,第42页。

由梁氏由日本转介绍于中国。他的《饮冰室文集》,现在虽然不像以前为青年人所爱读,但在那时候却是最新颖的学术,而发生极大的影响"①。

这一时期对欧洲尤其是法国启蒙学说,多转译自日本。日本明治维新以来的强盛,自然引起维新派的重视,1898年康有为在《进呈日本明治变政考序》中写道:"若因日本译书之成业、政法之成绩而妙用之,彼与我同文,则转译辑其成书,比起译欧、美之文,事一而功万矣。彼与我同俗,则考其变政之次第,鉴其行事之得失,去其弊误,取其精华,在一转移间,而欧、美之新法,日本之良规,悉发现于我神州大陆矣。……但借其同文,因其变迹,规模易举,条理易详,比之采译欧美之万难,前无向导之盲瞽,岂不相距万里哉!"②梁启超也意识到向日本学习的重要性,在1897年他就在《变法通议》中提出:"日本与我为同文之国,自昔行用汉文,自和文肇兴,而平假名片假名等,始与汉文相杂厕,然汉文犹居十六七,日本自维新以后,锐意西学,所翻彼中之书,要者略备,其本国新著之书,亦多可观,今诚能习日文以译日书,用力甚鲜而获益甚巨,计日文之易成,约有数端,音少一也;音皆中之所有,无棘刺捍格之音,二也;文法疏阔,三也;名物象事,多与中土相同,四也;汉文居十六,五也;故黄君公度。谓可不学而能,苟能强记,半岁无不尽通者,以此视西文,抑又事半功倍也。"③这使得从日文翻译过来的作品占译书总数一半左右。

二、建设与发展了清末民初文学的理论

梁启超是近代第一个大力宣扬翻译外国文学并产生影响的人物,尤其是明确提出"小说界革命"主张并提出一些新的小说理论。他还亲自创办了专门刊登小说的《新小说》杂志,亲自翻译与创作了一些颇有影响力的政治小说,对小说与时代的需要关联、小说文类的发展、翻译、创作与理论发展都起到了重要的推动作用④。众所周知,除直接译介外国启蒙时期以来的西学思想,梁启超还着力于通过提倡新小说来宣扬自己的理论和思想抱负。这样一来,梁启超的文界革命、小说界革命必然要建立在对文学的社会功用的崭新认识上。一方面他

---

① 王哲甫:《新文学运动史》,上海:上海书店,1933,第22—23页。
② 康有为:《康有为文选》,姜义华,张荣华选注,天津:百花文艺出版社,2006,第66—67页。
③ 梁启超:《论译书》,《梁启超全集》,第50页。
④ 袁进:《梁启超为什么能推动近代小说的发展》,《上海大学学报》(社会科学版),2004年第3期。

看到思想强盛与文学功用的关系,"文学之盛衰,与思想之强弱,常成比例";①另一方面他更是看到政治革命与文学影响的关系,"近世泰西各国之文明,日进月迈,观已往数千年,殆如别辟一新天地,这是法国大革命的结果;而法国大革命产生于对中世纪神权专制政体之反动力,这种反动力又唤起于新学、新艺之勃兴"②。所以他说:"读泰西文明史,无论何代,无论何国,无不食文学家之赐。其国民于诸文豪,亦顶礼而尸祝之。"③这种对文学功用性的鼓吹,必然要涉及对文学本质的重新认识和定位。梁启超在《译印政治小说序》中"政治小说之体,自泰西人始也",似乎与中国传统小说划清界限,更是在《新小说》中言"政治小说者,著者欲以吐露其所怀抱之政治思想也"。将小说视为改良社会的重要政治策略,《译印政治小说序》言"英名士某君曰:'小说为国民之魂。'岂不然哉,岂不然哉!"梁启超认为日本政治小说,在日本的明治维新运动中起到了很大作用;"于日本维新之运有大功者,小说亦其一端也,明治十五六年间,民权自由之声,遍满国中,于是西洋小说中,言法国、罗马革命之事者,陆续译出。……自是译泰西小说者日新月盛……翻译既盛,而政治小说之著述亦渐起。"④他还指出,意大利的但丁,"生当数百年前,抱此一腔热血,楚囚对泣,感事嘻嘘,念及立国根本,在振国民精神,因此著了几部小说传奇,佐以许多诗词歌曲,庶几市衢传诵,妇孺知闻。将来民气渐伸,或者国耻可雪。幸谢上天眷顾,后起有人,三杰齐生,一王崛起",致使今日的意大利"依然成了一个欧洲第一等完全自主的雄国了"⑤。至于卢梭、孟德斯鸠,更是"赤手铸新脑,雷音殄古魔","孕育今世纪"的"先河",其功在华盛顿、拿破仑之上⑥。

在传统社会,小说历来不入九流,一方面在价值上被认为是"雕虫小技","游戏笔端,资助谈柄",在内容上是"诲盗诲淫,以致国家落伍腐败","大方之家,每不屑道焉"⑦的文字游戏,另一方面更摆脱不了文以载道的传统,认为"劝善惩恶,幼存鉴戒,不可为无补于世",甚至成为"群治腐败之总根源",更谈不上去翻译小说。1898年,梁启超在《清议报》发表《译印政治小说序》所提倡之"政

---

① 梁启超:《新民说·论诸家之派别》,《梁启超全集》,第 577 页。
② 梁启超:《清议报一百册祝辞并论报馆之责任及本馆之经历》,《梁启超全集》,第 476 页。
③ 梁启超:《梁启超全集》,第 5333 页。
④ 梁启超:《饮冰室自由书·传播文明三利器》,《梁启超全集》,第 359 页。
⑤ 梁启超:《新罗马传奇》(1902),《梁启超全集》,第 5650 页。
⑥ 梁启超:《〈壮别二十六首〉之十八》(1899),《梁启超全集》,第 5418 页。
⑦ 梁启超:《译印政治小说序》,《清议报》,1898 年第一册。陈平原、夏晓虹编:《二十世纪中国小说理论资料》(第 1 卷),第 21 页。

治小说",以及四年以后的 1902 年在《新小说》第 1 卷第 1 期上发表《论小说与群治之关系》所提出的"小说界革命",强调外国小说是文学的正宗,著者皆为硕儒通人,写的都是政治议论,与政体民志息息相关,对国家政界日进极有裨益,许以小说以"文学之最上乘"的地位,虽无实证依据,却也在晚清知识界达到鼓吹的效果,打破了知识界旧文人轻视小说的观念,为新小说翻译和创作的迅速发展作了理论准备。阿英先生评价《译印政治小说序》"是阐明翻译小说重要性最初的理论文章","从'有关世道人心',到可以作为政治及社会改造的武器,这是对小说理解的长足的进步。因此,大家便注意于小说的翻译,而范围也依次渐广,形成极繁荣的局面。同样的,由于国人对翻译小说的注意,在写作上也受了很大影响"①。

梁启超不仅通过倡导小说界革命在理论上大造声势,同时身体力行,亲自创作和译介日本小说,如常被学界提起的《佳人奇遇》《俄皇宫之人鬼》《十五小豪杰》《世界末日记》等等。通过前文的分析不难看出,正是这种对文学社会作用的夸张宣传,使得很多"士人皆知小说为改良社会之不二法门",带动了当时晚清小说翻译事业的兴盛。如时人吴趼人所说,"吾感夫饮冰子《小说与群治之关系》之说出,提倡改良小说,不数年而吾国新著、新译之小说,几于汗万牛充万栋,犹复日出不已而未有穷期也"②。就像很多翻译史论述提及的,"梁氏小说翻译理论给当时维新运动前后的'新学'之风又吹进了一股清新的空气,改变了社会上对翻译小说的歧视"③,"梁启超把小说的文学价值以及在世人眼里的地位提升到了一个前所未有的高度,对当时的文学潮流以及文学的发展产生了巨大的影响"④,"小说界革命"是一场"包罗广泛、内涵复杂的改革运动",在理论、创作两方面体现了革新精神等等。

梁启超大力提倡翻译政治小说,鼓吹"新小说"的社会功效,那么梁启超是否赋予文学翻译以更高的社会地位?"新小说"的艺术合法性何如?

---

① 阿英:《晚清小说史》,北京:人民文学出版社,1980,第 211 页。
② 罗辀重:《月月小说序》,陈平原、夏晓虹编:《二十世纪中国小说理论资料》(第 1 卷),第 175—176 页。
③ 王秉钦:《20 世纪中国翻译思想史》,天津:南开大学出版社,2004,第 48 页。
④ 方华文:《20 世纪中国翻译史》,西安:西北大学出版社,2005,第 4 页。

三、梁启超对欧美文学译介的贡献与历史局限

配合学说的译述和宣传,梁启超文学理论和文学译介服务于其"群治"的想象与新文化的构建。从1898年至1902年,梁启超仅译了4种小说,没有产生什么影响,然而他的小说《新中国未来记》中根据其弟子罗昌口述翻译的《哀希腊》却备受时人推崇。《新中国未来记》是一部政治小说,形式上受到美国小说《百年一觉》的影响,预言六十年后中国的繁荣昌盛。就小说本身而言,梁启超本身并不谙熟新小说创作的套路,小说通过主张君主立宪和主张法兰西式革命双方的辩论,夹杂法律、章程、演说、论文等,夏志清认为作者从第四回开始就"灵感枯竭……放弃了原先的演说格式,开始用叙述手法"①。梁启超自己也知道自己创作的不伦不类,称其"似说部非说部,似稗史非稗史,似论著非论著"。以维新政治家和启蒙思想家的身份创作小说,在小说中译介诗歌,自然注重的是其反映的意识形态,而不是文学审美、翻译忠实和阐释还原。《哀希腊》是拜伦的作品,讲述的是一位希腊爱国志士歌颂希腊独立的战歌,出自拜伦长篇叙事诗《唐璜》的第三章。梁启超喜欢这首诗,是因为它"虽属亡国之音,却是雄壮愤激,叫人读来,精神百倍……句句都像是对着现在中国人说一般"②。梁译此诗,本立意于"诗界革命",尝言"顾常好言诗界革命,谓必取泰西文豪之意境、之风格,镕铸之以入我诗,然后可比此道开一新天地,谓取索士比亚、弥尔顿、拜伦诸杰讲,以曲本体裁译之,非难也"。后来他又有感于拜伦献身于民族自由和独立之精神,自然将译介提升到政治层面:"拜伦最爱自由,兼以文学的精神……助希腊独立,竟自从军而死,真可谓文界里头一位大豪杰。"③拜伦的原诗有16节,小说中只引用了第1、3节:

〔沉醉东风〕/咳!希腊啊,希腊啊!/你本是和平时代的爱娇,/你本是战争时代的天骄。/"撒芷波"歌声高,女诗人热情好,/更有那"德罗士"、"菲波士"(两神名)荣光常照。/此地是艺文旧垒,技术中潮。/即今在否?/算除却太阳光线,万般没了!

〔如梦忆桃源〕/玛拉顿后啊,/山容缥缈,/玛拉顿前啊,海门环绕,/如

---

① 夏志清:《新小说的提倡者:严复与梁启超》,《人的文学》,福州:福建教育出版社,2010,第93页。
② 梁启超:《新中国未来记》,阿英,《晚清文学丛钞》小说一卷(上册),北京:中华书局,1960,第49页。
③ 同上书,第47页。

此好河山,/也应有自由回照。/我向那波斯军墓凭眺,/难道我为奴为隶,今生便了?/不信我为奴为隶,今生便了!……①

在《新中国未来记》第四回总批中,梁启超补述了为什么只翻译一部分的原因:"本回原拟将《端志安》十六折全行译出。嗣以太难,迫于时日,且亦嫌其冗肿,故仅译三折,遂中止。印刷时,复将第二折删去,仅存两折而已。"此外,在第三节译诗之后,也零星地翻译了一些诗行,如第 V 节第 5－6 行:"祖宗神圣之琴,到我们手里头,怎便堕落?"第 VI 节第 6 行:"替希腊人汗流浃背,替希腊国泪流满面。"第 XI 节第 5－6 行:"前代之王,虽属专制君主,还是我国人,不像今日变做多尔哥蛮族的奴隶。"第 XV 节第 4、第 6 行:"好好的同胞闺秀,他的乳汁,怎便养育出些奴隶来?"第 XVI 节第 5－6 行:"奴隶的土地,不是我们应该住的土地;奴隶的酒,不是我们应该饮的酒!"梁启超还以眉批说明,"似此好诗,不把他全译出来,实是可惜。吾不得不怪作者之偷懒"。

正因为诗界革命和政治革命的"主旨"要求,人们发现了《哀希腊》在民族复兴进程中的文化潜能。梁启超翻译的《哀希腊》一开始就带有挪用与改写的成分,与原诗的文化语境关系不大。一方面,梁启超用中国传统的词曲形式译述,用古风体译出了《哀希腊》的十节,用散曲体译出了《哀希腊》的二节,"以曲本体裁译之,非难也。……顾吾以为译文家言者,宜勿徒求诸字句之间,惟以不失其精神为第一义。不然,则诘鞠为病,无复成其为文矣。闻六朝、唐诸古哲之译佛经,往往并其篇章而前后颠倒。参伍错综之。善译者固尝如是也。质诸著者及中西之文学家,以为何如?"②另一方面迫于晚清紧迫的政治情势,梁启超的译介是从实际需要出发,突出文化本位和鲜明的政治价值取向,所以拜伦在原有文化语境中的事实并无意义,在《新民说》一文梁启超中指出,作为"人"和"诗人"的拜伦并不重要,作为积极献身希腊民族独立和自由的英雄拜伦,才是最为重要的,所以后来鲁迅才言"那时 Byron 之所以比较的为中国人所知……就是他的助希腊独立。时当清朝末年,在一部分中国青年的心中,革命思潮正盛,凡有叫喊复仇和反抗的,便容易惹起感应"③。所以说,梁启超是从晚清现实需要

---

① 梁启超:《新中国未来记》,阿英:《晚清文学丛钞》小说一卷(上册),第 48 页。让我们比较查良铮第一、三节的译文:希腊群岛啊,美丽的希腊群岛!/火热的莎弗在这里唱过恋歌/在这里,战争与和平的艺术并兴,/狄洛斯崛起,阿波罗跃出海波!/永恒的夏天还把海岛镀成金,/可是除了太阳,一切已经消沉。/起伏的山峦望着马拉松——/马拉松望着茫茫的海波/我独自在那里冥想一刻钟,/梦想希腊仍旧自由而快乐;/因为,当我在波斯墓上站立,/我不能想象自己是个奴隶。

② 梁启超:《新中国未来记》,阿英:《晚清文学丛钞》小说一卷(上册),第 61 页。

③ 鲁迅:《坟·杂忆》,《鲁迅全集》第 1 卷。北京:人民文学出版社,2005,第 233－234 页。

出发,侧重开启民智,呼唤民众投身维护民族主权和独立的斗争,他曾深刻地批判国人受人奴役的现状和甘为奴隶的可悲性格:"人之奴隶我,不足畏也,而莫痛于自奴隶于人;自奴隶于人,犹不足畏也,而莫惨于我奴隶于我。庄子曰:'哀莫大于心死,而身死次之。'吾亦曰:辱莫大于心奴,而身奴斯为末矣。"①拜伦的《哀希腊》正是歌颂自由、嘲讽甘为奴隶的战斗诗篇,符合梁启超所要表达的思想启蒙需求。梁启超按照晚清现实和群治想象需要重新塑造了拜伦,他"对拜伦与《哀希腊》的想象与构建,通过其后几代翻译家的强化和丰富,已转变成为本民族的文化资源,最终通过集体记忆成为民族复兴的符号象征"②。

在《新中国未来记》第三回中,黄克强申明应实施"国民教育",以"自立精神"做宗旨,这种教育做得"圆满",人民享有"民权",专制政体就不可能永存,外辱也不能得逞。到了第四回,黄克强、李去病二人在一间"西式客店"听到隔壁有人用"英国话"吟唱"摆轮"(Byron,即拜伦)的《渣阿亚》(Giaour),便谈到:"摆轮最爱自由主义,兼以文学的精神……后来因为帮助希腊独立,竟自从军而死,真可称文界里头一位大豪杰。"二人结识的客人陈猛则佩服"弥儿敦"(J. Milton,即弥尔顿)的诗歌,认为"弥儿敦赞助克林威尔,做英国革命的大事业;摆伦入意大利秘密党,为着希腊独立,舍身帮他"。克伦威尔曾发动清教革命,处死国王,建立共和国。弥尔顿作为在其国务会议中的秘书,写过大量政治文章为革命作宣传。那么拜伦的民族精神,最为重要的就是自由。在传统中国文化中,自由是一个相当陌生的字眼,和民主、平等、博爱这些观念一样,基本都是舶来品。在《新民说》"论自由"一节,梁启超考察世界诸国的改革与革命,既有"生计上之自由(即经济上之自由)"和"政治上之自由",也有"宗教上之自由""民族上之自由",感慨"数百年来世界之大事,何一非以'自由'二字为之原动力者耶?"③而梁启超在《哀希腊》译介和《新中国未来记》言语中,并没有注意到拜伦孤傲狂热,放荡任性的"私人"拜伦的特征,也没有在意其"满腔热情地辛辣地讽刺现实社会"笔触,反倒是肯定他的"随心所欲"和"发乎情",而不苛求他的"逾矩"和不"止乎礼仪"。某种程度上讲,欧洲人的"自由"具有相对于社会和国家的个人属性,自由从根本上是指"反抗国家和社会对个人在物质上的束缚和奴役、在精神上的钳制和限制,所以,'个人'构成了自由主义的基础,也构成了

---

① 梁启超:《新民说·论自由》,《梁启超全集》,第 679 页。
② 廖七一:《中国近代翻译思想的嬗变》,天津:南开大学出版社,2010,第 12 页。
③ 梁启超:《新民说·论自由》,《梁启超全集》,第 689 页。

自由的核心内容,至今这一核心仍然没有根本性的改变。"①在修身齐家治国平天下的传统文化影响下,梁启超显然无法接受或无法理解原生态的"私人"拜伦形象,必然把个人自由追求和拯救民族于苦难之中的英雄形象结合起来。正如有学者所认为的,梁启超自觉地放逐"私人的拜伦"而弘扬"公众的拜伦"②。

《新中国未来记》是梁启超尝试新小说创作的产物,虽然在文学性上几无价值,但却集中体现了梁启超"小说界革命"的"群治"取向。前文论及,梁启超的革命不是王朝易姓,以暴力手段改朝换代,而是普及"人群中一切有形无形之事物",通过通俗传媒开民智、鼓民权。小说两个主人公李去病仍然主张以暴力方式锄灭专制朝廷,而黄克强却认为"革了又革,乱了又乱"不是好事,中国延续千年的君主专制也是痼疾。如今可整顿国事,等"民智既开,民力既充""多数政治"即可成。革命既然不是暴力革命,那么革命追求的自由是什么自由?梁启超提出两种"自由","野蛮自由,正文明自由之蟊贼也。文明自由者,自由于法律之下"③。"野蛮自由"与"文明自由",指的正是"无戒律的自由"和"法律下的自由"。中国历朝历代都不是西方意义上的"法制"国家,中国历来都是"把宗教、法律、风俗、礼仪都混在一起。所有这些东西都是道德。这四者的箴规,就是所谓礼教"④。梁启超强调的"法律下的自由",必然与"礼教"道统相冲突。梁启超不苛求拜伦的"逾矩"和不"止乎礼仪",是因为他的理解和阐释始终以民众"群治"想象为出发点和归宿。

作为救亡图存背景下以重铸国民精神自命的精英代表,梁启超是第一个赋予文学翻译崇高地位的政治家,他对小说在传统文化领域尊卑位置的颠覆,对小说的社会功用价值的强调,其实质是服务于其理想"新民"群治的蓝图,"作为小说的《新中国未来记》,作为政论的《新民说》和作为学术著作的《新史学》,共同构成了梁启超的'民族国家主义宣言书'。梁正是用这样的思路来'网罗拜伦的'"⑤。其历史功绩在于,意识到文学对国民启蒙的重要潜力,为"小说界革命"提供了理论上和实践上的准备。"他对文学翻译社会功能的论述和文学翻译的实践,使外国文学作品不仅本土化,而且政治化,充分发掘出外国文学作品的文

---

① 高玉:《"个人"与"国家"的整合——论中国现代文学"自由"话语的理论建构》,《厦门大学学报》(哲学社会科学版),2004(6)。
② 廖七一:《中国近代翻译思想的嬗变》,第 21 页。
③ 梁启超:《新民说·论自由》,《梁启超全集》,第 689 页。
④ 孟德斯鸠:《论法的精神》上,何兆武译,北京:商务印书馆,2003,第 313 页。
⑤ 余杰:《狂飙中的拜伦之歌——以梁启超、苏曼殊、鲁迅为中心探讨清末民初文人的拜伦观》,《鲁迅研究》,1999 年第 9 期。

化潜能,并通过挪用和改写为特定的政治和革命目标服务"①。然而必须同时注意到,梁启超在小说功用价值方面具有明显的空想成分,并无实据,在作品翻译和阐释方面也无意于还原外国文学的本来面目,很大程度上是屈从于梁氏自己的启蒙话语体系。此外,这一时期文学译介的政治化或工具化固然是以晚清历史条件为背景的,有其历史和理性,但是不得不注意到其过于强调文学的思想性,而忽视了文学自身的文学性和审美功能。

---

① 廖七一:《中国近代翻译思想的嬗变》,第11页。

第六个问题：

如何看待林纾及其作品地位的历史逆转？

林纾(1852—1924)，原名群玉、秉辉，字琴南，号畏庐、畏庐居士，别署冷红生。戊戌变法后，林纾首译小仲马的《巴黎茶花女遗事》，从而掀起近代翻译外国小说的热潮。在这一热潮中，林纾几乎每年都有十余种译著出版，译作总数达180余种，影响深远。康有为曾评价道，"译才并世数严林，百部虞初救世心"，将其与被时人称为翻译"第一国手"的严复并列。然而，随着对"民国"的失望，林纾甘心以"布衣"之身，当"逊清遗老"，又在五四文学革命发动之际，发表种种文章与小说，先后与陈独秀、胡适、钱玄同和蔡元培等交恶。此后，林纾便被戴着"封建复古派""国粹派"的帽子载入各种中国现代文学史著作之中，直至最近世纪之交，一批有见地的学术文章开始重新审视林纾命运逆转事件的来龙去脉，对重新看待林纾乃至清末民初文学翻译与文学观念的进步，以及审视五四新文化运动有着重要的意义。

一、林译的历史业绩及其对欧美文学的理解

林氏不懂外语，不能读原著，只靠"玩索译本，默印心中"，并与朋友王寿昌、魏易、王庆骥、王庆通等人合作，翻译外国小说。据旅美华人马泰来先生《林纾翻译作品全目》统计，其翻译作品达179种[1]，涉及11个国家的百余位作家。其中重要的世界名著占40多种，均出自莎士比亚、狄更斯、笛福、雨果、大仲马、小仲马、巴尔扎克、托尔斯泰、塞万提斯、易卜生、柯南·道尔、欧文、德富健次郎等世界著名作家。严复译有"八大名著"，而林纾有"十大著名林译小说"，包括《茶花女》(林译为《巴黎茶花女遗事》)、《汤姆叔叔的小屋》(林译为《黑奴吁天录》)、

---

[1] 马泰来：《林纾翻译作品全目》，钱锺书等：《林纾的翻译》，北京：商务印书馆，1981，第60—98页。

《吟边燕语》《拊掌录》《迦茵小传》《离恨天》《现身说法》《大卫·科波菲尔》(林译为《块肉余生述》)、《不如归》《老古玩店》(林译为《孝女耐儿传》)、《董贝父子》(林译为《冰雪因缘》)、《奥立佛·退斯特》(林译为《贼史》)、《九三年》(林译为《双雄义死录》)、《唐吉诃德》(林译为《魔侠传》)等等。这些曾风行清末民初的林译小说，虽然因不受原著语言的制约，不囿于原著框架，删繁就简为后世所诟病，但对于不懂西文的林纾，通过坚持要求合作者"逐字逐句口译而出"①，"二人口述神会，笔逐绵绵延延，至于幽渺深沈之中，觉步步咸有意境可寻。呜呼！文字至此，真足以赏心而怡神矣！"②从而达到"存其旨"、入"意境"，最终服务于中国的文化语境："于讲舍中敦喻诸生，极力策勉其恣肆于西学，以彼新理，助我行文。"③集中代表了当时最高的翻译典范，钱锺书先生非常喜欢林纾的译文，"宁可读林纾的译文，不乐意读哈葛德的原文"④。

康有为谓"百部虞初救世心"，包含着对林纾的深刻理解。林纾曾自述自己自十三龄至于二十，"杂收断简零篇用自磨治""四十五以内，匪书不观"。随着晚清末期维新运动的兴起，维新派发起的"诗界革命""文界革命""小说界革命"等文学改良运动形成晚清"救亡启蒙"的公共叙述语境，林纾开始关心世界形势，意识到中国只能向西方学习才能走向富强。中年而后，"尽购中国所有东西洋译本读之，提要钩元而会其通，为省中后起英隽所矜式"。林纾起初和梁启超相似，也想译介启蒙学说、人物传志，1898 年，他托朋友自巴黎购得《拿破仑第一全传》和《俾斯麦全传》，未料难度太大，合作者不敢承担，结果"经余渲染成书者，只《茶花女遗事》二卷而已"。时人邱炜萲于《客云庐小说话·挥麈拾遗》中记录这一历程十分清晰：

……若林先生因于西文未尝从事，惟玩索译本，默印心中，暇复昵近省中船政学堂学生及西儒之谙华语者，与之质西书疑义，而其所得力，以视泛涉西文辈，高出万万。……又闻先生宿昔持论，谓欲开中国之民智，道在多译有关政治思想之小说始，故尝与通译友人魏君、王君，取法皇拿破仑第一、德相俾士麦克全传属稿，草创未定，而《茶花女遗事》反于无意中得先成

---

① 林纾：《〈利俾瑟战血余腥录〉叙》，商务印书馆，1904。陈平原、夏晓虹编：《二十世纪中国小说理论资料》(第 1 卷)，第 123 页。
② 林纾：《〈冰雪因缘〉序》，商务印书馆，1909。陈平原、夏晓虹编：《二十世纪中国小说理论资料》(第 1 卷)，北京：北京大学出版社，1989 年，第 350 页。
③ 林纾：《〈洪罕女郎传〉跋语》，商务印书馆，1906。陈平原、夏晓虹编：《二十世纪中国小说理论资料》(第 1 卷)，第 164 页。
④ 钱锺书等：《林纾的翻译》，北京：商务印书馆，1981，第 45 页。

书,非先生志也。①

梁启超翻译和创作新小说都为数不多,其内容更是其政治立场的图解,然而梁启超在晚清推动小说翻译服务于救亡图存的意识形态方面功不可没。爱国热情促使林纾认同和配合梁启超等人提出的翻译主张,以自觉地利用文学创作、翻译的社会功用性作为开启民智的工具,一些言论可见其对梁启超政治小说言论的附和:"西人小说,即奇恣荒眇,其中非寓以哲理,即参以阅历,无苟然之作。西小说之荒眇无稽,至噶利佛极矣,然其中言小人国、大人国之风土,亦必兼言政治之得失,用讽其祖国。"②又说"葛著书时,叙记年月,为一千七百余年,去今将二百年。当时英政,不能如今美备,葛利佛侘傺孤愤,拓为奇想,以讽宗国。言小人者,刺执政也"③。林纾在为译书所写的许多序或跋中都表述了这种救亡图存的翻译目的,他在《不如归》序中说:"纾年已老,报国无日。故日为叫旦之鸡,冀吾同胞警醒。恒于小说序中,摅其胸臆。非敢妄肆嗥吠,尚祈鉴我血诚。"④在《译林·叙》和《剑底鸳鸯·序》中写道:

> 今欲与人斗游,将驯习水性而后试之耶?抑摄衣入水,谓波浪之险,可以不学而狎试之,冀有万一之胜耶?不善弹而求鸮炙,不设机而思熊白,其愚与此埒耳。亚之不足抗欧,正以欧人日励于学,亚则昏昏沉沉,转以欧之所学为淫奇而不之许,又漫与之角自以为可胜。此所谓不习水而斗游者尔。吾谓欲开民智,必立学堂,学堂功缓,不如立会演说,演说又不易举,终之唯有译书。⑤

又如在1907年翻译的《爱国二童子传·达旨》中激情地写道"亦冀以诚告海内至宝至贵、亲如骨肉、尊如圣贤之青年学生读之,以振动爱国之志气",又说:"畏庐者,狂人也,平生倔强不屈人下,尤不甘屈诸虎视眈眈诸强邻之下","吾但留一日之命,即一日泣血以告天下之学生,请治实业自振。更能不死者,

---

① 邱炜萲:《客云庐小说话·挥麈拾遗》,阿英:《晚清文学丛钞·小说戏曲研究卷》上册,北京:中华书局,1960,第408页。
② 林纾:《红礁画桨录·译余剩语》,商务印书馆,1906。陈平原、夏晓虹编:《二十世纪中国小说理论资料》(第1卷),第166页。
③ 林纾:《海外轩渠录·序》,商务印书馆,1906。
④ 林纾:《不如归·序》,商务印书馆,1908。陈平原、夏晓虹编:《二十世纪中国小说理论资料》(第1卷),第332页。
⑤ 林纾:《译林·序》,商务印书馆,1901。陈平原、夏晓虹编:《二十世纪中国小说理论资料》(第1卷),第26页。

即强支此不死期内,多译有益之书,以代弹词,为劝喻之助。"①

借文学作品的翻译,抒发自己对国内外形势的见解,尤其是儆醒国人,使其认清外国殖民侵略的险恶目的,以激励国人奋发图强、抗敌御侮的志气,是林译小说重要目的。在林纾看来,英国探险小说《哈葛德的雾中人》和笛福《鲁滨逊漂流记》具有险恶的目的:"他们创为探险之说,先以侦,后仍以劫,独劫弗行,且啸引国众以劫之。自哥伦布出,遂劫美洲;若鲁滨孙,特鼠窃之尤;英所称为杰烈之士如理察古利弥等,则以累劫西班牙为能事。今之扼我吭我挟我辱我者,非犹五百年前之劫西班牙者也?"这些殖民扩张的英雄事实上却是"行劫者"及灭种者之盗,所以翻译《雾中人》和《鲁滨逊漂流记》,是为了使国人懂得"古今中外英雄之士,其造端均行劫者也。大者劫人之天下与国,次亦劫产"。"白人可以并吞斐洲,即可以并吞中亚",然而自己"余老矣,无智无勇,而又无学,不能肆力复我国仇,日苟其爱国之泪,告之学生;有不已,则肆其日力以译小说,其于白人之蚕食斐洲,累累见之译笔。……正欲吾中国严防行劫及灭种者之盗也"②。辛丑条约次年,林纾翻译《伊索寓言》,在"识语"中写道:"今有强盛之国,以吞灭为性,一旦忽言弭兵,亦王狮之约众耳。弱者国于其旁,果如兔之先见耶?"指出"忽言弭兵"、签订条约实际上是"王狮之约众耳","八国联军"与中国之关系如同寓言中的狮、兔,提醒国人切不可忽视豺狼的吃人本性。

虽然林纾是半路入途,但他既有文学家的水准,工于古诗文辞,又有批评家的眼光。曾有以左、马、班、韩之文为"天下文章之祖庭",以为"取义于经,取材于史,多读儒先之书,留心天下之事,文字所出,自有不可磨灭之光气"这样颇有见地的评述,这使得林译小说具有明显的文学性、可读性,并不被政治意图戕害艺术的直觉。总体来看,林译小说能在出于开启民智、救亡图存的目的框架下,通过对原著的主动增删改写与修辞重构,使得其符合新旧文化交替时期作者自身的伦理认知水平,不过于忤逆本地化的意识形态,又传达西方的人文主义精神。

其译述有几个方面的明显特点。第一,林纾未将翻译小说视为政治的传声筒,坚持思想启蒙与文学审美的双重评价标准。久而久之,能体味司各特小说的"绵褷",小仲马的"疏阔",狄更斯小说的"千旋万绕"。意识到狄更斯小说"以

---

① 林纾:《爱国二童子传·达旨》,商务印书馆,1907。陈平原、夏晓虹编:《二十世纪中国小说理论资料》(第1卷),第267、269页。
② 林纾:《雾中人·序》,商务印书馆,1906。陈平原、夏晓虹编:《二十世纪中国小说理论资料》(第1卷),第168页。

至清之灵府,叙至浊之社会"对下层社会的写照,实际上已经把小说的表现对象扩展到了未必与政治直接相关的各个领域。林纾自己似乎对此非常清楚:

> 天下文章,莫易于叙悲,其次则叙战,又次则宣述男女之情。等而上之,若忠臣、孝子、义夫、节妇,决胭溅血,生气凛然,苟以雄深雅健之笔施之,亦尚有其人。从未有刻画市井卑污龌龊之事,至于二三十万言之多,不重复,不支厉,如张明镜于空际,收纳五虫万怪,物物皆涵涤清光而出,见者如凭阑之观鱼鳖虾蟹焉;则迭更司盖以至清之灵府,叙至浊之社会,令我增无数阅历,生无穷感喟矣。①

所谓"以至清之灵府,叙至浊之社会"其实指出狄更斯批判社会之积弊的现实主义精神,翻译狄更斯的《贼史》时,则言曰:"顾英之能强,能改革而从善也。吾华从而改之,亦正易易。所恨无迭更司其人,如有人能举社会中积弊著为小说,用告当事,或庶几也。呜呼!李伯元已矣,今日健者,惟孟朴及老残二君。果能出其余绪效吴道子之写地狱变相,社会之受益,宁有穷耶?谨拭目俟之,稽首祝之。"②这一认识已经高于梁启超简单地将政治与文学关联起来。林纾的传统文学素养使得他自觉地从文学体悟方面去领会西方文学的艺术规律,意识到小说在服务于开启民智同时也应注意文学的独立性,他指出"盖政教两事,与文章无属。政教既美,宜泽以文章。文章徒美,无益于政教。西人唯政教是务,赡国利兵,外侮不乘;始以余闲用文章家娱悦其心目,虽哈氏、莎氏,思想之旧,神怪之托,而文明之士,坦然不以为病也。"③这意味着林纾能意识到坚持思想启蒙与文学审美的双重标准,可惜的是,林纾受传统感悟点评式批评的影响,并未深入发展这一观点,难免过于强调染情的一面,如翻译美国反对奴隶制时期的《黑奴吁天录》,则言"是书专叙黑奴,中虽杂收他事,宗旨必与黑奴有关者,始行着笔。是书以'吁天'名者,非代黑奴吁也。书叙奴之苦役,语必呼'天',因用以为名,犹明季六君子《碧血录》之类。……是书系说一派,然吾华丁此时会,正可引为殷鉴。且证诸呫嚅华人及近日华工之受虐,将来黄种苦况,正难逆料。冀观者勿以稗官荒唐视之,幸甚!是书推写白人役奴情状,似全无心肝者。实则彼中仇视异种……"④正是艺术标准自身,才能够达到施蛰存先生所说:"他

---

① 林纾:《孝女耐儿传·序》,陈平原、夏晓虹编:《二十世纪中国小说理论资料》(第1卷),第272页。
② 林纾:《贼史·序》,薛绥之、张俊才编:《林纾研究资料》,福州:福建人民出版社,1983,第107页。
③ 林纾:《英国诗人吟边燕语序》,商务印书馆,1904。吴俊标校《林琴南书话》,第20页。
④ 林纾:《黑奴吁天录·例言》,武林魏氏藏版,1901。陈平原、夏晓虹编:《二十世纪中国小说理论资料》(第1卷),第27页。

首先把小说的文体提高,从而把小说作为知识分子读物的级别也提高了。"①20世纪30年代就有人在总结林译小说的艺术贡献:"林纾以古文名家而倾动公卿的资格,运用他的史、汉妙笔来做翻译文章,所以才大受欢迎,所以才引起上中级社会读外洋小说的兴趣,并且因此而抬高小说的价值和小说家的身价。"②

第二,林译小说有选择地扬弃了西方开明思想。由于不通西文,而且并无外国文学史知识背景,他的译作与原著题材主题迥异。林纾早期译作,几乎都有序、跋或达旨、评语之类,其目的就是要从自身特定的立场出发,对异国思想及引进中国的利弊作出判断,再通过变通解释翻译选材的合理性,促进文本的本体化。连燕堂评价道:"林译小说中的精品大都是西方资产阶级上升或革命时期的杰作,林纾在翻译时虽然做了某些删改或掩饰,但其民主性的精华基本上保留着。"③比如林纾赞同兴女权,"倡女权,兴女学,大纲也",然而他所译的《红礁画桨录》和《蛇女士传》,都涉及西方女权与中国女子传统定位的矛盾。林纾惟恐被新学派误为反对女权女学,他在《红礁画桨录》序言中不得不站出来折衷:"余恐此书出,人将指为西俗之淫乱,而遏绝女学不讲,仍以女子无才为德者,则非畏庐之夙心矣。不可不表而出之。"也就是说不能因为"轶出之事"而指责"西俗之淫乱",仍坚持传统的女子无才为德的落后观念。当然林纾也提到,"固欲提倡女权,必讲女学,凡有学之女,必能核计终身之利害。"所以接受时应注意"无学而遽撤其防,无论中西,均将越礼而失节"。在《蛇女士传》序言中,他也惟恐被天下女界唾骂:"畏庐不精新学,亦不敢妄为议论,惟云女学当昌,即女权亦可讲,惟不当为威斯马考(书中放荡不羁的女子)之狂放。则畏庐译本正可用为鉴戒,且为女界之助,想女界诸同胞其尚不唾骂畏庐为顽固乎?"④

据阿英所知:"两性私生活描写的小说,在此时期不为社会所重,甚至出版商人,也不肯印行。"⑤林纾在观念上也相对倾向于保守,崇尚程朱理学,尝言读二者书"笃嗜如饫粱肉",却能指出"宋儒嗜两庑之冷肉,凝拘挛曲局其身,尽日作礼容,虽心中私念美女颜色,亦不敢少动"的虚伪性,嘲笑"理学之人宗程朱,堂堂气节诛教徒。兵船一至理学慑,文移词语多模糊"。然林纾所译关于男女

---

① 施蛰存:《导言》,施蛰存《中国近代文学大系·翻译文学集》,上海:上海书店,1990,第24页。
② 寒光:《林琴南》,薛绥之、张俊才:《林纾研究资料》,第207页。
③ 连燕堂:《二十世纪中国翻译文学史》近代卷,天津:百花文艺出版社,2009,第178页。
④ 林纾:《蛇女士传·序》,北京:商务印书馆,1908。吴俊:《林琴南书话》,第91—92页。
⑤ 阿英:《晚清小说史》,北京:人民文学出版社,1980,第5页。

私情的小说占一定的比例,如《巴黎茶花女遗事》《迦因小传》《剑底鸳鸯》《红罕女郎传》《不如归》《离恨天》等,屡屡触犯中国传统伦理的禁区,如风尘女子成为可歌可泣的主人公,和风尘女子有媒妁之约,叔叔更改婚约将未婚妻赐予侄子等等。林纾也意识到这些事情不能被读者轻易接受,"余译此书,亦几几得罪于名教亦,然犹有辨者"。其中尤其以全本《迦因小传》对当时传统观念的冲击非常大,前文已有引述。按今天的常规眼光来看,《迦因小传》原著的叙事主题就是歌颂爱情自由、强调女性的独立人格和生命尊严,按林纾的欣赏水准,不难读出其题材的主题。从整体故事情节来看,《迦因小传》描写了平民女子迦因与贵族子弟亨利邂逅而一见钟情。然亨利断然拒绝临危之际的母亲要他娶爱玛的要求,迦因公然指斥父亲遗弃她的情节,实属中国伦理之不孝,这样一对"不孝"的情人竟然私合而有私生子。后来善良美丽、深情高义的迦因为了成全亨利与爱玛的婚姻,远避巴黎,入衣肆为人作模特儿,为了相爱的对方而牺牲自己。如袁进先生所评价的,"这种价值模式开始显示独立的个性的人的存在,促使民初的言情小说在原有的言情传统基础上正视现实,并开始反抗现实"①。然而这样从正面歌颂以爱情而结合,不计名利地位的价值取向,却遭到当时主张女权者批评,受到以"爱自由者""女界卢骚"著称的金天翮的攻击:"使男子而狎妓,则曰我亚猛着彭也,而父命可以或梗矣。女子而怀春,则曰我迦因赫斯德也,而贞操可以立破矣。"这意味着整体故事情节必然与女性必须遵从三从四德的封建人伦道德和男权统治观念相冲突。

而从细节的处理来看,林纾却做了大量的修辞性的修改,甚至某种程度上削弱了原著的冲击力。比如男女相见,当译至"举皓腕,余即而亲之"这样为当时封建礼教所不容的礼俗时,林纾特说明"此西俗男女相见之礼也"②,这种调适是将"非礼"转化为"礼"。林纾不断地在《迦因小传》中增补润色原著主人公所没有的形象,以调适至符合晚清男性文人理想人格。如描述马克的笔触,其贤淑温婉、柔媚清丽绝不像风尘女子:"迦因顾而长,面温嫩不类村女,修臂下垂,两手莹洁作玉色,面容尤庄贵不佻。大抵英人闺秀,似此者亦多。而亨利见时,迦因为年恰二十二岁,樱口绛色,唇下作小窝,秀眉媚眼,睛作棕色,发栗色作椎结,衣缟色宽博之衣,系以白鞓,妆饰严净。"③在品行上,马克言"吾若幽娴作好女子,吾死久矣"意指她操妓业乃不得已而为之,出淤泥而不染。而亚猛将

---

① 袁进:《试论晚清翻译小说与林纾的贡献》,《明清小说研究》,2011年第1期。
② 小仲马:《巴黎茶花女遗事》,林纾、王寿昌译,北京:商务印书馆,1981年,第20页。
③ 哈葛德:《迦因小传》,林纾译,商务印书馆,1981,第15页。

其视为贞洁女子,"第马克身为勾栏中人,而吾之待之,实目为一至贞至洁之女子"。亚猛也"遵守"中国礼俗,以君子律己,且马克患病良久,亚猛每日慰问却不入其门,马克曰:"良然,尔时何以不排闼入?"余曰:"女子寝室,胡得唐突。"马克曰:"若吾辈者,亦可绳之礼法乎?"余曰:"吾一生见妇人,恒以礼自律。"在亚猛父亲来巴黎劝说其与亚猛断交后,马克在遇到情与理的冲突时,也能高风亮节,深明大义:"此时吾为理势所压,吾之心愿毫发莫遂。且此理所积,此势所临,吾以一女子之私愿,断不能与之相抗。"①林纾通过修辞润色,实际上多少重新塑造了主人公形象,尤其是赋予马克以传统的"学问""胆识"和"操守"品性,虽新旧夹杂,却也符合晚期开启民智、提升民族人格期望的诉求,反映林纾符合了寻求主流意识认可的努力。

第三,构建了群治性想象。韩嵩文(Michael Hill)指出,在严复、梁启超等晚清著名学者的国家主义论述中,"群""国群"或者类似的词汇经常被用来讨论当时的社会②。《黑奴吁天录》原著具有浓厚的基督教色彩,侧重于黑奴汤姆的悲惨遭遇,而林译作品第43章,黑奴"哲而治"从美国逃匿到加拿大后写信给家人,翻译这封"家书"时,林纾刻意强调为"公理""公法"而反抗的精神,乃是与中国当时的现实相契合,强调翻译与群治的关系,"国威之削,又何待言!今当变政之始,而吾书适成,人人既蠲弃故纸,勤求新学,则吾书虽俚浅,亦足为振作志气,爱国保种之一助"③。《伊索寓言》本身在每个故事后面一般会有一个道德启示,而林纾翻译《伊索寓言》时,增加了评语,这样《伊索寓言》的故事就有两则道德启示,即原文以及林纾的。如"狼与羔"的故事:

> 就乳之羔。失其群。遇狼于水次。狼涎羔而欲善其辞。俾无所逃死。乃曰。尔忆去年辱我乎。今如何。羔曰。去年吾方胎耳。焉得辱公。狼曰。尔蹢吾草碛。实涸吾居。羔曰。尔时吾方乳。未就牧也。狼曰。若饮润而污吾流。令吾饮不洁。羔曰。吾足于乳。无须水也。狼语塞。狼径前扑之曰。吾词固不见直于尔。然终不能以语穷而失吾戨。嗟夫。天下暴君之行戮。固不能不锻无罪者以罪。兹益信矣。
>
> 畏卢曰。弱国羔也。强国狼也。无罪犹将取之。矧挑之耶。若以一

---

① 小仲马:《巴黎茶花女遗事》,第 24,29,71 页。
② 韩嵩文:《"启蒙读本":商务印书馆的〈伊索寓言〉译本与近代文学及出版业》,王德威、季进:《文学行旅与世界想象》,南京:江苏教育出版社,2007,第 133 页。
③ 林纾:《〈黑奴吁天录〉跋》,武林魏氏藏版,1901。陈平原、夏晓虹编:《二十世纪中国小说理论资料》(第1卷),第 28 页。

羔挑群狼。不知其膏孰之吻也。哀哉。

韩文指出,原文的"道德启示"成为"原文"的一部分,而林纾则取代原文的叙事者(即伊索)并夺取其裁断权。这就使得原来注重文学风格、叙事结构的传统小说评点转向评价小说之"经世""群治"意义。细读这篇故事,"群"这个概念是整个故事的关键所在,林纾借"狼与羔"的故事来讨论中国当时的外交问题,促使读者重新认识中国与19世纪世界体系的关系,指出"华不群而衰",中国问题的症结在于"不学"①。

林纾虽然不通外文,却工于古文,且具有良好的文学体悟和表达功力。林纾翻译的成功,得益于传统汉语与西方思想文化内涵的成功结合,也得益于林译对小说内容较为恰当的修辞重构,某种程度上,这是一种对原著的戏仿和重写。对于钱锺书,林纾翻译魅力超过原文,他说"我这一次发现自己宁可读林纾的译文,不乐意读哈葛德的原文。理由很简单:林纾的中文文笔比哈葛德的英文文笔高明得多。哈葛德的原文很笨重,对话更呆蠢板滞,尤其是冒险小说里的对话,把古代英语和近代语言杂拌一起。随便举一个短例,《斐洲烟水愁城录》第五章乃以恶声斥洛巴革曰'汝何为恶作剧?尔非痫当不如是'。这是很明快的文言,也是很能表达原文意义的翻译。"②

总之,林译小说在晚清社会产生了积极的社会效应和文学影响,如陈熙绩在为林译《歇洛克奇案开场》所作的《叙》中说:"吾友林畏庐先生夙以译述泰西小说,寓其改良社会、激劝人心之雅志。自《茶花女》出,人知男女用情之宜正;自《黑奴吁天录》出,人知贵贱等级之宜平;若《战血余腥》,则示人以军国之主义;若《爱国二童子》,则示人以实业之当兴。凡此皆荦荦大者,其益可案籍稽也。其余亦一部有一部之微旨。总而言之,先生固无浪费之笔墨耳。"③提高了小说在中国传统文学观念中的地位,"自林氏和晓斋主人同译了《茶花女》以后,中国的小说界才放大眼光,才打破了从前许多传统的旧观念和旧习惯;并且引动了国人看得起外国的文学和提高小说家的身价;中国文学也因此开启了以文学的世界眼光来迎接国外的新思潮"④。林译小说同时也为五四新文化运动的

---

① 韩嵩文:《"启蒙读本":商务印书馆的〈伊索寓言〉译本与近代文学及出版业》,王德威、季进:《文学行旅与世界想象》,南京:江苏教育出版社,2007,第135页。
② 钱锺书等:《林纾的翻译》,北京:商务印书馆,1981,第45页。
③ 陈熙绩:《〈歇洛克奇案开场〉叙》,陈平原、夏晓虹编:《二十世纪中国小说理论资料》(第1卷),第327页。
④ 寒光:《林琴南》,中华书局,1935,第198-199页。转引自连燕堂:《二十世纪中国翻译史·近代卷》,2009,第184页。

发起者、参加者和支持者奠定了良好的启蒙基础,如阿英先生在《晚清小说史》中说:"他使中国知识阶级,接近了外国文学,从而认识了不少的第一流的作家,使他们从外国文学里学习,以促进本国文学的发展。"①也如郭沫若先生言,"林琴南译的小说,在当时是很流行的,那也是我最嗜好的一种读物。……前几年我们在战取白话文的地位的时候,林琴南是我们当前的敌人,那时的人对于他的批评不免有一种一概抹煞的倾向,但他在历史上的地位是不能抹煞的。他在文学上的功劳,就和梁任公在文化批评上的一样,他们都是资本制革命时代的代表人物……林纾小说中对于我后来在文学的倾向上有一个决定的影响的"②。

二、重新审视五四时期林纾的"落伍"

1936年出版的《中国新文学大系1917—1927》将林纾的《荆生》《妖梦》分别附录于《文学论争集》和《理论建设集》之后,郑振铎在导言中再次确认新文化运动者的观点:"古文家的林纾来放反对的第一炮……他卫道'正'文的热情,又在另一个方向找到出路了。……而他希望有一种'外力'来制裁,来压伏这个新的运动却是两篇一致的精神。谩骂之不已,且继之以诅咒了。"③至此,林纾作为新文化运动的反动派,成为20世纪各个时期各种版本的中国现代文学史的普遍定位:如林纾是"守旧派的代表人物""落伍者";对新文化的"疯狂的反扑""百般诽谤和咒骂""卑劣的恐吓和诬蔑""这一切充分暴露了逆历史潮流而动的保守派人物……的虚弱本质和阴暗心理。"④与"'文学革命'新思潮相对立的,是封建复古主义思潮……"双簧戏"正式拉开了这场斗争的序幕"⑤;林纾"在文学革命时期是一只拦路虎,遭提倡文学革命者的唾骂",对蔡元培的攻击"用心颇为险恶"⑥。甚至在20世纪九十年代出版的《中国现代文学三十年》也还写道:"林纾所代表的守旧派对新文学的反攻,并没有什么理论力度,只停留在人身攻

---

① 阿英:《晚清小说史》,北京:人民文学出版社,1980,第213页。
② 郭沫若:《我的幼年》,薛绥之、张俊才:《林纾研究资料》,福州:福建人民出版社,1983,第210—211页。
③ 郑振铎:《导言》,《中国新文学大系:文学论争集》,上海:上海文艺出版社,2003。
④ 唐弢:《中国现代文学史》(三卷本),北京:人民文学出版社,1985;黄修己:《中国现代文学发展史》,北京:中国青年出版社,1988;郭志刚、孙中田:《中国现代文学史》(上下),北京:高等教育出版社,1995。
⑤ 吴宏聪、范伯群主编:《中国现代文学史》,武汉:武汉大学出版社,1999,第10页。
⑥ 司马长风:《中国新文学史》上卷,香港:昭明出版社有限公司,1980,第21页。

击和政治要挟层面,反而激起了新文学阵线义无反顾的抗争。"①张俊才先生也总结了文学史中对五四时期林纾的罪状:"一是主动挑起这场新旧思潮之争,并对新文化阵营的重要人物进行人身攻击;二是企图借助北洋军阀的势力扑杀新文化运动;三是在整个论争中都顽固地站在封建复古派的立场上,是当时守旧势力的代表。"②而近20年来学界虽有的学者主张对林纾应有"了解之同情",但有的人坚决反对给林纾翻案,"认为林纾这样的人不可原谅……如何评说林纾,这最终涉及对'五四新文化运动及文学革命'的立场和态度问题,而'五四'作为现代知识分子的精神圣地,维护其价值和精神,已经成为职责、本能和潜意识"③。

对林纾与五四新文化运动的论争,自世纪之交以来在许多论著、论文中已经有了历史性的梳理,在此也有必要择其要交代。1917年1月、2月,《新青年》杂志分别发表了胡适《文学改良刍议》和陈独秀《文学革命论》,明确提出用白话文取代文言文的主张,发动了新文化运动;而林纾立即对胡、陈摒弃古文的绝对态度提出异议,并于2月8日在上海《国民日报》著文《论古文之不宜废》予以商榷。指出:"知腊丁之不可废,则班马韩柳亦有其不宜废者。吾识其理,乃不能道其所以然,此则嗜古者之痼也。"新文化阵营由此掀起始对林纾批判的波涛,钱玄同在致胡适的信件中把旧文学流派骂作"桐城谬种""选学妖孽",却又"颇以不能听见反抗的言论为憾"④。3月18日,林纾在北京《公言报》发表《致蔡鹤卿书》,对新文化运动表示疑虑,接着又发表《论古文之不当废》《论古文白话之相消长》,捍卫文言文的地位;随后钱玄同、刘半农在《新青年》上发表了著名的"双簧信",对林纾极尽轻侮、戏弄、谩骂之能事,称林纾的著作无论有多少种,"半点儿文学的意味也没有"。甚至断言分不清莎士比亚的作品是"戏"还是"诗""其知识实比'不辨菽麦'高不了多少"⑤。次年林纾创作小说《荆生》《妖梦》诋毁蔡元培、胡适、钱玄同和陈独秀,并发表致蔡元培公开信,立即引起五四知识分子的口诛笔伐。当时《每周评论》第17期、第19期"特别附录"《对于新旧思潮的舆论》共摘录京、沪等地报纸的26篇评论,基本都是批判林纾"妄图以政

---

① 钱理群、温儒敏、吴福辉:《中国现代文学三十年》,北京:北京大学出版社,1998,第9页。
② 张俊才:《"悠悠百年,自有能辨之者"——重评林纾及五四新旧思潮之争》,《河北师范大学学报》(哲学社会科学版),2005年第4期。
③ 王桂妹:《重估五四反对派:从林纾的"反动文本"〈荆生〉〈妖梦〉谈起》,《西南大学学报》(社会科学版),2017年第4期。
④ 刘半农:《复王敬轩书》,《新青年》,1918年3月第四卷第三号,《钱玄同文集 第1卷 文学革命》,北京:中国人民大学出版社,1999,第121页。
⑤ 同上书,第127页。

治武力摧残新思想"的荒谬和卑劣,最终的结果是林纾名声扫地,并公开登报道歉,但又拒绝承认自己迂腐,在《续辨奸论》的文章中称"鸣呼,吾国四千余年之文化教泽,彼乃以数年烬之!"①

五四新文化运动被视为中国的文艺复兴,是对传统文化的激烈批判,但是在五四新文化运动中出现的一些具体的历史事件是值得重新审视与玩味的。说林纾对新文化阵营的重要人物进行人身攻击,事实上新文化阵营势力要庞大的多;说林纾借助北洋军阀的势力扑杀新文化运动,双方争论的时间点上正好与段祺瑞政府对北大、蔡元培的压制关联,但是之间到底有什么互动关系,有没有可靠的历史证据?② 说林纾是守旧势力的代表,林纾到底是在哪些方面成就他是顽固的封建复古派的?就目前的学术研究来看,五四新青年与林纾的具体争论主要是两个方面,一是文白论争。林纾对文言文的辩护是有立论基础和审慎考虑的,但是林纾的论证实在是远远不足,这是传统文人的缺点。林纾《论古文之不宜废》强调虽然欧美社会也讲变革,但是没有抛弃拉丁文,而是将以拉丁文为载体的文献作为近代思想文化的资源,"古文不宜废"。胡适却批评林纾这样的古文家"吾识其理,乃不能道其所以然"。林纾在《论古文白话之相消长》一文中,实际上是强调他并不反对白话,而是认为白话文须有古文基础,"古文者,白话之根柢,无古文安有白话?"而在致蔡元培信中林纾又增加了两条论据:第一条是"若尽废古书,行用土语为文字",则"凡京津之稗贩,均可用为教授矣",亦即废除文言文如何继承传统文化?这些言论不料成了史家斥之为鄙视平民的士大夫心态;第二条是"非读破万卷,不能为古文,亦并不能为白话"③,亦即没有足够的民族文学的阅读,怎么能有很好的写作经验?也被认为复古。

林纾的观点并没有错,但却没有充分说明如何协调文言文与白话的适度使用问题,不过"林译小说既保持了传统古文的韵味,又进行了通俗化的改革,产生了很大影响,成为古文和白话文之间的必要环节,对中国文学语言演变起到了重要的桥梁作用"④,更何况林纾有种种行动都表明他是支持白话文的,他在戊戌年之前就已经出版过"很通俗的白话诗"《闽中新乐府》,创办《杭州白话报》

---

① 林纾:《续辨奸论》,薛绥之、张俊才编:《林纾研究资料》,福州:福建人民出版社,1983,第88页。
② 《荆生》成为林纾敦促北洋军阀干涉北京大学内政的见证,纯属五四青年的假想,具体考证见陆建德:《"荆生"兼及运动之术》,纪念五四运动九十周年国际学术研讨会,2009年5月3日。
③ 林纾:《致蔡鹤卿书》,《公言报》,1919年3月18日。薛绥之、张俊才编:《林纾研究资料》,第86—89页。
④ 韩洪举:《"林译小说"对中国文学语言演变的贡献》,《明清小说研究》,2005年第4期。

并开辟专栏"白话道情"①。他的本意也许是强调,如果不大量地汲取以文言文为载体的古典文学,就写不出好的白话文。然而按照陈独秀与胡适的判断,林纾是反对以白话取代文言的②,而这一点恰恰是新文化运动"文学革命"最为重要的一步:提倡白话就必须废止文言,实际上"林纾并不是新文化运动的反对派,他之所以能对新文化运动的发展路径提出不同意见,是因为他研究过白话为什么不应该成为中国人唯一的语言工具,研究过文言为什么不应该完全放弃"③。这场有组织的白话文运动确实是胡适提出来的,与梁启超、包天笑等人个体的自觉运用不同,是要呼吁整个知识分子群体的共同试验,这是胡适和陈独秀的业绩。白话文过去不是不存在,只是不能登上大雅之堂,"胡适和陈独秀的贡献,就是把这个口头表达的语言转换为书面语言,并以这种口头表达的语言彻底替换了书面的文言。这才是问题的关键和后来引起争论的症结"④。

五四新青年与林纾的具体争论第二方面,如何对待"儒学存废"。《新青年》创刊号一篇文章界定了新学与旧学的问题,"所谓新者无他,即外来之西洋文化也;所谓旧者无他,即中国固有之文化也"⑤。林纾3月18日在北京《公言报》上发表致蔡元培公开信,蔡元培亦公开以《致蔡鹤卿书》和《答林君琴南函》作答。主要的责难就是蔡所掌北京大学容许新文学的倡导,在教学上主张"覆孔孟,铲伦常""尽废古书",且用方言土语教学。蔡元培的复信中,称北大没有教授学生"覆孔孟,铲伦常",《新青年》杂志对孔子学说的批评也只是学术的讨论;北大没有尽废古文而用白话,讲坛上使用白话,但教员中善作白话文者都是博览群书之人。后人某些论说据此称蔡元培"义正辞严、仗义执言的答辩,回击了林绎的责难",维护了新文化运动和文学革命,殊不知林纾在致信蔡元培信后就预感到自己将受到毒骂,却以廉颇自励:"我老廉颇顽皮憨力,尚能挽五石之弓,不汝惧

---

① 1924年胡适读到该诗集后的歉意,也远非公正,所谓"反动领袖"的林纾恰恰是竭力反对党争的,"五六年前的反动领袖在三十年前也曾做过社会改革的事业。我们这一辈的少年人只认得守旧的林琴南,而不知当日的维新党林琴南。只听得林琴南老年反对白话文学,而不知道林琴南壮年时曾作过很通俗的白话诗,——这算不得公平的舆论"。(胡适:《林琴南先生的白话诗》,《晨报六周年纪念增刊》,北京:北京晨报馆,1924年12月)

② 胡适在《五十年来中国之文学》中指出:"平心而论,林纾用古文做翻译小说的试验,总算是很有成绩的了。古文不曾做过长篇的小说,林纾居然用古文译了一百多种长篇的小说。……古文的应用,自司马迁以来,从没有这种大的成绩。"胡适虽肯定林译小说对古文的继承与突破,却没有提到林纾译小说含有大量白话口语、外来词汇和欧化句法,对现代汉语的形成起了促进作用。(《胡适文集》(3),第215页)

③ 马勇:《重构五四记忆:从林纾方面进行探讨》,《安徽史学》,2011年第1期。

④ 同上。

⑤ 汪叔潜:《新旧问题》,《青年杂志》,1915年9月第一卷第一期。

也,来!来!来!"①林纾对陈独秀新文学的绝对主义强调提倡必须废古文非常不满,而蔡元培作为北大校长,"凡为士林表率,须圆通广大,居中而立,方能率由无弊",这并不是指责蔡元培对北大管理不力,而是期望他利用与五四青年之间的关系,能够改善文化激进主义,对传统文化与文学保持适度的保守态度。然而蔡元培虽然重申自己的办学主张"循思想自由原则,取兼容并包主义",但是实际上已经回绝了林纾的建议。"无论何种学派,苟其言之成理,持之有故,尚不达自然淘汰之运命者,虽彼此相反,而悉听其自由发展"②。林纾为传统文化辩护的做法遭到了五四新知识分子的集体反对,李大钊重复了胡适的偏见,强调"顽旧鬼祟,抱着腐败思想的人"不要靠暴横政府的压制,而要光明磊落地出来同新派思想家辩驳、讨论。③ 鲁迅也抓住林纾矛盾性格大加嘲讽,敬告林纾"既不是敝国的人,……不要再干涉敝国的事情罢"④。按理说,林纾作为所谓的"遗老",在政治上是绝对处于势单力薄的情形的,明知与年轻人冲突没有任何好处,却又像堂吉诃德一样与新文化倡导者之间力图周旋又是为何?

林纾在五四时期似乎成了逆历史潮流而动的"封建复古派"⑤,然而林纾显然又不是如此顽固之人。从士大夫脱胎而来的林纾,必然是深受传统文化的熏陶,崇尚程朱理学,但是对于理学的迂腐也有清醒的认识,最为常见的引述是"兵船一至理学慑,文移词语多模糊"。单凭数量庞大的文学译著数量以及附有序、跋一类,可以看出林纾已经开始进行中西文学的比较和中西文化的比较,努力地沟通中西文化,仅仅是《鲁滨逊漂流记》前言对鲁滨逊英雄冒险行为的辩护,就已经是了不起的文化创造了。结合林纾的其他著述来看,林纾对中西文化的优点和不足在当时来讲,也有着了不起的认识,如"欧西今日之文明,正所谓花明柳媚时矣。然人人讲自由,则骨肉之胶质已渐薄"。而中国传统文化虽

---

① 张俊才、王勇:《顽固非尽守旧也——晚年林纾的困惑与坚守》,太原:山西人民出版社,2012,第 37 页。
② 《致〈公言报〉函并附答林琴南函》,《蔡元培书信集》上册,杭州:浙江教育出版社,2000,第 387 页。
③ 《新旧思潮之激战》,《晨报》1919 年 3 月 4 日。李大钊又强调,"宇宙的进化,全仗新旧二种思潮,互相蜕进,互相推演……缺一不可。……我又确信这二种思潮,一面要有容人并存的觉悟,一面更要有自信独守的坚操"。
④ 庚言:《敬告遗老》,《每周评论》1919 年 3 月 30 日第 15 号。
⑤ 今人容易对民国初年的历史氛围有所错觉,认为当时复古思潮泛滥,其实不然。自清末开始的"新教育"学制已经为"重虚文"而"轻实学"的问题做出了改变,而当时新学堂的学生们普遍重视学习西方格致之学,而轻视传统的经史辞章。即便是各大学堂、高等学府延请国内名流,但学员多无兴趣。周作人 1907 年曾提及这种风气,"中国比来,人多言学。顾竟趋实质,凡有事物非是以利用厚生,效可立待者,咸弃斥不为,而尤薄文艺,以为文章者乞食之学。"(《读书杂拾(二)》)连胡适自己都觉得留学界"数典忘祖""不讲习祖国文字,不知祖国学术文明",所以当时知识教育方面确实存在轻言欧化而尽弃传统的问题。

产生于"顽固之时代",但这种文化"于伦常中胶质甚多,故父子兄弟,恒有终身婉恋之致"①,在致蔡元培的信中林纾也强调"外国不知孔孟,然崇仁,仗义,矢信,尚智,守礼,五常之道,未尝悖也"②。那么,应汲取传统文化的优点予以继承,"故有心人每欲复古。盖古人元气,有厚于今人万倍者。必人到中年,方能领解,骤与青年人述之,亦但取憎而已耳"③。当然也正如张俊才先生指出的,

> 首先,从文化视野而言,林纾对西学的理解也是较为肤浅的,甚至没有触摸到西学的真谛,因而也无法认清西学与中学的根本区别……林纾还无法划清儒家元典中所蕴含的"仁爱"思想与西方启蒙运动中所张扬的"自由"学说的区别,这不仅使得他不能以西方文化为参照洞现中国传统文化的弊端,无法像鲁迅那样"刻毒"地看出已经被异化了的"仁义道德"的本质是"吃人",而且使他与新文化阵营的争论常常表现为一种错位的争论:新文化阵营竭力运用西学批判中国传统文化的弊端,而他却用儒学元典中具有人文价值的经义斥责新文化阵营的做法是"禽兽行"。

> 其次,由于林纾缺乏真正的西学的视野,因此他对中国文化(含文学)实现现代化的必要性、迫切性,对中国文化(含文学)实现现代化的有效途径,均缺乏应有的自觉。林纾对中国传统文化确实珍爱有加,但他对中国传统文化如何才能"与时不悖"地实现现代转型却似乎不曾思考。④

其实以上两个方面的论证的重新审视,涉及我们当代人究竟是应以革命的激进观念还是以革命的演进观念来审视林纾与五四之间纠葛?如果说林纾是"封建复古派"——激进革命立场,那么就仍然可以认定林纾是五四青年的革命对象;如果说林纾是要努力调和中西文化,纠正文化激进主义——渐进革命的立场,那么就等于重新认可林纾的文化业绩和文化立场。林纾去迎战新文化运动,看似是一个偶然的历史事件,事实上如一些重审"双簧信"事件的学者所指出的,"林纾作为祭旗的牺牲而落入彀中,是新文化群体共谋的结果"⑤。主张调和论者会说,"在这场'新'与'旧'的交战中,对立的双方,无论是论辩的发动,

---

① 林纾:《拊掌录·圣诞夜宴·跋尾》,1906。阿英:《晚清文学丛钞·小说戏曲研究卷》,北京:中华书局,1960,第235—236页。
② 林纾:《致蔡鹤卿书》,《公言报》,1919年3月18日。薛绥之、张俊才编:《林纾研究资料》,第86—87页。
③ 林纾:《拊掌录·圣诞夜宴·跋尾》,1906。阿英:《晚清文学丛钞·小说戏曲研究卷》,北京:中华书局,1960,第236页。
④ 张俊才:《"悠悠百年,自有能辨之者"——重评林纾及五四新旧思潮之争》,《河北师范大学学报》(哲学社会科学版),2005年第4期。
⑤ 慈波:《误读与重释——作为古文家的林纾》,《中山大学学报》2009年第6期。

还是实际的矛盾,都还未能形成真正的历史冲撞"。这倒也基本是事实,因为林纾几乎是迅速被年轻人的口诛笔伐给击溃了,但是"林纾与五四原本没有不共戴天的矛盾;林纾更像是仪式上的一个牺牲,被五四少年供奉于旧文学的祭坛"①。还有相似的论说,认为当改革已经成为一个民族、一个国家的基本共识时,"并不存在本来意义的守旧派、保守派,改革与反改革的冲突只是一种想象,是一种斗争的工具和理由。……陈独秀、胡适以及学生辈的傅斯年、罗家伦在后来占了上风,……营造的五四新文化运动谱系中,林纾基本上是个反面形象,……是不真实的"②。林纾如果是清末民初的旗手,那么五四先驱者发起"狂飙突进"式的新文化运动,要不择一切手段摧毁这个旗帜,即便言论和行为有多少绝对化、片面化或者"过激",都是"新"文化领导权主张的必然结果?

在救亡图存之际,林纾曾努力以大量文学翻译的形式沟通中西,改变国人的精神观念,启迪"五四"一代人向往西方文明,颠覆中国传统文化。这也是为什么林纾于1924年10月病逝后,很多五四人物撰写纪念文章来重新认可林纾对中国文学、文学翻译的贡献。胡适《林琴南先生的白话诗》认可了林纾为文化改革做出的贡献,郑振铎《林琴南先生》对林纾的为人、白话诗创作和文学翻译做了全面的总结,称赞他到了70高龄还是"非常热烈的爱国者"——而爱国者势必热爱自己祖国的文化及其载体;周作人在《林琴南与罗振玉》中承认林纾"在中国文学上的成绩是不可泯灭的……终是我们的师"③,几位人物给了林纾正面的评价,对刘半农和胡适形成了一种压力。刘半农也表示:"经你一说,真叫我们后悔当初之过于唐突前辈,我们做后辈的被前辈教训两声,原是不足为奇,无论他教训的对不对。不过他若止发卫道之牢骚而已,也就罢了;他要借重荆生,却是无论如何不能饶恕的。"④

综上所述,对于我们今天的文化建设而言,绝不能简单地以新文化、新文学胜利者的角度去回望过去所否定的对象,也不能简单地一味复古,轻而易举地认为古代文化传统可以不加选择的继承。这种单向度的思维方式显然容易忽视历史的复杂性以及文化发展的多样性,导致一方压倒另一方的粗暴革命——不过,文白问题、孔儒存废也许是文化领导权的问题,而不是学术的问题。

---

① 杨联芬:《林纾与中国文学现代性的发生》,《中国现代文学研究丛刊》,2002年第4期。
② 马勇:《重构五四记忆:从林纾方面进行探讨》,《安徽史学》,2011年第1期。
③ 开明(周作人):《林琴南与罗振玉》,《语丝》,1924年12月1日3期。周作人:《周作人文类编8 希腊之余光 希腊·西洋·翻译》,钟叔河编,长沙:湖南文艺出版社,1998,第722页。
④ 刘半农:《自巴黎致启明的信》,《语丝》,1925年3月30日第20期。

第七个问题：
如何理解清末民初文学译介中的"启蒙"观念？

晚清外国文学的翻译、译述与介绍，显然不是单纯的文学问题，而是当时救亡图存思想背景下的历史需求。启蒙旋律决定了文学翻译的目的、形式与题材、接受与影响，这些领域在近十余年的翻译学、近代文学、比较文学学界得到了充分重视与反思，却又值得进一步探索。正如2002年有学者指出，"反观我国的翻译研究，目前还多数停留在语言和文学层面，从文化角度出发的研究虽然已见开始，但理论还不成熟；从政治、社会、哲学的大背景去研究翻译功能的大部著作似还未见……"①近年来这些研究事实上已经取得了很大的进展。本问题试图从晚清文学译介中最为重要的观念之一"启蒙"入手，探讨文学引入与现代思想资源建设的复杂关系。

一、改造国民性的启蒙基调

启蒙，一般意义是消弭蒙昧，使学童、初学者获得基本的、入门的知识，明白事理。在社会文化层面意义上，晚清思想界开始意识到传统文化中的启蒙，缺乏反思传统和接受新事物的意义。不仅《万国公报》的创始人、美国传教士林乐知言："外国视古昔如孩提，视今时如成人；中国以古初为无加，以今时为不及。故西国有盛而无衰，中国每每颓而不振；西方万事争先而不敢落后，中国墨守成规而不知善变。此弱与病所由来也。"②梁启超也认为："中国旧论每崇古而贱今。西人则不然，以谓愈上古则愈野蛮，愈晚近则愈文明，此实孔子三世之大义

---

① 潘文国：《当代西方的翻译学研究——兼谈"翻译学"的学科性问题》，《中国翻译》，2002第3期。
② 林乐知：《中西关系略论》，《万国公报》，1875年10月2日，第356卷。

也。"①戊戌变法之后梁启超流亡日本后创办《清议报》,在《〈清议报〉叙例》里言到,谭嗣同为变法而洒热血,如同"一声春雷,破蛰启户",下一步应动员民众:"是以联合同志,共议《清议报》,为国民之耳目,作维新之喉舌。"发动舆论宣传,提高民众质素,"交换智识,实惟人生第一要件。而报馆之天职,则取万国之新思想以贡于其同胞者也"②。与此同时,或因被动的仕途的弃绝,或因主动的"群乃知政府不足与图治"(鲁迅语),或因现代稿酬制度建立带来生活的保障,或因"小说为文学之最上层"之类新理论激发"不朽之盛世,经国之大业"志向,使得许多过去"学而优则仕"、依附封建政权的旧文人开始向颇具独立人格精神的近代知识分子转型,也推动了现代意义上"启蒙"作为一种开放性的社会现象和思想潮流登上中国历史舞台。

"启蒙"在英文、法文和德文都没有"运动"(movement)这一"缀词",救亡图存的历史需求注定"启蒙"在西方可以是历时数百年的思想演进现象,而在晚清乃至民国变成一场喧嚣的运动。晚清虽然没有五四那样指向非常明确的口号,却有一大批弃绝传统仕途的旧文人通过报纸杂志的译述、社评、杂说、游记等形式,去根据自身经验和理解把国民启蒙视为一场无形的组织"运动"。其中最早系统译介西方启蒙思想,甚至为新的"国民"性质作界定的是梁启超,其不仅在《论近世国民竞争之大势及中国前途》第一节对"国民"和"国家"概念进行阐释,并进而提出启蒙的要义乃在于国民性的改造。18世纪欧洲启蒙思潮中,孔多塞认为启蒙就是反对"政治暴政"和"宗教暴政";康德认为"启蒙"就是敢于公开使用自己的理性,争取言论自由。饱读日译欧洲启蒙经典的梁启超未尝对此没有感悟,"综观欧、美自由发达史,其所争者不出四端:一曰政治上之自由,二曰宗教上之自由,三曰民族上之自由,四曰生计上之自由(即日本所谓经济上自由)"③。"吾尝遍读二十四朝之政史……盖其治理之成绩有三:曰愚其民,柔其民,涣其民是也。而所以能收此成绩者,其持术有四:曰驯之之术,曰餂之之术,曰役之之术,曰监之之术是也。"④晚清思想界虽已有保皇、改良和革命三种理路,但渐进式的改良在1895年前后影响最大,如梁启超并未对儒教教化思想遽然反对,期望一种缓冲式的改革,"凡欲造成一种新国民者,不可不将其国古来误谬之理想,摧陷廓清,以变其脑质,而欲达此目的,恒须藉他社会之事物理论,

---

① 梁启超:《〈史记·货殖列传〉今义》(1897),《梁启超全集》,第116页。
② 梁启超:《清议报一百册祝辞并论报馆之责任及本馆之经历》,《梁启超全集》,第476页。
③ 梁启超:《新民说·论自由》,《梁启超全集》,第675页。
④ 梁启超:《瓜分危言·积弱之源于政术者》,《梁启超全集》,第420页。

输入之而调和之","故吾所谓新民者,必非如心醉西风者流,蔑弃吾数千年之道德、学术、风俗,以求伍于他人;亦非如墨守故纸者流,谓仅抱此数千年之道德、学术、风俗,遂足以立于大地也"①。

在梁氏诸种文学革命鼓动与宣传下,外国文学的译介某种程度上是在或主动、或被动地配合政治动员,配合启蒙学说的译述和宣传,服务于"群治"想象与未来文化的构建背景下登上历史舞台的。晚清小说译介主要以通俗类型居多,如科幻小说、侦探小说、言情小说、冒险小说等等,如果从文学价值判断,其艺术性、审美性并不高,其受限于当时译介规范、水平和目的。问题的关键在于,这些题材和体裁的抉择,有着相对明确的思想论证和规划。

二、启蒙中的科学与法理

对于18世纪欧洲启蒙而言,最为重要的是用现代科学理性影响下的无神论精神进行启蒙。科学精神虽然颠覆了基督教神学的价值理性,却不仅仅只是以工具理性呈现世人,科学理性本身也包括满足人的自由、自律、自我认识、自我解放等内在价值理性追求。这样的内涵在清末民初的中国,则发生了变异。晚清四大小说杂志《新小说》《绣像小说》《月月小说》《小说林》无不刊载科学小说,可见科学小说广受欢迎。然晚清语境对科学的理解却与欧洲启蒙主义者的理解并不相同,其更侧重于强调科学的工具理性。科学小说的翻译与甲午战争以来的"格致兴国"不无关系,如《新小说》把"哲理科学小说"定义为"专借小说以发明哲学及格致学"。此外译者更是看中其浅而易解、乐而多趣的认识新知的陌生化效应,毕竟与抽象理论相比,器与技具有更直观的形式,也更容易为人们所认同与接受。与此同时,科学小说又富有强烈"富国强兵"的色彩,被赋予类似于政治小说的意味,对它的阅读与接受,显然与小说教化作用的推重一致,体现了译介者翻译选择与当时社会人心的呼应关系。

另一方面,与欧洲启蒙中强调科学满足个人的自我认识、自我解放不同,中国科学小说译者着重强调亡国危机感之中的"尚武"救国精神。青年鲁迅在《月界旅行》"辨言"中也突出强调"培伦氏"、"实以其尚武之精神,写此希望之进化者"。1905年金松岑言读《十五小豪杰》希望"国民人人如俄敦、武安之少年老

---

① 梁启超:《新民说·释新民之义》,《梁启超全集》,第657—658页。

成,冒险独立",读《秘密使者》使"国民人人如苏朗笏、那贞之勇往进取"。国人创作的科幻小说并不致力于科学自身发展及其对个体解放的价值,而对大炮等杀伤力巨大的武器津津乐道,如《新纪元》第十三回"化水为火"之法杀敌无数,《月球殖民地》第三十一回炮轰欺压国人的白种人,"两旁人民也连累轰死不少,但为除害起见,也顾不得这许多了"。这些小说家们"创造了空前绝后的时空环境,而其笔下的人物则轮番摧毁或拯救着中国……以此遐想新的政治愿景和国族神话"①。由于科学知识的缺乏,对"科学"功利主义的狭隘理解,既往传统视科技为"奇技淫巧"的偏见,救亡图存的实用主义色彩,以及文学翻译水平所限,使得科学小说的翻译没有按照欧洲启蒙语境中的"科学"途径予以演绎,也使得后来的科学小说模仿创作中体现出"科学"与"小说"貌合神离,同床异梦的景象。"关注现实的成分太多,从而很难生发出属于文学的、诗意的、哲理的东西"②。虽然科学小说在相当长的时期内颇有市场,更经常地被人加以利用,但在解决中华民族在近代的生存与发展问题上却没有大的作为。

除科学理性精神之外,启蒙理性的建立还必须以现代政治和法律制度建构为前提。由于传统"人治"社会法治精神的匮乏,在民主政治还不见影子的社会里,侦探小说这种对工具性的注重也在情理之中。中国古代也有以清官断案为题材的公案小说,但法律的公正性依赖于清官的智慧和胆略,侦探小说则代表西方的证据理念和诉讼制度。这一点在周桂笙的翻译和评点中得以彰显。他敏锐地察觉中西侦查制度的不同,源于社会政治制度之差异:西方社会制度方面是"三权鼎立""司法独立""行政的只管行政,司法的只管司法",而其法律又"极尊重人权":"一个人犯了罪,还须由他自己好好儿的自愿供出来。没有定案的人犯,从来不许加刑的。"③侦探小说的科学推理手段和对正义的诉求,以及其所影射西方法律体系的相对完善、对人权的重视等"现代性"与中国现实也形成了鲜明的对照——恰恰是对西方法律和政治制度的朦胧诉求。刘半农于《〈福尔摩斯侦探案全集〉跋》感慨"启发民智之宏愿"才是"柯南·道尔最初之宗旨之所在"。康有为在《日本书目志》中更有通过翻译小说以整治国家"律例"之宏愿。

---

① 王德威:《被压抑的现代性——晚清小说新论》,宋伟杰译,北京:北京大学出版社,2005,第292页。
② 王燕:《近代科学小说论略》,《明清小说研究》,1999年第4期。
③ 吉(周桂笙):《上海侦探案》,《月月小说》,1907年第七号。

三、启蒙中的个体与伦理

除现代科学与法理精神之外,18世纪启蒙运动中发展起来的人权概念,强调的不仅是平等的权利,更是如何从传统的束缚中解脱。然而如何平等和解脱,却是很多外国文学译介者探讨的问题,他们尤为关注国外小说在文明开化和进步中扮演的角色。晚清译介中,最为流行的小说人物,除了代表正义和法律的福尔摩斯,就是代表个性解放的茶花女马克,恰恰说明在政治、法律的理性启蒙之外,社会个体的权利和自由感情觉醒也受到重视和欢迎。身处关心国难家仇的历史困境中,译介者格外重视反映19世纪下层社会悲苦生活的小说,如冷血在《惨世界》第一回末说巴黎仅有玛苓娘,"而我国到处皆玛苓娘";林纾则称赞狄更斯小说"扫荡名士美人之局,专为下等社会写照";而张春帆在《苦社会》序中,称其"几乎有字皆泪,有泪皆血,令人不忍卒读而又不可不读"①。描写追求个性自由解放的作品体现在言情小说中,影响最大、最具代表性的是林译《巴黎茶花女遗事》和《迦茵小传》。值得注意的是,这些小说虽多通过情感纠葛和危机展现"爱情神圣""婚姻自由"、个性解放的权利,注意到西方启蒙强烈的个人主义色彩,追求个体享受"快乐""尊严""情爱"这些生活的内在价值,却又鲜有关注"写情",究其根本原因,是个性解放与根深蒂固传统伦理的冲突。

阿英先生说过,在清末两性私生活描写的小说不为时人所接受。出身旧文人阶层的林纾,难免崇尚程朱理学,尝言读二者书"笃嗜如饫粱肉",却也能指出"宋儒嗜两庑之冷肉,凝拘挛曲局其身,尽日作礼容,虽心中私念美女颜色,亦不敢少动"的虚伪性,嘲笑"理学之人宗程朱,堂堂气节诛教徒。兵船一至理学慑,文移词语多模糊"。正是对传统礼教不合时宜的认识,使得林纾热衷于翻译《巴黎茶花女遗事》《迦因小传》《红罕女郎传》《不如归》这样屡屡触犯三从四德封建人伦道德和男权统治观念传统的作品。不仅风尘女子成为可歌可泣的主人公,更有与风尘女子的山盟海誓的赞赏。林纾也意识到这些事情不能被保守人士接受:"余译此书,亦几几得罪于名教亦,然犹有辨者。"却又唯恐自己不够支持新思想,在翻译《红礁画桨录》和《蛇女士传》时不得不在新旧思想之间游移,呈

---

① 漱石生:《〈苦社会〉序》,申报馆,1905。陈平原、夏晓虹编:《二十世纪中国小说理论资料》(第1卷),第136页。

现"惟无学而遽撤其防,无论中西,均将越礼而失节"①。正是这种矛盾使得林纾在翻译《巴黎茶花女遗事》时不断予以增补润色,重新塑造了主人公形象。

除儿女私情小说之外,晚清译介大潮中,冒险小说也格外受关注。在梁启超看来,"欧洲民族所以优强于中国者,原因非一,而其富于进取冒险之精神,殆其尤要者也"②。林纾在翻译的多部冒险小说序言中指出国人过于奴性与懦弱,翻译此类"壮侠之传""用以振作积弱之社会,颇足鼓动其死气""振吾国民尚武精神"。西方冒险小说本与爱国救国并无关联,然译介者却着意于宣传鲁滨逊·克鲁索式的冒险精神,改造国民性。脱胎于旧文人的译介者也熟知"孝子不登高,不临深也"(《礼记·曲礼上》),"身体发肤,受之父母,不敢毁伤"(《孝经》),"好勇斗狠,以危父母,不孝也"(《孟子》),这些传统伦理必然阻碍冒险救国精神。所以译介者必须将这种行为解释的合情合理,如林纾在《鲁滨逊漂流记》序言中给出的理由是"吾国圣人,以中庸立人之极……英国鲁滨孙者,惟不为中人之中,庸人之庸,故单舸猝出,侮狎风涛,濒绝地而处,独行独坐,兼羲、轩、巢、燧诸氏之所为而为之,独居二十七年始返,其事盖亘古所不经见者也。然其父之诏之也,则固愿其为中人之中,庸人之庸。而鲁滨孙乃大悖其旨,而成此奇诡之事业,因之天下探险之夫,几以性命与鲨鳄狎,则皆鲁滨孙有以启之耳"。既然"从道不从君,从义不从父"(《荀子·子道》),冒险以成就"奇诡之事业",抗孝道也是正当的。

从根本上而言,晚清译介者对"国民"启蒙的论述,更关心的是民族的前途和命运,而非个人的解放;也没有试图推翻传统伦理,而是予以重新解释与补充。然而既然鼓励个性解放,脱离家庭,自主自立这样的伦理观,本身就必然冲击主流的伦理规范。正如詹明信所说,像中国这样的"第三世界的文本,甚至那些看起来好像是关于个人和利比多趋力的文本,总是以民族寓言的形式来投射一种政治:关于个人命运的故事包含着第三世界的大众文化和社会受到冲击的寓言"③。梁启超对此有深刻的理论认识,"盖以彼当时之情状,所以利群者,惟此为宜也。然则道德之精神,未有不自一群之利益而生者;苟反于此精神,虽至善者,时或变为至恶矣。是故公德者,诸德之源也,有益于群者为善,无益于群

---

① 林纾:《〈红礁画桨录〉序》,商务印书馆,1906。陈平原、夏晓虹编:《二十世纪中国小说理论资料》(第1卷),第165页。
② 梁启超:《新民说·论进取冒险》,《梁启超全集》,第667页。
③ 詹明信:《晚期资本主义的文化逻辑》,陈清侨等译,北京:生活·读书·新知三联书店,1997,第523页。

者为恶"。梁启超在《新民说》中曾阐发个体和群体的道德关系,"人人独善其身者谓之私德,人人相善其群者谓之公德……无私德则不能立……无公德则不能团"。"公德"指称道德"灌注而联络"个体以形成民族、国家的纽带,"私德"指称个体"独善其身"的功能。而自由之道,一是"勿为古人之奴隶也",二是"勿为世俗之奴隶也",三是"勿为境遇之奴隶也",四是"勿为情欲之奴隶也"①。按今天之眼光,梁氏虽没有清晰地梳理儒家道德的理论机制,却也是冷静分析传统风俗、法律、道德与自由的关系,几乎和林译小说对个体权利与传统伦理感性关系认识一唱一和。诚如康德在"何谓启蒙,答复这个问题"一文中劈头第一句说:"启蒙就是人类脱离自己所加之于自己的不成熟状态,不成熟状态就是不经别人的引导,就对运用自己的理智无能为力。"②晚清文学翻译与梁启超著述分别从感性和理性领域,探讨了改造传统伦理以提升国民人格的期望。

四、义理与因果的混淆

仅仅靠科学精神、法制精神或自我精神解放去实现"人的自治"和解放,而没有合适的改变社会制度的途径,难免镜花水月。康德在1784年,即法国大革命爆发五年前就指出:"通过一场革命或许可以实现推翻个人专制以及贪婪心和权势欲的压迫,但却绝不能实现思想方式的真正改革;而新的偏见也正如旧的一样,将会成为驾驭缺少思想的广大人群的圈套。"③康德点明了启蒙的两大"敌人",那就是存在于民众中的愚昧主义和以权势为中心的专制主义。泱泱大国何以贫弱,维新变法以后康梁等进步人士基本结论恐怕就是"民权兴则国权立,民权灭则国权亡"④,君权日益尊,民权日益衰,为中国致弱之根原(源),"欲伸民权,必以广民智为第一义"⑤。梁启超依次提出"诗界革命""文界革命"和"小说界革命"的口号,原因当然是众所周知的外国小说多是"其身之所经历,及胸中所怀,政治之议论""每一书出而全国之议论为之一变""有不可思议之力支配人道",将文学的舆论与政治制度的变革关联,实现"改良群治"。

---

① 梁启超:《新民说·论自由》,《梁启超全集》,第679—680页。
② 江怡:《理性与启蒙——后现代经典文选》,北京:东方出版社,2004,第1页。
③ 同上书,第3页。
④ 梁启超:《爱国论》,《梁启超全集》,第273页。
⑤ 梁启超:《论湖南应办之事》(1898),《梁启超全集》,第177页。

在辨析清楚民权与民智的关系之后,就要把问题指向如何改变社会制度这一根本问题。前文论及梁启超1902年发表《释革》,专门解释他对古今中西"革命"一词的理解,革命应是开民智、鼓民权,人人争作"新民",更多是"变革"的意义,要通过通俗传媒开民智、鼓民权,直接向民众启蒙新知,实则赋予了"革命"一种极具现代色彩的正当性,而不是以政治暴力改朝换代。为了普及"人群中一切有形无形之事物",其小说《新中国未来记》可谓《释革》的"文学"化阐释,主人公李去病仍然主张以暴力方式锄灭专制朝廷,而黄克强却认为"革了又革,乱了又乱"不是好事,中国延续千年的君主专制也是痼疾。黄克强反驳美国民主在中国的可行性:"美国本是条顿种人,向来自治性质是最发达的,他们的祖宗本是最爱自由的清教徒……中国人向来无自治制度,无政治思想,全国总是乱糟糟的毫无一点儿条理秩序,这种人格,你想是可以给他完全的民权吗?"意思是中国国情不能共和只能立宪。在梁启超看来具体操作方式是整顿国事,等"民智既开,民力既充""多数政治"即可成。梁启超开启民智的形而下思路无疑是正确的方向,但是指望改良"立宪"达到社会制度变革不过是一厢情愿。1898年戊戌变法的失败,1903年的"拒俄义勇军事件"和"苏报案"等等重大历史事件导致民众对清政府完全绝望。然而同时也要看到随后的辛亥革命的暴力政治形式也是狭隘的,此后的暴力与改良的二元对立反而延续了传统暴力革命的语境,未能将梁氏等人积极汲取西方"革命"文化资源的精神延续下去。

总之,恰恰是启蒙宣传的强劲需求,才促使外国文学思想资源与本民族传统之间有激烈冲突融合的可能。卢卡奇言:"只有在一个国家的文学发展中需要一种外来的刺激,一种动力,为它指出一条新路的时候——一旦文学发现本身出现危机,它就会有意识地或者下意识地寻求一条出路——外国作家才能真正有所作为。"[①]晚清的救亡图存的开启民智运动,将以上通俗小说纳入启蒙话语体系中,强调"文学之盛衰,与思想之强弱,常成比例。当时文家(指先秦——笔者注)之盛,非偶然也"[②],使得这一时期启蒙想象叙事具有两个明显特征:第一、晚清争取个性自由解放、民主权利以及民族的独立、建立现代民族国家结合的历史语境,注定中国无法在现代性追求道路上亦步亦趋西方的模式,必须结合具体国情和特殊的历史文化传统,在跨文化、跨语系的交流中开辟出自己的现代化道路。对社会现实的强烈关注和对理想未来的想象,以及一以贯之的"群治"教化与文化干预,贯穿于晚清新小说的乌托邦叙事中,从"幻想叙事"有

---

① 卢卡契:《卢卡契文学论文集》(2),北京:中国社会科学出版社,1981,第452—453页。
② 梁启超:《新民说·论诸家之派别》,《梁启超全集》,第577页。

力地鼓动人们思考中国的未来选择。梁氏"群治"教化的主题,得到"想象共同体"的广泛呼应,使得这个时期在外国文学的翻译和理解上,过于立意于"立志""尚武""法律""平权",结果很容易导致有意无意的"错译""误译"和"误解",但毕竟将一知半解的现代意义上阶级斗争、科学民主、平等自由、个性解放广泛传播于公众领域。第二,晚清文学译介并无哲学义理层面的思辨和反思,而是一开始就进入与改造社会为己任的启蒙运动互动的想象构建,必然导致晚清文学译介两个方面都不能留下宝贵的历史遗产,一方面强烈的国家危机感和急切的启蒙导致翻译和模仿创作不是"文学"的翻译和创作,而是自己的传声筒和代言人,就连梁启超自己也意识到自己创作的《新中国未来记》不伦不类,"似说部非说部,似稗史非稗史,似论著非论著"。另外一方面也未能在"启蒙"自身建构上取得理论业绩,与欧洲"启蒙"作为长期的、历史的精神现象,不局限在某一特定时期相比,晚清文学译介真的只是一场急躁的社会运动。

第八个问题：

清末文学译介是如何展开新民伦理想象的？

道光中年的鸦片战争，给中国社会带来历史巨变，更是将中国强行纳入了资本主义全球化体系，开启了中国社会近代化的被动转型。危机的加剧以及"西学东渐"的开启，使得晚清最后十几年政治层面的危机牵连更深一层的文化危机，因为传统中国的政治秩序是建立在一种特殊的伦理道德体系之上。1895年前后四川知识分子宋育仁，曾经论及当时的文化危机："其（指西学）用心尤在破中国祖先之言，为以彼教易名教之助，天为无物，地与五星同为地球，俱由吸力相引，则天尊地卑之说为诬，肇造天地之主可信，乾坤不成，两大阴阳，无分贵贱，日月星不为三光，五星不配五行，七曜拟于不伦……据此为本，则人身无上下，推之则家无上下，国无上下，从发源处决去天尊地卑，则一切平等，男女均有自由主权，妇不统于夫，子不制于父，族性无别，人伦无处立根……"①这段话透露出当时人们受到的思想冲击与震撼，西方自由平等使得传统"人伦无处立根"，科学使得传统"天地""阴阳""五行"世界观"全无是处"。传统的礼治秩序迅速崩溃，迫切需要一种新的秩序作为文化建构的支撑点。而以梁启超、严复、林纾为首的脱胎于传统士绅阶层的开明知识分子，借助于大众印刷传媒担当起"想象共同体"②的重任，借助于译介外国文学与文化的思想资源，将文学与文化改造纳入政治生活之中，使其成为舆论宣传的手段，以构建新民伦理的"宏大叙事"，实现救亡图存。

---

① 宋育仁编：《泰西各国采风记》，长沙：岳麓书社，2016，第86页。
② 安德森：《想象的共同体：民族主义的起源与散布》，吴叡人译，上海：上海人民出版社，2003，第24—26页。

一、德的秩序与力的秩序

在儒家伦理看来,德之善与无争,才能维持一个礼的秩序。"德成为从宇宙秩序到社会秩序乃至心灵秩序的核心,世界之所以有意义,乃是因为它是有德的,宇宙的德性与人间的德性相通,构成了以儒家为中心的中国思想的内核。以德为中心的世界是一个礼的世界,……按照普遍的、同一的德性原则来安排宇宙、社会和人心秩序。"① 在中国思想传统中,力的位置一直是缺席的,但是鸦片战争以后,救治时弊心切的实用主义情结,以及历次的富强运动已经悄然推动其潜入传统的旧秩序,最终由 1897 严复首译的《天演论》所激发,发展出与儒家以德为本截然不同的宇宙观。当然,国内外已经有学者充分指出,严复以及晚清进化论接受者对这一舶来品观念的接受是在一系列的误读中生产的,这种误读既有历史错位与拼凑,也存在有意识的选择和改造。严复译作的原本赫胥黎(Aldous Leonard Huxley,1894—1963)《进化论与伦理学》一书中,赫胥黎反对斯宾塞庸俗的社会进化论,旨在区分自然界残酷竞争与人类社会用伦理来调适生物本能:"赫胥黎的演讲事实上绝非在讲解社会达尔文主义,而是在抨击社会达尔文主义。……赫胥黎的急务是维护人类的伦理观念,反对竭力创立一种'进化论理'……赫胥黎在整本书中明确地直接地反对斯宾塞和'进化伦理'的其他鼓吹者。"② 而严复对达尔文《物种起源》的生物学理论并无兴趣,他更关注的是将达尔文原理运用于人类行动领域的确信,甚至在译作中多有以斯宾塞批判赫胥黎之处。严复认为斯宾塞的进化伦理更为契合列强争霸的世界图景,更希望将"物竞天择,适者生存"的生物性规律与"强国保种"的社会结构发展结合起来。严复早在《原强》(1895)中,就阐释了一幅与自然竞争相似的社会竞争的景象:"民民物物,各争有以自存。其始也,种与种争,及其成群成国,则群与群争,国与国争,而弱者常为强肉,愚者当为智役焉。"③ 严复在所译的《天演论》中,将原文中的"that state of nature of the world of plants"(植物界的自然状态),译为中国本土文化中的"天运",实际上是要将进化论从自然比附演绎到

---

① 许纪霖:《现代性的歧路:清末民初的社会达尔文主义思潮》,《史学月刊》,2010 年第 2 期。
② 史华慈:《寻求富强:严复与西方》,叶凤美译,南京:江苏人民出版社,1996,第 90—91 页。
③ 严复:《严复集》第一册,王栻主编,北京:中华书局,1986,第 5 页。

人类社会,进而将人类意识(神思智识)、社会文化(政俗文章)也纳入进化之范畴①。以力本论思想诠解进化,是严复进化思想的核心特征,他强调民智、民德、民力合一的人格,"盖生民之大要三,而强弱存亡莫不视此:一曰血气体力之强,二曰聪明智虑之强,三曰德行仁义之强"②。以优胜劣汰为核心的进化论观念的译介,极大地震动了甲午战争以后知识分子对自然和历史发展的逻辑想象,刺激了国人主动选择"优化"自己的道路。直接后果之一,就是影响到晚清新小说观念的肇始,严复和夏曾佑在1897年发表的《本馆附印说部缘起》一文中引用达尔文主义,渴望英雄传奇题材的小说正是"力"的秩序在文学领域之滥觞。

梁启超所作的《新民说》(1902—1903)正是在进化论观念影响之下,第一次进行新民人格的宏大叙事。在日本期间,梁启超在《论强权》(1899)中宣称:"世界之中,只有强权,别无他力,强者常制弱者,实天演之第一大公例也。然则欲得自由权者,无他道焉,惟当先自求为强者而已。欲自由其一身,不可不先强其身,欲自由其一国,不可不先强其国"③,并将"力"视为人类演进到文明阶段的突出特征,"在动物至野蛮世界,其所谓强者全属体力之强也。至半文半野世界(又有称为半开世界),所谓强者体力与智力互相胜也。文明世界,所谓强者即全属知力之强也"④。在《新民说》中他继续使用严复的"德、智、力"的概念,虽没有忽视"德",但是这个"德"也与"力"关联密切,是"强者之德"。在他看来,由于古代儒家之流"重文轻武之习既成,于是武事废堕,民气柔靡",诚欲养尚武之精神,则不可不备具三力,即心力,胆力和体力⑤,所以"德"是服务于"强力"扩展的"德",如"冒险""进取""尚武""英雄人格"等。梁启超在《论小说与群治之关系》(1902)认为传统小说的主人公或是"多情、多感、多愁、多病"的年轻人,或是"大碗酒,大块肉,分秤称金银,论套穿衣服"的绿林豪杰,沦入"憔悴""萎病""惨死""堕落"之境,乃"群治腐败之总根源",所以新的小说必须有"有不可思议之力支配人道",有支配人心的"四力"——熏、浸、刺、提,以克服国民轻弃信义,权谋诡

---

① 严复:《严复集》第五册,王栻主编,北京:中华书局,1986,第1324—1325页。
② 严复:《严复集》第一册,第18页。
③ 梁启超:《论强权》,《梁启超全集》,第353页。1897年2月间梁启超获赠严复《天演论》译稿,"循环往复诵十数过"。见梁启超:《与严幼陵先生书》。
④ 梁启超:《论强权》,《梁启超全集》,第352页。
⑤ 梁启超:《新民说·论尚武》,《梁启超全集》,第711页。

诈,云翻雨覆,苛刻凉薄的陋习①,对道德、习俗、知识与文学,乃至民众性格能够产生影响。进化论由此成为开明知识分子重构政治秩序与伦理秩序迫不及待的救命稻草,如林纾于1905年言,"欧人志在维新,非新不学,即区区小说之微,亦必从新世界中着想,斥去陈旧不言。若吾辈酸儒,嗜古如命,终身又安知有新理耶?"②杨度则在1907年道:"自达尔文、黑胥黎等以生物学为根据,创为优胜劣败、适者生存之说,其影响延及于世间一切之社会,一切之事业。举人世间所有事,无能逃出其公例之外者。"③

虽然晚清文学译介类型纷繁复杂,但在集中译介的侦探小说、政治小说、言情小说、科学小说中,基本上不同程度反映了译介者在外国文学作品中找到力的秩序的渴望,从而在译介中将错综复杂的文学现象和观念误解与简单化,类似于托克维尔所说的,革命时代盛行的是一种"抽象的文学政治",革命者力图"用简单而基本的、从理性与自然法中汲取的法则来取代统治当代社会的复杂的传统习惯"④。配合国民伦理建构的想象,晚清文学译介作品中的主人公多是(或至少被译介为)英雄豪杰、智谋侦探、有胆识的奇女子,她们成为力的时代的主要人格想象,从而取代传统礼治之下的温良恭俭让君子的人格理想。译介者序跋中屡有"小说之力"字眼,更不必说军事小说"专以养成国民尚武精神",冒险小说"以激厉国民远游冒险精神为主"。科学小说所强调的亡国危机感之中的"尚武"救国精神,是一种明确的力的意识,如青年鲁迅在《〈月界旅行〉辨言》(1903)中突出强调"培伦氏""实以其尚武之精神,写此希望之进化者"⑤。在译介作品影响下国人创作的科幻小说并不致力于科学自身发展及其对个体解放的价值,而对力量与新的政治愿景和国族神话津津乐道,如吴趼人的小说《新石头记》(1905),挪用和改写了凡尔纳的科幻小说《海底两万里》,在"文明境界"中,复活了的宝玉成为一个热切的狩猎者和业余博物家,游历环球,以"文明境界"国家博物馆的名义,乘坐潜艇去捕杀与收集各种稀有的物种⑥。另外一种影响更大的小说形式是侦探小说,最具代表性的是"福尔摩斯探案系列"与勒莫

---

① 梁启超:《论小说与群治之关系》,《新小说》1902年第1号。陈平原、夏晓虹编:《二十世纪中国小说理论资料》(第1卷),第36页。
② 林纾:《〈斐洲烟水愁城录〉序》,1905。陈平原、夏晓虹编:《二十世纪中国小说理论资料》(第1卷),第142页。
③ 杨度:《金铁主义说》,《杨度集》,长沙:湖南人民出版社,1986,第220页。
④ 托克维尔:《旧制度与大革命》,冯棠译,北京:商务印书馆,1997,第175页。
⑤ 周树人:《〈月界旅行〉辨言》,东京:进化社,1903。陈平原、夏晓虹编:《二十世纪中国小说理论资料》(第1卷),第50页。
⑥ 吴趼人:《吴趼人全集》第6卷,魏绍昌、海风编,哈尔滨:北方文艺出版社,1998。

朗的《侠盗亚森罗平》，一般认为其带来了科学理性与法制观念，但其公平正义是强力精神之下的正义，如陈熙绩将《歇洛克奇案开场》中的复仇者比作"西国之越王勾践伍子胥"，"使吾国男子，人人皆如是坚忍沈挚，百折不挠，则何事不可成，何侮之足虑！"①

即使是在今天看来属于言情小说者，也被译介者强行与时代困境相瓜葛，如林纾所译关于男女私情的小说《巴黎茶花女遗事》《迦因小传》等，主人公往往被改造为高风亮节，深明大义，富有"学问""胆识"和"操守"的人物；在翻译《迦茵小传》时，林纾在赞叹主人公亨利"坚刚不贰之思想"时，以译者身份闯入译本，增添了"英之将士，惟有此思想，故能防卫国家"②的内容。当然由于"触黄种之将亡"，1905年林纾反省自己，"畏庐笔述书，将及十九种，言情者实居其半。行将攫取壮侠之传，足以振吾国民尚武精神者，更译之问世，但恨才力薄耳"。此后林纾多译哈葛德虽属二三流，却好言"亡国事"，其笔下"白人一身胆勇，百险无惮""出探天下之新地"，正迎合了林纾寻求"保种救国"的血性因素，"多译西产英雄之外传，俾吾种亦去其倦敝之习，追蹑于猛敌之后"。他在《雾中人》(1906)序中说："余老矣，无智之勇，而又无学，不能肆力复我国仇"，勉力翻译，"备胜篋之盗，则以刃、以枪；备灭种之盗，则以学。学盗之所学，不为盗而但备盗，而盗力穷矣"，"当知畏庐居士之翻此书"，"正欲吾中国严防行劫及灭种者之盗也"③。林纾意识到西方冒险小说中道德的复杂性，一方面强调这些殖民扩张的英雄事实上是"行劫者"及灭种者之盗，所以自己翻译是为了使国人懂得"古今中外英雄之士，其造端均行劫者也。大者劫人之天下与国，次亦劫产"，"大凡野蛮之国，不具奴性，即具贼性。……至于贼性，则无论势力不敌，亦必起角，百死无馁，千败无怯，必复其自由而后已。"④另一方面又希望乱世出英雄，称鲁滨逊因"不为中人之中，庸人之庸"，才大悖父旨，"单舸猝出，侮狭风涛，濒绝地而处，独行独坐，兼义、轩、巢、燧诸士之所为而为之"，成就"奇诡之事业"，显然还是看中鲁滨逊"尚侠""趋义"的品行。林纾和梁启超一样崇拜拿破仑、俾斯麦等强者，更是明确提倡以阳刚之气和尚武精神的"贼性"改造国民的心理素

---

① 陈熙绩：《〈歇洛克奇案开场〉叙》，商务印书馆，1908。陈平原、夏晓虹编：《二十世纪中国小说理论资料》(第1卷)，第328页。
② 哈葛德：《迦茵小传》，林纾、魏易译，北京：商务印书馆，1981，第91页。
③ 林纾：《〈雾中人〉序》，商务印书馆，1906。陈平原、夏晓虹编：《二十世纪中国小说理论资料》(第1卷)，第168页。
④ 林纾：《〈鬼山狼侠传〉叙》，商务印书馆，1905。陈平原、夏晓虹编：《二十世纪中国小说理论资料》(第1卷)，第143页。

质。如此一来,德性与知识只是从生存竞争出发,而非强调内在的伦理价值,在物竞天择的力的世界中,"在这个力的物理世界之中,不再是精神与伦理,而是物质和实力,不再是形而上的道,而是形而下的器,成为世界的主体"①。换句话说,吸引晚清译介者的并不是西方启蒙"理性"自身,而是从对力的信仰中生发出来的救国激情。

二、译介中的伦理结现象

晚清文学译介对"力"的狂热追捧,实际是对现实"软弱无力"的极度焦虑,当礼的世界转向力的世界的时候,最吸引开明知识分子的是进步的诱惑,但也导致了消化的困境。"物竞天择""弱肉强食"的进化伦理社会效应是复杂的,不仅涉及对西方文明的误解,甚至有很大的负面效应,危及社会赖以存在的伦理道德基础。古代礼制的道德,引导人们在处理君民、君臣、父子、夫妻之间关系时举止的得当,也指在处于特定社会关系中内在的(自然的)道德倾向与(外在的)道德的教化。当译介者接受社会达尔文主义并以进化论理路去追问传统礼制道德背后的历史能动性问题时,必然产生强烈的怀疑和焦虑。当梁启超说"民气"时,其包含的"民力""民智"和"民德"已经是一套全新的话语体系。在这一思想转型过程中,"力"之下的新"德"与旧"德"的冲突,导致晚清文化与文学观念译介过程中的伦理结现象,"在大多数情况下,伦理结的形成或解开(untying)的不同过程,则形成对文学文本的不同理解",然而晚清伦理的混乱不仅是"理性的缺乏以及对禁忌的漠视或破坏"②,还是传统的人格理想与现实的力的伦理诉求之间的冲突。这一冲突,在晚清文学译介形态中最能显现其典型性症候。

其中标志性事件之一,就是《迦茵小传》两个不同译本的争论。蟠溪子的第一个译本为迎合传统礼教,译述过程中刻意隐去上半部迦茵与亨利相爱私孕的情节,也删去亨利为爱情不顾父母之命而与迦茵自由恋爱的内容,这种特定的传统禁忌是传统伦理秩序维持的基础。林纾全译本出现后,寅半生发表《读〈迦茵小传〉两译本书后》一文,认为前译本中迦因"为人清洁娟好,不染污浊,甘牺牲性命以成人之美,实情界中之天仙",是"讳其短而显其长"。而林译本中迦茵

---

① 许纪霖:《现代性的歧路:清末民初的社会达尔文主义思潮》,《史学月刊》,2010年第2期。
② 聂珍钊:《文学伦理学批评:基本理论与术语》,《外国文学研究》,2010年第1期。

"为人淫贱卑鄙,不知廉耻,弃人生义务而自殉所欢,实情界中之蠹贼"。所以他认为:"西人临文不讳,然为中国社会计",正宜删去为是。按照保守者眼光,林琴南无疑是中国礼教的罪人,而蟠溪子则是传统道德的功臣。然而在林纾一生行止中,他始终将儒家的"礼"奉为圭臬,对外国小说中屡有"挟妓通奸争有夫之妇"等"几几得罪于名教"的违"礼"情节有所不安,并作了大量修辞性的修改。如男女相见,当译至"举皓腕,余即而亲之"这样为当时封建礼教所不容的礼俗时,林纾特说明"此西俗男女相见之礼也",这种调适是将"非礼"转化为"礼";而原作起初提及迦茵时,说到她很有意志力(a considerable power of will),林纾却译作"操守至严",实际上原作不涉及任何操守的问题;此外,林纾甚至自作主张添加"女子善怀,是其恒状"这种对传统女子伦理观念的期待。然而,如前所言,林纾并非传统礼教的保守主义者,他曾嘲笑"理学之人宗程朱,堂堂气节诛教徒。兵船一至理学慑,文移词语多模糊"。他翻译的《迦因小传》与《巴黎茶花女遗事》《剑底鸳鸯》《红罕女郎传》《不如归》《离恨天》等,虽然有了大量传统伦理化的修辞润色,但仍屡屡触犯中国传统伦理的禁区。译完哈葛德的《红礁画桨录》,林纾对女权亦有所感慨:"婚姻自由,仁政也。苟从之,女子终身无菀枯之叹矣。"然而这就必然预示西方女权与中国女子传统定位的矛盾,所以他不得不谨慎解释:"固欲提倡女权,必讲女学,凡有学之女,必能核计终身之利害,"否则"无学而遽撤其防,无论中西,均将越礼而失节。"林纾通过自己所译介的小说,意识到女子要真正取得自由——这个自由又不得不用"礼"去匡正——就必须通过"女学"具备知识与判断力,具有充分的"力"以对自己的幸福有充分的理性抉择,而不至局限于"苟且之事"。"不乱"的前提是男女双方的才智与学识足以对自己的选择负责。由此林氏译介(而不是翻译)的小说所蕴含的"女学"观念有着丰富的张力,旧道德可以内化为人物自觉的性情的力量,而不是外在僵化的约束,同时应允许人的学识的进步,接受新道德。如袁进先生所评价的,"这种价值模式开始显示独立的个性的人的存在,促使民初的言情小说在原有的言情传统基础上正视现实,并开始反抗现实"①。这也是林译足本受到当时芸芸读者追捧的核心因素。

传统人格与新民伦理的冲突,其中标志性事件之二,是小说《鲁滨逊漂流记》(Robinson Crusoe)多个译本的翻译处理。在诸种伦理内容中,除了男女关系之外,孝与悌是译介者注重的另一基本范畴。据崔文东考证,晚清陆续出现

---

① 袁进:《试论晚清翻译小说与林纾的贡献》,《明清小说研究》,2011年第1期。

沈祖芬译《绝岛漂流记》(1898),秦力山译《鲁宾孙漂流记》(1902—1903),林纾、曾宗巩合译《鲁滨孙漂流记》(1905)、《鲁滨孙飘流续记》(1906),汤红绂译《无人岛大王》(1909),袁妙娟译《荒岛英雄》(1909)等①。该小说之所以流行,与梁启超提倡的"新民"之"公德"不无关系,而"进取冒险"正是"公德"之一种,"欧洲民族所以优强于中国者,原因非一,而其富于进取冒险之精神,殆其尤要者也"②,而且也明确认为,"如《鲁敏逊漂流记》(日译名)之流"就是"冒险小说"③。脱胎于旧文人的译介者也熟知孝道伦理,"孝"是儒家道德的核心概念,也是诸译介者对原著意义进行修正和转换时要处理的主要范畴。沈祖芬译作中,鲁滨孙初次出海遇险,船主指责他带来厄运:"缘何而我船遭此厄哉?皆因汝不孝所致耳。……今而后虽与我千金我亦不汝伴也。"继又严责余曰:"汝宜速回家以尽孝道,免致上天震怒。"俄又慰余曰:"年少人不惯作客,汝不归家,将来必无佳处。倘有意外之虞,将何以报汝父乎?"然鲁滨孙"不听其言,因由陆至伦敦,意中似不以背父命为罪,惟恐不能偿余之愿也"。译者还不失时机地添加情节,令鲁滨孙履行"罔极之恩,图报将来"的承诺,尽可能抓住尽孝的机会,如初次贸易获利之后,沈祖芬增添了"以金砂五镑九两寄家,藉慰父母之心"④。秦力山作为激进的革命家,极力宣传"新民"思想⑤,批判儒家伦理,视孝道为中国人奴性的根源,认为孝道是国民奴性、怯懦之根本,"三纲之说之中于人心也,已至于不可救药。以君为臣纲,而奴隶著于政治;以父为子纲,而奴隶见于家庭;以夫为妻纲,而奴隶伏于床第","欲脱奴隶,必先平等,平等无他,必先破三纲之说"⑥,而摆脱奴役的方法之一就是,离开故乡,摆脱家族之羁,冒险殖民,"从伦理学上讲来,大凡一个人在世界上,有对自己的义务,有对家庭的义务,有对社会的义务,有对国家的义务。人生幼时,受父母的教育,自然有孝顺感谢的义务,但是

---

① 崔文东:《家与国的抉择:晚清 Robinson Crusoe 诸译本中的伦理困境》,王宏志主编:《翻译史研究》第一辑,复旦大学出版社,2011,第 203 页。
② 梁启超:《论进取冒险》(1902),《梁启超全集》,667 页。
③ 新小说报社:《中国唯一之文学报〈新小说〉》,《新民丛报》第 14 号,1902 年 8 月 18 日。陈平原、夏晓虹编:《二十世纪中国小说理论资料》(第 1 卷),第 45 页。
④ 狄福:《绝岛漂流记》,沈祖芬译,上海:开明书店,1902,页 2 上、下。
⑤ 相关内容的论述见崔文东的文章《政治与文学的角力:论晚清〈鲁滨孙漂流记〉中译本》《义与利的交锋:晚清〈鲁滨孙漂流记〉诸译本对经济个人主义的翻译与批评》《翻译国民性:以晚清〈鲁滨孙飘流续记〉中译本为例》《家与国的抉择:晚清 Robinson Crusoe 诸译本中的伦理困境》;李今的文章《晚清语境中的鲁滨孙汉译——〈大陆报〉本〈鲁滨孙漂流记〉的革命化改写》《从"冒险"鲁滨孙到"中庸"鲁滨孙:林纾译介〈鲁滨孙漂流记〉的文化改写与融通》;姚达兑《新教伦理与感时忧国:晚清〈鲁滨孙〉自西徂东》。
⑥ 秦力山:《说奴隶》,《清议报》第 80 册,1901 年 5 月 28 日。秦力山:《秦力山集》,彭国兴、刘晴波编,北京:中华书局,1987,第 51—56 页。

对国家上,自己便是一个国民,对社会上,自己便是一部机关",亦即维护国家自由的冒险,是以国家利益为要的新道德。

林纾当然意识到译作中中西伦理观念的冲突,"宋儒严中外畛域,几秘惜伦理为儒者之私产。其貌为儒者,则曰:'欧人多无父,恒不孝于其亲。'辗转而讹,几以欧洲为不父之国。"林纾自己克尽孝道①,并且译作中有不少以"孝"命名,如狄更斯的小说《老古玩店》,被翻译成《孝女耐儿传》,此外还有《双孝子喋血酬恩记》《英孝子火山报仇录》等,这些"孝"的译名显然不是原著的书名或范畴②;而且林纾认为"父子天性,中西初不能异,特欲废黜父子之伦者自立异耳。……中国圣人固未尝许人之虐子也。且父子之间不责善,何尝无自由之权?若必以仇视父母为自由,吾决泰西之俗万万不如是也"③,极力驳斥秦力山等革命派的思想。但林纾排斥"不子""不学"的态度,虽力图在译介时赋予小说人物传统文化意义的"礼""孝"的行为,却又力图为西学,清理两者之间的心理障碍,"须知孝子与叛子,实杂生于世界,不能右中而左外也。……西人为有父矣,西人不尽不孝矣,西学可以学矣"。④ 为给出鲁滨孙离家冒险的正当性,又不得不借助类似格义与比附⑤的策略,"吾国圣人,以中庸立人之极……英国鲁滨孙者,惟不为中人之中,庸人之庸……然其父之诏之也,则固愿其为中人之中,庸人之庸","而鲁滨孙乃大悖其旨,而成此奇诡之事业,因之天下探险之夫",所以"从道不从君,从义不从父"(《荀子·子道》),冒险以成就"奇诡之事业",也是符合中庸之道的。林纾一再为鲁滨孙的"不衷于正""不得作中正之思想""深恨所行不轨于正"辩解,甚至认为《中庸》本来就说"君子居易以俟命",小人才"行险以徼幸",认为他是"据义而争,当义而发,抱义而死"。

由以上两例典型翻译实践可以看出,传统伦理观念的影响仍然是根深蒂

---

① 张俊才:《林纾评传》,天津:南开大学出版社,1992,第 46,100 页。
② 有研究指出,林纾在新撰的书名中加进了"孝子"二字,并不能依此认为林纾翻译此书的目的是在宣扬封建孝道,摈弃西学。"事实恰恰相反,林纾翻译此书的目的却是为了排除当时在守旧派中普遍存在的反对西学的思想和言行。"(张俊才:《林纾评传》,天津:南开大学出版社,1992,第 100 页)
③ 林纾:《〈美洲童子万里寻亲记〉序》,1905。陈平原、夏晓虹编:《二十世纪中国小说理论资料(第 1 卷)》,北京:北京大学出版社,1989,第 140 页。
④ 林纾:《〈英孝子火山报仇录〉序》,商务印书馆,1905。陈平原、夏晓虹编:《二十世纪中国小说理论资料》(第 1 卷),北京:北京大学出版社,1989,第 139 页。
⑤ 格义是我国历史上翻译佛经的一种手段,以中国儒道学说来比附佛教学说的阐释方法。汤用彤称它是"中国学"。(汤用彤:《论"格义"——最早一种融合印度佛教和中国思想的方法》,《理学·佛学·玄学》,北京:北京大学出版社,1991,第 282 页)冯友兰等学者指出,"格义"是"两种文化初遇时互相理解的一个必然过程"。(冯友兰:《中国哲学史新编》(第 6 册),北京:人民出版社,1989,第 152 页)

固,难以触犯的,而对西方观念的接受则是建立在传统文化资源的重新阐释基础上,"最终用误读的方式,将原著所显示的人物行为,整合到儒家道德的规范中"①。这些译者在充分演绎了东西方文明碰撞之后形成的历史断裂与移位的同时,也满足了晚期开启民智、提升民族人格期望的诉求,这是晚清译介者高明之处。

三、合乎力本的群治

如果说文学译介者出于自身伦理观的保守或读者因素的考虑,不得不对自己的译作做出调整、删节的话,更为激进的文化译介者为了救国和启蒙大众,实际上已经或主动、或被动地发起了伦理革命,使得儒家德性伦理的实质内容受到冲击、模糊与淡化。传统礼的伦理与动力基础是仁。《论语》里"仁"既是指某种阳性的品格,特别是指君王的品格,也是指人与人之间的关联性,蕴含着集体的社会政治,用于培养始于家庭关系、家族关系、君臣关系的情感和特定义务,故而孝、悌乃是仁之根本(《论语·为政第二》)。从家庭环境中发展道德是传统伦理关系的根本,着重于家庭关系对人的微妙塑造,而现实的特殊语境打破了旧纲常的依存秩序,迫使晚清开明知识分子接受考虑以主体的道德生活为核心的现代伦理。秦力山将国人奴性之根源归之于纲常名教之桎梏,从而极力呼吁先破三纲之说;梁启超在《新民说·论政治能力》中也认为,中国数千年犹不能"组织一合式有机、完全秩序、顺理发达之政府",缺乏有效的政治能力,最致命因素乃家族制度之为梗,"欧美各国统治之客体,以个人为单位;中国统治之客体,以家族为单位。故欧美之人民,直接以隶于国,中国之人民,间接以隶于国",社会结构以家族为本位,使得国人长期羽翼于家族之下,无独立之精神,国民只是族民,而非独立之市民;1903年,杨笃生在《新湖南》中更说:"吾国之所谓名教者,教猱升木,便利盗贼夷狄之利器也。"②在《新民说·论国家思想》中,梁启超认为中国人对"国家"十分淡薄,过于臣服于专制政体之下,奴隶之性根深蒂固,"有能富我者,吾愿为之吮痈;有能贵我者,吾愿为之叩头。其来历如何,岂必问也"。所谓"新民",绝不是宣扬传统"仁"所包含的"忠"(conscientiousness, being one's best,尽责)、"恕"(reciprocity, mutuality,互惠,

---

① 杨联芬:《林纾与中国文学现代性的发生》,《中国现代文学研究丛刊》,2002第4期。
② 杨毓麟:《杨毓麟集》,长沙:岳麓书社,2001,第52页。

互性),在梁启超看来,中国传统的民本思想具有很大的欺骗性,中国古代权利观念淡薄正是源于儒家"仁"的思想,"遇仁焉者,则为之婴儿,遇不仁焉者,则为之鱼肉。古今仁君少而暴君多,故吾民自数千年来祖宗之遗传,即以受人鱼肉为天经地义。而权利二字之识想,断绝于吾民脑质中者固已久矣"。而孟子所言"民贵君轻"实际上是"保赤政体"或"牧羊政体",仍是以君主为核心的专制,所以"民也者,贵独立者也,重权利者也,非可以干预者也","国民"必须是享有各种权利,在德力、智力和体力全方面发展的国民,而不是依附于家庭、家族与君主。

梁启超《新民说》正是有感于传统之道德"不足以范围天下之人心",号召有志救世之人,戮力研究伦理之学,俾"斟酌中外,发明一完全之伦理,以为国民倡也"。所以晚清外国文化与文学的译介者实际上就是通过小说和报刊来宣扬新型伦理观念。科幻小说、侦探小说、言情小说、冒险小说等题材和体裁的抉择,有着相对明确的思想论证和规划,译介的焦点是关于"群治"的道德理想,力图对民众进行新伦理意识的灌输,"补社会智识上之缺乏……纠正社会性质之偏缺"①。必须指出的是,梁启超和其他译介者一样,他们对理想国民人格的厘定,虽然不断地掺杂自由权利、冒险进取、尚武、生利分利等西方的价值观念,表面上是以挣脱奴隶状态,却并不关注任何个人的解放,而是以"合群"为中心,间接隐喻一个群体或社会的理想,是超脱于个人之上的国家巨灵的解放。梁启超在给康有为的信中写道,"'自由'二字,字面上似稍有语病,弟子欲易之以'自主',然自主又有自主之义,又欲易之以'自治'二字,似颇善矣。自治含有二义:一者不受治于他人之义,二者真能治自己之义","自由与服从二者相反而相成,凡真自由未有不服从者。"②如同林纾认可婚姻自由乃仁政同时,也强调"律之以礼,必先济之以学;积学而守礼……知苟且之事,无利于己,唾而不为;而其保傅又预为白其失,即所谓智育。"③梁启超在《新民说》中曾阐述"公德"与"私德","人人独善其身者谓之私德,人人相善其群者谓之公德……无私德则不能立……无公德则不能团"。"公德"指称道德"灌注而联络"个体以形成民族、国家的纽带,"私德"指称个体"独善其身"的功能,"盖以彼当时之情状,所以利群

---

① 梁启超:《论小说与社会之关系》(1905)。陈平原、夏晓虹编:《二十世纪中国小说理论资料》(第1卷),第151—152页。
② 梁启超:《致南海夫子大人书》(1900年4月29日),见丁文江、赵丰田编:《梁启超年谱长编》,上海:上海人民出版社,1983年,第237页。
③ 林纾:《〈红礁画桨录〉序》,商务印书馆,1906。陈平原、夏晓虹编:《二十世纪中国小说理论资料》(第1卷),第165页。

者,惟此为宜也。然则道德之精神,未有不自一群之利益而生者;苟反于此精神,虽至善者,时或变为至恶矣。是故公德者,诸德之源也,有益于群者为善,无益于群者为恶"①,实际上更是注重为国民树立一套群体道德的基础。

这就进一步影响到晚清文学与文化的译介仍然基于一种深刻的道德认识论色彩,将国民的概念植根于一种"群"的道德理想。"向上以求宪法""排外以伸国权",是一种具有道德一致性的、与传统社群具有亲缘关系的共同体,也与救国论有着千丝万缕的联系。表面上看,文学译介所塑造的是一个以"力本"为中心的机械主义的"群"的世界,到社会范畴中必然强调共同体的意义和个人之间的调适。这就不难理解,林纾翻译《巴黎茶花女遗事》为什么要人为地添加原著里不曾有的言论:"此时吾为理势所压,吾之心愿毫发莫遂。且此理所积,此势所临,吾以一女子之私愿,断不能与之相抗。"②梁启超认为,个人的权利与自由在价值的优先性上,始终屈从于群体的权力与自由之下;惟有在群体(或国家)的利益与幸福获得充分保障之后,才有个人的幸福可言。个人与群体的利益冲突时,"绌己以伸群"③,"为国家生存发达之必要,不惜牺牲人民利益以殉之","牺牲人民一部分之利益者,凡以为其全体之利益也;牺牲人民现在之利益者,凡以为其将来之利益也"④,由此克服"唯我独尊"和一盘散沙状态。个人"自由"与"合群"不可分割,"无一役非为团体公益计,而决非一私人之放恣桀骜者所可托以藏身也",绝不可以"取便私图,破坏公德"⑤。由此可见,晚清知识分子并不鼓励西方式的个人权利,更不像西方启蒙那样要建立一套相对完善的政治机制来保障自我的解放和自主的人格。

奴性的人格从家庭、家族与君臣关系中解放出来后,又与国家紧密地结合起来,"从传统的政治、社会组织与伦理规范的藩篱中被彻底解放出来……却是要把他们重新纳入一个更大、更严密的群体——国家"⑥。这意味着晚清思想译介者宣扬的西方观念和价值,与其实际脉络截然相反,这是贯彻强权与尚力主义的必然结果。在灭亡危机之下,实用的"救国"压倒一切,梁启超所提倡的

---

① 梁启超:《新民说·论公德》,《梁启超全集》,第662页。
② 小仲马:《巴黎茶花女遗事》,林纾、王寿昌译,商务印书馆,1981,第71页。
③ 梁启超:《新大陆游记·服从释义》(1903),《新民丛报》,32号(光绪二十九年,1903年5月5日),《梁启超全集》,第1084页。
④ 梁启超:《世界大势及中国前途·政治与人民》,1907,《梁启超全集》,第1705页。
⑤ 梁启超:《新民说·论自由》,《梁启超全集》,第678页。
⑥ 沈松侨:《国权与民权:晚清的"国民"论述,1895—1911》,见许纪霖、宋宏编:《现代中国思想的核心观念》,上海:上海人民出版社,2011,第328页。

与国家和群体相结合的自由就有了一定的合理性,然而也埋下了"群"与"己"在观念上对立的伏笔。个体的自主是民主制度最重要的基础,然而清末民初很少有人注意到民权是依靠个人自由来保障的,实用的功利主义压抑了这一基础的人文层面。早在梁启超与其他晚清知识分子齐心协力,共同想象近代中国理想"新民"之前的数十年,托克维尔在讨论法国大革命时已认识到这种"国民"建构方式的危险性,"国民作为整体,拥有一切主权权利;每个公民作为个人,却被禁锢在最狭隘的依附地位中:对前者,要求具有自由人民的阅历和品德,对后者,则要求具有忠顺仆役的品质"①。

不难看出,晚清新民伦理的建构具有几个明显的特点。首先,在救亡图存的背景下,带有高度的政治使命感和积极行动的倾向,使得晚清译介被推入政治生活之中。"所有身受日常立法障碍的人不久便爱上了这种文学政治"②;其次,其建立在一系列新概念的广泛传播与对传统概念的重新解释基础上,政治变革与社会变革是以反对词语的斗争开始的③,如德/力,孝/义,礼/群,家族/国家等,不仅涉及政治革命、社会等级秩序,更涉及深层的文化伦理和世界观的改造;第三,其是传统儒家道德理想主义与西方启蒙理想主义的合产物,为五四以后全新的伦理观、文学观奠定了基础,第一次对传统伦理价值体系能动性进行了反思与改造,现代性的萌芽也才能在此之中产生。

然而毕竟要看到,人类社会与自然界的进化并不完全相同,有其独特的伦理性质,孙中山先生1912年应邀在中国社会党总部演讲,提出支配人类进化的,不是强权而是公理:"强权虽合于天演之进化,而公理实难泯于天赋之良知。故天演淘汰为野蛮物质之进化,公理良知实道德文明之进化也。"④梁启超自己在20世纪20年代欧游归国后,也重新认识过去所理解力本之"进化"的弊端,在中国公学之演说中表示,欧洲社会上、政治上固有基础与中国不同,中国只有参酌自己的历史和个性制定适宜的进化策略,发扬中国社会固有的互助精神、克己精神、牺牲精神,不必盲从进化论竞争主义,"不必学他人之竞争主义"⑤。

---

① 托克维尔:《旧制度与大革命》,冯棠译,北京:商务印书馆,1997,第202页。
② 同上书,第180页。
③ 布尔迪厄:《文化资本与社会炼金术》,包亚明译,上海:上海人民出版社,1997,第136—137页。
④ 孙中山:《在上海中国社会党的演说》,《孙中山全集》第二卷,北京:中华书局,1982,第507页。
⑤ 梁启超:《在中国公学之演说》,《东方杂志》,1920年3月第17卷第6号。《饮冰室合集·集外文》下册,夏晓虹辑,北京:北京大学出版社,2005,第833页。

第九个问题：

清末文学译介和引进出现了哪些问题与不足？

正因为晚清译介者所持的学为政本、经世致用的思想，将文学译介直接与救亡图存联系起来，与向外国取经求道联系起来，并将其作为新民和启蒙的手段，使文学的社会功能被提高乃至神化到前所未有的程度。李泽厚先生认为，中国传统的文化心理结构中的"实用理性"，"不仅善于接收、吸取外来事物，而且同时也乐于和易于改换、变易、同化它们……模糊和消蚀掉那些与本系统绝对不能相容的部分、成分、因素，从而使之丧失原意"①。梁启超等思想进步人士在译介和宣传外国文学的过程中，为满足"教化"和"群治"新民的想象，体现了明显的功利性、"实用理性"，重视的是与"开启民智"相关的文学思想内容，对于文学性方面，如原作的艺术审美功能、体裁特点、叙事技巧等等，进行随意的修改删略，即便是思想内容，也要削足适履，不合用的也要进行删改，添加有利用价值的内容，使得清末文学译介和引进出现了许多问题和不足。

一、清末民初"豪杰译"的风气与成因

在内忧外患的紧迫形势下，很少有人为翻译而翻译。如马君武在《哀希腊》的译序中写道："予以乙巳冬归沪，一省慈母。雪深风急，茅屋一椽。间取裴伦诗读之，随笔移译，逐尽全章。呜呼！裴伦哀希腊，吾方自哀之不暇尔。""新文明之输入，实吾国图存之最先着。"②可以说，当时的仁人志士均"以译书为强国第一义"，就是要借文学翻译来抒胸臆、泄郁愤，表现救亡图存的政治抱负。所

---

① 李泽厚：《中国现代思想史》，天津：天津社会科学院出版社，2003，第 320 页。
② 马君武：《〈哀希腊歌〉译序》，莫世祥：《马君武集（1900—1919）》，武汉：华中师范大学出版社，1991，第 438 页。

以,过于强调开启民智这一具体而狭隘的选译标准,在很大程度上影响了晚清对外国文学的理解。与此同时,翻译的功利性和紧迫性使翻译这一概念本身的内涵和外延在晚清变得十分宽泛。"直译"在晚清没有市场,在具体译介方式上,主要表现为"译意不译词"。"译述"的所谓"策略"是,重视内容的表达而忽视对外国文学的形式、技巧、语汇、句法的输入,这是一种产生于特定情境的独特机制。译本以什么形式面对自己的预设读者,取决于译介者对自己想象中的读者预期的把握,符合译本运作所处的社会心理机制。

具体而言,一是对文字体例的调整以符合国人阅读习惯、艺术趣味。改用中国人名、地名,便于阅读记忆;改变小说体例、割裂回数,甚至重拟回目,以适应章回小说读者口味,这种译法非常普遍,而且也得到评论界的普遍赞同。正如有译者言:"凡删者删之,益者益之,窜易者窜易之,务使合于我国民之思想习惯"[1],"固有名词,恐甚难记忆,故悉改为我国风,以便妇孺皆知"[2]。如包天笑翻译意大利爱米西斯著的教育小说《馨儿就学记》,更是将小说中的人名、习俗、生活习惯完全中国化,连小说中所记年月也改成夏历,并加入"清明扫墓"的情节。译介者出于侧重故事情节方面原因,对作品中大段的自然环境描写、人物心理描写一律删掉。再如《绣像小说》刊登的 11 种长篇翻译小说,几乎无一例外地将作品开头的背景、人物心理描写节略,代之以"话说""却说",随之进入故事情节本身。郭延礼先生曾枚举普希金的《上尉的女儿》最早的中译本(戢翼翚译为《俄国情史》)为例作为对照,小说第十三章有一段描写花园的文字:"是日也,天朗气清,风光和畅,宫廷之花木鲜妍而映媚于朝暾,鸟与云而共飞,蝶随风而竞舞,山重水复,柳暗花明,芳气袭人,天光转媚,游鱼戏叶,白鹭洛波,其风景之佳绝,诚不可以名状。"戢翼翚所译文字似中国二三流才子佳人小说中的后花园,完全不得原作之要领——实际上此段是描写秋天彼得堡郊外皇村附近一个小镇的花园:

> 第二天一早,玛丽亚·伊凡诺夫娜醒来,穿好衣服,便悄悄地到花园去了。早晨的景色美极了。太阳照耀着被凉爽的秋风吹得发黄的菩提树梢。宽广的湖面平静地闪耀着。刚刚睡醒的天鹅庄重地从覆盖着湖岸的灌木丛中浮游出来。玛丽亚·伊凡诺夫娜来到了一片葱茏的草地边上,那里到

---

[1] 海天独啸子:《〈空中飞艇〉弁言》,明权社,1903。陈平原、夏晓虹编:《二十世纪中国小说理论资料》(第 1 卷)。第 91 页。

[2] 徐卓呆:《〈大除夕〉小引》,李今主编:《汉译文学序跋集》第 1 卷 1894—1910,上海:上海人民出版社,2017,第 220 页。

刚刚建立了一座纪念像,纪念彼得·亚历山德罗维奇·鲁缅采夫伯爵不久前取得的胜利。①

从上述两译的文字中,我们可以看到,无论是当时的译者还是读者,由于脱胎于传统社会旧文人的知识结构和独特的心理定式,决定他们自觉不自觉地从传统文学形态出发来理解和接受翻译小说,尽管梁启超把章回小说批得一无是处,但翻译《十五小豪杰》时,还是按"中国说部体制"来改造原著,可以说审美眼光和阅读习惯方面不太可能一下子摆脱传统中国小说"先结构"的影响。

二是对原作局部的删节、整理编译与整章的删略,甚至是改译、转译。对于采取删节的原因,韩一宇曾指出,"整章删略与体例的改变同旨,意在突出情节推进的连贯性,减少读者不易感兴趣的历史背景;局部处理则往往去掉了原作者对历史的现在时思考、事件过程的细节描写以及对场景的铺叙,以本土小说家的手眼调整原作显得枝蔓与迟缓之处"②。但是仅仅这样的动机还不足以让译者毫无愧色地大加删改,在笔者看来,动机之一仍然是长期浸淫于传统文化中的旧文人,对传统文学表述方法必然会保留着强烈的优越感和自豪感。梁启超在《十五小豪杰》中仍然有着充分的乐观与自信,强调无论是"英人体裁""日本格调",还是中国说部,虽有语言之变,"体式"之变,历经多次转译,却"不失原意",其实意味着删节、整理编译与整章的删略,甚至是改译、转译,都是要把外国文学纳入汉语文学的表现体系与阅读传统中,使译本适合于本土普遍接受的各种制度体系。从当时译者留下来的编译说明,如欧阳沂对《巴黎圣母院》的"编译",吴趼人对《毒蛇圈》的添附则可以看出,译介者非常在意读者可能或"应该"接受什么。译介者不仅觉得自己有权力修改,甚至觉得自己的修改和删削,更有价值。例如梁启超这样的译者,甚至在《十五小豪杰》第一回"译后语"中,也认为经他们这么一改造,不但不负于作者,且"似更优于原文也":

> 此书为法国人焦士威尔奴所著,原名《两年间学校暑假》。英人某译为英文,日本大文豪森田思轩,又由英文译为日本文,名曰《十五少年》,此编由日本文重译者也。英译自序云:用英人体裁,译意不译词,惟自信于原文无毫厘之误。日本森田氏自序亦云:易以日本格调,然丝毫不失原意。今吾此译,又纯以中国说部体取代之,然自信不负森田。果尔,则此编虽令焦

---

① 王宏志:《翻译与创作——中国近代翻译小说论》,北京:北京大学出版社,2000,第67—68页。
② 韩一宇:《清末民初汉译法国文学研究(1897—1916)》,第98—99页。

士威尔奴复读之,当不谓其唐突西子耶?①

不过梁启超也曾言要注意避免名号不一,免得使得读者"莫知所从",要注意人名、地名、官制、名物、度量衡、纪年等一致:"凡译书者,将使人深知其意,苟其意靡失,虽取其文而删增之,颠倒之,未为害也。然必译书者之所学与著书者之所学相去不远,乃可以语于是"②,也可见译介者的审慎态度。

另外一方面,译介者和读者受制于对西方历史背景的不了解。韩一宇在《清末民初汉译法国文学研究》中曾仔细分析了曾朴在译介《九三年》中体现的与西方文化的隔膜。研究指出,曾译本最大的两处删略都是整个章节:第一处是删去原作第二部"在巴黎"的第三卷"国民公会",涉及对当时有关历史局势政治制度的内容。作者之所以将其删除,是要避免对这一背景做出解释。第二处,译本卷三删除了原著第一卷"旺岱"部分,而直接以其第二卷"三儿童"为译本卷三。这样的译本在保留中心人物、情节的连贯性同时,却丧失了对"九三年"前后的大势情势的严峻性及其深刻的历史渊源的交代。这一节略的行为,即使服从本土读者期待视野的需要,也是值得商榷的。这说明,一方面表现出了译者对欧洲政治历史的隔膜,同时也说明对这样小说场景纵深度的舍弃,也体现了他们对法国大革命和西方制度的不完全认同。因此,把译介的重点放在了人情可通,而"国情"不同认知上。然而,该论著也指出,在辛亥年间此起彼伏的政治危机和社会动荡中"译者不惜重笔抒写'为人道',对看似不关大局的情节细笔叙写,尤其是评语特意提出注意的'炮祸'和'三童嬉戏',确乎超出了传奇的故事层面,进入人性与历史的深处,凸显其隐喻与象征,体现了译者灵魂深处对作者理性思考的呼应"③。

三是"译作杂糅",半译半著。译者按照自己理解,或是借题发挥阐述政治主张,随便增添内容。钱锺书在林纾的翻译中发现"最具特色的","明知故犯"的"增改的'讹'",是因为"一个能写作或自信能写作的人从事文学翻译,难保不像林纾那样手痒;他根据自己的写作标准,……把翻译变成借体寄生的、东鳞西爪的写作"④,而在梁启超翻译的《经国美谈》第八回中,矢野龙溪本人原作中只有"齐武国中有志者数日内寥寥无几,而奸党得势,显赫一时,得意洋洋。"描写

---

① 梁启超:《〈十五小豪杰〉译后语》,《新民丛报》1902年第二号。陈平原、夏晓虹编:《二十世纪中国小说理论资料》(第1卷),第47页。
② 梁启超:《论译书》,《梁启超全集》,第50页。
③ 韩一宇:《清末民初汉译法国文学研究(1897—1916)》,第100页。
④ 钱锺书等:《林纾的翻译》,第28页。

了在奸党的恐怖统治下齐武志士纷纷逃离本国,而译者却加以铺陈:"这时齐武国内,不见半个志士的影子,只有奸党一伙,得意洋洋,任意暴虐,所以齐武国内,是黄雾漫漫,天日无色……"①灌注了译者自己的情感"表达"。更有甚者,方庆周译述、吴趼人衍义的《电术奇谈》,原文仅六回,译文居然衍成二十四回,"书中间有议论谐谑等,均为衍义者插入,为原译所无"②。苏曼殊翻译的《惨世界》更是译创合一的典型。小说分两部分,第一部分是"雨果原著第一部《芳汀》中第二卷《沉沦》的自由翻译……第二部分,是篇幅相近的新颖的故事,纯粹是曼殊的创作,和这部法国小说几乎没有类似之处或任何关联"。然而为了针砭时弊,难免予以演绎:"近时专主破坏秩序,讲家庭革命者,日见其众。此等伦常之蟊贼,不可以不有纠正之。特商于译者插入此段。虽然,原著虽缺此点……吾知其断不缺此思想也。故虽杜撰,亦非蛇足。"③

在清末这一特殊的社会转型时期,并无后人尊为信条的信、达、雅的翻译标准。无论是删者、益者、改者甚至是译述、撰述,都成了特定时代的达成了默契的风气。这一风气的形成与当年整个的文化氛围、译者和读者的文学理想都有关系,既有"不能非不为也",也有"不为非不能也"④的因素。从接受者层面来看,前文已述,晚清新小说的主要读者,是有文化修养、购买能力和闲暇时间的旧文人与士大夫阶层。从思想形态来看,救亡图存和开启民智并无不妥之处,然而在具体的文学和文化表现方式、价值观念方面,如果有过于强烈的颠覆性,则很难被接受。最为典型的例子,就是1905年林纾译出《迦因小传》全文遭到不少保守读者的猛烈攻击,可见传统道德伦理对翻译的影响,译介者必须注意内容所涉及道德观的增删。寅半生的《读〈迦因小传〉两译本书后》评价可见一斑:

> 吾向读《迦因小传》,而深叹迦因之为人,清洁娟好,不染污浊,甘牺牲生命,以成人之美,实情界中之天仙也;吾今读《迦因小传》,而后知迦因之

---

① 孟庆枢:《日本近代文艺思潮与中国现代文学》,长春:时代文艺出版社,1992,第35页。
② 方庆周、吴趼人:《〈电术奇谈〉附记》,《新小说》1905年2卷6号。陈平原、夏晓虹编:《二十世纪中国小说理论资料》(第1卷),第147页。
③ 裴效维认为,"《惨世界》既不是翻译小说,更不是'合译'小说,而是苏曼殊借翻译之名,取材于雨果的《悲惨世界》和晚清社会的一部创作小说"。(裴效维:《苏曼殊研究中的几个问题》,《中国近代文学研究集》,中国文联出版公司,1986,第171-219页)杨天石认为《惨世界》是"以翻译小说面目出现的革命宣传品"。(杨天石:《苏、陈译本〈惨世界〉与近代中国早期的社会主义思潮》,《中国社会科学院研究生院学报》,1995第6期)
④ 陈平原:《中国现代小说的起点——清末民初小说研究》,北京:北京大学出版社,2005,第40页。

为人,淫贱卑鄙,不知廉耻,弃人生义务,而自殉所欢,实情界中之蠹贼也;此非吾思想之矛盾也,以所见译本之不同故也。盖自有蟠溪子译本,而迦因之身价忽登九天;亦自有林畏庐译本,而迦因之身价忽坠九渊!

蟠溪子不知几费踌躇,几费斟酌,始得有妊一节为迦因隐去。……不意有林畏庐者,不知与迦因何仇,凡蟠溪子百计所弥缝而曲为迦因讳者,必欲另补之以彰其丑。……呜呼!迦因何幸而得蟠溪子为之讳其短而显其长,而恨读迦因小传者,咸神往于迦因也;迦因何不幸而复得林畏庐为之暴其行而贡其丑,而使读迦因小传者,咸轻薄夫迦因也。①

外国文学译介者要想发挥作品在中国语境中的预期作用,就必须采取合适的策略和方式,也就是说对外国文学原著的增删改易不是译者的随心所欲,更是配合既有读者的固定阅读习惯。一旦译者引入过于陌生的文学形式或内容,与原有的文学秩序及相关概念冲突过大,就很难达到思想传递的效果。当然,在具体的处理过程中,有的译者自觉地把译介纳入中国传统文学规范和思想框架内进行操作,但也有的译者刻意修改原著,加强译作的暴力性和颠覆性。应该强调的是,当时的译介者和读者都对外国文学普遍地缺乏认识,掌握外语者寡,而为数不多的外国留学者里,对文学译介感兴趣者更是凤毛麟角,所以才会出现像最出名、译作最多的林纾却完全不懂外文,梁启超、包天笑也都是在对日本一知半解的情况下进行日文作品译介的情况,直到1909年鲁迅和周作人翻译出版《域外小说集》才始倡直译。然而,读者完全知晓林纾不懂外文,却赞誉其"介输名著无数,而后邦人始识欧美作家司各德、迭更司、欧文、仲马、哈葛德之名;自先生称司各德、迭更司之文,不下于太史公,然后乃知西方之有文学"②,在这情形下,没有直接阅读外国语言能力的国人,要对外国文学进行阅读和评价,只能依赖于译本。

二、"归化"与再创作意识的得失

按照五四以后的翻译标准,清末民初的外国文学译介算不得正宗的文学翻译。这一时期的译述从名词到章节的删改,不仅涉及前节所谈的翻译本身失真

---

① 寅半生:《读〈迦因小传〉两译本书后》,《游戏世界》1907年第11期。陈平原、夏晓虹编:《二十世纪中国小说理论资料》(第1卷),第229页。
② 朱羲胄:《贞文先生学行记》(林畏庐先生学行谱行记四种之三),台北:世界书局,1965,第1—2页。

与否的问题,外语水平高不高的问题,读者阅读习惯问题,还要结合译介情况、阐释和批评情况来评估这些译介作品的转化情况。

第一,从译介的策略来看,译介者对原文的处理转化程度有所不同。第一类作品译介,不仅译者能主动标注原作者及作者的国籍,而且也大致保留情节主干和人物活动。如林译《巴黎茶花女遗事》,在译文前有"[法]小仲马著林纾译"字样,并且在《小引》里标注"晓斋主人归自巴黎,与冷红生谈巴黎小说家均出自名手。……《茶花女马格尼尔遗事》尤为小仲马极笔。暇辄述以授冷红生,冷红生涉笔记之"。虽然翻译后译文仅仅五万余字,但除了一些议论性的整段文字未译以外,整体情节内容基本相同,序言里也对翻译经过和作品情况作了扼要介绍,这一类译介基本接近了忠实翻译的要求。

第二种作品译介,具有一定程度的半译半著特征。一方面基本翻译了原著的中心思想和过半的重要内容,另外一方面,不仅一些地名、人名出现了中国化特征,而且有相当大比例自己创作的内容。1909年包天笑出版《馨儿就学记》时,并未注明译文出处,但也予以说明:"上海商务印书馆……要我写一种教育小说……但是我当时意识中实在空无所以,那就不能不乞灵西方文化界了。""后来夏丏尊先生所译的《爱的教育》一书,实与我同出一源,不过我是从日文本转译得来的,……有数节,全是我的创作,写到我的家事了。如有一节写清明时节扫墓,全以我家为蓝本……类此者尚有好多节。"①曼殊译《惨世界》也是如此,译本前半部大体与《悲惨世界》相同,半译半述出原著三十分之一,而后半部完全是译述者自著。

第三类作品译介,基本就是借助原著进行扩充和演绎。最为典型的就是方庆周译述、我佛山人衍义的《电术奇谈》,原作仅六回,演绎之后的作品长达二十四回。书后所附"我佛山人附记"中写道:"此书原译仅得六回,且是文言。兹剖为二十四回,改用俗语,冀免翻译痕迹","书中间有议论谐谑等,均为衍义者插入,为原译所无。衍义者拟借此以助阅者之兴味,勿讥为蛇足也。"这样的译介仅仅是粗略理解原文大意,基本上是全新的创作而谈不上是翻译了。像《新果报录》这部作品,既出现了"明治"、冲绳、鹿儿岛,以及几久次郎、大河宽十,"我日本"这样的时间、地名、人名和口吻,但是行文中又不断出现"这部书,好像上海一班流氓、娇戏子、姘马夫的烂污馆人活活写照,所以信笔译将出来"②。可是第一回就是讲述从隋炀帝到明武洪皇帝的事情,显然具有明显的译与述结合的特

---

① 包天笑:《在商务印书馆》,《钏影楼回忆录》,香港:大华出版社,1971,第386页。
② 刘德隆:《晚清"译述小说"初探》,《明清小说研究》,1995第2期。

征。行文中还不断出现"我这琉球"的日本著者口吻,但后面又有"人家的女权",发表译者的见解。周作人《孤儿记》(1906)也是如此,完全是"借译而作"。

晚清译介小说的这种翻译和创作融合的现象,已经引起学界的注意。"早期的译作,颇有人名、地名、故事情节全都中国化,甚至连原作者都一笔抹杀,只当作中国人的创作的(时至辛亥革命以后,包天笑的不少译作仍标为创作)。即使注明原作者和译者,也多为主观随意性很大的'译述',而不是严格意义上的'翻译'。"① 学界甚至有论者将界于创作与翻译之间的小说译介方式称为"译述",用"译述"方法制作出的小说,谓之"译述小说"。刘德隆先生专门提出"译述小说"概念,指出"译述"一词"确系近代产生的词汇,同时'译述小说'也可肯定是晚清才产生的一种小说制作方式","笔者认为'译述小说'是产生于我国晚清时代,根据外文小说大意,经制作者敷衍成文,反映制作者主观愿望,适合于汉民族风俗语言文学习惯的一种小说形式,它不同于创作小说,亦不同于翻译小说。"② 无论如何,文章中仅仅将上文提及的第三类视为"译述",却忽视了三类不同译介的共同性特征,就是都涉及本土化的"译意"的处理。晚清译者往往是借助西方叙述来激发想象,借"西俗"以反思民族自身的不足,所以译介者都有强烈的参与写作意识,一方面借助翻译之名,通过叙事角度、叙事内容来强化原作的"异域"距离感,强化表述的优越性,另一方面又具有本土看官的意识,急于表达自我之意图,在需要时可以借助"西俗"的优越性保证译者创作成分的合理性。

第二,从译介的目的来看,译介者具有明显的创作意识。晚清影响较大的译介者没有只翻译不创作的。从某种程度上讲,恰恰是传统文学原有的创作题材、叙事方式、思想内容等等不能满足于经邦济国的需要,才不得不转而求助于译介的。翻译作为一项全新的领域,国人并无先例可参照,所以晚清的译介者并无"忠于原著"这样的翻译规范制约。从以上译介策略来看,晚清译介文本在原著之"译"与译者之"作"之间是互相借用的依存关系,"译"是表,服务于维新启蒙和开启民智的社会责任感,弥补传统文学题材和思想的不足,"作"是里,刚刚从走出帝国中心意识的旧文人,仍然保留着对传统文化强烈的优越感和自豪感,之所以不精通外语却又对自身译作"不失原意"的妄言,是因为译介者觉得自己在文学理解和创作上不输于原著作者,自己有能力和水平发挥自己的创造性,追求"得意"而"忘形"。晚清翻译者往往并不避讳自己篡改原作,反而愿意

---

① 陈平原:《前言》,陈平原、夏晓虹编:《二十世纪中国小说理论资料》(第1卷),第7页。
② 刘德隆:《晚清"译述小说"初探》,《明清小说研究》,1995年第2期,第93页。

点明哪些部分属于自己的创作,这已经不是对原著进行简单裁剪的问题,更是侧重于外国文学如何转化为我所用的问题,像苏曼殊的伪译《惨世界》就是一个极端的例子,雨果的《悲惨世界》原作的翻译实际上只是一个介质或者一个掩饰,前者引发译者的共鸣与冲动,后者则是乔装打扮之下的叛逆性创作,成为译介者对原作进行接受、改写甚至叛逆的典型案例。晚清时期译介这一独特的"译"与"作"内在逻辑,恰恰形成了晚清译介文学的独特内涵,也产生了相应的正面影响——尽管在五四以后的正统译者看来,不拘泥于原文的翻译,一开始就犯了规范性的错误,难免招来质疑甚至责难。

晚清的文学译介,虽然代表着中国当时知识界对待西学、文学的基本态度偏颇,代表着译者对外国语境的认知水平不高,但更重要的是,译介者在接受具体作品时具有强烈的本土意识,通过作品的译介,如何实现改变晚清现实途径,才是译作者事实上的关注中心,换句话说,为我所用,表达自身意图,才是译介者的根本目的。韩一宇曾仔细对比了曼殊、胡适译述《惨世界》与雨果《悲惨世界》之间立场的对立,《悲惨世界》本身虽然激发曼殊、胡适对晚清现实的强烈关注,但是却因所处文化背景不同发展出与原作截然不同的立场。在原著里,原作者认为解决问题的基本途径是仁义道德的上帝感化,然而《惨世界》译者却表现出对原作宗教思想的质疑,所以在译文里出现这样的添加情节:在与美丽小姐逃离非弱士,美丽要拜谢上帝之时,明男德却说"我平生不知道什么叫做上帝",认为宗教本质就是迷信蒙昧,鼓励"用自己的知识去想想真正的道理",居然使美丽"大梦初觉"。《惨世界》在否定原作宗教解决方案的同时,添加使冉阿让转变为明男德式人物的情节,把这些"法国志士"看作是自己理想中改造惨社会的革命力量。这种翻译变成了重写,在晚清文化价值体系参照下的再创造。

第三,从译介的操控来看,译介者具有明显的中国化批评的特征。值得注意的是,晚清文学译介者经常既有显性参与,为译作写序作跋、"批注""点评",一是介绍作品,以作推广;二是对缺乏外国文学知识背景者作导读而这些序或跋往往刻意朝译者希望读者认知的方向去引领读者。也有隐性参与,在译本内部渗透或直接说明"译述者"自己的立场和态度。应当承认,内忧外患的晚清时期,救亡启蒙和"政治斗争始终是先进知识群兴奋的焦点",使得文学译介者的功利性态度必然使得对外国文学作品的解读和阐释具有明显的倾向性,这种倾向性往往具有以讹传讹的特征,"对无法知晓原作真实的读者而言,是翻译创造了原作的形象。既然译者能够扭曲和操控真实，这一形象无疑与事实大相径庭"①。然而从另外一个角度来看，这种误解又是一种特定的中国化理解。以《哀希腊》在晚清的翻译动机来看，梁启超和马君武译介《哀希腊》，都是着眼于象征追求自由的民族英雄而非一个才华横溢的诗人，前者言，"真可谓文界里头一位大豪杰"，后者语"十九世纪之大文豪亦多矣。其能使人恋爱，使人崇拜者，非苟特 Goethe，非许累尔 Schilles，非田尼逊 Tennyson，非卡黎尔 Carlyle。何以故？因彼数子之位格之价值，止于为文豪故。至于雨苟 Victor Hugo 及摆伦 Byron 则不然……摆伦者，英伦之大文豪也，而实大军人也、大侠士也、哲学家也、慷慨家也……使人恋爱，使人崇拜，使人追慕，使人太息"②。经过中国式的译介和传播，拜伦逐渐成为"社会集体想像物"，这种形象是"情感与思想的混合物"，不仅揭示出了"一种精神倾向和公众舆论"，而且是"一个集体、一个社会文化整体所作的阐释……部分地与事件、政治、社会意义上的历史相联"③。

表面上看，晚清译介"译意不译词"，甚至半译半著、译述相间。然而，这一译介方式构建了作为自身文化比较对象的异域的文本和文化身份同时，又必须不同程度地接受"归化"历程。晚清译者恰恰因不拘泥于忠于原著，反而通过叙事模式转换获得"译述"的自由，通过"映照"或自我认识，通过"作"的强调与"译"的弱化，恰恰建立最有效的本土文学塑造途径，并作为晚清中国社会宝贵的文化资源，融入民族救亡和现代复兴的文化语境。换言之，虽然晚清的翻译负于原作，但是却是"'另一种忠实'的真切表述——忠实于时代需求，忠实于特定情境下的'自我'欲求，忠实于这一'自我'对'原作'的发现与体认。但是，在两种相距遥远的文化相遇的初期，这种借用本土模式，注入异域精神之'译述'，以其情感上的认同—赞许—发挥，强调了原作对自己最有价值的方面，其译本本身也由于'我'的参与而在接受者文学观照中，获得属于自己的生命。"④应该强调，晚清的此种翻译作风是特定历史时期的产物，在当今强调规范的语境中当不可取，也应意识到，今天对外国文学翻译以及文学阐释的规范性是五四以后逐渐建立起来的，不能一举抹煞晚清特定的文化背景和历史需求。

---

① 廖七一：《中国近代翻译思想的嬗变》，第35—36页。
② 马君武：《欧学之片影》，莫世祥编：《马君武集（1900—1919）》，武汉：华中师范大学出版社，1991，第126页。
③ 廖七一：《中国近代翻译思想的嬗变》，第60页。
④ 韩一宇：《清末民初汉译法国文学研究（1897—1916）》，第265页。

三、工具/审美：小说诗学的进步与局限

　　理解晚清文学译述，更应着重于文化干预、思想启蒙方面，而不是文学性和技术规范方面。梁启超在《论中国学术思想变迁之大势》中写道，从事翻译活动的"外国之博士鸿儒"并不能"有裨"于我国，因其"相知不习，而势有所扞格也"，所以"凡教人必当因其性所近而利导之，就其已知者而比较之，则事半功倍焉"①。在晚期译介的取舍中，"有所扞格"的往往是难以在情感和观念上接受的文学形式和表达方式，所以梁启超虽然意识到"新小说之意境，与旧小说之体裁，往往不能相容"，但《十五小豪杰》（1902）的翻译仍是采用更贴近民众的白话章回体，是种权衡利弊的抉择，纳入本土体系的表达手段是克服水土不服的重要策略。出于文化干预、思想启蒙的主观动机，译述承担着开启民智的社会义务；为满足新思想传播的需求，也必然要综合权衡本土的道德规范、叙事策略、阅读习惯，或多或少地进行再创作，表现出晚清文学翻译的过度本土化乃至"误读"甚深的取向。

　　只有到了1907年之后的翻译小说，如无名氏译《毒药樽》（法国嘉波留著）、周作人译《玉虫缘》（美国爱伦·坡著）、罗季芳译《三玻璃眼》（英国葛威廉著），才不再有译者"说话人"现象出现，也不再出现章回体形式，这意味着外国文学翻译价值取向的悄然转变。到了1909年鲁迅与周作人合译《域外小说集》，开始不仅期望输入外国文学的思想，更期望输入外国文学的"文学性"时，忠实于原著的"直译"才出现，其目的便是"亦期弗失文情"②。我们前面说过，此前再创作性质的译述，是晚清危亡时局和译介者各种限制条件合力的结果。如果说以满足文化干预、思想启蒙为目的来论，晚清文学译介起到了积极的影响，这在后文会谈到。晚清"借李白之名，抒庞德之情"一类寓创造于改译、漏译、译述甚至是错译，"其实显示出种种不同的翻译现象，其中包括在文本以外积极调整读者反应、有意识地删节或取代原文本中可能造成文化疑难的成分、甚至潜意识以

---

　　① 梁启超：《论中国学术思想变迁之大势》（1902），《梁启超全集》，第562页。
　　② 周树人：《域外小说集·序言》，《域外小说集》第一册，东京版，1909。陈平原、夏晓虹编：《二十世纪中国小说理论资料》（第1卷），第352页。

中国传统的文化及文学规范取替原来的西方文化及文学规范"①。随着翻译运作机制的发展,虽然《域外小说集》的出现毫无影响,却也标志着晚清新生代翻译者的成熟与对晚清主流译述的否定,得益于译介者能够广泛地阅读外文原文,深化对外国文学史的理解,以及对翻译之保留"原本""留其同响"的重要性认识。

外译小说如此,中国新小说的创作也大致走了这样一条相似的路子。从晚清开始的中国文学现代化发生期的观念变革,也是与晚清时代的政治的衰落紧密结合在一起的;对域外文学的译介,既出自于对本国文学、文化建设的需要,也引发了对本国文学性质、状况的思考。就救亡图存的意识形态而言,严复、夏曾佑、梁启超及其同人所主张的"新小说"在晚清译介与创作上起到了重要的影响。例如,1897年《本馆附印说部缘起》中,执笔者严复、夏曾佑就称"夫说部之兴,其入人之深,行世之远,几几出于经史之上,而天下之人心风俗,遂不免为说部所持"。并说"且闻欧、美、东瀛,其开化之时,往往得小说之助"。过去小说在"四部"里只能依附于子、史,如今就小说的影响力而言,摇身一变成为"正史之根"。严复、梁启超等虽然大力弘扬欧美小说,但对本土的小说作品则评价不高。这就是为什么梁启超评价中国小说基本上是"诲淫诲盗"之作:"中土小说,虽列之于九流,然自《虞初》以来,佳制盖鲜,述英雄则规画《水浒》,道男女则步武《红楼》,综其大较,不出诲淫诲盗两端。陈陈相因,涂涂递附,故大方之家,每不屑道焉",小说传播社会腐败的生活理想与迷信,乃"吾中国群治腐败之总根源"。小说与社会的关系问题,曼殊的疑问是:"近来新学界中之小说家,每见其所以歌颂其前辈之功德者,辄曰:'有导人游于他境界之能力。'……今之痛祖国社会之腐败者,每归罪于吾国无佳小说,其果今之恶社会为劣小说之果乎,抑劣社会为恶小说之因乎。"②因此,他们要用承载着外来新观念的小说形式,来创作中国的新的小说。

扬外(欧美小说)贬中(中土传统小说)的这种态度,可以很好地解释这段时期内一些有识之士对小说看法上的矛盾态度。一方面,这些中国近代启蒙思想的先行者充满激情地鼓吹(新)小说的工具价值,不惜虚构一个外国小说在启蒙中的巨大作用的启蒙话语,把小说文体提到"不可思议"的高度,因为"欲新一国

---

① 孔慧怡:《还以背景,还以公道——论清末民初英语侦探小说中译》,王宏志:《翻译与创作——中国近代翻译小说论》,北京:北京大学出版社,2000,第101页。
② 《小说丛话》,《新小说》,1905年2月第三年第一号,转引自杜慧敏:《晚清主要小说期刊译作研究》,上海:上海书店出版社,2007,第32页。

之民,不可不先新一国之小说……何以故？小说有不可思议之力支配人道故",强调小说能够成为"新民"工具、支配人道、疗救中国社会的灵丹妙药。但另一方面,他们又强调小说这种文类在过去数百年间危害社会,诲淫诲盗。很长时期内这种对小说的矛盾态度,着实令时人困惑不已。原来原因在此:域外小说承载着新思想,中土传统小说寄居着旧观念。正是在这种认知中,才提出了"小说界革命"的主张。例如1908年徐念慈在《小说林》发表《余之小说观》,对此提出批评,"小说者,文学中之以娱乐,促社会之发展,深性情之刺戟者也。昔冬烘头脑,恒以鸩毒霉菌视小说,而不许读书子弟,一尝其鼎,是不免失之过严;近今译籍稗贩,所谓风俗改良,国民进化,咸惟小说是赖,又不免誉之失当"①。晚清"新小说"论者谆谆提倡小说的同时,实际是看中小说在"改良群治""新民"中的政治工具性价值,甚至是建立在某种政治文化幻想的基础之上,而非审美价值。小说"不可思议之力"的话语实际上是故意地夸张,以提高自己在公共空间的话语权。政治松散、印刷商品经济发展、知识分子身份的转型所带来的公共空间的扩展,为小说的文类地位改善赢得了历史契机,小说杂志成为知识分子发表政见、商榷国事,影响公共舆论的重要载体。"那时综合性、专门性杂志,也有出版,但总不及小说杂志畅销","因为通俗,因为有兴趣"②。小说由边缘趋向中心的文学进路中,实际上与时代转型时期知识分子发表舆论的转换有着密切的关系。通过对小说社会功用的借重,感慨世变,倡议改革,批评时政,知识分子摇身一变成为针砭时弊的批评家和观察家。王德威认为,"当梁启超与其同辈将小说的功效与缺陷相提并论,他们其实是将传统批评家对说部的畏惧与迷醉同时推到极致"③。

与此同时,我们也不能简单地以殖民入侵、知识分子救亡图存这一特定的历史解释,去简单对待清末民初文学翻译与创作发展的成就。就梁启超而言,其功绩显然在于文学革命观念的宣传。他与其他的主导者与附和者一样,在观念上认可译介域外小说的重要性,但在具体操作上却无明显建树。他自己所创作的《新中国未来记》在第五章之后戛然而止,以梁氏的视野最能实现文学工具性价值的莫过于政治小说了,然而实际上无论是梁启超自己,还是他所主办的《新小说》,创作与刊出的政治小说极为有限。从1902年"小说界革命"的提出,

---

① 觉我(徐念慈):《余之小说观》,《小说林》1908年第9期。陈平原、夏晓虹编:《二十世纪中国小说理论资料》(第1卷),第310页。
② 包天笑:《编辑杂志之始》,《钏影楼回忆录》,香港:大华出版社,1971,第357—358页。
③ 王德威:《被压抑的现代性——晚清小说新论》,第33页。

到1906年《月月小说》创刊,中国文学界并没有出现如梁启超所期待的文学自身革命、文学启蒙民众的局面,反倒是流于时髦、牵强附和的通俗流行小说译介充斥文坛。"近世翻译欧、美之书甚行,然著书与市稿者,大抵实行拜金主义,苟焉为之。事势既殊,体裁亦异,执他人之药方,以治己之病,其合焉者寡矣"①。1907年前后域外文学译介数量上固然达到一个顶峰,但质量和内容上却让此前"新小说"的众多倡导者陷入尴尬境地。1908年,徐念慈曾分析道,"综上年所印行者计之,则著作者十不得一二,翻译者十常居八九"。原因在于"著作与翻译之观念有等差,遂至影响于销行有等差,而使执笔者,亦不得不搜索诸东西籍,以迎合风尚,此为原因之一。抑或译书,呈功易,卷帙简,卖价廉,与著书之经营久,笔墨繁,成本重,适成一反比例。因之舍彼取此,乐是不疲与[欤],亦为原因之一。由后之说,是藉不律以为米盐日用计者耳"②。"他肆我不知,即'小说林'之书计之,记侦探者最佳,约十之七八;记艳情者次之,约十之五六;记社会态度,记滑稽事实者又次之,约十之三四;而专写军事、冒险、科学、立志诸书为最下,十仅得一二也。"③言情、侦探等娱乐、消闲小说占了绝对主角,而政治、科学小说等不过是"聊备附庸"。更让人失望的是翻译小说质量的不堪,政治小说虽高调出世,但由于过于强调政治教化而缺乏审美趣味,必然导致其译本数量无法与侦探小说和写情小说匹敌。就连梁启超此前主办的《新小说》,也是以当时比较时兴的科学小说、冒险小说、侦探小说、言情小说为主。

小说界革命很大程度上也没有在改良群治方面发挥更大的作用。吴趼人曾对这种徒有其声的宣传深感失望:

> 吾感夫饮冰子《小说与群治之关系》之说出,提倡改良小说,不数年而吾国之新著新译之小说,几于汗万牛充万栋,犹复日出不已而未有穷期也。求其所以然之故,曰:随声附和故。……今夫汗万牛充万栋之新著新译之小说,其能体关系群治之意者,吾不敢谓必无;然而怪诞支离之著作,诘屈聱牙之译本,吾盖数见不鲜矣。……于所谓群治之关系,杳乎其不相涉也。然而彼且嚣嚣然自鸣曰:"吾将改良社会也,吾将佐群治之进化也。"随声附

---

① 天僇生:《中国历代小说史论》,《月月小说》1907年第一年第十一号,转引自杜慧敏:《晚清主要小说期刊译作研究(1901—1911)》,第36页。
② 徐念慈(觉我):《余之小说观》,《小说林》1908年第9期。陈平原、夏晓虹编:《二十世纪中国小说理论资料》(第1卷),第311页。
③ 同上。

和而忘其真,抑何可笑也。①

也有其他论者指出试图改变世道人心,改良风俗的做法收效甚微:

> 夫诚欲改良风俗,必先从下流社会设想,想必使市井负贩之夫,一都了然,知其所言之为何事,然后知所劝惩,而有以收善俗化民之效。今新译之编,不啻汗牛充栋,而求其内容外观适合此义者,千百卷中直无一、二焉。欲持是以陶淬风俗,铸成一般高尚之国民也,岂不难哉?②

1915年,梁启超在《告小说家》一文中承认,"近十年来,社会风习,一落千丈,何一非所谓新小说者阶之厉"。所谓十年,粗略算来就是他1902年主办《新小说》以来的十年。"新小说"之新在于摧枯拉朽之势,然其本意未被一般大众所吸收之前就被遗弃了。

王德威曾言:"在探讨晚清小说的发展时,吾人必须时时注意作者与批评家以为自己做到的与他们真正做到的之间,还有精英分子期望读者喜欢的,跟读者真正喜欢的之间,其实存在着相当的差距。"③换句话说,就是政治家的理想抱负、文学译介能力的局限以及读者市场的兴趣口味之间,存在着巨大的鸿沟。前文论及,梁氏"群治"教化的主题,得到许多译介者"想象共同体"的广泛呼应,使得这个时期大众通俗题材的言情小说、科幻小说、冒险小说、侦探小说,过于立意于"立志""尚武""法律""平权",一知半解地将现代意义上科学民主、平等自由、个性解放启蒙传播开来。而从文学自身的审美特质来看,侦探小说、科幻小说、言情小说译介的奇人、奇事、奇情,才是颇为独特的,因此也更能吸引中国读者的文学审美趣味。黄摩西说:"小说者,文学之倾于美的方面之一种也。……然不佞之意,亦非敢谓作小说者,但当极藻绘之工,尽缠绵之致,一任事理之乖僻,风教之灭裂也。……若夫立诚止善,则吾宏文馆之事,而非吾《小说林》之事矣。"④黄人在《小说林发刊词》中,对当时"出一小说,必自尸国民进化之功;评一小说,必大倡谣俗改良之旨,吠声四应,学步载途"夸大小说教化功能提出批评,认为"小说者,文学之倾于美的方面之一种也","微论小说,文学之有高格可循者,一属于审美之情操,尚不暇求真际而择法语也……"晚清小说期刊

---

① 吴沃尧:《〈月月小说〉序》,《月月小说》1906年第一年第一号。陈平原、夏晓虹编:《二十世纪中国小说理论资料》(第1卷),第169—170页。
② 《新小说之评议》,《新闻报》宣统元年(1909)二月初十日。
③ 王德威:《被压抑的现代性——晚清小说新论》,第31—32页。
④ 摩西:《〈小说林〉发刊词》,《小说林》1907年第一期,转引自杜慧敏《晚清主要小说期刊译作研究》,第175页。

译作的审美消闲实际上是吸引读者极为重要的因素,而非译介必要性和美好前景,这一点可以通过清末民初小说杂志的发刊词变化得以证实。袁进曾整理了晚清民初的几种主要小说期刊的发刊词宗旨:

杂志名称	创刊时间	发刊词宗旨
新小说	1902	发起国民政治思想、激励其爱国精神
绣像小说	1903	借思开化夫下寓
新新小说	1904	任侠好义、忠群爱国
月月小说	1906	改良社会、开通民智
新世界小说社报	1906	传播文明之利器、企图教育之普及
小说七日报	1906	开进德智、鼓舞兴趣
中外小说林	1907	觉迷自任、谐论讽时
竞立社小说月报	1907	保存国粹、革除陋习、扩张民权
小说林	1907	小说者,文学之倾于美的方面之一种
中华小说界	1914	作个人之志气、祛社会之习染、救说部之流弊
小说旬报	1914	品评花月、聊遣斋房寂寞
小说丛报	1914	有口不谈家国、任他鹦鹉前头;寄情只在风花、寻我蠹鱼生活
小说大观	1915	有益于社会、有功于道德

从上面的图表中,我们也不难看出,小说期刊的发刊词随着时间的发展,发生着微妙的变化。早期几家刊物立意于小说与社会的关系,注重小说开启民智、宣传文明、针砭时事的社会功用,然至1907年小说译介达到一个顶点之后,则又回到游戏人生的老路,折射小说审美视野的嬗变。翻译小说"正当性"的逐渐消解,其带来的直接后果则是发展动力的渐次疲软。从晚清到民初的小说的译介与创作良莠不齐,走着曲折的道路,到1915年左右,几乎已经从中嗅不出"小说界革命"的新民意味了。所以梁启超在《告小说家》中再次重复十年前的批评,"其什九则诲淫与诲盗而已,或则尖酸轻薄毫无取义之游戏文也……"那时未获启蒙的中国大众的需求是难免低俗的,"长期关注社会的政治紧张的反作用力,把大众推回了私人情感与世俗趣味中,由读者和作者共同制造作品,是现代化社会中小说的应有之义。作家主体的点点滴滴的改良不能保证小说步入新的境界,严肃而有独特价值的作品必须等待精英知识分子发动一场新的文

学革命来迎接它们的问世"①。

在中国文学现代化发生期提出现代性文学观念的,还有留学日本的周氏兄弟。就在"小说界革命"渐次衰微之时,他们在1908年的《摩罗诗力说》与《论文章之意义暨其使命因及中国近时论文之失》等文章里,则既强调文学的社会功用,又认同文学自身内部规律。鲁迅称"一切美术之本质,皆在使观听之人,为之兴感怡悦。文章为美术之一,质当亦然"②。而周氏兄弟一方面批评时兴的文学译介"唯实利之是图,至不惜折其天赋之性灵以自就樊鞯"③。另一方面,他们又认为"文章者,国民精神之所寄也"。"国民精神进于美大,此未来之翼也",不能完全认为"谓著作极致在怡悦读者,令得兴趣,有美感也",或者"谓文章绝端在于自由"的文学观念。他们强调"文章中有不可缺者三:具神思、能感兴、有美致也";文学的作用在"涵养人的神思",并通过"意象、感情、风味三事"为中介才能"妙夺人意"。也就是说文学应该通过其应有的审美性质,达到潜移默化影响民族精神、国民灵魂的作用。周氏兄弟也将这种文学观念,作为他们在晚清从事小说翻译的指导思想。

---

① 朱栋霖:《二十世纪中国文学史》上册,台北:文史哲出版社,2000,第21页。这一时期晚清小说译介与创作呈现了复杂的多元倾向,在能否将"小说家看成了推动中国现代化"上海内外学术界显然有分歧。王德威甚至认为,以"新小说"的兴起来说,如果不预设小说已经衰颓,"新"意又将从何而生?颓废即是将正常异常化,并且暗暗地预设在所有有关现代性的论述中。
② 鲁迅:《摩罗诗力说》,《鲁迅全集》第1卷,北京:人民文学出版社,2005,第73页。
③ 原载周作人:《论文章之意义暨其使命因及近时论文之失》,《河南》,1908年第4—5期。见《周作人文类编·本色》,钟叔河编,长沙:湖南文艺出版社,1998,第7页。

第十个问题：

如何看待清末民初文学译介中语言变革与文学革命的关系？

一般认为，清末民初白话文运用比较成熟的文学作品是鲁迅的《狂人日记》。但是实际上这一成熟也是晚清白话发展的一个必然结果，而晚清白话文的发展又与翻译欧美小说逐渐减少文言而增加浅近的文言、白话文有关。从戊戌变法到五四运动的二十年，几乎可以说是古典语言体系逐渐瓦解的二十年；传统的书面文言系统，随着支撑它的科举制度之废除，以及开启民智、宣传革命之需要，逐步趋向于语、文合一的白话文。作为一种工具，语文必须符合启民智、教育大众的时代需要，必须适用于记录、表达和传播的新思想，焦点就落在了语言和文字合一上面。语言观念、文体观念的变革，以及提倡白话，是清末以后进步知识分子的普遍共识。

一、言文一致问题的提出

早在1887年，出使欧美、日本诸国的黄遵宪已经意识到言文合一有利于文化的普及与社会的进步，增加读书识字的人数，使农、工、商、妇女、儿童都能够通习文字。裘廷梁（1857—1943）1898年在《苏报》上发表的《论白话为维新之本》，被认为是"晚清白话文运动的理论基础"[①]，从文字起源和发展指出言文分离的不合理性，"一人之身，而手口异国，实为二千年文字一大厄"，恰恰文言文是"愚天下之具"，"败坏天下才智之民"，使得中国"不得为智国"，而"智天下之

---

① 谭彼岸:《晚期的白话文运动》上册，武汉：湖北人民出版社，1956，第8页。

具,莫如白话","文言兴而后实学废,白话行而后实学兴。实学不兴,是谓无民"①,它详细论述了白话有"省力""免枉读""便幼学""炼心力""便贫民"等八个方面的好处。梁启超对"言文一致"问题的感觉,起初并不敏锐②,至戊戌政变之后流亡日本,见日本文体改良的发展进程后,意识到白话对开启民智的重要,得出结论"文学之进化有一大关键,即由古语之文学,变为俗语之文学之也"③。梁启超干脆为白话文正名,认为文言文也是源于白话,"古者妇女谣咏,编为诗章,士夫问答,著为辞令,后人皆以为极文字之美,而不知皆当时之语言也"④。

从现有资料来看,从文学出发论白话写作价值的还是梁启超。1902年梁启超在《新民丛报》上发表第一号"绍介新著"栏介绍严复译英国亚当·斯密《原富》的文章《绍介新著原富》,指出"严氏于西学中学皆为我国第一流人物,此书复经数年之心力,屡易其稿,然后出世,其精善更何待言。但吾辈所犹有憾者,其文笔太务渊雅,刻意摹仿先秦文体,非多读古书之人,一翻殆难索解,夫文界之宜革命久矣。况此等学理邃赜之书,非以流畅锐达之笔行之,安能使学童受其益乎?著译之业,将以播文明思想于国民也,非为藏山不朽之名誉也。文人结习,吾不能为贤者讳"⑤。文中所说的"以洗畅锐达之笔行之",就是改古文体为通俗文体,规劝严复不要"太务渊雅"⑥。他在《新小说》第七号附录连载《小说丛话》中也指出:"文学之进化有一大关键,即由古语之文学变为俗语之文学是也。各国文学史之开展,靡不循此轨道……自宋以后,实为祖国文学之大进化。何以故?俗语文学大发达故。宋后俗语文学有两大派,其一则儒家、禅家之语录,其二则小说也。小说者,决非以古语之文体而能工者也……苟欲思想之普

---

① 裘廷梁:《论白话为维新之本》,许力以等主编:《二十世纪中国经世文编》,北京:中国和平出版社,1998,第378,382页。
② 袁进:《中国文学观念的近代变革》,上海:上海社会科学院出版社,1996,第163页。
③ 梁启超:《小说丛话》,《新小说》1903年第7号。陈平原、夏晓虹编:《二十世纪中国小说理论资料》(第1卷),第65页。
④ 梁启超:《〈沈氏音书〉序》(1896),《梁启超全集》,第90页。
⑤ 梁启超:《绍介新著〈原富〉》,《新民丛报》汇编,1902年第1期。牛仰山、孙鸿霓编:《严复研究资料》,福州:海峡文艺出版社,1990,第267页。
⑥ 严复对此的答复是:"窃以为文辞者,载理想之羽翼,而以达情感之音声也。……若徒为近俗之辞,以取便市井乡僻之不学,此于文界乃所谓凌迟非革命也。且不佞之所从事者,学理邃赜之书也,非以响学童而望其受益也,吾译正以待多读中国古书之人。"(《与新民丛报论所译原富书》,《新民丛报》1902年第7期。郑振铎编:《晚清文选》,上海:上海书店,1987,第700页)严复用桐城问题实际上是为"多读中国古书"的士大夫服务的,恰如王佐良所云:"他又认识到这些书(译著)对于那些仍在中古的梦乡里酣睡的人是多么难以下咽的苦药,因此,他在上面涂了糖衣,这糖衣就是士大夫们所心折的汉以前的古雅文体。雅,乃是严复的招徕术。"(王佐良:《严复的用心》,《论严复与严译名著》,北京:商务印书馆,1982,第27页)

及,则此体非徒小说家当采用而已,凡百文章,莫不有焉"。他回顾了中国文学的发展,认为:"中国先秦之文,殆皆用俗语""故先秦文界之光明,数千年称最焉";"六朝之文,靡靡不足道";唐代韩、柳之"在文学史上有价值者几何"?他进一步指出,"自宋以后,实为祖国文学之一大进化",就是由于"俗语文学大发达故"。在《论小说与群治之关系》里,他也说"在文字中,则文言不如其俗语"①。实际上,梁启超的理由非常清楚,文言文不是一种传播新知识、新观念的理想工具。

而在文学性方面,语言工具必须鲜明地表现出时代的精神气质和特征。胡适曾言"一部中国文学史只是一部文字形式(工具)新陈代谢的历史……"②。晚清的文学变革与语言变革恰恰是以外国文学译介为契机,进而紧密地结合在一起。晚清文学译介者有三个方面的特殊制约,一是不谙外文,能出国留学的人数十分有限,从事文学翻译的更是少之又少。二是对于从小读古书、作古文的译者在选择翻译语言时,难免受到本身语言结构的约束。三是开启民智,又必须用浅显的白话,自然也影响到翻译外国小说时所选用的语言。"文言分离"对"新民"的障碍,是最早的维新启蒙者面临的窘迫。姚鹏图在《论白话小说》一文中谈及使用白话和文言的经验窘境时,曾说:"鄙人近年为人捉刀,作开会演说、启蒙讲义,皆用白话体裁,下笔之难,百倍于文话。其初每请人执笔,而口授之,久之乃能搁管自书。然总不如文话之简捷易明,往往累牍连篇,笔不及挥,不过抵文话数十字、数句之用"③。虽然梁启超规劝严复不要"太务渊雅",应该使用较浅易的语言,但梁启超自己《十五小豪杰》第四回"译后语"也印证了语言选择的困境:"本书原拟依《水浒》《红楼》等书体裁,纯用俗话,但翻译之时,甚为困难。参以文言,劳半功倍。……译者贪省时日,只得文俗并用,明知体例不符,俟全书杀青时,再改定耳。但因此亦可见语言、文字分离,为中国文学最不便之一端,而文界革命非易言也。"④

事实上到第四回梁启超也坚持不下去了,开始参用文言。而在具体写作上梁启超极力倡导的"新文体"是一种由典雅文言文变化而成的文体。在《清代学术概论》中,梁启超称这种文体"至是自解放,务为平易畅达,时杂以俚语、韵语,

---

① 梁启超:《论小说与群治之关系》,《新小说》1902 年第一号。陈平原、夏晓虹编:《二十世纪中国小说理论资料》(第 1 卷),第 35 页。
② 胡适:《逼上梁山:文学革命的开始》,《胡适文集》第 1 卷,第 146 页。
③ 姚鹏图:《论白话小说》,陈平原、夏晓虹编:《二十世纪中国小说理论资料》(第 1 卷),第 135 页。
④ 梁启超:《〈十五小豪杰〉第四回译后》,《新民丛报》1902 年第六号。陈平原、夏晓虹编:《二十世纪中国小说理论资料》(第 1 卷),第 47—48 页。

及外国语法,纵笔所至不检束,学者竞效之,号新文体。老辈则痛恨,诋为野狐。然其文理明晰,笔锋常带情感,对于读者,别有一种魔力焉"①。这种"新文体"之新(补充新文体),大约是汲取白话文因素,注意引进俚语、外国词汇和新的价值观念,加之以突破传统语法上的约束。如梁启超《少年中国说》渲染和铺张少年的作用:"红日初升,其道大光;河出优流,一泻汪洋;潜龙腾渊,鳞爪飞扬;乳虎啸谷,百兽震惶;鹰卑试翼,风尘吸引;奇花初胎,需需皇皇;干将发䂕,有作其芒,天戴其苍,地履其黄;纵有千占,横有八荒;前逢似海,来日方长。"由此可见,梁启超是以更生动的古文重修饰、重铺张的唯美气质与力量,来阐释新的价值观念。

二、晚清文学翻译与创作语言运用的困境与革新

就总体而言,晚清文学翻译与创作是以文言文为正宗地位的,出色的古文,才是推动翻译小说流行和畅销的主要力量。林纾本人并不反对白话文,其白话诗集《闽中新乐府》(1897)比胡适的《尝试集》要早得多,对白话小说也是肯定的。他曾盛赞,"《水浒》《红楼》皆白话之圣,并足为教科之书",且言"非读破万卷书,不能为古文,亦并不能为白话"②。

在此时期,之所以反对白话文运动所主张的要彻底废除文言,是因为梁启超、林纾等认为语言文字的发展须循序渐进,不可激进地取消文言文。但形势的发展,使得同时的文言文翻译和创作,也有了一些适应形势的变化。因为当时古雅的严复译文只能为少数读书人所能阅读,而林纾的译文有传统古文的简洁、流畅,亦间采俗语西词,相对自由一些,反而更受欢迎。司各特、狄更斯、托尔斯泰和柯南·道尔等人的小说,经过林纾之手成为一流的古文,当然内容上不能符合原文另当别论。林纾固然"颇自恨不知西文,恃朋友口述,而于西人文章妙处,尤不能曲绘其状",却在译《茶花女》时,"在尝试,在摸索,在摇摆。……'古文'惯手的林纾和翻译新手的林纾之间仿佛有拉锯战或跷板游戏"③,即便如此,《茶花女》仍然以译笔"凄恻之情""哀感顽艳"获得"外国《红楼梦》"之美誉。林译小说使用了大量白话俗语和新名词,以《迦茵小传》为例:

---

① 梁启超:《清代学术概论》,《梁启超全集》,第 3100 页。
② 林纾:《致蔡鹤卿书》,《林琴南书话》,杭州:浙江人民出版社,1999,第 207 页。
③ 钱锺书等:《林纾的翻译》,第 42 页。

迦茵入室，易湿衣，衣湿直透肌肤之上。乃易取礼拜日礼服，焕然照眼，衣作灰色，而领缘袖口，均白罗折叠，通明作云态，尽梳整其发作慵妆，垂巨结于后。迦茵初不觉，而绝世风姿，益以妆点，其一时无两之秀媚，殆出天然。妆毕，至客座，啜茗而已，不能进膳。自念吾命胡为人凌践至此？觉此时荣卫之内，均如火灼。顾今亦不管许事，且进省格雷芙矣。阿姨十二句钟可归，今日殆终局之日，见格雷芙一倾吐其款曲，明日或为阿姨所逐，正在意中。于是秉烛入面亨利。甫至门，迦茵足停，适见亭立一巨镜，再以烛奴一照，遂得备细自照其姿容，此第一次已与己相见而惊其美也。自觉具此绝世风格，在希腊古史中，正宜演出无穷事业，乃一身竟孤飘至是。瞥见己之双波，如剪秋水；睫毛秀润，适当双蛾之下；樱口微绽，如乳婴浓睡弄笑状；鲍犀微露，灿白如象牙；……一堆金黄发，蓬蓬若结云气。此时衣色深灰，愈显其倾国之貌。迦茵徘徊审视久之，曰："镜中人良不吾欺也。"以此之故，希望逯生①。

上文出现的诸如"礼拜日""第一次""睫毛""希望"等等，这是正统雅致文言所不允许的。

钱锺书先生的评价可谓敏锐地捕捉到了语言变革时期最初实践中译者的窘境。钱锺书指出，林纾并非如人们习惯上所说的那样，在文中大量使用了白话口语（如阿姨、妮子、老子等），引入了许多外来语（如蜜月、安琪儿、咖啡、布丁等）和一些欧化句法，以"古文"翻译小说。他"译书所用文体是他心目中认为较通俗、较随便、富于弹性的文言。它虽然保留若干'古文'成分，但比'古文'自由得多"②。"以华文之典料，写欧人之性情，曲曲以赴，煞费匠心，好语穿珠，哀感顽艳，读者但见马克之花魂，亚猛之泪渍，小仲马之文心，冷红生之笔意，一时都活，为之欲叹观止"③，以变化文言形成"别具一种姿态"的翻译文体。在胡适看来，林纾翻译语言是一种"变格"，这种"变格"不仅引发语言规范变化，更是以其丰厚的翻译实绩带来本土文学创作规范的转变："自从林纾用史汉式的文言翻译外国作品之后，形成了一个'林译说部'的著名品牌，全国文坛风靡一时。"④ "古文不曾做过长篇小说，林纾居然用古文译了一百多种长篇小说，还使许多学他的人也用古文译了许多长篇小说。古文里很少滑稽的风味，林纾居然用古文

---

① 哈葛德：《迦茵小传》，林纾、魏易译，北京：商务印书馆，1981，第89—90页。
② 钱锺书等：《林纾的翻译》，第39页。
③ 邱炜萲：《茶花女遗事》，陈平原、夏晓虹编：《二十世纪中国小说理论资料》（第1卷），第29页。
④ 范伯群：《中国现代通俗文学史》，北京：北京大学出版社，2007，第139页。

译了《茶花女》与《迦茵小传》等书。古文的应用,自司马迁以来,从没有这种大的成绩。"① 可以说,梁启超翻译《十五小豪杰》和林纾翻译《茶花女遗事》实际上代表了晚清语言文体两种重要的转换模式。通过"译者内在目标的外化",外国文学译介本身参与与促进近代语言的演变——因为在翻译小说中不得不使用新名词、欧化句式、日式语法、倒装句式、修辞风格以及各种标点符号等,都在传统文言文甚至初起白话文中找不到适合的方式来表达,从而影响了有时代性的白话文的产生。包天笑、陈景韩等人在民国初期前后采用白话文体来翻译小说、创作小说,可见欧美小说的翻译对语言变革的外在推进作用。事实上,译者采用的语言在受限的语境中,必然根据语言习惯、设定读者想象、翻译对象,尝试摸索各种适当的翻译转换模式,从而也为翻译文体的发展,以及接受者母语语言的演进积累经验。

晚清周桂笙、伍光建等人也提倡译书时用通俗的语言,采用当时的报章体,即浅近的文言文以及白话文为模式进行翻译,明确把"民众"作为译品的读者,而不是像严复、林纾那样面向旧文人阶层。但是值得注意的是,这与五四时期主动自觉地参与白话文运动仍然有着质的区别。晚清译者固然认为翻译小说可以开启民智,应该将作品译给"一般没有学识的平民和工人",但这些旧文人仍然有居高临下的态度,无论在文化心理上还是在操作方式上仍然是和下层文化是割裂的。用白话来翻译《母夜叉》的译者毫不客气地提到"我中国这班又聋又瞎、拥肿不宁、茅草塞心肝的许多国民,就得给他读这种书"。他们对白话文所持的二元态度,正如朱自清先生所指出的,过去文言文是士大夫用语,而白话文不过是一种"慈善文体"②。那么,用浅显的白话来翻译外国小说,实现"愚民"启蒙,本来是一个较好的策略,但是,

> 出于这样的心态去使用白话,并不能够真正提高白话作为翻译语言的能力及地位,相反来说,只会减低翻译小说的艺术性,反正这些小说最重要的地方在于它们的内容,而看这些小说的人也太愚笨,根本不会懂得欣赏高超的艺术技巧。在这情形下,使用白话去翻译外国小说,只会给外国小说带来非常负面的影响,甚至白话文学的倡导也会受到影响。结果,相对来说,今天见到比较流行的翻译小说,大都是以文言翻出来的③。

---

① 胡适:《五十年来中国之文学》,《胡适文集》第 3 卷,第 215 页。
② 朱自清:《论通俗化》,《朱自清散文全集》下,北京:中国致公出版社,2001,第 503 页。
③ 王宏志:《翻译与文学之间》,南京:南京大学出版社,2011,第 206—207 页。

前面论及,晚清阅读新小说的主要群体仍然是旧文人居多,文白兼读,如果真的把白话与"愚民"对应的话,实际上反而导致没有人愿意自甘为"愚民",只配看白话。传统小说书写虽然既有文言,也有白话,但文言与白话的应用大抵已有既定的模式——文言小说多为短篇,如笔记小说之类,而白话小说则为长篇,主要为章回小说,出于教化"愚民"的意图。

清末翻译小说不仅促进了小说地位的变化,也对翻译语言的运用产生了很大的影响,即使得小说文本为俗语的书面化提供了极为宝贵的经验——尽管近代小说理论在提高白话文的地位的同时也多多少少剥夺了小说艺术的自主性,使之成为知识分子阶层文化利用与改造的对象。"文学通俗化和语言通俗化在近代小说理论中,双双与传统主流文论所强调的经世致用目的和政教功利主义逻辑结成了同盟,因而在这个领域,传统因素与反传统因素同样强烈,而且奇妙地并行不悖。"①随着采用白话文来翻译的新小说的流行,无形中也促进了汉语书面体系的转换,在不自觉的合力下颠覆了古代文学雅俗、文白的分野。语言与文字的雅俗等级被翻转,伴随着启蒙改造、文化革命等不断深入发展,必然打破旧的文化格局,促进中国出现主动接受新文化的知识分子群体。

三、语言与文学发展的历史趋势

无论如何,晚清文学译介和文学革新者已经多少意识到白话文学取代文言文学乃历史发展之大势。早在1903年梁启超即对中国语言与文学发展趋势作出大胆预言:"文学之进化有一大关键,即由古语之文学,变为俗语之文学是也。"换言之,"俗语之文学"必将取代"古语之文学","俗语文体"也必将取代"古语之文体"。可以说,白话文在五四前后很快取代了文言文,白话文摇身一变成为惟一的书面语言,其中也得益于晚清译介者白话文翻译与新小说创作者的文白并用。因为译介者要不断地在摸索中围绕适应读者对象、现有语言的使用与原作性质的多重需要做出努力。这种在语言载体、语言现实、传递内容的旧与新之间进行的不断调适,在整个清末民初的白话文运动时期具有普遍意义。外国小说的译介以及在外国小说译介影响下的中国新小说创作,既为白话文争得了至关重要的合法地位,也为白话文(学)读者群体准备了接受语境,甚至对当

---

① 马睿:《近代文化变革与中国小说理论的兴起》,《西南师范大学学报》(人文社会科学版),2002年第4期。

时欧化语体文对改革汉语也有一定的贡献,也使得语言的抉择与演化不再是纯粹的语言学问题,而是跟文化、政治、文学等各方面发生了密切的关系,从而为"五四"白话文运动作了不可或缺的历史积淀与开拓奠基。"五四"时期胡适"历史进化的文学观念"和"白话文学正宗观"与这一文学语言观可谓一脉相承。诚如夏晓虹所言:"比起梁氏提倡的'俗语文学',胡适提出的'文学工具的革命'对旧文学的破坏更彻底,因其从根本上颠覆了文高白下的传统价值认定,'白话'因此与'国语'画上了等号。"①

梁启超的白话文理论倡议与冲破了传统古文森严的林译小说实践,配合晚清刊载新小说的报纸文体的成熟,无疑促进了文言向白话的过渡。外国文学译介固然是以异域文学为对象,但是必须运用中国的文学语言乃至格式予以转述,然而旧有的文学语言为力求表现出外国文学的内容又不得不有所变异和演化。正如胡适在其《五十年来中国之文学》中把严复、林纾的翻译视为桐城派古文变迁的一个例证,可见翻译文学凭借其广泛影响,加速了白话文的普及,从而在中国近代文学现代化方面具有重要的文体价值。到了胡适提倡白话文时,中国已经有了不少白话文写的流行小说,如《老残游记》和《官场现形记》等谴责小说。胡适以前的语、文合一,白话文运动,多是为了适应政治革命、启蒙宣传的目的,将其视为宣传、普及、教育之媒介,很少与文学自身的变革和发展关联起来,至少出身于士大夫阶层的知识分子,不能将白话文创作的文学视为正统文学。胡适曾言,这些知识分子把社会分作两部分:"一边是应该用白话的'他们',一边是应该做古文古诗的'我们'。我们不妨仍旧吃肉,但他们下等社会不配吃肉,只好抛块骨头给他们去吃罢。这种态度是不行的。"②表面上看,白话文的运用只是语言工具的变革,但是从深层次来看,文言文一直是一种具有正统经典性、艺术格律性的语言,不仅是传统价值观念的载体,更是展示了使用者的素养与地位,而白话文只是用于日常的表达和交流,如果用后者代替前者,绝不只是语言工具的更换,而是意味着对文言文所负载的儒家文化摒弃的可能,意味着传统的思维方式向欧化的抽象逻辑思维的转换,意味着伴随着主体思维方式的转换而来的文化使用者层面的下移——进而影响到什么样的教育和启蒙方式才是民族的现代性思维方式,这是五四学人能够感受到,但是又没有充分予以理论认知之处。

以胡适为首的新文化运动的倡导者,提倡白话文学、国语文学,固然也

---

① 夏晓虹:《胡适与梁启超的白话文缘》,《安徽师范大学学报(人文社会科学版)》,2006年第5期。
② 胡适:《五十年来中国之文学》,《胡适文集》第3卷,第252页。

有"授人以浅近之普通知识与浅近之文字"之初衷,但更重要的,是确立白话文创作的文学正统之价值。与清末提倡白话文运动的知识分子相比,胡适甚至干脆指出中国文学的主流并不是古典文体的诗文,而是白话文学,传统文学在内容上过于僵化,而在形式上过分雕琢。胡适将中国古代书面语言与口头语言的统一,并发展成白话文文学的现象与但丁以后的意大利文学、乔叟以后的英国文学、路德以后的德国文学相比拟。某种程度上讲,但丁、乔叟与路德所对应的,是用民族语言来代替拉丁语等外来语言,强化民族语言的地位,"用自己的语言说话和思维的权利"[①],而胡适所强化的白话文文学,某种程度上,也可以说是从贵族文学向平民文学的过渡。胡适当然知道白话文文学本身并不能成为一种新文学,"新文学必须有新思想和新精神",但他坚持新文学要把工具性放在首位,"死文字决不能产生活文学。若要造一种活的文学,必须有活的工具……有了新工具,我们方才谈得新思想和新精神等等其他方面"。胡适还在给陈独秀的信中列举了新文学的八条原则:"一曰不用典,二曰不用陈套语。三曰不讲对仗。四曰不避俗字俗语。五曰须讲求文法之结构。此皆形式上之革命也。六曰不作无病呻吟。七曰不摹仿古人,语语须有个我在。八曰须言之有物。此皆精神上之革命也。"当然在《文学改良刍议》中,胡适改变了他的八不主义的顺序。之后在1918年春季《论建设性的文学革命》更是提出一个明确的口号"国语的文学,文学的国语",就是要借"国语的文学"这一革命达到整合"他们"与"我们"而熔铸中国之"全国人民"的目的。胡适始终强调语言的工具性,却对新文学的思想内容不置可否,也许他认为文学革命的实质,就是语言革命。

当然,需要补充指出的是,清末民初白话文运动与国语运动作为语言文字工具的改革实践,是官方政府推动、民间语言学领域改革和维新启蒙者倡导之合力的结果。新文化运动之后,白话逐渐用于迅速增多的所有新文学报刊,1921年,教育部通令小学教科书一律用白话。这一点夏晓红曾评价道:

> 应该说,讨论晚清白话文运动的渊源,可以从不同的角度进入。但大体而言,这些资源从社会结构上可区分为官方与民间,从文化程度上可划分为文人与大众。已有的文学史论述,对文人与大众的互动关注较多,不

---

① 黑格尔:《哲学史讲演录》第三卷,贺麟、王太庆译,北京:商务印书馆,1983,第379页。胡适在芝加哥大学讲学时说,这次文学革命是"中国的文艺复兴"。

过,即使加上新近钩稽出的传教士白话文,所有的视角仍拘于民间立场。本文认为,这种对民间的刻意强调其实已形成为一种思维定势,会妨碍我们对事实的全面观照。毕竟,在语言的权力场中,官方占有更多的文化资本,其动用国家机器所造成的影响力,通常应在民间社会之上。这本是常识。①

---

① 夏晓虹:《晚清白话文运动的官方资源》,《北京社会科学》,2010年第2期。

第十一个问题：

如何评价周氏兄弟的早期翻译实践？

梁启超的小说观念、林纾的翻译，对周氏兄弟初登文坛影响很大。初登文坛的周氏兄弟与晚清一般的翻译活动十分相似。然而青年鲁迅却也与出身士大夫阶层的梁启超、林纾等人不同，一开始就"走异路，逃异地，去寻求别样的人们"①。他进了为当时社会不齿的洋学堂，却受到了维新思潮的洗礼，熟读《天演论》②。鲁迅东渡日本后，于1903年开始他的翻译活动，最早的翻译是发表在1903年6月《浙江潮》第5期上的《斯巴达之魂》与雨果的随笔《哀尘》。前者叙述古代斯巴达的"不甘自下巾帼之男子"故事，后者叙述了一个名叫芳梯的普通女子的不幸遭遇。在《译者附记》中，鲁迅写道："芳梯者，《哀史》中之一人，生而为无心薄命之贱女子，复不幸举一女，阅尽为母之哀，而转辗苦痛于社会之陷穽者其人也。"由此联想到国民的苦难，"社会之陷穽兮，莽莽尘球，亚欧同慨"③。此后还翻译了法国作家儒勒·凡尔纳的两部科学幻想小说《月界旅行》与《地底旅行》。其选材观念也与当时的主流文化兴趣一致，如在"辨言"中所说："获一斑之智识，破遗传之迷信，改良思想，补助文明，势力之伟，有如此者！……导中国人群以进行，必自科学小说始。"④周作人早期的译作，如《侠女奴》(1904)、《天鹭儿》(1905)、《女猎人》(1905)和《玉虫缘》(1905)等，也皆以"新民"、关注妇女启蒙为目的的。周作人曾在《侠女奴》的序言中说："有曼绮那者，波斯之一女奴也。机警有急智……其英勇之气，颇与中国红线女侠类。沉沉奴隶海，乃有此

---

① 鲁迅：《呐喊·自序》，《鲁迅全集》第1卷，北京：人民文学出版社，2005，第437页。
② 许寿裳：《亡友鲁迅印象记》，上海：上海文化出版社，2006，第15页。
③ 鲁迅：《〈哀尘〉译者附记》，《鲁迅全集》第10卷，第480页。
④ 周树人：《〈月界旅行〉辨言》，东京：进化社，1903。陈平原、夏晓虹编：《二十世纪中国小说理论资料》（第1卷），第50页。按照周作人的说法，凡尔纳的《十五小豪杰》和《地底旅行》，是杂志中最叫座的作品，当时鲁迅决心来翻译《月界旅行》，也正是为此"。

奇物,亟丛欧文迻译之,以告世之奴骨天成者。"①又在《女猎人·约言》中有言："作者因吾国女子日趋文弱,故组以理想而造此篇。""射猎小技耳,然而非有大胆力者殆不克任。"要成为女猎人,"第一主义,当主精神之健全,而其二,则必需体魂之健全"②。

在翻译动机上,俩人也与梁启超等人的政治教诲做法密切契合,如鲁迅《斯巴达之魂》是响应留日学生拒俄运动而作,应和了梁启超译介为当前政治教诲服务的思想;《玉虫缘》本来没有所谓的启蒙意图,但周作人却通过自己的阐释将话题转向了开启民智的主流思潮:"近者吾国之人,皆思得财矣,而终勿得。吾国之人,皆思做事矣,而终勿成。何也? 以不纳其得之成之之代价故也。使读此书而三思之,知万物万事皆有代价,而断无捷径可图,则事庶有济之一日乎?"③鲁迅后来回忆:"说到'为什么'做小说罢,我仍抱着十多年前的'启蒙主义',以为必须是'为人生',而且要改良这人生。"④这也与梁启超《论小说与群治的关系》中的思想比较接近,梁启超较早发表的《斯巴达小志》,就宣扬尚武精神。"斯巴达妇人爱国之心最重,妻之送其夫,母之送其子以临战场也,辄祝之曰:'愿汝携盾而归来,不然,则乘盾而归来'"⑤,而鲁迅《斯巴达之魂》里也有斯巴达女子谴责丈夫的话,"愿汝持盾而归来,不然则乘盾而归来"⑥。

尽管脱胎于清末外国文学译介,但 1906 年秋之后,周氏兄弟对同时代文学甚至是传统文学观念陆续有了新的认识,是晚清最早将文学的性质从"治化之助"转移到"学以益智,文以移情"。

一、文学性质的理解:从"治化之助"到"学以益智,文以移情"

1907 年 11 月,上海商务印书馆出版了周氏兄弟首次合译的英国哈葛德、安特路朗的小说《红星佚史》(The World's Desire),预示着清末翻译活动的转向。周作人在"序"中指出:"中国近方以说部教道德为桀,举世靡然,斯书之翻似无益于今日之群道,顾说部曼衍自诗,泰西诗多私人制作,主美,故能出自繇

---

① 周作人:《周作人散文全集》第 1 卷,钟叔河编订,桂林:广西师范大学出版社,2009,第 41 页。
② 同上书,第 26,31—32 页。
③ 同上书,第 34 页。
④ 鲁迅:《我怎么做起小说来了》,《鲁迅全集》第 4 卷,第 526 页。
⑤ 梁启超:《斯巴达小志·斯巴达之国民教育》,《梁启超全集》,第 870 页。
⑥ 王宏志:《重释"信达雅":二十世纪中国翻译研究》,上海:东方出版中心,1999,第 189 页。

之意,舒其文心。而中国则以典章视诗,演至说部,亦立劝惩为枢极,文章与教训漫无畛畦……学以益智,文以移情。能移人情,文责以尽,他有所益,客而已。而说部者文之属也。读泰西之书当并函泰西之意;以古目观新制,适自蔽耳。"①其实梁启超四力之说早就发现了革新小说对于革新民众的重要意义,小说借助其情节和故事的感染力,能够对道德宗教习俗甚至民众的性格产生影响,然而《红星佚史·序》之长,在于首次强调外国文学自身的审美趣味与文学的独立性,而不是像梁启超那样泛泛地谈论文学作品的感染力,尤其是文学之直接教训的力量。在周氏兄弟看来,"尔时称人间尚具神性,天声神迹,往往遇之。故所述率幽闷荒唐。读之令生异感"。1908 年,周作人在《河南》第 8、9 期上发表了《论文章之意义暨其使命因及中国近时文论之失》一文,进一步阐述他对文学本质的思考。周作人甚至批评过梁启超的做法:"今言小说者,莫不多立名色,强比附于正大之名,谓足以益世道人心,为治化之助。说始于《论小说与群治之关系》一篇。""手治文章而心仪功利,矛盾奈何!"甚至对以往流行的译作种类亦不以为然:"通行小说复有冒险、侦探二种,颇为一世欢迎。虽然,是第妇孺之读物,要不得谓文章。盖其采色浓重,风味凡浅,为文章之下乘。"②此时周作人显然开始重视文学包括翻译文学的性质与功能,强调"学以益智,文以移情"。周作人认为文学"非学术","其所言在表扬真美,以普及凡众之心",但它的"娱乐之特质亦必至美尚而非鄙琐"。为此,它又必须是"人生思想之形现"。而以往对文学性质的阐释,不够明确。"诸说之中,多描写题字,而少诠释之。其言文章,率唯举其相关事理,不啻记述之耳,未能当于界说,直究讨其性质精神之所在。"③而在 1920 年《域外小说集》的《重印序言》中,鲁迅说:"我们在日本留学的时候,有一种茫漠的希望:以为文艺是可以转移性情,改造社会的。"也就是说,文学既要有"改造社会"的思想倾向,但又必须有"转移性情"的审美趣味。

鲁迅在此前后也在《河南》上发表几篇文言文论述,尤其以《摩罗诗力说》(1907)与《文化偏至论》(1908)、《破恶声论》(1908)最为重要。在这些论述中,鲁迅认识到中国的时局危机不仅在于器物、制度层面,更在于精神层面。"元气黬浊,性如沉垩,或灵明已亏,沉溺嗜欲"④,"人人之心,无不泐二大字曰实利,不

---

① 周作人:《〈红星佚史〉序》,张菊香、张铁荣编:《周作人研究资料》,天津:天津人民出版社,1986,第 301 页。
② 《周作人文类编·本色》,第 27、28 页。
③ 同上书,第 10—12 页。
④ 鲁迅:《破恶声论》,《鲁迅全集》第 8 卷,第 32 页。

获则劳,既获便睡。纵有激响,何能撄之?""复营营于治生,活身是图,不恤污下,外仇又至,摧败继之。"①在鲁迅看来,梁启超等"倡言维新"者,不过是"眩至显之实利,摹至肤之方术",忽视了西方现代文明背后的"深无底极"的"本根之要",即神思和精神。根据许寿裳回忆,早在日本留学时期,鲁迅就常常关心几个相互关联的问题:"怎样才是最理想的人性?中国国民性中最缺乏的是什么?它的病根何在?他对这三大问题的研究,毕生孜孜不懈……因之,办杂志、译小说,主旨重在此;后半生的创作数百万言,主旨也重在此。"②鲁迅在探索这些问题的过程中,最受尼采哲学思想的影响。鲁迅在《文化偏至论》中重复了尼采对19世纪欧洲资本主义文明庸俗颓靡的批判:"特其为社会也,无确固之崇信;众庶之于知识也,无作始之性质。""无确固之崇信"就是人们太重视物质,而"无作始之性质"就是人们缺乏主见,盲目地追随群众,其"后果是个性与独立性遭到了扼杀"③。鲁迅因此得出"掊物质而张灵明,任个人而排众数"的结论,成为其早期思想的核心。尼采具有创新性的强力意志就是进行评判、赋予价值的意志,给已经消失意义的世界重新确立价值和意义。鲁迅希望将尼采的强力意志与个性作为中国思想革命的武器:"至尼佉氏,则刺取达尔文进化之说,掊击景教,别说超人。虽云据科学为根,而宗教与幻想之臭味不脱,则其张主,特为易信仰,而非灭信仰昭然矣。"④他大力推崇尼采,认为尼采"不恶野人,谓中有新力,言亦确凿不可移"乃"个人主义之至雄桀者"⑤。在尼采不受群体约束的超人意志的影响下,鲁迅对于改造国民性有了他的认识方式:"盖五十年来,人智弥进,渐乃返观前此,得其通弊,察其黮暗,于是渤焉兴作,会为大潮,以反抗破坏充其精神,以获新生为其希望,专向旧有之文明,而加之掊击扫荡焉。"⑥美国学者史华兹指出,鲁迅所接受的"并不是他(指尼采)的思想的全部,而只是一些受人欢迎的感动力"⑦。面对时局的危机,青年鲁迅试图引入"新神思宗"和摩罗"诗力",以涤荡沉沦于"实利"与"习惯"的国民精神,建立新的认知结构和建

---

① 鲁迅:《摩罗诗力说》,《鲁迅全集》第1卷,北京:人民文学出版社,2005,第71—72页。
② 许寿裳:《亡友鲁迅印象记》,第24页。
③ 殷克琪:《尼采与中国现代文学》,洪天富译,南京:南京大学出版社,2002,第47页。殷克琪也总结了鲁迅对尼采超人的看法,一是善于自我反省,"明哲之士,反省于内面者深",而不是儒家君子的外部举止;二是"意力绝世,几近神明之超人",鲁迅更强调尼采"意志"里的造反精神;三是"斗天斗地",摆脱群众束缚,反抗现存秩序和传统道德的原则;四是奋发向上的战斗精神。(第52页)
④ 鲁迅:《破恶声论》,《鲁迅全集》第8卷,第31页。
⑤ 鲁迅:《摩罗诗力说》,《鲁迅全集》第1卷,第66页。
⑥ 鲁迅:《文化偏至论》,《鲁迅全集》第1卷,第50页。
⑦ 转引自陈鼓应:《悲剧哲学家尼采》,第8页。

设新文化。"掊物质而张灵明,任个人而排众数",打破的枷锁,以使"舆言"(舆论)、"俗圄"(习惯)、"多数"(庸众)、"一致"(使天下人归于一致)的形态出现。

《摩罗诗力说》是鲁迅最早的译论,可能受晚清"尚武"之精神影响,其要旨在于宣扬"摩罗派"之反抗精神,以拯救民族之命运。"意者欲扬宗邦之真大,首在审己,亦必知人,比较既周,爰生自觉。……别求新声于异邦。""摩罗诗派"对东西方的诗歌传统、文化传统做了粗略的梳理,认为中国传统过于追求清静无为,逆来顺受,缺乏"反抗"意识。《诗经》三百篇的"无邪",足以湮灭任何的"言志",即便是屈原的作品也只是悲愤不已、"放言无惮",言"前人所不敢言",却无"反抗挑战"。"茫洋在前,顾忌皆去,怼世俗之浑浊,颂己身之修能,怀疑自遂古之初,直至百物之琐末,放言无惮,为前人所不敢言。然中亦多芳菲凄恻之音,而反抗挑战,则终其篇未能见,感动后世,为力非强"。鲁迅进而指出,这种精神进而导致国家与民族因孱弱而遭受欺凌的命运。这个时候,需要一种放声呐喊的精神,使民众能够奋起。与天斗争,反抗世俗,这种精神,就是"摩罗精神"。

> 至力足以振人,且语之较有深趣者,实莫如摩罗诗派。摩罗之言,假自天竺,此云天魔,欧人谓之撒但,人本以目裴伦(G. Byron)。今则举一切诗人中,凡立意在反抗,指归在动作,而为世所不甚愉悦者悉入之,为传其言行思惟,流别影响,始宗主裴伦,终以摩迦(匈加利)文士。凡是群人,外状至异,各禀自国之特色,发为光华;而要其大归,则趣于一:大都不为顺世和乐之音,动吭一呼,闻者兴起,争天拒俗,而精神复深感后世人心,绵延至于无已。①

鲁迅认为以拜伦为代表的"摩罗诗派"宗旨就是"立意在反抗,指归在动作",而其音则"大都不为顺世和乐之音"。然而鲁迅的《摩罗诗力说》对"拜伦式"英雄的观念,虽然"贵力尚强",却比晚清的尚武精神有着更复杂的内涵,但实际是强调个人主义与人道主义的糅合。鲁迅指出,普希金"渐去斐伦式勇士而向祖国淳朴之民"。这表明鲁迅已经超越了梁启超等人一味仰慕"拜伦式"勇士精神。但普希金"终服帝力,入于平和",而莱蒙托夫因"亦其爱国,顾绝异普式庚(普希金),不以武力若何形其伟大,凡所眷爱,乃在乡村大野及村人之生活"而为鲁迅称道。"摩罗诗力"的首要代表当然是拜伦,"拜伦既喜拿破仑之毁世界,亦爱华盛顿之争自由""自由在是,人道亦在是",反抗世俗与援助被压迫

---

① 鲁迅:《摩罗诗力说》,《鲁迅全集》第1卷,第67—68、71页。

民族(希腊)"兼以一人"①,也具有典型的个人主义与人道主义的特征。

鲁迅进而提出,文学艺术的本质,就是在于使读者能够感到振奋与喜悦,揭示人生的本质与规律。"盖诗人者,撄人心者也。……诗人为之语,则握拨一弹,心弦立应,其声澈于灵府,令有情皆举其首,如睹晓日,盖为之美伟强力高尚发扬,而污浊之平和,以之将破。平和之破,人道蒸也"。像拜伦一样,"超脱古范,直抒所信,其文章无不函刚健抗拒破坏挑战之声"。拜伦崇拜刚强,尊重自己,喜欢为独立、自由和人道而战斗。然而中国传统文学缺乏这种反抗的精神,"今索诸中国,为精神界之战士安在?"②为了第二次维新的声音,所以"别求新声于异邦"。因为在鲁迅看来,英国、俄国与东欧国家的诸浪漫派作家,"其为品性言行思维,虽以种族有殊,外缘多别,因现种种状,而实统于一宗:无不刚健不挠,抱诚守真;不取媚于群,以随顺旧俗;发为雄声,以起其国人之新生,而大其国于天下"。实际上,鲁迅已经将翻译置于文学文化民族比较的视野,从民族心理传统与政治革命变革的关系来看待文学,从而初步提出"改造国民性"这一历史任务。在鲁迅看来,中国的文学过于平和、宁静,像《海盗》这样的近代欧洲文学"所遇常抗,所向必动,贵力而尚强,尊己而好战",不仅具有独立自由的人道精神,还有着令"平和之人"恐惧的"力之美"。康拉德之向一切传统势力挑战、破坏、复仇的摩罗精神震撼了鲁迅。在鲁迅看来,"康拉德为人,初非元恶,内秉高尚纯洁之想,尝欲尽其心力,以致益于人间;比见细人蔽明,谗诡害聪,凡人营营,多猜忌中伤之性,则渐冷淡,则渐坚凝,则渐嫌厌;终乃以受自或人之怨毒,举而报之全群,利剑轻舟,无间人神,所向无不抗战。盖复仇一事,独贯注其全精神矣"③。

以上观之,周氏兄弟的文学观念,从科学救国、"开启民智"的政治观念、"文以载道"的传统思想方面,显然逐渐迈出了向文学自身性质的理解突破。周氏兄弟都在强调"纯文学"的功能,"由纯文学上言之,则以一切美术之本质,皆在使观听之人,为之兴感怡悦……涵养人之神思,即文章之职与用也","与个人暨邦国之存,无所系属,实利离尽",但是,强调"纯文学"的功能,并不意味着与社会功能的脱节。"知识从本源语言进入译体语言时,不可避免地要在译体语言的历史环境中发生新的意义。译文与原文的关系往往只剩下隐喻层面的对应,其余的意义则服从于译体语言

---

① 鲁迅:《摩罗诗力说》,《鲁迅全集》第1卷,第81页。
② 同上书,第70、75页。
③ 同上书,第78页。

使用者的实践需要"①。这就势必带来翻译选材、翻译观念、翻译的意识形态话语,尤其是翻译的社会教化功能观念的转变。"以古目观新制,适自蔽耳"。

二、周氏兄弟译介的理路:"托尼学说,魏晋文章"

刘半农曾概括鲁迅的思想与文章:"托尼学说,魏晋文章。"②《域外小说集》的出版目的既与此前周氏兄弟的其他翻译作品不同,更与当时翻译界的翻译不同,是很明确的为了推行新文学。然而这种新文学与周氏兄弟尤其是鲁迅的思想启蒙和推进民族民主革命运动的道路选择有关,就直接导致了与当时主流翻译选材范围的不同。鲁迅后来在《我怎么做起小说来》中说过,他们逐渐将翻译转向"叫喊复仇与反抗"。"在翻译,而尤其注重于短篇,特别是被压迫的民族中的作者的作品。因为那时正盛行排满论,有些青年,都引那叫喊和反抗的作者为同调的。……因为所求的作品是叫喊和反抗,势必至于倾向了东欧,因此所看的俄国,波兰以及巴尔干诸小国作家的东西就特别多。"③这种富于反抗性的翻译选材,可能受三个方面至关重要的因素影响,一是前文提及的尼采的强力意志,二是严复的进化论,三是章太炎的"国粹"论。严复所译"天演论"传达的(达尔文)赫胥黎的进化论思想,宣传社会必然进化,号召人们发奋图强。当时的进步知识分子,都将社会达尔文主义当作救亡的理论武器,鲁迅却更多地站在资产阶级人道主义立场予以批评,他坚决反对"执进化留良之言,攻小弱以逞欲"的"兽性爱国"(《集外集拾遗·破恶声论》),斥责暴力与侵略者,讴歌赞颂了声援支持弱小民族的"摩罗诗人"拜伦等;也坚决反对国内改良派"君主立宪"的主张,"谭人类史者,昌言专制方严,一血刃而骤列于共和者,宁不能得之历史间哉"④。此时兄弟二人的翻译不分彼此,周作人的翻译可谓鲁迅计划的一个组成部分。这时的周作人很少发声,埋头于翻译。从后来的文献来看,也许此时

---

① 刘禾:《跨语际实践——文学、民族文化与被译介的现代性(1900—1937)》,宋伟杰等译,北京:生活·读书·新知三联书店,2002,第 88 页。
② 孙伏园:"鲁迅先生逝世五周年杂感二则",《新华日报》1941 年 10 月 21 日。
③ 受尼采和浪漫主义文学的影响,鲁迅多次试图引进欧洲的浪漫主义文学,以促进民众的个性解放。然而或许是因为诗歌的难译,或者是受制于语言,鲁迅在辛亥革命至 1918 年《狂人日记》的发表之间,显然是从浪漫主义转向现实主义。
④ 刘禾:《跨语际实践——文学、民族文化与被译介的现代性(1900—1937)》,宋伟杰等译,北京:生活·读书·新知三联书店,2002,第 88 页。

的周氏兄弟对于进化论已持有不同的理解,青年鲁迅更倾向于血刃的骤变革命,而周作人倾向于平和的"人道主义"渐进改良。周作人对进化论的见解,见之于1918年的论文《人的文学》之中:"人是一种从动物进化的生物,他的内面生活,比别的动物更为复杂高深,而且逐渐向上……终能达到高上和平的境地。"①受近代欧洲人道主义思想的影响,回避革命斗争,主张渐进改良,"勿抗恶"的思想倾向,使得其先天具有软弱和妥协的精神。鲁迅弃医从文,决心从事当时不为革命派所重视的思想启蒙工作——改良派的梁启超也重视这个工作。这其中与章太炎有密切的关系,章氏反对崇拜西方,反对贱古尊今,提倡国粹,主张道德,建立宗教,"用国粹激动种性,增进爱国的热肠"②。以精神、道德、宗教而不是物质、科学、进化来作为革命的推动力量。这种思想显然与后来鲁迅重视国民性改造有相似之处,他曾在《文化偏至论》中盲目崇拜西方物质文明,"皇皇然欲进欧西之物而代之"。不是外在的物质、科学、法律,而是文艺、道德、宗教等内在的精神,才是革命关键之所在。

《域外小说集》选材范围较广,加上每册后面还有以后译文预告的篇目,可见周氏兄弟外国文学观念已经相当广博;选择的的确都是欧洲近现代优秀的作家,与当时流行的侦探、言情小说相比,难免曲高和寡。将庞大的中国视为"被压迫的弱小民族"身份,并将被压迫的弱小民族引为"同调",周作人后来回忆说,"那时我的志趣乃在所谓大陆文学,或是弱小民族文学,不过借英文做个居中传话的媒婆而已。……俄国不算弱小,其时正是专制与革命对抗的时候,中国人自然就引为同病的朋友,弱小民族盖是后起的名称,实在我们所喜欢的乃是被压迫的民族之文学耳"③。鲁迅则指出俄国文学的一大特色是反压迫:"看到了被压迫者的善良,的心酸,的挣扎……由俄国文学的启发,而将范围扩大到一切弱小民族。"④30年代林语堂曾嘲笑鲁迅一向不去翻译英美法德诸大国的著名作品,专译小国的文学,鲁迅反击道:

"绍介波兰诗人",还在三十年前,始于我的《摩罗诗力说》。……诚然,"英美法德",在中国有宣教师,在中国现有或曾有租界,几处有驻军,几处有军舰,商人多,用西崽也多,至于使一般人仅知有"大英"、"花旗"、"法兰西"和"茄门",而不知世界上还有波兰和捷克。但世界文学史,是用了文学

---

① 周作人:《人的文学》,《周作人散文全集》第2卷,第86—87页。
② 章太炎:《东京留学生欢迎会演说辞》,汤志钧编:《章太炎政论选集》,北京:中华书局,1977,第272页。
③ 周作人:《东京的店》,钟叔河编:《周作人文类编》第7卷,长沙:湖南文艺出版社,1998,第78页。
④ 鲁迅:《祝中俄文字之交》,《鲁迅全集》第4卷,第473页。

的眼睛看,而不用势利眼睛看的,所以文学无须用金钱和枪炮作掩护,波兰捷克,虽然未曾加入八国联军来打过北京,那文学却在,不过有一些人,并未"已经闻名"而已。外国的文人,要在中国闻名,靠作品似乎是不够的,他反要得到轻薄。

所以一样的没有打过中国的国度的文学,如希腊的史诗,印度的寓言,亚剌伯的《天方夜谭》,西班牙的《堂·吉诃德》,纵使在别国"已经闻名",不下于"英美法德文人"的作品,在中国却被忘记了,他们或则国度已灭,或则无能,再也用不着"媚"字。①

其实鲁迅最早翻译的是雨果,也翻译过尼采,《摩罗诗力说》介绍的是拜伦、雪莱。后来也有可能是鲁迅不能以英文来翻译,但鲁迅重视东欧文学与俄国文学,这是不能否认的。鲁迅早在从事翻译活动之初就树立了"改良思想,补助文明"的目标,而《域外小说集》奠定了鲁迅"改造民族的灵魂"的基调。《域外小说集》是由鲁迅选择篇目,主要的翻译工作由周作人来做。"序言"写道,"《域外小说集》为书,词致朴讷,不足方近世名人译本"②,"收录至审慎",避免"失文情",达到"异域文术新宗,自此始入华土"。此后直到五四之前,周氏兄弟基本延续这一译介的思路。1909年到1918年是鲁迅沉默的十年,辛亥革命以及二次革命失败的黑暗现实,使得鲁迅退回到冷静的摸索之中,基本中断翻译工作,转向古书的辑录。直到1922年才和两个弟弟合作翻译另一本短篇小说集。但他对别人作品的译介十分关注。1915年,鲁迅被教育部任命为佥事科长,职责之一是负责审查新书,周瘦鹃译的《欧美名家短篇小说丛刊》由鲁迅拟定。"凡欧美四十七家著作。国别计十有四。其中意、西、瑞典、荷兰、塞尔维亚,在中国皆属创见。所选亦多佳作。又每一篇属著者名氏,并附小像略传,用心颇为恳挚,不仅志在娱悦俗人之耳目",虽然"又况以国分类,而诸国不以种族次第,亦为小失",但仍称得上"昏夜之微光,鸡群之鸣鹤耳","足为近来译事之光","似宜给奖,以示模范"③。1918年,周作人在北京大学文科研究所小说组作了题为《日本近30年小说之发达》的讲演,提及"中国讲新小说也二十多年了,算起来却毫无成绩",究其原因是"不肯自己去学人,只愿别人来象我,即使勉强去学,也仍

---

① 鲁迅:《"题未定"草》,《鲁迅全集》第6卷,第368—369页。
② 近世名人指林纾。
③ 王智毅编:《周瘦鹃研究资料》,天津:天津人民出版社,1993,第309页。然人民文学版《鲁迅全集》未收入该文。严家炎编《二十世纪中国小说理论资料(第二卷)》(北京大学出版社1997年版)和陈子善、张铁荣编《周作人集外文(1904—1925)》(海南国际新闻出版中心1995年版)均收入部分。

是打定老主意,以'中学为体,西学为用'","我们要想救这弊病,须得摆脱历史的因袭思想,真心的先去模仿别人。随后自能从模仿中蜕化出独创的文学来,日本就是个榜样",所以"目下切要办法,也便是提倡翻译及研究外国著作"①。简单地理解,就是将国外文学原原本本介绍进来,而不是在本国的文学形式中寻找现成的模式,像"豪杰译"那样以中国化方式表现域外文学。保留原著的章节格式,直译人名和地名,加入著者小传和典故注释的"循字迻译""庶不甚损原意"②只是表面的现象,更重要是的对文学功能、本质、特性有了全新的理解,亦即"异域文术新宗,自此始入华土";还要鼓励旧文坛能够借鉴西方新思想、新观念因子,以转移性情、改造社会。

在翻译《域外小说集》时,鲁迅虽然只翻译了三篇,但是整部作品的创意、组织、编辑、出版则都由鲁迅负责。最初的相互磋商、观点一致应与鲁迅这时做主有关,直至五四以后兄弟才各有主张、观点相异。这部小说集的翻译,显然是想借助外国弱小民族的反抗情形来刺激中国的人生,这是和他致力于改造中国国民性的理想相一致的。"使有士卓特,不为常俗所囿,必将犁然有当于心,按邦国时期,籀读其心声,以相度神思之所在。"让中国民众明白,世界上也有许多相同命运的国家,这些国家的作家也正在为此而呼号、战斗。钱玄同评价《域外小说集》说:"周氏兄弟那时正译《域外小说集》,志在灌输俄罗斯波兰等国之崇高的人道主义,以药我国人卑劣、阴险、自私等等龌龊心理。他们的思想超卓,文章渊懿,取材谨严,翻译忠实,故造句选辞,十分矜慎;然犹不自满足,欲从先师了解古训,以期用字妥贴。"③阿英的《晚清小说史》将周氏兄弟看作现代翻译的开拓者,陈平原认为"《域外小说集》的出版……是一块里程碑,标志着新一代译才与新一代小说家的出现——尽管真正成大气候还得等到五四以后"④。然而遗憾的是,《域外小说集》的"对译"虽不失真相,但由于既采用具有复古倾向的先秦古汉语,又拘泥原文欧化句法与思想表达,不敢意译,行文生涩,诘屈聱牙,甚或到了一种不可读的地步。一般认为,清末民初是文言文语言体系逐渐瓦解的时期,白话文以及语、文合一更为适应启蒙民众的需要。然而这在晚清文体日渐浅俗的时势需求之下,也同时出现文体艰深化的趋势,甚至"整体地看,晚

---

① 周作人:《日本近三十年小说之发达》,《周作人散文全集》第2卷,第55—56页。
② 鲁迅:《〈艺术玩赏之教育〉译者附记》,《鲁迅全集》第10卷,第459页。
③ 钱玄同:《我对于周豫才之追忆与略评》,沈永宝编:《钱玄同五四时期言论集》,上海:东方出版中心,1998,第382页。
④ 陈平原:《陈平原小说史论集》,石家庄:河北人民出版社,1997,第637页。

清文风,应当是趋向于艰深的。……白话固已滥觞,实仍涓细不足道也"①,在这艰深化的趋势中,魏晋南北朝文风的复兴便是一例,章太炎就特别崇拜魏晋,"当魏之末世,晋之盛德。锺会、袁准、傅玄皆有家言,时时见他书援引,视荀悦、徐幹则胜。此其故何也?老庄形名之学,逮魏复作,故其言不牵章句,单篇持论,亦优汉世。……经术已不行于王路,丧祭犹在,冠昏朝觐,犹弗能替旧常,故议礼之文亦独至"②。其"持论以魏晋为法"的主张同样也影响到鲁迅,这种反浅显通俗的反潮流做法,是对现存文风不满之后的举动,也反映了鲁迅试图从传统内部逻辑进行批判和重构的努力。

正如弟子徐梵澄评价鲁迅首译的《苏鲁支语录》所说:"那译笔古奥的很,似乎是拟《庄子》或《列子》。以原著的思想及文采而论,实有类乎我国古代的'子书'。"③把"弱小民族"的文学译介到中国,并系统地采用"异化"译法,周氏兄弟却从早期翻译所使用的浅近文言退回到了对先秦古汉语近乎偏执的使用,使得《域外小说集》呈现出空前绝后的异质性。在白话文创作与翻译日益兴盛的同时,新潮的作品与古奥的译文的奇妙结合,如日本学者木山英雄认为的,正如当时标榜"外之既不后世界之思潮,内之仍弗失固有之血脉,取今复古,别立新宗","可以说是把后来在五四时代相互冲突的国粹与欧化沟通起来的一大实验。"④1906—1909年间,章太炎曾在日本东京开办国学讲习会,周氏兄弟前往听讲,接受章太炎的影响,"章太炎对周氏兄弟《域外小说集》的最大影响主要在于先秦语体的采用和朴讷风格的确立"。语言作为体现独特内心体验的真实象征符号,也许意在追溯中国传统文化的根基。此后近十年,这种语体完全成为鲁迅的写作语言,他也鼓励周作人继续用这种语体翻译近代小说。孙郁曾言:

> 对鲁迅而言,译洋人的书,有多重含义。我的感觉:其一是搬来思想,让国人看看世上还有这样思考问题与表达问题的人;其二乃是输进新式文法,在表达上借取域外的智慧,以补中文表达欠周密的缺憾;其三可说是回答现实的挑战,看看那些曾被人炫耀的理论的原色是什么,用以校正误用者的思路;其四,也是重要的一点,那就是换自己身上的血,将杂质剔出,引来鲜活的存在。……我在读这些译著时有一个闪念,那时就想,与其说是

---

① 龚鹏程:《近代思潮与人物》,北京:中华书局,2007,第94—95页。
② 章太炎:《国故论衡》,北京:商务印书馆,2010,第117页。
③ 徐梵澄:《缀言》,尼采:《苏鲁支语录》,徐梵澄译,北京:商务印书馆,1992,第1页。
④ 木山英雄:《文学复古与文学革命》,赵京华译,北京:北京大学出版社,2004,第242页。

译给中国读者的,不如说也是译给译者自己的吧。①

三、"改良思想,补助文明":《域外小说集》之后的价值

《域外小说集》之后的价值,无疑是"改良思想,补助文明"。王宏志指出:"今天人们对《域外小说集》的重视,是一个后来随着鲁迅的形象的膨胀而给人为地建造出来的神话。放回晚清的时代背景里,《域外小说集》是微不足道的,甚至可说是一点痕迹也没有,就好像从来没有存在过似的。事实上,从现在可以见到的材料中,并未见当时的文献里有人提及《域外小说集》。"②对"晚清小说翻译界",译本在"晚清"这一语境中的确没有起到任何效果,或如阿英所说不符合当时大多数读者的要求,或如王宏志所说周氏兄弟当时尚是"无名之辈",所选作家对中国读者籍籍无名,"最重要的还是周氏兄弟在翻译《域外小说集》时所运用的译笔",或如陈平原所指出的,"'直译'在晚清没有市场"。从《域外小说集》的销量细节来看,这些分析未尝不是可靠的分析。然而从鸦片战争以来的宏观翻译观念的发展来看,往往一个历史时期有一个历史时期相对稳定的译制内容和译作方法,"意译"或者"豪杰译"的方式属于"维新"者发起与倡导的策略,但是时局危机的加剧显然使得深入接触西方启蒙文化的周氏兄弟要突破既定的模式,然而中国文学译制系统尚且处于相对稳定的时期,这种新的革命性意图的"直译"策略要等到"五四"才能够被充分接受。这一点鲁迅则在1921年上海群益书社合订出版的《域外小说集》新版本开篇即说得非常清楚:介绍外国新文学这一件事业,"一要学问,二要同志,三要功夫,四要资本,五要读者",更肯定地说:"他的本质,却在现在也有存在的价值,便在将来也该有存在的价值",后来他甚至把后来的"五四"以后发生的新文学运动,也看成是它的继续③。

单单从《域外小说集》的销量及直接影响判断它的价值,自然远远低估其实际的影响。首先,鲁迅能够成为后来中国新文学的旗手,重要原因之一就在于读过"百来篇外国作品"④,然而鲁迅又力倡翻译与创作并重,"我们的文化落

---

① 孙郁:《译介之魂》,《中国图书评论》,2006年第4期。
② 王宏志:《重释"信达雅":二十世纪中国翻译研究》,上海:东方出版中心,1999,第197页。
③ 鲁迅:《域外小说集序》,《鲁迅全集》第10卷,第176—177页,署名周作人,后来周作人在《瓜豆集·关于鲁迅之二》已说明实际为鲁迅所写。
④ 鲁迅:《我怎么做起小说来了》,《鲁迅全集》第4卷,第526页。

后,无可讳言,创作力当然也不及洋鬼子,作品的比较的薄弱,是势所必至的,而且又不能不时时取法于外国。所以翻译和创作,应该一同提倡,绝不可压抑了一面"①。他曾经多次谈到自己早期作品所受外国作品的影响:"《药》的收束,也分明的留着安特来夫(L. Andreev)式的阴冷。但后起的《狂人日记》意在暴露家族制度和礼教的弊害,却比果戈理的忧愤深广,也不如尼采的超人的渺茫"②。周作人曾经指出,鲁迅《阿Q正传》的反讽技巧模仿的是俄国的果戈理、波兰小说家显克微支和日本的夏目漱石。韩南(Patrick Hannan)则进一步发现《阿Q正传》与显克微支《胜利者巴泰克》《炭笔素描》的惊人相似,前者塑造了一个自欺欺人的波兰农民,可以说是阿Q精神胜利法的先驱,"叙事者以高度的反讽语气描绘村中最卑下的角色"。这不仅使鲁迅的故事脱胎于显克微支,更使得阿Q的原型具有跨文化的因素;不仅使得鲁迅创造了阿Q,"也创造了一个有能力分析批评阿Q的中国叙事人"③。这些作品"改变了'文学革命'只是停留在理论建设的阶段"④。然而鲁迅仍然能够认识到,这些"表现的深切和格式的特别"的作品激动了一些青年人的心,"却是向来怠慢了绍介欧洲大陆文学的缘故"⑤。由于《域外小说集》作品体现的是对文学艺术自身的深层关注,不同于梁启超等人将文学完全服膺于救国、开智、文明等启蒙主题,体现了一种"不用之用"的文学观和翻译观。

其次,鲁迅的翻译活动,切实树立与实现了"改良思想,补助文明"的目标。鲁迅终生奉行改造社会的思想,与日本当时流行的"国民性"观念密切相关。梁启超在《新民议》《论中国国民之品格》《中国积弱溯源论》《新民说》等文中,明确批评国人缺乏民族主义、缺乏独立自由意志以及公共意识,略晚的孙中山也认为中国的奴性、无知、自私和缺乏自由理想是国民性的一大缺陷。而国民性格这一概念本身,就是把"种族和民族国家的范畴作为理解人类差异的首要准则以帮助欧洲建立其种族和文化优势"⑥。作为抨击西方帝国主义的进步知识分子,他们的话语不得不借用欧洲人本来用以维系自己种族优势的话语"国民性"理论,不能不说是一个悖论。而新文化运动后,国民性干脆指向中国的传统、国民劣根性,"批判国民劣根性"成为批评传统文化的重要内容。对于鲁迅来说,

---

① 鲁迅:《关于翻译》,《鲁迅全集》第4卷,第568页。
② 鲁迅:《〈中国新文学大系〉小说二集序》,《鲁迅全集》第6卷,第247页。
③ 刘禾:《跨语际实践——文学、民族文化与被译介的现代性(1900—1937)》,第95、103页。
④ 顾钧:《鲁迅翻译研究》,福州:福建教育出版社,2009,第240页。
⑤ 鲁迅:《〈中国新文学大系〉小说二集序》,《鲁迅全集》第6卷,第246页。
⑥ 刘禾:《跨语际实践——文学、民族文化与被译介的现代性(1900—1937)》,第76页。

文学的译介与新文学的建设负担重任,可以剖析病弱的心灵以拯救国家,成为回复"中国国民性中最缺乏的是什么?它的病根何在?"最重要的途径。然而鲁迅显然不是一个急功近利的启蒙主义者,他后来对五四时期的启蒙运动者批评之一就是"急于事功,竟没有译出什么有价值的书籍来"①。正是为了让中国读者更多地接触外国文学尤其是"弱小民族的文学",翻译文学是推动文学革新,启蒙民众,改造社会的一种有效手段,鲁迅一生都在坚持做翻译和推广世界各国文学的事业,1958年出版的《鲁迅译文集》长达10卷,2008年版收录更全的《鲁迅译文全集》8卷,从最初的《哀尘》到1936年去世前发表《死魂灵》第二部第三章,鲁迅一生译作足以与自己的创作匹敌。鲁迅注重翻译,显然不仅仅是对自己创作有着参考的价值,更希冀对他人的创作和文学批评提供借鉴。鲁迅非常痛恨对外国文学与思潮浮皮潦草的了解:"新潮之进中国,往往只有几个名词,主张者以为可以咒死敌人,敌对者也以为将被咒死,喧嚣一年半载,终于火灭烟消。如什么罗曼主义,自然主义,表现主义,未来主义……仿佛都已过去了,其实又何尝出现……空嚷力禁,两皆无用,必先使外国的新兴文学在中国脱离'符咒'气味,而跟着的中国文学才有新兴的希望——如此而已。"②

最后,促进了文学多样性形态的发生与新文化建设的开端。严格说来就像鲁迅后来说的,"其实,我的意见原也一时不容易了然,因为其中本含有许多矛盾,教我自己说,或者是人道主义与个人的无治主义的两种思想的消长起伏罢"③,鲁迅早期混杂的尼采、严复、章太炎甚至浪漫主义的影响,思想并未成熟,甚至有些空泛,但是改变国民性这一主题却从一开始就基本确立了。1918年底,周作人发表了《人的文学》《平民文学》,提出表现人道主义的文学,并将此前的翻译视为建设人道文学的途径,"我们偶有创作,自然偏于见闻较确的中国一方面,其余大多数都还须绍介译述外国的著作,扩大读者的精神,眼里看见了世界的人类,养成人的道德,实现人的生活"。周作人指出,自己所说的人道主义是"个人主义的人间本位主义",包括两方面:"第一,人在人类中,正如森林中的一株树木。森林盛了,各树也都茂盛。但要森林盛,却仍非靠各树各自茂盛不可。"这就是说,整个人类的存在需要以个人的存在为前提,因此,个人的基本的动物性需要必须得到满足;"第二,个人爱人类,就只为人类中有了我,与我相

---

① 鲁迅:《由聋而哑》,《鲁迅全集》第5卷,第294页。
② 鲁迅:《〈现代新兴文学的诸问题〉小引》,《鲁迅全集》第10卷,第321—322页。
③ 鲁迅:"1925年5月30日给许广平的信",《鲁迅全集》第11卷,第493页。

关的缘故。"①周作人把这种普遍的联系和沟通解释为人的一种本能的需要："人类可望逐渐接近,同一时代的人,便可相并存在。……因为人类的运命是同一的,所以我要顾虑我的运命,便同时须顾虑人类共同的运命。"周作人强调"一个固定的模型底下的统一是不可能的,也是不可堪的",他提倡的是"多面多样的人道主义的文学",认为这才是"真正的理想的文学"。多多地翻译域外的文学,有助于我们了解其他族群的生活,实现跨文化的交流和沟通,从而让我们摆脱"野蛮"的状态,"养成人的道德,实现人的生活"。

《域外小说集》是从中国近代文化向现代文化转型时期双重文化语境交锋下的产物,具有浓厚的传统与现代性的双重特征,同时也预示着新的译介观念的萌芽。正如有研究指出的,"从早期的以启蒙为目的的翻译转向了以重构文学、文化、改造国民性为目的的翻译;从早期意译和单纯偏重作品的政治性转向了直译和对作品艺术性的关怀。近代文学翻译的发展过程,既是新的进步的翻译观念萌发、生成、不断探索前进的过程,也是旧的翻译观念延续、挣扎逐渐萎缩收束的过程"②。

---

① 周作人:《人的文学》,《周作人散文全集》第 2 卷,第 388 页。
② 黄琼英:《鲁迅与〈域外小说集〉的翻译》,《外语研究》,2006 年第 3 期。

第十二个问题：

如何评价《新青年》与新文化运动前期译介的业绩？

自1915年《青年杂志》(《新青年》前身)创刊至1919年五四前夕,学界常常将这段时间视为近代翻译文学向现代翻译文学过渡的阶段。如何建设中国的新文学？新的文学革命发难者,将进行文化批判和启蒙大众的源泉、出发点,放到了翻译与介绍外国文学与文艺思潮上。这些原汁原味的文学作品与思想译介是风雨欲来的文学革命的核心内容,译介的规模、质量和影响远远超过了近代任何一个历史时期,使得中国的文坛进一步走向开放。新文化运动的成员,以进化论的视野来看待欧美文学的发展,并将其视为新的文学的理论基础。认为中国文学应摒弃旧文学,"趋向写实主义";他们翻译与介绍了屠格涅夫、王尔德、莫泊桑、易卜生、泰戈尔、安徒生、显克微支、武者小路实笃等一大批经典作家的优秀作品,并建立了被其他报纸杂志所接受的翻译规范和尺度。受外国文学与文化思潮的影响,五四新文化运动之前短短几年间,陈独秀提出"现实主义的文学""革命的文学"的宣言,胡适提出文学"革命化"的主张,周作人则反对"非人的文学",提倡"人的文学"的诉求,这些思想的进一步延伸,就形成了五四新文化运动十年间革命文学与人文主义文学思潮并存的局面。外国文学与文化译介所激发的新文学建设的激情,在逐步深入的过程中激发了对它更为细致、广泛的需求,反过来促进了更为深入的外国文学与文化思潮的绍介,甚至达到全盘西化的态势。下面,我们分四个方面来分析《新青年》与新文化运动前期译介的业绩问题。

一、《新青年》的文学革命理路

《新青年》在创刊初始就确定了以写实主义与文体革命为核心的新文化运动理路。对于革命者陈独秀来说,创立《青年杂志》之初,就是期望以文学达成渐进式思想革命的使命。陈独秀在《青年杂志》创刊号上发表的头两篇文章《敬告青年》和《法兰西人与近世文明》就表明了陈独秀当时的大体思路。在《敬告青年》中，他对青年提出了六条修身治国之道："自主的而非奴隶的""进步的而非保守的""进取的而非退隐的""世界的而非锁国的""实利的而非虚文的""科学的而非想象的"，显然把改造青年思想作为办刊宗旨。在《法兰西人与近世文明》一文中提出"近代文明之特征，最足以变古之道，而使人心社会焕然一新者，厥有三事：一曰人权说，一曰生物进化论，一曰社会主义，是也"①。当时的陈独秀显然将进化论视为人类社会发展的终极尺度。"政治社会之革新黜古以崇今也"，即便是文学的发展也是如此，就像他在《现代欧洲文艺史谭》所说的，"欧洲文艺思想之变迁"，特别是法国文学自17世纪古典主义、18世纪启蒙主义、19世纪初理想主义（亦即"浪漫主义"）、19世纪中叶写实主义（亦即"现实主义"），过渡到19世纪末自然主义，说明"自古相传之旧道德、旧思想、旧制度一切破坏。文学艺术，亦顺此潮流，由理想主义，再变而写实主义（realism），更进而为自然主义（naturalism）"②。虽然在今天看来，《现代欧洲文艺史谭》十分粗糙，但是对时人来说，足以助国人一窥欧洲文学发展的概貌，而且为经典文学的引入提供了鉴别的标准。陈独秀认为中国要进入现代，必须接受西洋文明。如何接受西洋文明？在实现的途径上，和晚清的严复、梁启超等人一样，他们都看到了文学传播思想的工具性价值，"文学者国民最高精神之表现也。国人此种精神委顿久矣"③，"西洋所谓大文豪，所谓代表作家，非独以其文章卓越时流，乃以其思想左右一世也……易卜生之剧，刻画个人自由意志者也。托尔斯泰者，尊人道，恶强权……"④与梁启超"小说有不可思议支配之力"毫无二致。"一时代有一时代之文学……因时进化，不能自止"，中国的旧文学"与其时之社会文明进化无丝毫关系"，所以通过译介外国文学来宣传启蒙思想，自然是顺理成章的事情，而且"吾国文艺犹在古典主义理想主义时代。今后当趋向写实主义"⑤。

《现代欧洲文艺史谭》之突出特点，在于首次向国人介绍了一批当时的重要

---

① 陈独秀：《法兰西人与近世文明》，1915年9月15日，《青年杂志》第一卷第一号。陈独秀：《陈独秀著作选编》上，北京：生活·读书·新知三联书店，1984，第79页。
② 陈独秀：《现代欧洲文艺史谭》，1915年11月15日，《青年杂志》第一卷第三号。《陈独秀学术文化随笔》，北京：中国青年出版社，1999，第124页。
③ 《新青年》第一卷第三号刊载了谢无量的五言长律《寄会稽山人八十四韵》，陈独秀以"记者识"的名义在诗后写了这段话。
④ 陈独秀：《现代欧洲文艺史谭》（续），1915年12月15日，《青年杂志》第一卷第四号。《陈独秀学术文化随笔》，第127页。
⑤ 同上。

作家。陈独秀显然推崇时兴的"自然主义",并将其定义为"凡属自然现象,莫不有艺术之价值,梦想理想之人生,不若取夫世事人情,诚实描写之有以发挥真美也"。他提到的自然主义名家包括左拉、龚古尔兄弟、都德、屠格涅夫、莫泊桑等。不知陈独秀据何认为:"现代欧洲文艺,无论何派,悉受自然主义之感化。"也许陈独秀将其误解为现实主义的深化:"坚持文学上之观察力,及现实界真诚之研究。"文章还将托尔斯泰、左拉、易卜生介绍为"世界三大文豪",又将易卜生、屠格涅夫、王尔德、梅特林克视为"近代四大代表作家"。此外,还认为:"现代欧洲文坛第一推崇者,厥唯剧本,诗与小说,退居第二流。以其实现于剧场,感触人生愈切也。至若散文,素不居文学重要地位。"①陈独秀将戏剧视为第一,小说与诗第二,散文最末,应该与是否更有利于呈现"写实主义"有关。这也成为随后几年《新青年》文学翻译的指导性内容,也意味着与晚清的翻译在内容、题材、规划、语言上拉开距离。《新青年》从第一卷开始就先后译介了屠格涅夫的《春潮》《初恋》,王尔德的剧作《弗罗连斯》以及龚古尔兄弟的长篇小说《基尔米里》等,基本实现了陈独秀的思路。"在新文学实绩还比较贫弱的文学革命初期,新文学的作品在量上不足以与当时文坛上旧派言情、黑幕小说相较,翻译介绍的这些严肃的外国文学作品客观上有力地与传统势力对峙,并在质量上显示着优势"②。应该说,新文化运动的主导者对晚清文学译介的粗糙与腐化颇为不屑,然而他们的确又继承了晚清夸大小说(文学)的工具性价值及其与启蒙之间的必然关系。

在胡适提出"文学改良刍议"之前,陈独秀尚不清楚如何让中国文学从古典主义、理想主义时代趋向"写实主义",更没有找到文化启蒙切实的出路,直到胡适关于"文章八事"的来信令他醍醐灌顶。随后,《新青年》二卷五号刊登了胡适的《文学改良刍议》。接着,二卷六号发表了陈独秀的檄文《文学革命论》予以声援,一场建立在新文学运动基础上的文化启蒙运动序幕由此拉开。在"文学革命"究竟"怎么革"的思路上,胡适《文学改良刍议》实际上就是要实现"言文一致之语言"③。胡适认为中国文学的要害在于"有文而无质","一部中国文学史,只是一部文字形式(工具)新陈代谢的历史,只是'活文学'随时起来替代了'死文学'的历史。文学的生命全靠能用一个时代的活的工具,来表现一个时代的情

---

① 陈独秀:《现代欧洲文艺史谭》,《陈独秀学术文化随笔》,第126页。
② 朱栋霖:《二十世纪中国文学史》上册,台北:文史哲出版社,2000,第30页。
③ 这一观点的提出,是否与欧美诗坛上的意象主义运动有关,有些争议,见沈卫威:《〈文学改良刍议〉与欧美意象派诗潮》,《河南大学学报》(社会科学版),1993年第2期。

感和思想。工具僵化了，必须另换新的、活的，这就是'文学革命'……历史上的'文学革命'全是文学工具的革命"①。在具体操作的方法上，他认为文章应从"八事"入手，即：须言之有物，不摹仿古人，须讲求文法，不作无病之呻吟，务去滥调套语，不用典，不讲对仗，不避俗字俗句。随后陈独秀显然觉得胡适追求"言文一致"之"八事"远远不足，所以又宣告三个"推倒"、三个"建设"的"文学革命三大主义"，对整个旧文学宣战。"曰，推倒雕琢的阿谀的贵族文学，建设平易的抒情的国民文学；曰，推倒陈腐的铺张的古典文学，建设新鲜的立诚的写实文学；曰，推倒陈晦的艰涩的山林文学，建设明了的通俗的社会文学"②，这里所谓的"国民文学""写实文学""社会文学"，实际上不只是指现实主义文学，还包括具有平民性质的、写实的、启蒙意义的文学。无论是胡适的"不用典""不用陈套话""不讲对仗，文当废骈，诗当废律"到"不避俗字俗语"，还是陈独秀的"三大主义"，他们所奉行的文学革命远非文学自身的语言、文体、格调、内容等内部诸要素的变革，而是力图将伦理、道德、政治的革命和文学革命合并到一起，用文学达成政治的使命。胡适与陈独秀的确一定程度上指出了旧文学的流弊，对文学的内容与形式、文学功能与时代性等根本性问题有所认识，但是也要看到，他们对文学革新所带来的巨大潜能的热望，深层意图是以文学转化为契机，重铸国民的价值观念和系统。在陈独秀看来，"旧文学，旧政治，旧伦理，本是一家眷属，固不得去此而取彼；欲谋改革，乃畏阻力而迁就之，此东方人之思想，此数十年改革而毫无进步之最大原因也"③。也就是说，中国社会在漫长历史中形成的政治、经济和文化、伦理、文学，已经成为相互关联的结构，从语言与文学这一较为底层的文化手段入手，来撬动传统道德和信仰上的价值系统。

陈独秀事实上并不是文学中人，但仍将外国文学的翻译视为《新青年》重要内容。随后胡适的及时出现，更是推动了《新青年》走上文学革命之路。虽然胡

---

① 胡适：《逼上梁山——文学革命的开始》，原载于1934年1月1日《东方杂志》第3卷第1期，后收入1935年《中国新文学大系·建设理论集》，欧阳哲生编：《胡适文集》第1卷，北京：北京大学出版社，1998，第146页。

② 陈独秀：《文学革命论》，1917年2月1日，《新青年》第二卷第六号，《陈独秀著作选编》上册，第172页。

③ 陈独秀：《答易宗夔》，1918年10月15日，《新青年》第五卷第四号，《陈独秀著作选编》上册，第291页。陈独秀没有忽视文学的独立性问题，在关于胡适《文学改良当议》的通信中，他提出"……鄙意欲救国文浮夸空泛之弊，只第六项'不作无病之呻吟'一语足矣。若专求'言之有物'，其流弊将毋同于'文以载道'之说？以文学为手段为器械，必附他物以生存。窃以为文学之作品，与应用文字作用不同。其美感与伎俩，所谓文学、美术自身独立存在之价值，是否可以轻轻抹杀，岂无研究之余地？"(陈独秀：《答胡适之〈文学革命〉》，1916年10月1日，《新青年》第二卷第二号，《陈独秀著作选编》上册，第142页)

适1915年在康奈尔大学读的是农学,同年转入哥伦比亚大学攻哲学,对文学的兴趣源于留美中国学生会新组建的"文学科学研究部"。但是作为留美学生,其英语水平以及身处美国的境况,与晚清译者语境已不可同日而语。自二卷四号起,胡适在《新青年》不仅翻译短篇小说、戏剧,而且还撰写了不少文章,绍介霍甫特曼、易卜生,欧洲的问题剧,诺贝尔文学奖等等。在四卷四号《建设的文学革命论》中,胡适将文学革命的根本主张概括为"国语的文学,文学的国语"。有了文学的国语,才有标准的国语,创造新文学第一步是工具,也就是白话,第二步是方法,最高明的方法就是"赶紧多多地翻译西洋的文学名著做我们的模范"。原因在于"中国文学的方法实在不完备,不够作我们的模范"。在文体上,"散文只有短篇,没有布置周密,论理精严,首尾不懈的长篇;韵文只有抒情诗,绝少纪事诗,长篇诗更不曾有过;戏本更在幼稚时代,但略能纪事掉文,全不懂结构"。在内容上,"才子佳人,封王挂帅的小说;风花雪月,涂脂抹粉的诗;不能说理,不能言情的'古文'"。在如何翻译西洋文学时,胡适也作了规划,一是"只译名家著作,不译第二流以下的著作……如哈葛得之流,一概不选";二是"全用白话韵文之戏曲,也都译为白话散文"。只译名家名著、用白话文翻译,都显然是与晚清译介划清界限的标志。在此基础上,胡适提出第三步,才是"创造"新文学。四卷五号,胡适发表《论短篇小说》;四卷六号,《新青年》推出"易卜生号",胡适发表了《易卜生主义》。

在引进西方思想的策略上,《新青年》的主张显然是翻译介绍,而且占了很大的比例。新文化运动和新文学运动的先驱,除了陈独秀与胡适之外,后来周氏兄弟、沈雁冰、刘半农等人都陆续加入其中。他们的翻译和介绍,有着明确的共同出发点,那就是为新文化和新文学运动服务,引进了一批欧洲现实主义和具有人道主义精神的名著,后来还扩展到俄国、日本以及弱小民族的文学,而且为现代翻译建立了规范,在当时产生了重要的影响。其中,最为重要的译介现象之一,就是"易卜生号"的出版。

二、《新青年》翻译业绩与"易卜生号"的出现

《新青年》"易卜生号"的出现,确定了文学译介的新水准。1918年6月,胡适轮值主编的《新青年》办成"易卜生号",专门介绍易卜生的话剧和思想。卷首为胡适的名篇《易卜生主义》,其后是易卜生的三部作品:胡适和罗家伦合译的

《娜拉》（全剧）、陶履恭译的《国民之敌》（节选）和吴弱男译的《小爱友夫》（节选），最后是袁振英撰写的《易卜生传》。在中国，这是第一次出现系统译介一位外国作家生平思想和主要创作的情况，既标志着新青年社翻译活动在当时译介活动中所达到的水准，也为以后《小说月报》等刊物用"专号"的形式翻译介绍域外经典作家作品提供了范例。专号应该与热衷戏剧的胡适的推动有很大的关系，早在1905年胡适在《开办安徽俗话报的缘故》中就提出"戏馆子是众人的大学堂，戏子是众人大教师"，认为戏剧改良可以突破小说、报馆的局限，可以向文化程度不高的人开通风气。留美期间，胡适曾"读过易卜生所有的戏剧"，在《欧洲几个"问题剧"巨子》的(1914年7月18日)文章中写道："自易卜生(Ibsen)以来，欧洲戏剧巨子多重社会剧，又名'问题剧'(Problem Play)，以其每剧意在讨论今日社会重要之问题也。业此最著者，在昔有易卜生(挪威人)，今死矣。"当然陈独秀在《现代欧洲文艺史谭》中，也曾认识到戏剧体裁的价值，说现代欧洲文坛"厥唯剧本"。胡适认为，中国戏剧亟待废除：

> 最近六十年来，欧洲的散文戏本，千变万化，远胜古代，体裁也更发达了。最重要的，如"问题戏"，专研究社会的种种重要问题；"象征戏"(Symbolic Drama)，专以美术的手段作的"意在言外"的戏本；"心理戏"，专描写种种复杂的心境，作极精密的解剖；"讽刺戏"，用嬉笑怒骂的文章，达愤世救世的苦心；——我写到这里，忽然想起今天梅兰芳正在唱新编的《天女散花》，上海的人还正在等着看新排的《多尔滚》呢！我也不往下数了。①

胡适未必是将问题剧视为中国戏剧的未来，但显然是将文体剧视为讨论中国问题、宣传革命思想的重要工具，或者至少是在《易卜生主义》中所指出的对社会问题进行"写实主义"描写：

> 易卜生把家庭社会的实在情形都写了出来，叫人看了动心，叫人看了觉得我们的家庭社会原来是如此黑暗腐败，叫人看了晓得家庭社会真正不得不维新革命：——这就是'易卜生主义'。表面上看去，像是破坏的，其实完全是建设的。譬如医生诊了病，开的一个脉案，把病状详细写出，这难道是消极的破坏的手续吗？但是易卜生虽开了许多脉案，却不肯轻易开药方。他知道人类社会是极其复杂的组织，……社会的病，种类纷繁，决不是

---

① 胡适：《建设的文学革命论》，原载于1918年4月15日《新青年》第四卷第四号，《胡适文集》第2卷，第56页。周作人在《论中国旧戏之应废》中也说，"中国旧戏没有存在的价值……中国戏是野蛮的……有害于'世道人心'"，至于建设，只有兴行欧洲新戏。(《周作人散文全集》第2卷，第68—70页)

什么'包医百病'的药方所能治得好的。……他主张个人需要充分发展自己的天才性;需要充分发展自己的个性。①

所谓的"易卜生主义"(Ibsenism)不是易卜生的文学,而是易卜生对社会现实的揭露与批判中形成的思想。新文化运动的参与者萧乾先生曾经回顾道:

> 易卜生在中国与其说被视为一个戏剧家,还不如说被当成一个外科医生。十年间,他几乎被中国知识分子顶礼膜拜。并不是我们选择他,而是当文学革命发起时,他表达了中国年轻一辈的心声。中国当时完全是如此地病入膏肓,需要一位勇敢的医生,能够痛下针砭。那时对我们来说,易卜生以最猛烈地反对偶像崇拜的形象出现了。当我们发现一个剧作家居然激励妻子们逃离自私但是合法的丈夫,还创造出一个公然反抗整个城镇一致同意的裁决的狂热医生作为英雄,这对我们的影响之大是西方人难以想象的。起自黄帝时代的社会习俗受到了挑战,个人开始维护他们独立思考与行动的权力,中国,这个在亘古未变的山谷中沉睡的巨人,突然从一个使人苦闷的梦魇中惊醒了。②

无论是对于当时的知识分子,还是对当时的普通民众来说,婚姻家庭问题都是当时渴望个性解放运动的关键问题之一,于是娜拉顺其自然成了"新女性"的代名词。鲁迅一次给青年学生的讲演题目就是《娜拉走后怎样》,易卜生甚至可以干脆被视为妇女解放运动的革命思想家。《玩偶之家》中娜拉离家出走的决绝,《国民公敌》中斯多克芒医生力抗众议的无畏使其成为"世上最强的人,就是那个最孤立的人"。《社会支柱》中对于传统社会人的怯弱和对责任的逃避的讽刺,以及对"真理和自由的精神才是社会的支柱"的呼唤,都体现出对社会处境与出路的思考。这些使得当时的人们能够警醒地觉察到,应该发现社会与传统文化里的弱点,以及现实的处境和出路。

在《社会支柱》里,易卜生也表现了对于挪威旧世界的失望和对挪威不断衰败命运的担忧,其感人至深的呼唤思想革命的力量符合新文化运动精英们的设计与期待。易卜生戏剧的翻译初衷是政治性与工具性。胡适很明确地说过翻译戏剧的宗旨:"第一,我们译戏剧的宗旨本在于排演。""第二,我们的宗旨在于借戏剧输入这些戏剧里的思想。""第三,在文学方面,我们译剧的宗旨在于输入

---

① 胡适:《易卜生主义》,《新青年》1918年6月15日第四卷第六号,《胡适文集》第2卷,485页。
② 萧乾:《易卜生在中国——中国人对萧伯纳的困扰》,文洁若编:《龙须与蓝图:中国现代文学论集》,北京:外语教学与研究出版社,2014,第104页。

'范本'。"①换言之,胡适注重的"不是艺术家的易卜生乃是社会改革家的易卜生"。尽管如此,易卜生戏剧的广泛影响,显然促进了中国新文化运动的发展,在文学形式上,也促成中国现代话剧的产生——此后中国出现一批像曹禺、田汉、洪深、欧阳予倩这样著名的戏剧艺术家,创作了大量易卜生式的"出走戏"——当然,胡适等人偏重于强调对思想启蒙与批判现实的作用,缺乏对易卜生戏剧艺术的理解与吸收;在文学观念上,也引发了五四以后具有现实主义特征的"问题小说"的出现。茅盾曾言:"那时我也是'问题小说'的热心人。"冰心认为自己创作的"多半是问题小说"②。

以"易卜生号"为代表的《新青年》的译介,充分体现了文学革命既是思想革命的载体,又为思想革命的深入提供了语言形式的条件。易卜生的戏剧能够产生广泛的影响,显然得益于其早期剧作提出了许多中国民众相当熟悉的社会尖锐问题,如妇女解放、个性自由和对现存制度的批判等等。正如胡适在《易卜生主义》中所言:

>……我们且看易卜生写个人与社会的关系。易卜生的戏剧中,有一条极显而易见的学说,是说社会与个人互相损害;社会最爱专制,往往用强力摧折个人的个性,压制个人自由独立的精神;等到个人的个性都消灭了,等到自由独立的精神都完了,社会自身也没有生气了,也不会进步了。……那些不懂事又不安本分的理想家,处处和社会的风俗习惯反对,是该受重罚的。执行这种重罚的机关,便是"舆论",便是大多数的"公论"。世间有一种最通行的迷信,叫做"服从多数的迷信"。人都以为多数人的公论总是不错的……那少数人的主张渐渐地变成多数人的主张,于是社会的多数人又把他们从前杀死钉死烧死的那些"捣乱分子",一个一个的重新推崇起来,替他们修墓,替他们作传,替他们立庙,替他们铸铜像。③

在胡适看来,易卜生主义就是一种敢于揭露现实罪恶的策略,人们"不肯睁开眼睛来看世间的真实现状……易卜生的长处,只在他肯说老实话,只在他能把社会种种腐败龌龊的实在情形写出来叫大家仔细看"。那么胡适看到的是什么呢,看到的是"舆论""多数人的公论""服从多数的迷信"。而这恰恰是陈腐的传统,这种传统首先在家庭。"家庭里面,有四种大恶德:一是自私自利;二是倚

---

① 原载《新青年》第六卷第三号,见《胡适学术文集·新文学运动》,第 487 页。
② 茅盾:《冰心论》,《文学》,1934 年 8 月第 3 卷第 2 号。
③ 胡适:《易卜生主义》,《胡适文集》第 2 卷,第 481—483 页。

赖性、奴隶性;三是假道德,装腔做戏;四是懦怯没有胆子。做丈夫的便是自私自利的代表。他要快乐,要安逸,还要体面。"此外,传统还表现为社会的三种大势力,"那三种大势力:一是法律,二是宗教,三是道德","法律是死板板的条文,不通人情世故",不分青红皂白地给人定罪,"宗教久已失去那种可以感化人的能力;久已变成毫无生气的仪节、信条",却极有物质上的用场,被用来招摇撞骗,发财得意;而社会上所谓"道德",不过是许多陈腐的旧习惯,"合于社会习惯的,便是道德;不合于社会习惯的,便是不道德"。不道德的道德,在社会上造成的恶果就是伪君子,表面上仁义道德,骨子里却男盗女娼。要挑战这些传统,就必须甘做"国民公敌",奉行"'为我主义'——最有价值的利人主义"。"社会最大的罪恶莫过于摧折个人的个性,不使他自由发展",而发展个人的个性,须要有两个条件:"第一,须使个人有自由意志;第二,须使个人担干系,负责任",宣称"世上最强有力的人就是那个最孤立的人"①,"这种将'个体'绝对置于'群体'(国家、民族、家族)之上的个性主义思想,是《新青年》生命力之所在"②。

三、文学革命的实绩:"人的文学"与《欧洲文学史》

新文化运动的最重要的阶段性实绩,是"人的文学"的提出与《欧洲文学史》的出现。早在 1908 年,鲁迅发表《文化偏至论》《摩罗诗力说》,既有"任个人而排众数"的个人主义呼唤,也有"立意在反抗,指归在动作"的新文学要求;前文论及,胡适说"易卜生主义""主张个人须要充分发达自己的才性,须要充分发展自己的个性"。"社会最大的罪恶莫过于摧折个性不使他自由发展。"周作人《人的文学》一文实际上借用欧洲文艺复兴和启蒙运动有关"'人'的真理"的思想,第一次在文学领域表述现代意义上的"人的发现"。

周作人"人的发现"在几个方面有着深刻的认识,一方面,是从人的自然属性社会属性出发,得出讲求自然的人道主义。他说:"欧洲关于这'人'的真理的发见,第一次是在十五世纪,于是出了宗教改革与文艺复兴两个结果。第二次成了法国大革命……中国讲到这类问题,却须从头做起,人的问题,从来未经解决,女人小儿更不必说了。如今,第一步先从人说起,生了四千余年,现在却还

---

① 胡适:《易卜生主义》,《胡适文集》第 2 卷,第 475—487 页。
② 陈方竞:《"易卜主义":一个一再激起多重反响的"五四"话题》,《中山大学学报》(社会科学版),2011 年第 3 期。

讲人的意义,从新要发见'人',去'辟人荒'。……我们希望从文学上起首,提倡一点人道主义思想,便是这个意思。"他对"人"进行了定义:"我们所说的人,不是世间所谓'天地之性最贵',或'圆颅方趾'的人。乃是说,'从动物进化的人类'。其中有两个要点,(一)'从动物'进化的,(二)从动物'进化'的。"强调人的自然属性,就是要强调人的自然属性,自然人性,"我们承认人是一种生物。人的生活现象,与别的动物并无不同。所以我们相信人的一切生活本能,都是美的善的,应得完全满足。凡是违反人性不自然的习惯制度,都应该排斥改正"。而传统社会中不适应时代的封建道德、社会制度自然也需要改正,从而实现能够使人能够得到自然发展的人道主义,"我所说的人道主义,并非世间所谓'悲天悯人'或'博施济众'的慈善主义,乃是一种个人主义的人间本位主义。……所以我说的人道主义,是从个人做起。要讲人道,爱人类,便须先使自己有人的资格,占得人的位置"①。

另一方面,《人的文学》强调"人的灵肉二重生活",试图寻找一种突破传统伦理观的、更适应现代人需要的思想观念。肉的一面,是兽性的遗传;灵的一面,是神性的发端。人生的目的,便偏重在发展这神性,其手段,便在灭了体质以救灵魂。灵肉本是一物的两面,合起来便是人性。然而在周作人看来,中国文学中人的文学是极少的,中国古代的文学无碍乎色情淫书,鬼神迷信,才子佳人,绿林强盗,封建思想与奴隶道德,不是说这些文学没有价值,"但在主义上,一切都该排斥",因为人的文学与非人的文学有很大的区别。周作人举例说明:"俄国库普林(Kuprin)的小说《坑》(Jama)是写娼妓生活的人的文学,中国的《九尾龟》却是非人的文学。"原因在于前者是怀着悲哀、愤怒的严肃态度,去揭示非人的生活,而后者却对非人的生活有着感官的满足,多带有玩弄、挑拨与游戏的行迹。夏志清将其归纳为,"崇尚理性的文学多为政治与宗教服务,抑压人的情性。描写人类本能的文学,则每每陷入色欲、暴力和幻想的渊薮中"②。所以以守节、奉君、循教为伦理——甚至是"国粹"的传统文学,显然会妨碍人性的自然发展。他在《人的文学》里提倡的是描述理想生活、却又正视人生的道德的文学,虽然周作人没有详细说明关于"人的文学"或者人的道德到底是什么,"一时不能细说",他还是借用了易卜生《娜拉》、托尔斯泰《安娜·卡列尼娜》、哈代《苔丝》等作品来做例子,说这些作家所描写的虽然仅是平凡人的生活,但却能从中表现出爱心、同情和尊重等道德来,"养成人的道德,实现人的生活"。仅从

---

① 周作人:《人的文学》,《周作人散文全集》第2卷,第86、88页。
② 夏志清:《中国现代小说史》,上海:复旦大学出版社,2012,第15页。

这两点来看，周作人的《人的文学》完全可以视为现代中国文学理论成熟的肇始。

"人的文学"成了新文化运动的主题，个人主义、人道主义和人性等概念成为后来五四时期文学批评的基本概念。"这新时代的文学家，是'偶像破坏者'。但他还有他的新宗教，——人道主义的理想是他的信仰，人类的意志便是他的神"①。然而这并不意味着周氏兄弟的思想与《新青年》同人是一致的。实际上，周氏兄弟在《新青年》上最初的翻译工作，也不太为人所注意。周作人自1918年四卷一号发表《陀思妥也夫斯奇之小说》后，此后几乎每期都有文章，甚至于一期上有几篇文章，大多数都是译作，也有介绍性文章，如介绍日本戏剧《读武者小路君所作〈一个青年的梦〉》，日本自然主义思想的《日本的新村》，丹麦安徒生童话《安得森的〈十之九〉》等。鲁迅在翻译方面则是连载于七卷二号至七卷五号上的日本武者小路实笃的剧作《一个青年的梦》，此后仍有译作发表，一直坚持到《新青年》终刊。赵稀方先生发现，"鲁迅首次发表翻译的《新青年》七卷一号，是后期《新青年》的一个转折点。自从《新青年》南下上海的七卷四号起，胡适的文章便差不多从《新青年》上消失了。与此同时，《新青年》其他北京同人的文章也少了，只有周氏兄弟坚持为《新青年》撰文"②。从周氏兄弟1918年到1921年左右发表的一百多篇文章来看，翻译和译介文章数量并不是很多，还不足以代替胡适在《新青年》的主导地位。直到1921年《新青年》连续五期的"俄罗斯研究"专题。而周氏兄弟在其他杂志上翻译了更多数量的弱小民族文学和俄国文学，摆脱了胡适"名家名著"视野，成为后来新文学翻译的重要方向之一。周氏兄弟对于"弱小民族"和俄国文学的选择，显然延续于1909年《域外小说集》——1917年11月30日，周氏兄弟还发表了《〈欧美名家短篇小说丛刊〉评语》。

除了翻译方面的业绩之外，周作人更为重要的译介贡献是出版了第一部中国人的外国文学史。这本《欧洲文学史》第一次系统地梳理欧洲文学，向国人首次提供关于西方文学的知识体系。1917年9月周作人在国史编纂处的工作之外，还被聘为北京大学文科教授，讲授希腊罗马文学史和近世欧洲文学史，每周六小时的课时。他编写了两部授课的讲义，鲁迅也参与修改，誊正后交到学校

---

① 胡适称《人的文学》是"一篇平实伟大的宣言"，"把我们那个时代所要提倡的种种文学内容，都包括在一个中心观念里，这个观念就叫做'人的文学'"（《中国新文学大系·建设理论集导言》）。郁达夫说："五四运动的最大的成功，第一要算'个人'的发见。从前的人，是为君而存在，为父母而存在的，现在的人，才晓得为自我而存在了。"（《中国新文学大系·散文二集·导言》）

② 赵稀方:《〈新青年〉的文学翻译》，《中国翻译》，2013年第1期。

油印。课程实际讲述与名称有差异，分别变成了欧洲文学史和十九世纪文学史。一年以后，北京大学将教师的讲义结集为丛书出版，周作人的讲稿由此成为我国外国文学史的滥觞之作，是第一部真正意义上的外国文学通史①。周作人的《欧洲文学史》，是用文言写成，分为三卷，共四部分，分别是希腊文学的起源、史诗、诗歌、悲剧、戏剧、哲学、杂诗歌、杂文等，罗马文学的起源、古希腊之影响、戏曲、三种诗歌（牧歌、田园诗、讽刺诗）、四种文和杂诗，中古与文艺复兴则包括异教诗歌、异教精神之再现、文艺复兴的前驱、文艺复兴时期拉丁民族之文学、文艺复兴时期条顿民族之文学，17—18世纪的法国、南欧、英国、德国和北欧的文学。其中希腊和罗马以文类分章节，文艺复兴后则以民族和国家分章介绍。

作为第一部中国人写作的欧洲文学史，在整体把握上，周作人能够寥寥数语概括欧洲文学各个历史时期的主旨，并分析流变的原因。放在今天的历史眼光来看，有学者指出其有把复杂的欧洲文学发展历程简化成文学进化史之嫌，如结语部分，"文艺复兴期，以古典文学为师法，而重在情思，故又可称之曰第一传奇主义（Romanticism）时代。十七十八世纪，偏主理性，则为第一古典主义时代。及反动起，十九世纪初，乃有传奇主义之复兴。不数十年，情思亦复衰竭，继起者曰写实主义（realism）。重在客观，以科学之法治文艺，尚理性而黜情思，是亦可谓之古典主义之复兴也。惟是二者，互相推移，以成就世纪初之文学。及于近世，乃协合而为一，即新传奇主义是也"。但仍不可否认其特定的原创性价值，首先，首次提出"外国文学史知识的文学史叙述体例"②，几乎一个世纪之前的处于草创时期的文学史，能够在参看大量西方文学史、作家传记、评论之后的言简意赅地表述，实属不易，至于人名地名皆不汉译，而是用罗马字样书写，书名则用原文标示实际是迈出现代学术规范的第一步。

其次，该讲义中的大量论断，在今天而言仍不失公允。如将欧洲文明归于两希传统，认为两者之区别是"灵与肉之冲突"。"希伯来思想为灵之宗教，希腊则以体为重，其所吁求，一为天国未来之福，一则人世现在之乐也"；将现世主义、尚美精神与中和原则视为希腊文学的特征与标准，而罗马文学和希伯来文学是对希腊文学的反动；再如评价塞万提斯的《唐·吉诃德》，"论者谓其书能使

---

① 据周作人文集编纂者止庵的挖掘，周作人同时期也撰写了《近代欧洲文学史》，未能出版。2007年止庵和戴大洪始据周作人的遗稿校注后付样。

② 林精华：《中国的外国文学史建构之困境：对1917—1950年代文学史观再考察》，《首都师范大学学报》（社会科学版），2012年第1期。

幼者笑,使壮者思,使老者哭,外滑稽而内严肃也",小说"即示人以旧思想之难行于新时代也……书中所记,以平庸实在之背景,演勇壮虚幻之行事,不啻示空想与实生活之抵触,亦即人间向上精进之心,与现实俗世之冲突也";评莎士比亚戏剧"思想又深远溥博,不为时地所限。故论者谓其戏曲,在希腊以后,为绝作也"。对文学史的分期以及各时期的主旨方面也具有开创性,至今外国文学史编撰仍难以摆脱其痕迹:

> (希腊思想)一为"美之宗教","以美与爱乃能导人止于至善";一为"现世思想","盖希腊之民,唯以现世幸福为人类之的,故努力以求之"……复有第三德以节制之,乃能发达极盛,不至于偏。盖其民族具中和之性,以放逸为大戒。
>
> 罗马继兴,承其文化,而不能具其德性,故不免于颓废,终又为希伯来思想所克……415年,基督教徒袭杀女哲学家Hypatia(希帕提娅)于亚历山大府。希腊思想,于是中绝。更越千载,乃复发现,为文艺复兴主因,至于今日而弥益盛大也。
>
> 自西罗马亡,至文艺复兴,历年千余,称曰中古,为希伯来思想最盛之时。其时列国分立,屡兴兵革,民无所托命,遂多悲观,愿脱离现世以得安息,于是基督教势力,风动一时。教徒事业,在自度度人,灭体质以救灵魂,去人世而归天国,以苦行断食,祈祷默念,为专一之务。恐理知有妨信仰,情思发动,又足为向道之累,故艺文学术,无不屏绝,哲学亦降为神学之婢……非复希腊罗马时哲学,能研求真理者之比矣。……史家名此期为黑暗时代也。
>
> 故希伯来思想,纯为出世之教,与希腊之现世主义正反。然虽相反,而复并存,史家所谓人性二元,不能有偏至者也。故凡理想与实在,个人与社会,理性与感情,知识与信仰,或体质与精神,皆为此二者之代表,互相撑拒,以成人世之悲剧,而人生意义,亦即在斯。即文艺思想消长之势,亦复如斯,而其迹在中古为尤著也。中古时希伯来思想,虽陵驾一切,而异教精神,出于本能,蕴蓄于人心者,亦终不因之中绝。一与事会,辄复萌发……
>
> (十七十八世纪欧洲文学)虽历年五百,分国五六,然有共通之现象,一以贯之,即以古典为依归是也。
>
> 希腊文化,以中和(Sophrosyne)称。尚美而不违道德,主情而不失理智,重思索而不害实行。古典主义即从此出。
>
> 文艺复兴期,以古典文学为师法,而重在情思,故又可称之曰第一传奇

主义时代。十七十八世纪,偏主理性,则为第一古典主义时代。

周作人所著文学史的最终目的,正是以西方文学的思想作为中国社会的"启蒙"的利器。正如有学者所言:"周作人并无意做那种学究式的学问,而是要'六经注我',输入希腊的人间主义文化,来进行中国的'人的启蒙',所以其价值、意义也只能在中国启蒙主义文学的框架中予以评定。"①文学史承担了它特定历史时代启蒙教化的任务,这是其在特定时代应有之义。陈平原评价此书为周作人"过去十年间阅读欧洲文学及文学史著作的一个总结。具体论述或许不够深入,颇有将前人成果'拿来作底子'的,但毕竟是中国人编写的第一部欧洲文学史……这一借'调和古今'而寻求新生命的文学理念,在其日后的社会及文学实践中,得到自觉地凸现"②。

四、欧美文学中国化进程的初步规范

自晚清以来的外国文学的译介,从来不是一种双向的平等文化交流,而是具有明显的"拿来主义"的社会功用。不过对于清末民初特殊历史背景而言,估量文学译介得失的主要标准,与其说着眼于学术上的合理性,倒毋宁说看其在多大的程度上能够拯救民族的危机,解决国家的生存。围绕在《新青年》周围的陈独秀、胡适、刘半农、周氏兄弟等人,既是新文化运动的发起者或参与者,又是新一代译介的实践者,他们自觉地把翻译外国文学同新文化运动结合起来,与文学的改造紧密结合起来,这与林纾的翻译及其所处环境已经有了很大的不同。

一方面是建立了初步的译介规范。《新青年》杂志的译介一开始就与晚清的豪杰译划出了界限。钱玄同曾言:"某氏与人对译欧西小说,专用《聊斋志异》文笔,一面又欲引韩柳以自重,此其价值,又在桐城派之下。"③又说,其所译文"多失原意,并且自己掺进一种迂谬批评,这种译本,还是不读的好"④。《新青年》在翻译上的基本主张是要求追求原意的直译。如第一卷至第四卷刊登了

---

① 耿传明:《周作人与古希腊、罗马文学》,《书屋》,2006年第7期。
② 陈平原:《现代中国的"魏晋风度"与"六朝散文"》,《中国文化》,1997年第Z1期。
③ 钱玄同:《通信》,《新青年》,1917年第三卷第一号。沈永宝编:《钱玄同五四时期言论集》,上海:东方出版中心,1998,第9页。
④ 同上书,第29页。

20篇左右的英汉对照的文章,并且加有典故、疑难字词的注释,这种英汉对照不仅是为了防止"任情删易"和"取便发挥",更是为了强化自己的知识权威性;这种要求与原文一致的做法,后为其他文学期刊所效仿。《小说月报》《现代》《文艺月刊》《新中华》《世界文学》《西风》《时与潮文艺》《文学译报》等,"都有规定,且措辞基本相同。如此高度一致,表明对译文已经有了规范的要求,也暗示着对译介方式的一种共识"①。在介绍上,译者虽然也和晚清译者一样通过前言、后记将自己的思想间接传递给读者,但是在内容上却是对作者、作品有所研究基础上的介绍、简评。例如,胡适所译法国莫泊桑的《二渔夫》,文后通过跋述,分析了写实主义、自然主义与理想主义的区别;鲁迅翻译了日本武者小路实笃的剧作《一个青年的梦》,周作人则发表介绍性文章《读武者小路君所作〈一个青年的梦〉》②;陈嘏翻译的法国龚古尔兄弟的《基尔米里》,竟有约三千字的引言。这些严谨的翻译与介绍,都反映了新文化运动译者的态度与晚清有着显著的不同。新文化运动的倡导者,放下晚清译者以中化西的身段,摆脱因袭历史的思想,"真心的先去模仿别人。随后自能从模仿中,蜕化出独创的文学来"③,也唯有如此虚心求教于西学,胡适才能认识到,《最后一课》《柏林之围》和《二渔夫》这些短小精悍的小说,却是"最经济的文学手段,描写事实中最精彩的一段,或一方面,而能使人充分满意的文章"④。

另一方面是深入地开拓了翻译的题材与内容,培实了写实主义的写作观念。与晚清以通俗小说译介为主不同,新文化运动一开始在文学视野上注重"名家名著",在艺术的风格上格外重视欧洲现实主义作家作品,又兼及不同流派作家作品,如日本、印度、俄国和被压迫民族的作家作品。在艺术的类型上,从长篇小说向短篇小说、新诗、话剧等多个门类发展,而且有的译者还有意识地选择一些反映现代艺术技巧的严肃文学来翻译。翻译内容的深入开拓,与新文化运动的所有参与者几乎都参与翻译介绍外国文学有关,而且这方面的做法在五四以后也得以延续。除了先前提及的胡适、刘半农、鲁迅、周作人,略晚的沈雁冰、郑振铎、耿济之、田汉、瞿秋白等人,都有为数可观的译作,陆续将欧洲启蒙以来的各种文学思潮和左右着它们的哲学思潮传播到中国。在这些文学思

---

① 王建开:《五四以来我国英美文学作品译介史》,上海:上海外语教育出版社,2003,第140页。
② 顾钧的《鲁迅翻译研究》(福建教育出版社,2009)最后的年谱,将其收入鲁迅名下,而止庵所编的《周作人散文全集》也收入了该文。
③ 周作人:《日本近三十年小说之发达》,《新青年》,1919年第五卷第一号,《周作人散文全集》第二卷,第56页。
④ 胡适:《论短篇小说》,系1918年3月15日在北京大学的讲演稿,《胡适文集》第2卷,第104页。

潮中,最为突出的显然就是写实主义观念的流行。在《现代欧洲文艺史谭》发表之后一期的《新青年》上,陈独秀答复读者的疑问,就说道:"吾国文艺,犹在古典主义理想主义时代,今后当趋向写实主义,……各国教育趋重实用,与文学趋重写实,同一理由。……普通国民教育不应轻视生活实用智能。"①另一次"通信"中,又指出写实主义具有荡涤"浮华"文弊的功能:"士之浮华无学,正文弊之结果。浮词夸语,重为世害,以精深伟大之文学救之,不若以朴实无华之文学救之也。既以文学自身而论,世界潮流固已弃空想而取实际;若吾华文学,以离实凭虚之结果,堕入剽窃浮词之末路,非趋重写实主义无以救之。"②鲁迅的《狂人日记》,实际上显然受到果戈理等欧洲现实主义的影响,才会充满人道关怀与控诉精神,不再是热衷于翻译《月界旅行》的鲁迅;易卜生号的出版,显然也是源于对批判现实主义的倡导③。

总而言之,以《新青年》杂志为阵地的新文化运动倡导者,在域外文学译介上不仅建立了翻译界共同接受的典范,拓宽了翻译的内容、题材、艺术风格和类型,而且还确立了未来中国革命文学的写实走向。

---

① 陈独秀:《通信》,《青年杂志》第一卷第四号。
② 同上注,第二卷第一号。
③ 在王德威看来,"五四"精英延续了"新小说"的感时忧国叙述,趋向于写实主义,却摒除和压抑其他已然成形的实验。他所说的"被压抑的现代性"之一,指的就是"五四"以来的文学及文学史写作的自我检查及压抑现象。(王德威:《被压抑的现代性》,第 10 页)

第十三个问题：

清末民初文学译介根本目的聚焦在哪些重大问题上？

自1895年至1919年，近二十五年的晚清与民国政治环境，是苦难忧患的，"文变染乎世情，兴废系乎时序"。清末民初的文学革命与政治变革、文化变革紧密联系在一起，但又有着阶段性的特征。政治危机直接带来中国固有文化步步退却，西方文化在中国却出现了逐渐强势的过程。这场文化较量与几个标志性的政治事件有关：一是甲午战争的失败，"一经庚申圆明园之变，再经甲申马江之变，直待台湾既割，二百兆之偿款既输"，受西方文化洗礼的知识分子怀疑洋务派"中体西用""徒效其器械"的有效性，觉悟"泰西之强，由于学术""益知西人治术之有本"，进行维新变法运动，引发政治文化领域第一次"西化"，然而顽固的守旧者却发动政变，使得"百日维新"昙花一现。二是1900的"庚子之变"所引发的屈辱和失败，使得清廷也不得不进行一定程度的变法，废除科举，兴建新学堂；1905年日俄战争之后，盗卖国土的行为激发了国人的愤慨，以上海为中心的一批维新分子发出"立宪救国"的呼声，"俄以专制败，日以立宪胜"，请求清廷立宪；1906年清廷下诏预备仿行宪政，实质仍是缓和国民革命情绪。这一切变革活动最终导致1911年的辛亥武昌起义，推翻没落的清王朝。三是民国初年的"袁世凯称帝"和"张勋复辟"，种种荒唐的政治混乱成为主张"全盘西化"的五四"新文化运动"的导火索。文以载道的传统，使得1895—1919年间的文学译介有着明显的"道义上的使命感"，这使得洋务运动之后的变法运动、立宪运动、国民革命以及文化革命运动等几个阶段的政治思想与社会动向也反映于欧美文学译介和传播上。

一、政治小说与立宪主张

晚清第一部产生政治影响的译介作品,应该是清末传教士李提摩太翻译的政治乌托邦小说《百年一觉》(Looking Backward)。这部小说出版于19世纪末期,当时美国处于自由资本主义危机时期,作品以幻想的手法写成。说的是主人公韦斯特一觉醒来已经是113年之后,美国社会发生了翻天覆地的变化,所有的社会矛盾都已经解决,人人平等,物质丰富,社会文明有序。这部小说和晚清其他译作一样,"译文大量删减原书的文学意象、心理刻画和人物对话,许多对话都改为转述或干脆删掉。换言之,《百年一觉》的译者几乎没有把原作当成文学作品,而是着力发掘其政治、经济意义"①。这部小说在中国译出后,对晚清思想家产生了很大吸引力。谭嗣同在其论文《仁学》中有云:"君主废,则贵贱平,公理明,则贫富均。千里万里,一家一人。……若西书《百年一觉》者,殆仿佛《礼运》大同之象焉。盖国治如此,而家始可言齐矣。"②梁启超对于《百年一觉》也很欣赏,他在《读西学书法》也说道:"广学会近译有《百年一觉》,初印于《万国公报》中……亦小说家言,悬揣地球百年以后情形,中颇有与礼运大同之义相合者,可谓奇文矣。"③

可以说,这部小说不仅激发晚清学者大同梦想,而且也影响到了晚清文学的创作题材。在梁氏诸种文学革命鼓动与宣传下,外国文学译介中的政治小说、科幻小说、侦探小说、言情小说、冒险小说立意于"尚武""法律""平权""立志"等,某种程度上是在或主动、或被动地配合政治动员,将一知半解的现代意义上阶级斗争、科学民主、平等自由、个性解放广泛传播于公众领域。这些不同小说类型的译介,实际上或多或少地寄希望于社会变革以拯救国家的命运。但就政治而言,显然影响力最大、实际创作成果最少的是政治小说。

戊戌变法的失败,使梁启超意识到自上而下的变法没有希望。梁启超流亡到日本后,创办《清议报》的目的,就在于唤醒民众,发起中国之变法,"新民为今日中国第一急务"。梁启超认为启蒙大众最好的办法之一,就是通过文学作品的传播达到宣传舆论的作用,更具体的做法就是翻译外国政治小说。"政治小

---

① 何绍斌:《从〈百年一觉〉看晚清传教士的文学译介活动》,《中国比较文学》,2008年第4期。
② 谭嗣同:《谭嗣同全集》下册,北京:中华书局,1981,第367页。
③ 梁启超:《饮冰室合集·集外文》下册,夏晓虹辑,北京:北京大学出版社,2005,第1169页。

说"作为小说之一种,最早出自英国,一般认为是迪斯雷理(Benjamin Disraeli, 1804—1881)所开创。明治维新以后,日本译介了英国的布韦尔·李顿的小说《花柳春话》《寄想春史》,迪斯雷理的《春莺传》《政海情波》等作品,大受读者欢迎。政治家写小说的目的就是要通过小说来宣扬政治思想,日本政治小说的译介与创作的流行也是如此。早在戊戌变法失败后赴日本途中,梁启超读到日本政治小说《佳人奇遇》,赞叹不止。不惮于自己的日语之差,随阅随译,发表在自己主办的《清议报》"政治小说"一栏。日本政治小说在文坛流行的现象,很快引起了梁启超的兴趣,正如他后来所提及的:"明治十五六年间,民权自由之声遍满国中,于是西洋小说中言法国、罗马革命之事者,陆续译出,……翻译既盛,而政治小说之著述亦渐起。如柴东海之《佳人奇遇》,末广铁肠之《花间莺》《雪中梅》,藤田鸣鹤之《文明东渐史》,矢野龙溪之《经国美谈》等,著书之人,皆一时大政论家。"①梁启超自己在《译印政治小说序》第一句说:"政治小说之体,自泰西人始也。"这里,梁启超显然将其与传统小说划清界限。后来《新小说》曾为"政治小说"下过一个简单的定义:政治小说者,著者欲以吐露其所怀抱之政治思想也②。也就是说"政治小说"的主要创作目的,是为了宣扬作者的政治思想③。结合后来政治小说的翻译与介绍来看,政治小说实际就是宣传立宪思想的小说,将小说界革命与政治立宪勾连到一起,就是将小说视为政治教化的工具。

《佳人奇遇》译文刊登于《清议报》创刊号上,连载至 36 册,续刊矢野龙溪的《经世美谈》,至 69 册全部载完,"政治小说"栏目随即消失。《佳人奇遇》何以吸引梁启超?在当时的日本,人们都认为这部小说的艺术性非常粗糙,恐怕是其中的思想意识形态,引发梁启超的注意,尤其是小说中的立宪主张。这部小说具体内容写的是日本青年东海散士(柴四郎)遍游欧美的经历,故事开始时他身在费城的自由钟前,凭吊美国独立战争遗迹,碰见了流亡国外的爱尔兰独立运动斗士红莲及西班牙顿卡尔洛斯党员幽兰。小说借助两位女士之口,对爱尔兰与西班牙反抗外族侵略的历史进行了详细介绍,此后又在各章不断描写如何与

---

① 梁启超:《《瓜分危言·传播文明三利器》,《梁启超全集》,第 359 页。
② 新小说报社:《中国唯一之文学报〈新小说〉》,《新民丛报》1902 年第 14 号。陈平原、夏晓虹编:《二十世纪中国小说理论资料》(第 1 卷),第 44 页。
③ 有学者指出,"在他们看来,是日本政治小说推动了日本的维新政治,而不是维新政治促进了政治小说的产生与繁荣。事实上,政治小说是日本自由民权运动的产物","政治小说在自由民权运动领导者那里,只是政治手段之外的一种余技",而中国启蒙者则将实现政治抱负"一寄于小说"。(王向远:《中日启蒙主义文学思潮与"政治小说"比较论》,《外国文学评论》,1995 第 2 期)

欧洲各国志士的会面，慷慨议论波兰革命史、埃及抗击英国殖民侵略史、匈牙利抗击普鲁士侵略的历史，东海散士与幽兰、红莲的爱情线索完全淹没于不同民族的反抗暴政之中。原小说作者不断重复诸多国家反抗外辱事迹的目的不得而知，但是让梁启超感同身受的，应该是小说中不断重复的争取自由和独立的斗争，是弱小国家所面临的普遍命运。像波兰、埃及、匈牙利、爱尔兰等国家曾经与当时晚清的政治形势十分相似，尤其是故事开头幽兰提及西班牙的历史，曾经十分强大，"国旗翻于四海，威名轰于欧洲，富强冠于天下"，如今却朝政日非，朋党相轧，女皇伊佐米刺迫皇兄顿加罗让位，很难不让梁启超联想到中国相似的历史境遇。

在《佳人奇遇》中，政治上立宪还是共和的争论，应该最为迎合梁启超的内心矛盾。小说中幽兰的父亲是一位反对共和、主张立宪的将军，他认为以共和而建政体者唯有美国获得了成功，因为美国人"本生长于自由自在之俗，淋浴于明教礼义之邦，舍私心，执公义，而腻虚拟而务实业"。而邻国墨西哥却民情不同，"朋党相忌，首领相仇"，政坛频繁更迭。事实上，五年以后梁启超抵达美国之后，游览美国所写的《新大陆游记》仍然附和这一观点，认为美国之所以成功的原因之一就因为它是渐进的：

> 论者动曰，美国人民离英独立而得自由。此知其一不知其二也。谓美国人之自由，以独立后而始巩固则可；谓美国人之自由，以独立后而始发生则不可。世界无突然发生之物，故使美国人前此而无自由，断不能以一次之革命战争而得此完全无上之自由。彼法兰西以革命求自由者也，乃一变为暴民专制，再变为帝政专制，经八十余年而犹未得如美国之自由。彼南美诸国皆以革命求自由者也，而六七十年来，未尝有经四年无暴动者，始终为蛮酋专制政体。求如美国之自由者，更无望也。故美国之获自由，其原因必有在革命以外者，不可不察也。①

美国革命之所以成功，与革命前各地民主自由制度的建立有着密切的关系。"美国者，以四十四之共和国而为一共和国也。""譬诸建筑，先有无数之小房。其营造不同时，其结构不同式，最后乃于此小房之上，为一屋堂皇轮奂之大楼房以翼蔽之。"在梁启超看来，正是广泛的民众基础，以及较为成熟的政治机制，才能够成就美国政体的稳定性与持久性。

梁启超显然是将"政治小说"视为宣传自己政治思想、表达政治诉求的重要

---

① 梁启超：《新大陆游记》，《梁启超全集》，第1193页。

载体。在他看来,政治的文学化与文学的政治化成为文学启蒙的一种重要表征。梁启超为继续扩大用小说改革社会的需求,于1902年11月创办了专门刊登小说的刊物《新小说》。《新小说》创刊号的开篇就是梁启超的《论小说与群治之关系》:"今日欲改良群治,必自小说界革命始,欲新民必自新小说始。""小说界革命"首要的任务是学习西方"政治小说",因为在昔欧洲各国变革之始,"政治之议论,一寄之于小说",因为他觉得美、法、德、英、日诸国"政界之日进,则政治小说为功最高焉"之开端。梁启超还一并发表了小说《新中国未来记》,用以例证他的理论。由此可见,梁启超提倡的"小说界革命"实际上就是希望通过新小说的翻译与创作,提高国民的政治认识。这一主张的结果是引发晚清"文学救国论"和"政治小说"创作的高潮。值得注意的是,无论是小说界革命,还是后来梁启超在赴檀香山途中发起的"诗界革命""文界革命",他都不曾用"改良""改革",而是用"革命"一词,颇有意味,这显然与他对"革命"的认识有关。这就不得不再次提及同年的那篇"释革"之文中所表达的思想,"中国数年以前,仁人志士之所奔走所呼号,则曰改革而已",随着外患日剧,内腐日盛,"咸知非变革不足以救中国","所谓变革云者,即英语 revolution 之义也"。然梁启超又将1789年法国大革命,等同于中国历史上"以暴易暴之革命,遂变为同一之名词""中国数千年来,革者不啻百数十姓",两汉、六朝、三唐、宋明与本朝"只能谓之数十盗贼之争夺,不能谓之一国国民之变革"。梁启超在《新中国未来记》也同样指出这种历朝历代专制政体是"一件悖逆的罪恶",因为"任他什么饮博奸淫件件俱精的无赖,什么欺人孤儿寡妇狐媚取天下的奸贼,什么不知五伦不识文字的夷狄贱族,只要使得着几斤力,磨得利几张刀,将这百姓像斩草一样杀得个狗血淋漓,自己一屁股蹲在那张黄色的独夫椅上头,便算是应天行运圣德神功太祖高皇帝了"①。那么什么才是梁启超心目中的"革"?他在"释革"中指出,适应于外界之存灭的"人事淘汰","夫我既受数千年之积痼,一切事物,无大无小,无上无下,而无不与时势相反,于此而欲易其不适者以底于适,非从根柢处掀而翻之……此所以 revolution 之事业,(既日人所谓革命,今我所谓变革。)为今日救中国独一无二之法门"②。"中国之当大变革者岂惟政治;然政治上尚不得变不得革,又遑论其余哉!"

然而如何改变目前政治现状,"中国前途,何去何从?是君主立宪或是革命排满",显然也是"新中国未来记"需要回答的问题。小说借着两位环游诸国,新

---

① 梁启超:《新中国未来记》(1902),《梁启超全集》,第 5618 页。
② 梁启超:《释革》(1902),《梁启超全集》,第 759—760 页。

近返国的青年黄克强与李去病舌战论时局,挖掘救国之道。李去病主张采取暴力革命,推翻清王朝;而黄克强以种种理由反对革命暴力,主张渐进的变革。他认为中国如以暴力实现革命,必然重蹈法国大革命的覆辙,使政治不稳定,出现列强分食、军阀混战的局面,不利于国家的建设。更何况,暴力变革没准沦为与传统的王朝易姓别无二致的悲剧。二人有理有据,辩至终了,也没有说服彼此。学界对于该小说的政治定位,往往立足于梁启超到底是主张共和,还是立宪,事实上梁启超本人并未做出最终的决断,而是权衡考量两种方式潜在的问题、代价和成本:

> 李君沉吟一会,便连叹几口气道(驳论第四十三):"……我们将来的目的不管他在共和还是在立宪,总之革命议论、革命思想在现时国中,是万不可少的。……"黄君道(结论):"讲到实行,自然是有许多方法曲折,至于预备工夫,那里还有第二条路不成?今日我们总是设法联络一国的志士,操练一国的国民,等到做事之时,也只好临机应变做去。但非万不得已,总不轻容易向那破坏一条路走罢了。"李君也点头道是。①

梁启超作为一个稳重的启蒙主义者,非常清楚地认识到,中国革命要获得成功,最重要的问题就是启蒙民众,而不是空谈革命不革命的问题。在小说第五回,李、黄两人回到北京正逢"中俄密约"被日本报纸揭发出来,学生和革命人士激愤不已。两人闻此举动,欢喜不尽,然而对类似虚无党的行为似乎又不以为然,黄克强道:"……无论是和平还是破坏,总要民间有些实力,才做得来。这养实力却是最难,那振民气倒是最易。……现在这个时局,但有丝毫血性的人,个个都是着急到不得了,心里头总想去运动做事,若是运动得来,岂不甚好!但是学问未成,毫无凭藉,这运动能有成效吗?……个个闹连学堂也不想上,连学问也不想做,只有大言炎炎,睥睨一世的样子,其实这点子客气,不久也便销沉。若是这样的人越发多,我们国民的实力便到底没有养成的日子了。"实际上,晚清最后十年的时局十分混乱,改革者与革命者除了舆论的影响外,并没有实际的行动,梁启超当然不能预料眼前的局势与两派领袖在新中国的作为,只能"考察日多,见闻益广,历练愈深",不断地力所能及地提出自己的问题。

暴力革命还是循序变革?梁启超显然在辛亥革命之前都处于矛盾之中。他的"保教非所以尊孔论"实际上已经非常激进,主张教不必保,也不可保。"自

---

① 梁启超:《新中国未来记》,《梁启超全集》,第 5628 页。

今以往,所当努力者,惟保国而已,若种与教,非所亟亟也。"①1902 年的春夏之间,部分保皇者痛恨清廷没有变法的诚意与决心,转而主张革命自立,梁启超也左右其中。1921 年,他回忆这时的情形时说:"启超既日倡革命排满共和之论,而其师康有为深不谓然,屡责备之,继以婉劝,两年间函札数万言。启超亦不慊于当时革命家之所为,惩羹而吹齑,持论稍变矣。然其保守性与进取性常交战于胸中,随感情而发,所执往往前后相矛盾,尝自言曰:'不惜以今日之我,难昔日之我。'世多以此为诟病,而其言论之效力亦往往相消,盖生性之弱点然矣。"②严格上讲,至少在《新中国未来记》里,梁启超并未表现出暴力革命还是循序变革的明确倾向和立场。李、黄二人雄辩数轮却没有说服彼此,加上小说自身倒叙式叙述,实际上等于让两种主张平分秋色,两种观点可谓代表了 1902 年"狂言革"的梁启超内心矛盾的一个方面,这正如美国汉学家张灏所说:"由于两位主人公是梁小说中的虚构人物,因此他们之间的争论可看成是梁内心的一场争论。小说以不得要领的方式结尾,这暗示梁在改良与革命问题上还没有明确主意。"③公理主义信仰或曰"天演界中不可逃避之公例"使他不可能真正排斥革命,他在辛亥之前,是一个策略意义上的"政治保守派"。

在 1903 年赴美考察"新大陆之政俗"之后,梁启超成为致力于思考建立保障自由秩序的经验主义改革者。在《新大陆游记》里,梁启超认为美国的民主共和是以国民自治为基础的,没有这种基础的革命,会沦为暴民专制,尤其是他对美国华人社区加以考察之后,这种看法更为坚定。他认为中国当时有四大缺陷,"一曰有族民资格而无市民资格。二曰有村落思想而无国家思想。三曰只能受专制不能享自由。四曰无高尚之目的",所以尚不具备实行民主共和政体的条件。第一、第二点实际就是指中国传统社会组织是以血缘关系维系的宗法制族群来维持的,不具有个人自治之基础。他从旧金山观察的情况是,"吾观全地球之社会,未有凌乱于旧金山之华人者。此何以故?曰自由耳",他发现旧金山华人社区只有依靠"严缉之而重罚"才能够维持常规的社会秩序,一旦失去约束则聚众滋事,秘密结社,"此实专制安而自由危,专制利而自由害之明证也"。梁启超还以华人议事机构的选举、管理为例,指出华人自治之混乱局面:

中华会馆者,其犹全市之总政府也。而每次议事,其所谓各会馆之主

---

① 梁启超:《保教非所以尊孔论》(1902),《梁启超全集》,第 765 页。
② 梁启超:《清代学术概论》,《梁启超全集》,第 3100 页。
③ 张灏:《梁启超与中国思想的过渡(1890—1907)》,崔志海、葛夫平译,南京:江苏人民出版社,1993,第 158 页。

席及董事,到者不及十之一,百事废弛,莫之或问,或以小小意见而各会馆抗不纳中华会馆之经费,中华无如何也。至其议事,则更有可笑者。吾尝见海外中华会馆之议事者数十处,其现象不外两端:(其一)则一二上流社会之有力者,言莫予违,众人唯诺而已。名为会议,实则布告也,命令也。若是者,名之为寡人专制政体。(其二)则所谓上流社会之人,无一有力者,遇事曾不敢有所决断。各无赖少年,环立于其旁,一议出则群起而噪之,而事终不得决。若是者,名之为暴民专制政体。

……夫以若此之国民,而欲与之行合议制度,能耶? 否耶? 更观其选举,益有令人失惊者。各会馆之有主席也,以为全会馆之代表也。而其选任之也,此县与彼县争;一县之中,此姓与彼姓争;一姓之中,此乡与彼乡争;一乡之中,此房与彼房争。每当选举时,往往杀人流血者,不可胜数也。夫不过区区一会馆耳,所争者岁千余金之权利耳。其区域不过限于一两县耳,而弊端乃若此。扩而大之,其惨象宁堪设想,恐不仅如南美诸国之四年一革命而已。以若此之国民,而欲与之行选举制度,能耶? 否耶?①

梁启超最后得出的结论是:"一言以蔽之,则今日中国国民,只可以受专制,不可以享自由。"当然,梁启超在民国初年又放弃了君主立宪,接受民主共和,这是后话。经梁启超的宣扬,当时国人对小说的教育功能颇为乐观,所以使得政治小说、立宪小说的翻译与介绍盛极一时。继梁启超主办的《新小说》之后的第二个小说期刊、李伯元主编的《绣像小说》,也刊登了一些政治小说。不仅将《清议报》翻译的矢野龙溪的《经国美谈》改编成新戏,还刊载有白话译本的《回头看》(即本篇开头所提及的《百年一觉》),日本青轩居士的《珊瑚美人》等。此外,当时国人也创作了一些立宪小说,如春飘的《未来世界》、佚名的《宪之魂》等。不过也有不同意见者不甘示弱,于1902年至1909年间创作不少反立宪的小说,如黄小配的《宦海升沉录》与李伯元的《文明小史》。就晚清的政治意识形态而言,立宪运动是极为重要的一环。民族处于危机四伏、生死存亡之际,以康、梁为主的维新运动,乘势而成为重要的政治势力,主张"君主立宪"。只有置于这一特定的时局,才能更客观地评估晚清立宪小说译介与创作的意义。阿英在《晚清小说史》曾介绍晚清小说的几个特征:"第一,充分反映了当时政治社会情况,广泛的从各方面刻划出社会每一个角度。第二,当时作家,意识的以小说作为了武器,不断对政府和一切社会恶现象抨击。这也就是鲁迅《中国小说史略》

---

① 梁启超:《新大陆游记》,《梁启超全集》,第1187—1188页。

所谓'谴责'。第三,是大家既知清室不可与图治,提倡维新爱国,因此也有许多人,利用小说形式,从事新思想新学识灌输,作启蒙运动。把高深学理,深入浅出,因少许结构,以对话叙述方式出之,惟由于技术贫乏,成功的也寥寥无几。"①阿英的观点可为晚清政治小说或者立宪小说的评估做参考。晚清政治小说译介与创作的立宪与反立宪立场,与政治上的拥护立宪运动与反对立宪运动对应,实际上反映了1902—1909年间的政治思想动态,也反映了君主立宪与民主共和之社会形势。

晚清政治小说的译介与创作雷声大,雨点小,艺术成就非常一般。2万余字的《新中国未来记》,政治争辩的内容占据十分之八,完全不符合常规小说的体例,然而就政治小说的目的来说,的确达到了类似谴责小说"揭发伏藏,显其弊恶,而于时政,严加纠弹,或更扩充,并及风俗"的作用。《新小说》杂志的"政治小说"栏实际上只刊登过两部作品:1至3号连载的是梁启超的《新中国未来记》,4至6号刊登的是玉瑟斋主人(疑是康有为弟子麦仲华)的《回天绮谈》。《回天绮谈》内容主要是写12世纪末、13世纪英国争取宪政的历程。最后一章"政见参商宾勃侯演说 宪章宣布改革党成功",实是鼓动读者效仿英国改革党人的做法,以促清廷立宪改良。小说中写道:"那年轻气盛的人,心醉卢骚民约的议论,又见各国革命革得这样爽快,忘了本国数千年的历史,又不暇计及国民知识的程度,各国的窥伺的危险,非说今日自当革命,就说说今日不可不革命。"改革党首领宾勃鲁侯却认为革命就是造反,不如率着几千同志,"面谒约翰陛下,将现时人民的惨状,国家的耻辱,逐件陈奏。请他驱逐奸臣,录用新党",这样的话,"一则不至苦毒生灵,一则不怕外国干涉"。这一举措居然得到上至贵族、下至劳动者的赞同,迫于压力的约翰皇帝同意放权,制定宪法。而这样的看法,恰恰在晚清时候得到了一些改良派的共鸣,从而导致了"戊戌变法"的发生。但改良派的美好设想终成泡影,随着戊戌六君子在北京菜市口被砍头,戊戌变法彻底失败。戊戌变法失败以后,梁启超逃亡日本期间,与孙中山领导的革命派联系颇多,一度计划将改良派与革命派合并。康有为知晓此事后极为恼怒,命令梁启超立即离开日本赴檀香山华裔群体中从事保皇会活动,基本中止了梁启超与革命派的合作。

从政治上讲,无论当时的保皇派还是革命派,双方都是借助艺术的想象,来对中国的政治展开思想的议论,达到政治小说宣传政治理念之目的。然而以政

---

① 阿英:《晚清小说史》,北京:人民文学出版社,1980,第4—5页。

治立宪小说为主要内容的中国"小说界革命",本质上是借助小说进行的维新思想"革命",而文学观念、小说观念本身的"革命"倒在其次。从艺术上讲,无论是语言、人物、情节,其艺术性是比较差的,根本无视小说的审美特性。鲁迅《中国小说史略》曾指出"虽命意在于匡世,似与讽刺小说同伦,而辞气浮露,笔无藏锋,甚且过甚其辞,以合时人嗜好"①。尾崎行雄曾断言,中国历史上"虽有文学思想,而无政治思想",而到了晚清启蒙主义者那里,某种意义上却可以说是虽然有政治思想,而无文学思想了。这就是为什么"政治小说"的兴起,在为晚清小说的译介与创作打开新局面,使得小说取得与诗、文同等的合法性地位的同时,自己在创作上走进死胡同。有人把"谴责小说"称为"中国的政治小说",但正如杨义先生所说,"谴责小说的特点与政治小说不同,它的成就在于痛斥黑暗现实,它的缺陷在于缺乏理想光辉。它折断了政治小说那种扶摇而上的理想翅膀,蹭蹬于强盗官场和畜生人世的泥泞浊水之中。政治小说是愤世而济世者的文学,谴责小说是愤世而厌世者的文学"②。

二、虚无党小说与无政府主义

19世纪末20世纪初,康、梁的立宪改良派思想占据较为重要的地位。然1903年"拒俄义勇军事件""苏报案"等重大历史事件的发生,显然使得倾向于革命的报刊和团体陆续出现。1903年留日学生组织的"拒俄义勇队",后改为"军国民教育会",宗旨就是"养成尚武精神,实行民族主义"。其"会则"规定:"一曰鼓吹,二曰起义,三曰暗杀。"当时的革命党人,醉心暗杀为主流手段。1904年兴中会等革命团体出现,1905年同盟会成立,虽然意味着统一的革命团体及理论纲领的出现,但宋教仁、蔡元培、章太炎,甚至孙中山都认同暴动与暗杀。1903年革命派与改良派展开了零星的辩论,直至1906年各以《民报》《新民业报》为阵地,展开激烈论战,结果是革命派越来越为社会认同。在此情形下,此时的中国知识分子与革命人士对无政府主义产生了浓厚兴趣,从而推动了中国近代史上第一次无政府主义传播高潮的到来。这其中显然误将俄国民意党的恐怖暗杀行为与虚无主义、民主革命联系起来。所谓"虚无党"即无政府主义,乃是英国的威廉·戈德温(1756—1836)与德国的麦克斯·施蒂纳

---

① 鲁迅:《中国小说史略》,《鲁迅全集》第9卷,第291页。
② 杨义:《中国现代小说史》第1卷,北京:人民文学出版社,1986,第24页。

(1806—1836)提出的,后经由法国的皮埃尔-约瑟夫·布鲁东宣扬,形成劳动阶级的社会政治思潮。这一思潮在19世纪后期的俄国得到广泛传播,近期有研究者指出:"虚无党"最初见于屠格涅夫的《父与子》(1862)。屠格涅夫从拉丁语"nihil"制造的俄语新词"nihilism",是对既存价值体系及权威的全面否定。米哈依尔·巴枯宁(1814—1876)与随后的克鲁泡特金(1842—1921)成了当时颇有影响的理论代表。在19世纪后期由于一些引人瞩目的骚乱、暗杀和暴动等恐怖主义行径,无政府主义者常被视为危险和暴力分子。19世纪70年代末,俄国部分激进的民粹主义者组成了"民意党",亦即清末国人所认为的俄国虚无党,他们虽然在政治上反对暴政,但在政治暴力活动中所采取的策略和手段,以及"恐怖文化"的培育方面,为后世反权威、反政府的恐怖主义所效法,他们多次暗杀沙皇及其大臣,并于1881年3月将亚历山大二世刺杀。民意党人的恐怖活动及其最后结果证明,恐怖主义毫无建树,在俄国也颇受谴责。

在晚清这样一个充溢着革命激情和生存焦虑的时代语境下,虚无党思想从日本传入了中国。据考证,1886年日本作家二叶亭四迷开始着手翻译此书,题为《通俗虚无党气质》,并交给坪内逍遥审阅,虽未能发表,但日语仅仅是从语言层面上翻译为"虚无",其后的使用则完全脱离了俄国概念中的社会批判的思想意义。清末中国知识分子对俄国虚无党的热衷,显然与日本留学生有关:"中国和日本的知识分子之所以特别欣赏俄国小说是有特殊的原因的,因为这两个国家都想摆脱传统的枷锁,改革社会现状,建立较为合理的制度。而俄国小说里所表现的社会同情心,对权威和习俗所做的虚无主义式的反抗,对追求生命意义的热诚,对自己祖国的伟大的信心不移(尽管不时对她的弱点冷嘲热讽),这些都是当时中日青年迫切关心的问题,难怪他们反应如此热烈了。"① 因此,俄国民意党的恐怖主义行为为中国的一些急于事功的激进革命者所赞赏:"彼无政府党者,其宗旨高,其识见卓,其希望伟,帝国主义遇之而却步,民族主义遭之而退走。"② 当时中国报刊出现大量介绍俄国虚无党的文章,"1902年至1905年共出版了27种有关虚无党、无政府派的论著(译著)及论文,其中介绍俄罗斯虚无党(或无政府党)的至少有十种",1906年《革命评论》的"发刊词"称,"思想之革命兴,革命之崇拜兴,革命领域方以一泻千里之势恢宏扩大,其主张又与俄国革命党所提倡者一致无二"。同年的小说集《〈刺客谈〉叙》提到,"近数十年,俄

---

① 夏志清:《中国现代小说史》,上海:复旦大学出版社,2005,第17—18页。
② 马叙伦:《二十世纪之新主义》,《无政府主义思想资料选》上册,北京:北京大学出版社,1984,第7页。

国虚无之主义,澎涨之一时,大臣被刺,年有所闻,上自沙皇,下及臣僚,莫不惴惴焉以虚无党为忧。……近数年来,此风渐输于吾国,行刺暴举,屡见不鲜"①。虚无党的暗杀被晚清国人理解为无政府主义的精髓,"怀炸弹,袖匕首,劫万乘之尊于五步之内,以演出一段悲壮之历史"。《民报》《苏报》《大陆》等报刊纷纷刊登俄罗斯虚无党的传记,"暗杀手段诚革命之捷径"。无政府主义思潮在中国近代政治思想领域的传播,前后延续40多年②。必须指出,当时国人的兴趣并不在于无政府主义对欧美政治经济制度的激烈批判,而是"无政府党"(或称"虚无党")的暗杀活动。

在大量关于虚无党、无政府主义文章出现的时候,文学界也闻风而动,出现了大量以虚无党为主人公的"暗杀"小说。这些作品半译半述甚至出现"伪译",在晚清文坛上形成了一个引人注目的文学现象。虚无党小说可以说是晚清政治小说中一个特殊类型,以暴动、暗杀为主题,具有鲜明的英雄主义色彩,也与当时革命党的行动颇有契合之处。阿英先生曾在《中译高尔基作品编目》"前言"中,将虚无党小说纳入了俄国文学的范畴,"俄国文学的输入中国,据可考者,最早是清朝末年,那时翻译最多的,是关于虚无党小说"③。然而,近期有研究表明,"对晚清翻译的虚无党小说的调查来看,虚无党小说的生产并不尽在俄国"④,虽多与俄国有关,但是不少是欧洲的作品。

1904年创刊的《新新小说》的创刊——这是晚清以来第三份小说期刊,标志着小说期刊政治思想的再次转向。该刊主编及主要译作者是陈景韩(冷血)。陈景韩追随孙中山从事革命,曾加入同盟会,精通英文、日文。《新新小说》刊载的文学作品以翻译为主,内容上以宣传侠义著称。虽第一期还设有"政治小说""社会小说""历史小说""心理小说""写情小说"等专栏,但到了第三期,主要栏目干脆只剩下"侠客谈",下设子栏目"理想之侠客谈""南亚侠客谈""百年后之侠客谈""俄罗斯侠客谈""法兰西侠客谈",主要内容上已经被虚无党小说所代替。这一切意味着此时政治小说的内容开始向虚无党小说转变。"虚无党小说

---

① 转引自陈建华:《"虚无党小说":清末特殊的译介现象》,《华东师范大学学报》(哲学社会科学版),1996年第4期。
② 参见李怡:《近代中国无政府主义思潮与中国传统文化》,该作对近代中国无政府主义思潮进入情况进行了详尽论述。
③ 阿英:《中译高尔基作品编目》,原载《光明》,1936年6月25日,第一卷第二号,《阿英全集》5,合肥:安徽教育出版社,2003,第456页。
④ 李艳丽:《晚清俄国小说译介路径及底本考——兼析"虚无党小说"》,《外国文学评论》,2011年第1期。

是立宪政治破产、革命兴起的产物,如果说政治小说对应于'立宪',那么虚无党小说对应于'革命',两者之间有内在逻辑关系。"①《新新小说》欢呼法国大革命的"溅彼民贼之秽血,以粪我田"。第二期刊载译出的"法兰西革命歌"的五线谱和歌词,以激励中国青年奋起。在陈景韩所有译作中,影响最大的显然是虚无党小说。陈景韩还将虚无党的行为与传统侠义小说的"侠"结合起来,扩展了传统侠义小说的内涵,具有了"民主革命思想的印记"。范伯群先生认为《新新小说》的"侠"精神的第一个层次是要改造国民的精神与体质,革除传统的陋习,以强硬的铁腕,按照自己的理想建立一个国中之国②。

晚清第四个小说期刊是1906年创办的《月月小说》。该刊总撰述为吴趼人,总译述是周桂笙,两者并非革命派,但仍设有"虚无党小说"专栏。创刊号和第二期(1906)连载的虚无党小说《八宝匣》(未见著者名,上海知新室主人译述)与陈景韩所翻译的《虚无党奇话》。《八宝匣》写俄国虚无党人冒用澳洲冒险家赖柴洛夫之名,通过俄国驻英国大使向俄皇转赠在澳洲发现的金刚钻石,实际上是在八宝匣中暗藏机关,企图谋杀俄皇。不料大使的随员贪心大起,窃盒潜逃,俄皇就此逃过一劫。文末有"译者曰"的说明:俄国虚无党"其党人之众多,举动之秘密,才智之高卓,财力之雄厚,手段之机警,消息之灵通,盖久为欧洲各国之所称道矣。""虚无党何以不生于他国,而为俄所专有,则为专制政府之所竭力制造而成,可断言也。吾闻专制国之君主,尊无二上,臣民阁敢不服从。……观于此,专制之君,贪默之臣,抑亦可废然返矣。"陈景韩半译半述的长篇小说《虚无党奇话》曾在第三、四、六、十号上连载,刊出"政府……地狱","西伯利亚之雪"和"我友伯爵夫人"等三回。小说重点放在描写一个俄罗斯境内的犹太人家庭的悲剧和主人公走向虚无党的曲折道路,描写了沙皇专制制度的暴政,良民被诬陷为虚无党,为政府所残害。小说明确表达了虚无党人的主张,"我们俄罗斯帝国的现在,这精神上,这财政上,实是万万不能再不改革了",而"如欲改革,实万万不能再爱惜生命了。……不才等爱国心厚,欲于这国土上一洗目下野蛮腐败的气象,立了个新制度、新法律,以与世界各国人民同受太平之乐,这就是我虚无党的本意了"。作者问道:"诸君愿为专制国的人民,还是愿为自由

---

① 赵稀方:《翻译现代性:晚清到五四的翻译研究》,天津:南开大学出版社,2012,第80页。
② 范伯群:《〈催眠术〉:1909年发表的"狂人日记"——兼谈"名报人"陈景韩在早期启蒙时段的文学成就》,《江苏大学学报(社会科学版)》,2004年第5期。徐斯年、刘祥安指出,中国传统小说的类型,在外国文学的译介中获得复活的契机,如中国"近现代武侠小说的兴起过程中,对于中国传统小说的重新评价是在外国文化文学,主要是日本文化文学的启发下完成的"。(范伯群主编:《中国近现代通俗文学史》上册,江苏教育出版社,1999,第459页)

国的人民？诸君试平心静气自思罢了。"陈景韩后来将自己所译的虚无党小说汇编为《虚无党》一集出版,在《译虚无党的感言》中他说明了翻译虚无党小说的原因:"我译虚无党,我怒,怒俄国政府无道。我译虚无党小说,我喜,喜俄国政府虽然无道,人民尚有虚无党,以抵制政府。"①

  苏曼殊与陈独秀的《惨世界》(1903)也是在虚无党流行这一语境中产生的。我们不难理解,选择雨果作品作为改写对象,是因为苏曼殊在雨果的这部著作中,看到中国苦难民众的影子以及"注写人类困顿流离诸状"。然而,后来人很容易发现《惨世界》中"翻译"部分如柳亚子所说的,"苏曼殊和嚣俄在思想上"存在"根本的不同"。这部小说的译介,最奇特的一个现象就是伪译。所谓"伪译"就是假托翻译之名的创作,将自己的创作插入"翻译"之中,却又假称是翻译,这种做法在晚清可谓"改写""操纵"的极致,以至于很难将其视为严格意义上的翻译。雨果原著故事发生在19世纪的法国,受迫害入狱的冉阿让出狱后无人理睬,受到了连狗也不如的冷遇。后来米里哀主教的仁慈博爱,使他这样一个对社会充满仇恨的人物,转变成仁爱之人,从此弃恶从善,走向了另一条完全不同的道路。雨果的人道主义,是"以博爱为基础,以进步为顶点",在冉阿让身上,雨果展示了人向善的可能性,主张用善去战胜恶。苏曼殊的《惨世界》将主人公冉阿让的名字译为"华贱",华贱也受到米里哀主教的感化,"你现在知道伤心悔过,却比好人更加快乐。你出狱以后,若还以恶意待人,那就格外悲惨;若以好意温和待人,又何处不是乐土呢?"然而苏曼殊却毫不留情的文中讽刺道,"你看孟主教口口声声只叫华贱做先生,那种声音,又严厉又慈爱。你想他把'先生'二字称呼罪人,好像行海的时候,把一杯冷水送给要渴死的人,不过是不花本钱的假人情罢了"。后文中孔美丽问道,"不信上帝,人生在世,就该信仰什么呢?"男德十分不屑世人迷信宗教,"照我看来,为人在世,总要常时问着良心就是了。不要去理会什么上帝,什么天地,什么神佛,什么礼义,什么道德,什么名誉,什么圣人,什么古训。这般道理,一定要心里明白真理、脱除世上种种俗见的人,方才懂的。"

  到了第七回,作品突然岔了开去,开始另一个与原著完全不同的故事"伪译"。苏曼殊塑造了雨果原著中没有的"姓名,名白,字男德"的主人公,作为一个"赤心侠骨"之人,认为"凡人做事都要按着天理做去,却不问他是老子不是老子",同情劳苦民众,坚决主持正义,且不畏艰险、敢作敢为。他在报纸上看到冉

---

① 转引自赵稀方:《翻译现代性》,第84页。

阿让本是安分守己的工人,只因合家人口冻饿情急而偷了一块面包,被送到衙门,定为"夜入人家窃盗的罪名"。愤愤不平的男德认为金华贱的偷窃完全是贫富不均造成的,于是几经曲折将金华贱从监狱中救了出来。不料救出华贱后,随身带的钱却被对方偷去,自己也差点死于非命。男德沉思后发出感慨:"这桩事,也没有什么奇怪,在这种惨世界上,哪一个人不和华贱一般?我想是非用狠辣的手段,破坏了这腐败的旧世界,另造一种公道的新世界,是难救这场大劫了"。后来,克德告诉男德:"这几日,我们党里面哄传,大总统拿破仑想做专制君主的形迹,一天流露一天,压制民权的手段,一天暴烈似一天,俨然又是路易第十四世和第十六世的样子来了。"男德"闻说,不觉怒发冲冠,露出英雄本色",在暴君前往戏园观剧的途中引爆了炸药。因为"御车迟到几步",行刺没有成功,男德以身殉国。如果说雨果的原作体现了仁爱的人道主义思想的话,苏曼殊的《惨世界》则充斥着暗杀、起义。男德不是一个对专制统治的盲目反抗者,而是一个对民主政治的自觉追求者。当时民间分为两党,一个是王党,王党是拿破仑帝制的拥护者。一个是雅各伯党,要实行民主共和政治,反对拿破仑帝制。雅各伯党的人,"个个都心坚似铁",他们分散各城各镇,联合同志,到处秘密结会。在反抗与追求的道路上,男德由单打独斗的志士,开始向较为成熟的革命者转变,对面临杀父之仇的克德说,"杀父冤仇,原不可不报。但自我看起来,你既然能舍一命为父报仇,不如索性大起义兵,将这班满朝文武,拣那黑心肝的,杀个干净。那不但报了私仇,而且替这全国的人消了许多不平的冤恨,你道这不是一举两得吗?"

值得注意的是,苏曼殊在小说中讥讽了立宪派的维新人士。第八回中,男德从来信中得知有尚海志士要来的消息后,寻思道:"尚海那个地方,曾有许多出名的爱国志士。但是那班志士,我也都见过,不过嘴里说得好,其实没有用处。一天二十四点钟,没有一分钟把亡国灭种的惨事放在心里,只知道穿些很好看的衣服,坐马车,吃花酒。还有一班,这些游荡的事倒不去做,外面却装着很老成,开个什么书局,什么报馆,口里说的是借此运动到了经济,才好办利群救国的事;其实也是孳孳为利,不过饱得自己的荷包,真是到了利群救国的事,他还是一毛不拔。"此言非虚,因为 1902 年梁启超《新中国未来记》中的黄克强的确只是革命理论的言说者而已。而是到了世纪之交,毫无建树的"改良"成为一个李宝嘉、吴沃尧和曾朴在作品中描绘的、丧失了知识内涵和政治严肃性的陈词滥调,成为"洋务专家们"的口头禅,这些人不过是上海、广州、天津这类通商口岸城市"十里洋场"上的纨绔子弟而已。

而 1903 年底,梁启超也曾在《新民丛报》发表《论俄罗斯虚无党》一文。文章开篇明言:"俄罗斯何以有虚无党?曰革命主义之结果也。昔之虚无党何以一变为今之虚无党?曰革命主义不能实行之结果也。"梁启超实际上是将俄国一切反对专制农奴制度的政治力量和社会力量都纳入了"虚无党"之列。然而梁启超却认为虚无党的理想是无法实现的,"俄罗斯暗杀之事,所以屡试而大效未睹者,因其贵族所处之势,骑虎难下,而虚无党所希望,又多属万难实行耳"。他认为虚无党人对俄罗斯贵族倡导均富主义,导致贵族毫无退路,"彼贵族若降心相从,则不惟失其政治这势力而已,而又将失其衣食之源泉。其不得不竭全力以相抵抗,势使然也"①。梁启超从自身立场出发,认为如果能与贵族达成妥协,使"其肥甘轻暖、姬妾子孙、田庐僮仆自若也",虚无党的革命遂成功。应该说苏曼殊与梁启超对彼此的政治立场差别十分清楚,不过,梁启超似乎认同虚无党人对民众愚昧的看法,"欲以行其志者所在而有收效不能如其所期。彼等常多著俗语短篇之小说,且散布且演释,终不能凿愚氓之脑而注入",所以"放此而欲号召之以起革命其亦难矣"。这与苏曼殊在小说中的认识心有戚戚,"我法国人被历代的昏君欺压已久,不许平民习此治国救民的实学,所以百姓的智慧就难以长进。目下虽是革了命,正当思想进步的时光,但是受病已久,才智不广,不能自出心裁"。所以作品中不断重复官逼民反的故事,华贱、村妇恩将仇报,民众贪财害命的故事,可以归结为无赖政府逼出无赖民众的叙事模式,实际上是将黑暗社会的本质,归结为统治者的暴虐和民众的奴性愚昧。

男德在中国近代文学史上的价值在于,这是第一个较为成功的革命者形象。译者以"伪译"为掩饰,改写了原作中米里哀神父与冉阿让的人道主义感化,转而鼓吹起义与暗杀的无政府主义主张。虚无党小说的译介高潮,与旨在推翻清朝统治的资产阶级民主革命高潮的同步出现表明:"政治小说与立宪,虚无党小说之与革命,体现了历史与文本的互动关系。正是出于立宪的需要,政治小说被翻译过来,它与创作小说一起建构了立宪政治的文化秩序;而在革命派小说出现的时候,政治小说淡出历史视野,俄国虚无党小说流行于世。虚无党小说的流行,既显示出晚清革命的需要,又反过来激励了革命本身。"②辛亥革命之后,随着政治形势的变化,这类著译迅速减少。然而无政府主义却作为中国近代一股强劲的政治思潮,持续影响了中国的政局,也影响到了中国文学的现代化进程。

---

① 梁启超:《论俄罗斯虚无党》(1904),《梁启超全集》,第 1242、1247 页。
② 赵稀方:《翻译现代性》,第 94 页。

三、新文化运动与写实主义、文体革命

民初的社会需要一种强势的崭新意识形态来聚拢人心,为未来的发展提供方向和目标。1911 年的辛亥革命推翻了延续千年的封建专制,试图建立亚洲第一个共和政体,然而昙花一现的宪政实验粉碎了国人的共和之梦。三年以后,窃取大总统位子的袁世凯解散国会、废除宪法,倒行逆施地复辟帝制。由康有为、陈焕章领导的孔教运动与帝制运动合流,复古逆流加剧了民初政局的混乱。中国近现代的政治改造从自强运动,到维新运动,到辛亥革命,立宪救国、民主宪政、代议制梦想的陆续破灭,说明在内忧外患的交迫之下,任何局部与渐进的政治改造,都不易成功的。每次失败都不可避免地使人对现状更为不满,在《吾人最后之觉悟》一文中,陈独秀曾回溯总结了明清以来中国人由欧化之输入及中西文化之冲突而起的觉悟的七个历史时期:

>……第五期在民国初年。甲午以还,新旧之所争论,康、梁之所提倡,皆不越行政制度良否问题之范围,而于政治根本问题去之尚远。当世所诧为新奇者,其实至为肤浅;顽固党当国,并此肤浅者而亦抑之,遂激动一部分优秀国民渐生政治根本问题之觉悟,进而为民主共和君主立宪之讨论。辛亥之役,共和告成,昔日仇视新政之君臣,欲求高坐庙堂从容变法而不可得矣……第六期则今兹之役也。三年以来,吾人于共和国体之下,备受专制政治之痛苦。自经此次之实验,国中贤者,宝爱共和之心,因以勃发;厌弃专制之心,因以明确……自今以往,共和国体果能巩固无虞乎?立宪政治果能施行无阻乎?以予观之,此等政治根本解决问题,犹待吾人最后之觉悟。此谓之第七期民国宪法实行时代。

中国的政治危机在当时空前加深,同时传统的文化秩序的基础也在西方文化的冲击之下逐渐瓦解,加剧了进步知识分子文化取向的危机。新文化运动思想的激化可以说是一连串现实政治改造失败一步一步逼出来的。诚如黄仁宇所说:"中国若非采取如此一波推一波的方式,则不能走入全面改革。一次失败,就加添下一层之压力。"[①]一波推一波之"梯度式反应",代表中国社会由西方刺激而起的"被现代化"的艰难改革。

---

① 黄仁宇:《资本主义与二十一世纪》,北京:生活·读书·新知三联书店,1997,第 473 页。

政治的失序,进一步引发文化秩序的崩溃,传统的世界观与价值规范在丧失了疏导与化解现实问题的功能的时候,进一步西化似乎成为解决当时政治与社会危机的主要途径。不过这一次西化的主体力量已经从晚清的士大夫阶层转向留学日本或欧美的现代知识分子,他们相对多数的人来说,思维方式、价值观等已不同于传统。他们对中国的衰败现状与陈腐传统极感羞耻,故不惜采取激烈的手段谋求改革。陈独秀、胡适、周氏兄弟、钱玄同、刘半农等一批围绕在《新青年》周围的知识分子,大体上都将未来改革的方向放在多数国民的政治觉悟,而不是少数政党和精英的政治运动上——而这正是戊戌变法与辛亥革命的局限性之所在。如陈独秀所言:"今之所谓共和、所谓立宪者,乃少数政党之主张,多数国民不见有若何切身利害之感而有所取舍也。盖多数人之觉悟,少数人可为先导,而不可为代庖。共和立宪之大业,少数人可主张,而未可实现。"他的结论是,"伦理的觉悟,为吾人最后觉悟之最后觉悟"。启蒙大众、提高国民政治之觉悟的说法并不够新鲜,是因为在戊戌变法失败之后,梁启超就大力提倡"新民说","政治小说"("立宪小说"与反立宪小说)、"虚无党小说"也顺应时势起到了特定的历史作用,然而陈独秀所认识到的政治失序的深层原因是国民伦理问题,这就不可谓不深刻了,此为其一。陈独秀在《青年杂志》创刊号宣称:"改造青年之思想,辅导青年之修养,为本志之天职,批评时政,非其旨也。国人思想倘未有根本之觉悟,直无非难执政之理由。"胡适后来回忆当时创办《新青年》的情形时也说,大家办《新青年》的时候,"二十年不谈政治;二十年离开政治,而从教育、思想、文化等等非政治的因子上建设政治的基础"。胡适与陈独秀也许最初出发点并不完全相同①,但是无论如何,他们发起的新文化运动的出发点本不是出于直接的政治目的,而是把文化启蒙涵括于一个大的政治框架之中,做"文化的革命"。

然而什么是新文化?哪些全新的资源可供建设新文化使用?对《新青年》同人的认识自然要从创刊人陈独秀开始。在陈独秀看来,晚清以来屡次政治革命失败的最大原因是"盘踞吾人精神界根深蒂固之伦理、道德、文学、艺术诸端,莫不黑幕层张,垢污积深";而与国人精神盘根错节的则是旧文学。"旧文学,旧政治,旧伦理本是一家眷属,固不得去此而取彼",因此"欲革新政治,势不得不

---

① 很多研究已经表明,《新青年》的编辑目的并不是没有冲突的,到了1919年,《新青年》同人的分歧日益扩大,编辑委员会实际上就分裂了。《新青年》同人的分裂,主要是因为陈独秀主张《新青年》介入时政,将主旨放在"救亡"上,而胡适则主张免谈时政,将主旨放在"启蒙"上。

革新盘踞于运用此政治者技术界之文学"①。正是因为认定文学革命对于启蒙的有效性,热衷于政治的陈独秀才与梁启超等人一样,不遗余力地掀起文学革命的浪潮——后来胡适总结陈独秀对文学革命的三大贡献之一就是,"由他才把伦理、道德、政治的革命与文学合成一个大运动"。1901 年至 1914 年陈独秀 5 次赴日本留学,不仅学习日语,而且还在东京正则英语学校专攻过英语,在早稻田大学研习西欧文化,在东京雅典娜法语学院进修法语。尽管只有在日本留学的经历,但似乎法国文化对他影响最深,其全民民主主义观念,带有明显的卢梭和法国启蒙思想标记。1915 年他创办的"让我办十年杂志,全国思想都全改观"《青年杂志》封面上,就使用了法文"LA JEUNESSE"(青年)字样;而在《法兰西与近世文明》一文中,把他认为代表"近代文明之特征"的人权说、进化论和社会主义都归功于法国,"此近世三大文明,皆法兰西人之赐。世界而无法兰西,今日之黑暗不识仍居何等";他还翻译了法国史学家薛纽伯的《现代文明史》中的第三章中的部分内容,即欧罗巴之革新运动"18 世纪之新思想",介绍法国 18 世纪启蒙运动的发展以及孟德斯鸠、伏尔泰、卢梭和狄德罗等代表人物的生平和主张。正如有学者指出的,"法国启蒙运动不但在政治、思想领域为陈独秀提供了有利的武器,就是对他的文学观,诸如文学的发展、演变,文学和时代、历史以及文学的判断标准,甚至文学的主题等方面都产生了极大的影响"②。

将陈独秀的《文学革命论》与法国启蒙主义文学做比照,的确不难发现前者主要价值评判标准与启蒙文学思潮中的对应关系。陈独秀论道,"推倒雕琢的、阿谀的贵族文学,建设平易的、抒情的国民文学;曰,推倒陈腐的、铺张的古典文学,建设新鲜的、立诚的写实文学;曰,推倒迂晦的、艰涩的山林文学,建设明了的、通俗的社会文学"。他所提及的"古典文学""贵族文学",在法国启蒙主义时期主要是指在思想上拥护王权,"克己复礼",服务于王权统治的文学;是在艺术上师法古人,重视格律的文学。而追求真理、人道、对称、合适、和谐等艺术的完善,才是新文学。在陈文接下来论述的中国传统文学的弊端,就与法国启蒙运

---

① 陈独秀的说法并非创新,新文化运动参与者本身在排斥晚清译介的同时,又认可晚清梁启超文学改良运动之继承关系。钱玄同曾言,"梁任公实为创造新文学之一人"。(钱玄同:《钱玄同文集》第 1 卷,中国人民大学出版社,1999,第 10 页)傅斯年也认为,"文体革迁,已十余年,辛壬之间,风气大变。此酝酿已久之文学革命主义,一经有人道破,当无有闲言。此本时势迫而出之,非空前之发明,非惊天之创作"。(傅斯年:《文学革新申义》,《新青年》第四卷第一号,1918 年 1 月 15 日)郭沫若也有相同观点,"文学革命的滥觞应该要追溯到满清末年资产阶级的意识觉醒的时候。这个滥觞时期的代表当推数梁任公"。(王训昭等编:《郭沫若研究资料》上册,北京:知识产权出版社,2010,第 204 页)新文化运动的业绩在于找到了更为准确、更为实际的文化革命道路。

② 乔国强、姜玉琴:《法国启蒙思想与陈独秀的文学观》,《中国现代文学研究丛刊》,2005 年第 3 期。

动对古典主义的批判极为相似了:"'国风'多里巷猥辞,'楚辞'盛用土语方物……两汉赋家,雕琢阿谀,词多而意寡,此贵族之文、古典之文之始作俑也。""东晋而后,即细事陈启,亦尚骈丽。演至有唐,遂成骈体。诗之有律,文之有骈……更进而为排律,为四六"。在陈独秀看来,这些雕琢的、阿谀的、铺张的、空泛的贵族古典文学,主要的弊病在于抒情写实的匮乏,师法古人,"文以载道""代圣贤立言","与其时之社会文明进化无丝毫关系",造成"与吾阿谀、夸张、虚伪、迂阔之国民性互为因果"。陈独秀认为中国古典文学、贵族文学是"装饰品而非实用品","内容则目光不越帝王权贵,神仙鬼怪,及其个人之穷通利达",缺乏对"所谓宇宙,所谓人生,所谓社会"的深刻认识,是一种与真正的人生和社会进步无关的文学。理想的文学应该是"平易的抒情的国民文学""新鲜的立诚的写实文学"和"明了的通俗的社会文学",具有平民性质的、写实的、启蒙意义的文学,这正是 18 世纪法国启蒙主义文学价值之旨归。

早在《今日教育之方针》一文中,陈独秀就曾把欧洲的时代精神概述为:"唯其遵现实也,则人治兴焉,迷信斩焉;此今世欧洲之时代精神也。"①这就是为什么陈独秀除了在《现代欧洲文艺史谭》要把写实主义思潮介绍进来,还在《答陈丹崖》中把"实写社会"与"改造社会,革新思想"联系在一起,"实写社会,即近代文学家之大理想大本领。实写以外,别无所谓理想,别无所谓有物也"②。因为"写实主义"能"救治中国政治上道德上学术上思想上一切的黑暗"。无独有偶,周作人 1919 年 1 月 19 日刊《每周评论》第 5 期的文章《平民文学》指出,平民文学,贵族文学,不是指给谁看,而是他们的文学精神,"偏于部分的、修饰的、享乐的或游戏的",即便是白话,也是贵族的文学,而平民文学"以普通的文体,写普遍的思想与事实"③。结合几种情况来看,陈独秀所强调的现实主义非常的含糊,既明确指向 19 世纪的现实主义文学,也涉及 18 世纪启蒙主义文学对现实的讽刺与批判。也许正如美国学者史华兹所说:

> 从他对欧洲历史的阅读来看,很大程度上是源于十九世纪历史学家所强调的观念,即现代欧洲所有复杂而又矛盾的局势与十八世纪启蒙运动与法国大革命有关。由于未能在更深的维度上对欧洲文明进行深入探究,再加上他又亟需为中国的困境找到便利的方案,陈独秀对欧洲思想认识从一

---

① 1915 年 10 月 15 日《新青年》第一卷第二号,《陈独秀著作选编》上册,第 86 页。
② 陈独秀:《答陈丹崖(新文学)》,《新青年》1917 年 2 月 1 日第二卷第六号,《陈独秀著作选编》上册,第 179 页。
③ 周作人:《周作人散文全集》第 2 卷,桂林:广西师范大学出版社,2009,第 103 页。

开始就必定浅薄。这可能在很大程度上导致他不能意识到他所宣扬的欧洲思想的细微之处,更不要说意识到这些思想之间的张力。这使他认为,欧洲一切与现代性有关的东西,都是作为整体的一部分而存在的。①

应该说,陈独秀的真正兴趣并不在文学上,而是在政治革命与文化变革上。"陈独秀提倡文学革命与他推崇自然主义文学之间的关联就在于,正由于自然主义文学能以科学写实的态度来了解和描述社会生活,呈现真实的社会面貌,有助于人们对社会现状的认识,从而才为社会问题的解决提供了前提。"②这样的文学就可以在思想观念上为政治开辟道路,用他的话说,"我们要诚心巩固共和国体",就必须将"这班反对共和的伦理文学等等旧思想"冲刷干净不可,否则"不但共和政治不能进行,就是这块共和招牌,也是挂不住的"。在《新青年》杂志的早期,陈独秀"文学革命"是通过胡适的"文学改良"来实现的。胡适也不是不谈"革命",他在 1916 年 4 月 5 日的日记中把传统文学的发展和演化归于六次革命:"文学革命,在吾国史上非创见也。即以韵文而论,《三百篇》变而为《骚》,一大革命也。又变为五言,七言,古诗,二大革命也。赋之变而为无韵之骈文,三大革命也。古诗变而为律诗,四大革命也……","革命潮流即天演进化之迹。自其异者言之,谓之'革命',自其循序渐进之迹言之,即谓之'进化'可也"③。1917 年 1 月,胡适的《文学改良刍议》在《新青年》第 2 卷第 5 号上正式发布了他关于"文学革命"(尽管胡适用了"改良")的基本主张。陈独秀在声援胡适的《文学革命论》一文中,实际都是从演进、进化角度来认识"革命"。"今日庄严灿烂之欧洲,何自而来乎?曰,革命之赐也。欧语所谓革命者,为革故更新之义,与中土所谓朝代鼎革,绝不相类;……文学艺术,亦莫不有革命,莫不因革命而新兴进化。"与梁启超一样特意强调自己所言革命源自欧洲,而不是暴力推翻、朝代鼎革的"革命"之意。胡适的《文学改良刍议》与随后的《建设的文学革命论》,全部的要旨就是"国语的文学,文学的国语",认为建设新文学要依次确定工具、方法、创造三个步骤。所谓工具就是推行白话文学,所谓方法就是取法西洋文学,"赶紧多多地翻译西洋的文学名著做我们的模范",以此推动民族的教育以及科学文化知识的普及和传播,最终求得国家和民族的振兴。

---

① Benjamin Schwartz, "Chen Tu-Hsiu and the Acceptance of the Modern", *Journal of the History of Ideas*, Vol. 12, No. 1 (Jan., 1951):61—74. p. 65.
② 韦莹:《陈独秀早期思想与法兰西文明》,《清华大学学报》(哲学社会科学版),1999 年第 3 期。
③ 胡适:《胡适日记全编》(1915—1917),曹伯言整理,合肥:安徽教育出版社,2001,第 352—353、356 页。

注意语言变革的可能性，以及借翻译文学来丰富和改造旧的文学系统，这不仅是《新青年》编辑部的共识，恐怕也是遥接梁启超以来许多进步知识分子的共识。早在1912年，胡适就用白话文翻译了法国作家都德的短篇小说《最后一课》，此译非常成功，后来一直被选作国文课本的范文，这充分显示了新一代知识分子的翻译能力和白话文功底。1916年9月，《新青年》第2卷第1号上刊载了胡适用白话翻译的俄国泰来夏甫的小说《决斗》，这是胡适刊发在《新青年》上的第一篇作品，也是《新青年》刊发的第一篇白话文，由英文翻译而来的。胡适翻译的小说，都经过他的精挑细选，无论是都德的《最后一课》（原译名《割地》）、《柏林之围》，还是莫泊桑的《二渔夫》，都是脍炙人口的爱国名篇。正如他在致陈独秀信中说："译书须择其与国人心理接近者先译之，未容躐等也。"1919年9月，胡适将它们编为《短篇小说》第一集，由上海亚东图书馆出版，全书收译作十一篇，其中《决斗》《梅昌哀》《二渔夫》《杀父母的儿子》《一件美术篇》《爱情与面包》《一封未寄的信》《他的情人》等八篇均用白话文译成，可以说这是我国最早以白话文翻译外国小说的结集。胡适对于外国文学的翻译介绍，最突出的业绩就是向国人推介戏剧大师易卜生的思想和作品，他不仅与罗家伦合译了易卜生的《娜拉》，还发表《易卜生主义》一文中，介绍了易卜生作品，有意识地将这种介绍与提倡个性解放和思想改造结合起来，强调易卜生"健全的个人主义"，即"世界上最强有力的人就是那最独立的人"。尽管胡适强调的是易卜生的思想，"注意的不是艺术家的易卜生，乃是社会改革家的易卜生"，但仍然对推动话剧的发展和思想解放运动具有划时代的意义。

然而，陈独秀与胡适其实一开始就代表着大致不同的民主实现途径。胡适留学美国，代表着英美式的低调民主观。与日本流行欧洲思想、俄国思想不同，英美在20世纪最初二十年风平浪静，第一次世界大战对英美的冲击远不及后来的大萧条和第二次世界大战。这样的现实状况致使留学英美的中国留学生，多数兴趣浸淫在19世纪浪漫文学和维多利亚文学的氛围中。当时美国流行的思想主要是查尔斯·桑德斯·皮尔士、威廉·詹姆斯、约翰·杜威的实用主义，白璧德和摩尔（P. E. More）的人文主义，与经由日本输入的激进思想不可相提并论。庞德等人所提倡的"写像主义"（imagism），应该影响到胡适提出的"八不"，对我国的白话文运动很有鼓舞作用，尤在白话诗写作的尝试上。相对来说，"中国知识分子对英美的传统比较冷淡，乃是因为这传统所代表的一切与当时中国亟待解决的问题，无直接的关系。而且，即使留英留美派的学者在当时能发生更大的影响，我们也可以相信，他们的话一定会被有意无意地曲解，务使这个英美传统沾上一点左派的革命气息"①。所以说英美留学的知识分子,更习惯于研究中国社会各方面的问题,试图平衡与抗拒左翼分子和激进分子破坏性的影响力。

有意思的是,周氏兄弟在很长的时间内仍然延续《域外小说集》的路径,主张"易俗语而为文言",重在精神层面而非工具。直到1918年,以自居边缘的姿态加入《新青年》的周氏两兄弟在胡适、陈独秀的基础上,把新文学改良运动又推上一个新的高度。鲁迅沉默十年之久后在《新青年》上发表第一篇白话小说《狂人日记》,对于"四千年吃人历史"进行了形象性的自我否定,而周作人则发表了《人的文学》。自此以后"人的文学"就成为"文学革命"与"五四"文学的内容代称。应该说前者是新文化运动以来在创作上的第一个重要业绩,后者则是新文学理论建设上最深思熟虑、最有建设性的文章。事实上,当1918年周作人《日本近30年小说之发达》的讲演还在强调"中国讲新小说也20多年了,算起来却毫无成绩"时,《新青年》至少在翻译上已经取得了不小的业绩,不妨罗列一下1915—1920年译介过的作家和思想家:屠格涅夫、王尔德、T. H·赫胥黎、叔本华、法兰克林、龚古尔兄弟(the Brothers)、莫泊桑、陀思妥耶夫斯基、柏格森、J. S. 米尔、尼采、易卜生、斯特林堡、显克微支(Sienkiewiz)、托尔斯泰、安徒生、海勃·斯宾塞、马克思、巴枯宁、奥斯丁·多卜生(Austin Dobson)、安德烈耶夫(Andreyev)、库普林(Kuprin)、杜威、马尔萨斯、罗素、比昂松(Bjornson)、柯罗连科(Korolenko)、高尔基、阿尔志跋绥夫(Artzbashev)等。正如王风说的,"《新青年》集团更应该被认知为一个带有不同资源的多种力量的共同体,在文学革命这个结点上有了价值追求的交集",结合自己晚清以来的思考,而进入全面的文化革命。

以上是我们对1895年至1919年前后大约20多年的转型时代从文学的革命到革命的文学观念转型中的几个重要议题所作的简要分析。这段历史时期,是中国近代文学由传统过渡到现代承先启后的关键时期。就中西文化接触而言,自仅限于沿江沿海几大商埠的散布,到新文化运动时期真正有广泛而深入的渗透与冲击,显然是在一波又一波的政治失败压力下推进的结果。从戊戌变法失败后的"政治小说",到宣扬暴力革命的"虚无党小说",再到新文化运动,"革命"的"改革"("Revolution 之义也")与"革命"("以暴易暴之革命")得到不同的理解,分别映射着康梁的君主立宪派、孙中山的同盟会与无政府主义者在

---

① 夏志清:《中国现代小说史》,第19页。

对革命的理解上的不同,以及实现革命的方式、成本、代价的考虑不同,从而构成了短短20年间文学译介政治话语的几个核心议题。如果像康德所说的,启蒙的两大"敌人"是以权势为中心的专制主义和存在于民众中的愚昧主义的话,梁启超在民众质素不高、流血革命过于暴力的情况下保守地选择了君主立宪,而虚无党与随后的辛亥革命更只是一场"政治革命",推翻了专制暴政而达到转变现存的政治秩序的目的,却没有解决民众的思想启蒙问题。连梁启超都在1923年《五十年中国进化概论》中提到,"革命成功将近十年,所希望的件件都落空,渐渐有点废然思返,觉得社会文化是整套的,要拿旧心理运用新制度,决计不可能,渐渐要求全人格的觉醒",而新文化运动要发起的,更是一场深层的文化革命,"范围及于生活习惯语言文字,只有法国大革命前的启蒙运动和俄国革命前的民粹主义运动与之稍近似"。然而随着革命浪潮的演绎,随后五四时期的思想界出现了激化的现象,盛行托克维尔所说的"抽象的文学政治",革命者力图"用简单而基本的、从理性与自然法中汲取的法则来取代统治当代社会的复杂的传统习惯",各种激情与感愤纷至沓来,社会情绪激化已经相当普遍,类似法国大革命的革命崇拜也逐渐激化成为一种革命宗教席卷全国,几乎把改革的声音完全淹没掉。

第十四个问题：

如何重新审视清末民初文学（译介）与启蒙、革命之关系？

过去人们习惯地认为作为新民主主义革命源头的五四运动是受了俄国十月革命的影响，然而正如历史学者高毅先生所指出的，当时大家熟悉并广泛推崇的只是法国大革命，何况十月革命本身也曾深受法国革命文化的浸染，而马克思主义意识形态事实上也和法国革命有着渊源关系①。有关法国大革命的宣传以及以卢梭为核心的法国启蒙思想，与清末民初的戊戌变法、辛亥革命、新文化运动等都有着密切的联系，进而影响到20世纪中国革命观念与启蒙路径、文学道路之间彼此之协调——而对这三者关系的深入探讨，必然要涉及中国对英、美、法、俄革命道路的认知与抉择，清末民初的启蒙语境与情况，西方20世纪以来对启蒙理性的批判与反思，文学（译介与创作）与政治之关系，以及当代研究者研究立场的抉择。本章试图透过历史事实与观念理路的梳理，来澄清影响深远的文学与革命、政治、启蒙之间预设与争论问题的实质。

一、法国大革命与中国革命道路的抉择

美国学者曾称北美革命的性格，宛如阳光般温和而耐久，而法国革命如暗无天日的暴雨中的闪电，照亮并荡涤旧世界的角角落落，但也迅速回归黑暗②。虽然英美革命付出了较小的代价完成了文明的转型，但法国大革命却能够比英美革命产生更大的影响，其原因在于它建立了高扬自由平等和人民主权等价值的新政治文化，"革命在法国对经济的成长或政治的稳定所起的作用微乎其微，

---

① 高毅：《法国革命文化与现代中国革命》，《浙江学刊》，2006年第4期。
② 参见苏珊·邓恩：《姊妹革命：法国的闪电与美国的阳光》，杨小刚译，北京：商务印书馆，2015。

它所确立下来的毋宁是民主共和的动员潜能和革命演变的惊人强度,它给后世留下的最显著的遗产是民族新生的语言、平等博爱的姿态和共和主义的礼仪,以及民主、恐怖、雅各宾主义、警察国家之类的政治方面的术语、习惯、观念模式和行为样式"①,而且"法国革命不仅标志着资产阶级的胜利,而且标志着以往一向蛰伏着的民众的充分觉醒"②,从而成为世界近现代民主政治与革命运动的重要源头。从人类历史的发展进程来看,法国大革命给近现代文明所带来的民主政治的倡导方面的影响力是不言而喻的,符合历史的需要或历史发展的趋势,而且作为一种争取个人自由和民族解放的反抗压迫的斗争,作为不可抗拒的历史之力"具有不容置疑的正义性"。法国大革命的一个最为显著、最受争议的特点就是激进性,这种激进性与法国大革命期间的特殊局势有关,在托克维尔看来,历时数百年旧制度的法国就是这种社会的典型形态,"会让一种在有大量公民存在的社会里可以期待的和平改良,逐渐变得毫无希望,以至于社会的进步和转型只能借由一场巨大的民族浩劫,并在由此引发的长期的反复震荡中去痛苦地实现"③。而中国革命之所以与法国一样激进,如高毅先生所言,"具体说来是因为两国的历史都特别悠久,积累的问题都特别多,传统的包袱都特别重,反动保守势力都特别大等等的缘故"④。然而法国大革命、中国新旧民主主义革命毕竟都为清除民族发展之障碍付出了惨重代价,并随激进革命留下种种遗症,如专制政治和革命冲动之间的反复震荡,在民主化向纵深发展的今天终究值得重视。

法国大革命在清末民初的传播与影响分为三个历史阶段,每一次的提出都与时局的变化及从不同政治立场为中国的制度变革、制度设计提供理论和方案有关。第一阶段是戊戌变法时期,改良派畏惧法国大革命的暴烈,但又赞同自由民权的思想,如王韬是第一个高度关注法国大革命的晚清思想家,十分赞赏法国人民抵抗反法联盟的精神,却对吉伦特派和雅各宾派大加贬斥,持君主立宪的立场⑤;康有为认可法国大革命所开辟的立宪民主潮流,但鉴于民智未开,

---

① 转引自高毅:《法国革命文化与20世纪初中国革命崇拜的确立》,《历史教学问题》,2000年第1期。
② 斯塔夫里阿诺斯:《全球通史——1500年以后的世界》,上海:上海社会科学院出版社,1992,第344页。
③ 高毅:《〈旧制度与大革命〉探析》(上),《中国高校社会科学》,2013年第4期。
④ 高毅:《略论新文化运动的法兰西风格》,《安徽师范大学学报》(人文社会科学版),2016年第3期。
⑤ 沈坚:《中国近代思想家眼中的法国大革命形象》,刘宗绪主编:《法国大革命二百周年纪念论文集》,北京:生活·读书·新知三联书店,1990,第87页。

以法国大革命之惨烈为鉴劝谏皇帝丢弃犹豫、厉行改革,以免重演革命"惨祸"①。谭嗣同有所不同,衷心赞赏法国大革命的暴烈与激进的进步作用:"法人之改民主也,其言曰:'誓杀尽天下君主,使流血满地球,以泄万民之恨。'……夫法人之学问,冠绝地球,故能唱民主之义,未为奇也","今日中国能闹到新旧两党流血遍地,方有复兴之望。不然,则真亡种矣"②。随着戊戌维新失败、八国联军入侵、《辛丑条约》签订,社会危机进一步加深,中国对法国革命文化的接受进入了第二阶段,即全面推崇激进革命的阶段。留日学生,游历、逃亡日本的知识分子受日本社会主义思潮影响,大量译介与宣传法国大革命,为中国进一步接受法国的革命与启蒙思潮作了充分准备。最早是1901年流亡日本的中国革命者在《国民报》宣扬推行法国式革命,1902年冬陈独秀与张继、蒋百里、苏曼殊等人发起"青年会",并集体编译了奥田竹松著的《法兰西大革命史》,认为革命使得法国"由十八世纪之旧天地,一跃而入十九世纪之新乾坤,使世界文明史上作一大段落,实振古以来之大变革"③。1903年出版的《新湖南杂志》宣扬"法兰西者,民约论之出生地也,自由权之演武场也,其行也,以暴动而已矣",而湖南省因其"法国风"最为流行且最早发生反清暴动而获得"小法兰西"雅号。

清末民初的思想界,其实已经广泛介绍了英国的培根、达尔文,希腊的亚里士多德、柏拉图,德国的康德、黑格尔,法国的孟德斯鸠、伏尔泰等,然法国革命破封建之遗习,灭专制之恶政,以树民主平等,成为救国之妙药,影响了一大批著名革命人物的言行,如邹容之《革命军》、陈天华之《狮子吼》、孙中山之成立同盟会、宋教仁"吾愿此身为卢梭、福禄特尔"等④,而且引发了1905—1907年间革命派和改良派之间就中国是否应当实施革命,以及应当实施什么样的革命等问题进行大论战,最终以革命派占据上风告终。在所有的革命学说中卢梭的影响最大,报刊上到处充斥着"卢骚之徒""卢梭魂""亚卢(意为亚洲卢梭)""平等阁

---

① 康有为:《进呈法兰西革命记序》,汤志钧编:《康有为政论集》上册,北京:中华书局,1981,第308—310页。
② 谭嗣同:《谭嗣同集》,沈阳:辽宁人民出版社,1994,第77页。
③ 俞旦初:《二十世纪初年法国大革命史在中国的介绍和影响》,刘宗绪主编:《法国大革命二百周年纪念论文集》,北京:生活·读书·新知三联书店,1990,第176页。
④ 满清大臣端方曾在奏折中抱怨革命思潮:"一二不逞之徒……恣其鼓簧,思以渎皇室之尊严,偿叛逆之异志。加以多数少年,识短气盛,既刺激于时局,优愤失望,复偶涉西史,见百年来欧洲二三国之革命事业,误认今世之文明,谓皆由革命而来,不审利害,唯尚感情。故一闻逆党煽动之言,忽中毒而不觉,一唱百和,如饮狂泉。"(俞旦初:《二十世纪初年法国大革命史在中国的介绍和影响》,刘宗绪主编:《法国大革命二百周年纪念论文集》,第185页)相关史料还可见诸于中国法国史研究会编:《法国史论文集》,北京:生活·读书·新知三联书店,1984。

主义""竞平""人权""民友"之类笔名。卢梭的一些观念成了法国革命和启蒙学说的代名词。1898年,卢梭的《社会契约论》由日本思想家中江笃介用汉语译出,随后在上海以《民约通议》为名刻印,1900年留日团体励志会的会刊《译书汇编》在第一、二、四、九期分四期连载了卢梭的《民约论》(即《社会契约论》),梁启超1901年在《清议报》连续三期发表《卢梭学案》[①],后又于《新民丛报》上以《民约论巨子卢梭之学说》为题重刊,感言:"欧洲近世医国之国手不下数十家。吾视其方最适于今日之中国者,其惟卢梭先生之《民约论》乎!"[②] 邹容《革命军》(1903)也把卢梭视为解救中国问题的灵丹妙药:"夫卢梭诸大哲之微言大义,为起死回生之灵药,返魄还魂之宝方。"[③]不仅在论述作品中引述卢梭观点的越来越多,大量的小说创作中也出现了对卢梭的关切,如张肇桐撰《自由结婚》(1904)中写道,"见其壁上挂着两幅天文地舆图,古今东西女豪杰的照相,书桌上罗列着各种普通教科书及《政治浅说》《民约论讲义》《通俗法兰西革命史》等书……"[④]政治小说《卢梭魂》(1905)把卢梭描绘为一位学富五车的"名儒",一生的著述中最有影响的就是《民约论》,"后来美、欧两洲掀天揭地的革命军,便是这篇文字播的种子"[⑤];新小说社刊行的《立宪镜》(1906年)描写游历欧美诸国的金人一心立宪,回国考察时"走错路头,误入自由村","见主人几上之《民约论》,心中揣度系何等人物,夜间梦遇革命党造反,立宪立不成了"[⑥]。

  第三阶段是新文化运动阶段。新文化运动的发起者之一陈独秀是个"法国迷",这既与国内流行话语有关,也与他在日本留学期间的语境有关,《新青年》有着浓郁的"法国风",似乎是学界的定论。1915年创刊的《青年杂志》封面上印着法文的 La Jeunesse(青年),随刊《法兰西人与近世文明》,称法国文明"一曰人权说,一曰生物进化论,一曰社会主义"。当然或许是陈独秀对法国文明精神把握未必准确,或许是他要夸大法国文明的价值,把英国人达尔文的进化论之功归于法国人拉马克,在行文中反复重复"法兰西人为世界文明之导师"的思

[①] 玛丽安·巴斯蒂:《辛亥革命前卢梭对中国政治思想的影响》,刘宗绪主编:《法国大革命二百周年纪念论文集》,北京:生活·读书·新知三联书店,1990,第58页。
[②] 梁启超:《自由书》(1899),《梁启超全集》。第350页。
[③] 邹容:《革命军》,北京:华夏出版社,2002,第10页。
[④] 江苏省社会科学院明清小说研究中心、江苏省社会科学院文学研究所编:《中国通俗小说总目提要》,北京:中国文联出版公司,1990,第861页。
[⑤] 佚名:《卢梭魂》,董文成、李勤学主编:《中国近代珍稀本小说》第12卷,沈阳:春风文艺出版社,1997,第9页。
[⑥] 江苏省社会科学院明清小说研究中心、江苏省社会科学院文学研究所编:《中国通俗小说总目提要》,第1043页。

路后,于1919年提出《本志罪案之答辩书》中提出"科学"与"民主"这两项更为明确的启蒙路线诉求①。正如有学者指出的,"陈独秀的真正兴趣并不在文学上,而是在政治体制以及国家模式的变革上",文学不过是为政治变革开辟道路,"我们要诚心巩固共和国体",就必须将"这班反对共和的伦理文学等等旧思想"冲刷干净不可,否则"不但共和政治不能进行,就是这块共和招牌,也是挂不住的"②。所以陈独秀推崇法国的自然主义文学,就在于认为其能够以科学写实的态度来了解和陈述社会生活的真实面貌,为解决社会问题提供条件;陈独秀与苏曼殊合译《惨社会》,也不是翻译主张人道主义的雨果,而是传达法国大革命的思想。③ 此时的李大钊也将俄国革命与法国革命相提并论,"俄国今日之革命,诚与昔者法兰西革命同为影响于未来世纪文明之绝大变动。在法兰西当日之象,何尝不起世人之恐怖、惊骇而为之深抱悲观。尔后法人之自由幸福,即奠基于此役"。而法国革命的价值在于主张"自由"(自由权),俄国革命则在于主张"面包"(生存权)④。此外,值得注意的是,以在《新青年》刊载工读团文章等形式,新文化运动领导人积极宣传留法勤工俭学,前后有数千人赴法留学,其中包括周恩来、邓小平、聂荣臻、徐特立、王若飞、李立三、赵世炎等。

造成法国大革命未能对中国的具体的政治建设层面产生影响的主要原因之一,在于法国大革命本身并没有产生关于民主政治的普遍观念或行为模式。第一次世界大战结束之际,陈独秀真诚地欢呼着协约国方面的胜利,以为公理战胜了强权,不料巴黎和会中国外交失败直接导致了五四运动爆发,也使得陈独秀心目中的法国形象受到动摇。"法兰西国民,向来很有高远的理想,和那军

---

① 本书同意这一观点,"德先生"和"赛先生"不是五四时期提出的,毕竟这两个口号的提出更属于五四前的新文化运动的启蒙理路,而新文化运动与五四运动却有着明显的历史断裂。此外,我们也不能以法国启蒙思想之影响独断清末民初的新文化运动,陈独秀"以卢梭式法国民主主义为基调,但亦杂糅了英美自由宪政思想。他以个人主义阐释的人权观念,虽以法国启蒙思想相标榜,实则更多源自英美自由主义传统"。(高力克:《五四的思想世界》,上海:学林出版社,2003,第 207 页。)前文也提及美国学者史华兹也认为陈独秀对欧洲的认识局限于 19 世纪的某些历史学家的看法,后者倾向于把近代欧洲种种复杂而且相互冲突的潮流都看作完全是源出于启蒙运动和法国革命。
② 陈独秀:《旧思想与国体问题》,《新青年》,1917年5月1日第三卷第三号。
③ 按照柳亚子的说法,第十一回的下半回、第十二回至第十四回是由陈独秀单独写成的(柳亚子:《"惨社会"和"惨世界"》,柳无忌编:《柳亚子文集·苏曼殊研究》,上海:上海人民出版社,1987,第382页),章士钊也提及"独秀就旁案移译嚣俄小说"(章士钊:《双枰记》,吴组缃等编:《中国近代文学大系》(第 2 集·第 9 卷·小说集七),上海:上海书店,1992,第 844 页)在书中的第十二回,涉及对雅各伯党(即雅各宾派)实行的民主共和政治思想的赞赏。
④ 李大钊:《法俄革命之比较》(1918),朱志敏编:《五四风云人物文萃 李大钊 1889—1927》,北京:人民日报出版社,2005,第 79 页。

国主义狭义爱国心最热的德意志国民,正是一个反对。现在德意志不但改了共和,并且执政的多是社会党,很提倡缩减军备主义。而法兰西却反来附和日本、意大利,为着征兵废止、国际联盟、军备缩小等问题,和英美反对,……不知理想高远的法兰西国民,都到哪里去了?"①巴黎和会直接诱发了五四运动,推动了新文化运动阵营的分化,李大钊、鲁迅等人将目光转向了俄罗斯,投向了20世纪"人类社会变动和进化的大关键"以及马克思主义。然而尽管如此,法中两国在个性上是十分投缘的民族,加上持续数十年的法国大革命的宣传与接受,使得中国知识分子、作家与革命者有选择地将法国"革命"要素同中国固有的革命模式或价值观念结合起来,形成了一种视激进革命为唯一有效的救国手段的思维定式与心态,形成了一次比一次猛烈的革命。

二、法国的卢梭与清末民初启蒙运动基调的形成

法国大革命具有前所未有的激进性,显然与对法国启蒙思想的抉择有关,自然影响到了中国清末民初启蒙运动的激进性,以至于学界有一种偏激的说法,称新文化运动是法国启蒙的"孽子",这显然是一种情感的判断而非理性的判断。不妨扼要回顾法国启蒙的特征以及大革命道路的选择,以及如何进一步影响中国知识分子对法国启蒙思想的接受。

法国革命思想的最初动力不是来自法国内部,而是来自英国。直到18世纪初,法国人还一直沉迷于古希腊罗马的古典作品,而随后挟裹各种启蒙思想的英国笔记、小册子的传入,以及法国人在英国的游历激起了法国人对新思想的浓厚兴趣,尤其是1700年洛克的《人类理解力论》在法国翻译出版,点燃了法国人思想启蒙的激情。伏尔泰高度称颂议会政府,宗教容忍和公民自由这些英国习俗,通过小册子和哲理小说来宣扬理性和自然的法则,攻击旧的政治、宗教和哲学保守主义,而孔狄亚克《论感觉》、爱尔维修《精神论》则从哲学的角度继承了洛克的思想,强调人类没有天赋或先入之见,一切行动都是感觉的产物,任何政府必须迎合人们寻求幸福的自然欲望,否则必定是反社会的。而《百科全书》野心勃勃地汇集了各门学科的知识,对各种传统思想构成有力的挑战。观

---

① 陈独秀:《随感录·理想家那里去了?》,载《每周评论》1919年第10号,《陈独秀文章选编》上册,北京:生活·读书·新知三联书店,1987,第358页。巴黎和会谈判详情最近可见海峡两岸新著唐启华的《巴黎和会与中国外交》、邓野先生的《巴黎和会与北京政府的内外博弈》,均由社会科学文献出版社于2014年出版。

点各异的哲学家、文学家、历史学家各自表述自己的见解,如果说有什么共同点,就是用理性检验所有的旧制度、传统习惯和道德观点。"他们不承认任何外界的权威,不管这种权威是什么样的。宗教、自然观、社会、国家制度,一切都受到了最无情的批判;一切都必须在理性的法庭面前为自己的存在作辩护或者放弃存在的权利。思维着的知性成了衡量一切的唯一尺度。……以往的一切社会形式和国家形式、一切传统观念,都被当做不合理的东西扔到垃圾堆里去了。"①如果说法国启蒙的时代理性掩映了情感,到了大革命的时代感情则击溃了理性。在启蒙的时代卢梭的阅历与洞察不及伏尔泰,才华与眼界不如狄德罗,哲理与见解则在孟德斯鸠之下,而且与狄德罗、伏尔泰甚至休谟都发生过决裂或争执,可以说备受主流文人的压抑。卢梭作为一个饱尝人间心酸与社会不平戕害的平民人物②,在《社会契约论》里指出,专制君主既然以暴力统治,反过来人们也可用暴力推翻他;可以建立一个以社会契约为基础的政体,以取代封建专制制度。这一石破天惊的救世主式言论给潜在的革命者以深刻印象,也特别近亲民众、接地气——因为国家无力摆脱旧制度的统治,又要执着地追求"平等"和"再生"——卢梭因而成了革命时代人人崇拜的精神导师,进而意味着法国在革命道路上与英美政治思想的分裂③。

卢梭启蒙与革命思想的特点与中国传统思维有高度的契合特征:情感型的形而上学以伦理情感为基础,以自我直觉、自我体验为方法,以自我超越的整体境界为目的,缺乏理性认识和更全面的社会认知。这就可以解释,为什么胡适和梁启超在解决中国问题的道路上先后提出"伦理的觉悟,为吾人最后觉悟之最后觉悟","从文化根本上感觉不足……渐渐要求全人格的觉悟"。伦理的觉悟并非新文化运动才有,戊戌变法时期,谭嗣同、梁启超、唐才常等人就认识到"中国败弱之由","皆由体制尊隔之故",唯有"民权"反对"君权"才能破除"体制尊隔",而且已经认识到中国传统政治是一种伦理性政治,决定了中国的启蒙主要是"伦理启蒙",从伦理启蒙入手才能完成传统伦理政治向近代民主政治的基

---

① 《马克思恩格斯文集》第九卷,北京:人民出版社,2009,第19—20页。
② 卢梭的理想是,"当我们看到在全世界上最幸福的人民那里,一群群的农民在橡树底下规划国家大事,而且总是处理得非常明智;这时候,我们能不鄙视其他那些以种种伎俩和玄虚使得自己声名远扬而又悲惨不堪的国家的精明吗?"(《社会契约论》,何兆武译,北京:商务印书馆,2005,第131页)
③ 美国联邦立宪时期,麦迪逊称人类历史上往往不是"理智"而是激情与私人利益主宰人类事务,"在所有人数众多的议会里,不管是由什么人组成,激情必定会夺取理智的至高权威。如果每个雅典公民都是苏格拉底,每次雅典议会将都是乌合之众"。(汉密尔顿等:《联邦党人文集》,程逢如、在汉、舒逊译,北京:商务印书馆,第283页)当代仍有学者认为,法国大革命的"激进",原因之一就是革命者民主知识和经验的缺乏,并最终损害了法国的政治民主化事业。

本论证：首先，以科学与民主否定中国文化传统中圣贤之道的专注人事而漠视真理的价值观，以求真代替求善，"以目的言，则政治即道德，道德即政治。以手段言，则政治即教育，教育即政治"①；二是否定借助伦理学说所支撑的专制君权的合法性，严复称"唯天生民，各具赋畀，得自由者乃为全受"②，继而否定了以宗法维系为中心的伦理政治的合理性，如梁启超言"凡国家皆起源于氏族，此在各国皆然。而我国古代，于氏族方面之组织尤极完密，且能活用其精神，故家与国之联络关系甚圆滑，形成一种伦理的政治"③。严复也称，"中国事与相方者，乃在纲常名教。事关纲常名教，其言论不容自繇，殆过西国之宗教"④。只是到了20世纪初，以同盟会为代表的革命派立志于革命，而在学堂、报刊、著译等启蒙运作方面几无建树，直到辛亥革命之后受激于袁世凯复辟、张勋复辟、政潮黑暗、国民冷漠，重新重视梁启超等人开启的启蒙教育的苦心，陈独秀《吾人最后之觉悟》中"儒者三纲之说为吾伦理政治之大原""近世西洋之道德政治，乃以自由、平等、独立之说为大原"说法实际上在梁启超等人的作品里已经是连篇累牍，甚至要更为细致。

卢梭的伦理政治与儒家伦理政治都有着追求德性（美德）的相似旨趣，使得难免受传统影响的清末民初启蒙者与卢梭产生共鸣，从而再次举起"伦理政治"而不是现代"法理政治"的旗帜。伦理政治关注的是人如何在共同体中过上德性的生活，相信人都有追求一个终极目的、渴望达到一种完善的状态，而这种完善的状态，就是独立于人的意志之外的自然本性，也是人应有的标准⑤。儒家思想所建构的伦理政治，是以伦理榜样与政治权威的合一来统摄伦理与政治之间的关系，伦理政治前提是统治者与民众都有自觉的德性追求，然而在权力分割与利益分配时很难保证公正和贯彻，而且将伦理原则甚至具体的道德关系绝对化与神圣化，就成了束缚文化发展与政治制度革新的枷锁。卢梭喜欢斯巴达和古罗马共和文明，认为古典时期的人追求德性，古代公民以勇气与无私的德性造就自己的幸福，此外具有讽刺意味的是，有些18世纪欧洲启蒙思想者十分

---

① 梁启超：《先秦政治思想史》（1922），《梁启超全集》。第3645页。
② 严复：《论世变之亟》，《严复集》第1册 诗文上，北京：中华书局，1986，第3页。
③ 梁启超：《先秦政治思想史》（1922），《梁启超全集》，第3622页。
④ 严复：《〈群己权界论〉译凡例》，《严复集》第1册 诗文上，北京：中华书局，1986，第134页。美国汉学家舒衡哲也持相同的看法，认为儒家纲常与神权专制的差异使得中国与欧洲的启蒙具有不同的内涵。（舒衡哲：《中国启蒙运动》，刘京建译，北京：新星出版社，2007，第5页）
⑤ 利奥·施特劳斯：《现代性的三次浪潮》，贺照田主编：《西方现代性的曲折与展开》，长春：吉林人民出版社，2010，第86—88页。

推崇古代中国的德治经验,如莱布尼茨、霍尔巴赫、伏尔泰等,当然孟德斯鸠能够认识到以家族伦理之孝道为基础而以"服从"为宗旨的礼教,构成了古典中国的一般精神和帝国的伦理基础①。

严格意义上讲,启蒙思想的出现既是为西方以资本主义发展为核心的新兴政治文化造势,也是为资本主义政治观提供利弊的分析与理论的设计。资本主义商品经济要获得更大的发展,大前提就是要建立在对权力、财富、名利的私欲的肯定、对理性计算的推崇之上,也就是说,私欲在古典文化中会被普遍视为罪恶,必然会败坏节制与德性,破坏传统伦理与政治的根基②,却是维持资本主义经济活力不可缺少的动力。这意味着资本主义要想获得更合法化的发展,必须寻求国家政权制度层面与思想建设层面的支持,重新建立维系民众的自由政治与文明尺度。所以启蒙思想者或政治学者尽力地将传统的伦理政治转移到法理政治上来,将政治问题重心转化为技术问题、理性问题而非伦理德性问题。以自由政治为核心的资本主义制度设计,实际是要塑造一个全新的"客观的""实在的"现实社会,实现不断壮大的中产阶级阶层的利益、意志和抱负,而不是向往古代圣贤的德性,要确立一种崭新的、合乎理性的社会秩序以协调人们的爱情、金钱与社会等方面的利益分歧。休谟、边沁、狄德罗、卢梭和康德等启蒙思想家普遍习惯性从抽象理性原则出发,用更舒适、更自由的世俗市民道德取代传统道德,赞同更为自由的理性思考下的道德主张。卢梭的思路有所不同,早在成名之作《论科学和艺术》(1750)中就拒绝资本主义的这一合法化主张,认为科学与理性只会使人的生活变得更加复杂,更加混淆自然善行而更加堕落,所以他十分关注虔诚、信仰、道德、直觉对人格与社会结构的作用③。

卢梭在对抗技术政治时,提出了对清末民初影响巨大的"社会契约论",通过"契约"形成"公意"(不是众意)来构建政治价值的合法化基础。所谓公意并不是诸多私人意见的集合,而是人们公共意志的凝聚,具有不会出错的普遍性,成为对抗私欲与算计的全新价值观基础,也成为法国大革命的共识,不料成为非黑即白式的万众一心,托克维尔称为"受制于万众一心之压力,他们闭口不谈如何正常表达分歧,解决分歧"。而且正如施特劳斯所认为的,无论是公意还是

---

① 孟德斯鸠:《论法的精神》上,张雁深译,北京:商务印书馆,1995,第315—316页。
② 麦金太尔:《德性之后》,龚群、戴扬毅译,北京:中国社会科学出版社,1995,第286—288页。
③ 有论者指出卢梭政治价值取向与几个因素有关:一是他早年生活的日内瓦共和国有着政教合一的社会结构,清教倾向的政治模式,整齐划一的道德风尚,舆论一律的良心监察;二是深受卢梭深受柏拉图的影响,强调政治隶属基本上属于伦理性质。(任剑涛:《中西政治思想中的伦理际遇》,《政治学研究》,2000年第3期)

公民宗教,都无法恢复古典的伦理政治,而且本身对无限自由的追求本身就是自由政治的表现①,更何况古典伦理政治的合法性建立在神圣信仰与宗法的基础之上,探求人的自然本性的卢梭在无法恢复神圣律法根基的时候,转而采取霍布斯"自然状态"的概念,就背离了古典德性的传统,这就是卢梭的困境。卢梭面对的是传统伦理与宗教沦落的现实,而中国面对的传统伦理与信仰困顿的现实,卢梭是要批判资本逻辑之下不关切伦理的现代政治,中国启蒙则是要极力批判伦理建立现代自由政治——这恰恰是中国启蒙者追捧卢梭的悖谬之处,意味着我们接受的卢梭是高度符号化的卢梭②。骨子里是小国寡民的卢梭(陈乐民语)当然强调政治必须与道德联系起来,没有了道德就会风尚败坏③,而且国家需要宗教,不过不是"违反社会精神的"基督教,而是一种能够恢复人的尊严的公民宗教,至于公民宗教是什么,卢梭没有也不太可能说得清楚。虽然中国启蒙者和卢梭的话题都是以德性为中心的伦理政治,但是卢梭是抵抗以理性与技术为中心的法理政治,认为它败坏而且支持败坏人的道德,而中国的启蒙者在极力破坏传统的伦理政治批判,是要重建一种伦理政治,在提出现代政治的发展路径时,没有理清自由政治(民主、制度)设计、建设与社会伦理(道德、行为)之间的关系。

导向国民性批判的伦理启蒙,容易导致道德伦理的危机与政治设计的偏颇。清末民初的启蒙者在试图解决中国问题的时候,直接将政治问题依次与道德、伦理与文化关联起来,只强调道德革命、伦理革命与文化革命对于民主政治的作用,却忽视了政治(民主)对于道德启蒙、伦理启蒙与文化启蒙的更为重要的作用,没有重视(甚至没有注意到)政治民主看作是实现自由、独立的基本前提和保证。思想启蒙与民主政治关系的协调应该涉及三个方面关系的处理:绝对理性、自由政治与社会美德。宽泛地讲,这三个方面分别代表了法国、美国和英国在处理启蒙与革命关系方面的明显倾向,但不意味着不兼及其他,例如美

---

① 利奥·施特劳斯:《现代性的三次浪潮》,贺照田主编:《西方现代性的曲折与展开》,第86—88页。
② 严复是个例外,在多篇文字中《主客平议》(1902)、《〈群己权界论〉译凡例》(1903)、《政治讲义》(1906)、《宪法大义》(1906)、《说党》(1913)、《天演进化论》(1913)、《民约平义》(1914)中批判卢梭思想。正如王宪明、舒文指出的,严复赴英留学时,碰上的是一个反启蒙的时代,实证主义和进化论甚嚣尘上;历史法学取代了自然法学,天赋人权观念受到严重挑战,社会上流行的著作都不同程度地对卢梭的"自由""平等""社会契约"进行批判。(王宪明、舒文:《近代中国人对卢梭的解释》,《近代史研究》,1995年第2期)梁启超《新民说》中在辨析了"公德"与"私德"之关系后,批判了独善其身的"私德",殊不知这一私德恰是近现代欧美政治设计之前提所在。孙中山提出的"天下为公",也标志着他的三民主义的核心是"孔子希望的大同世界",民有、民治、民享,实际是避免资本主义的弊端。
③ 卢梭:《社会契约论》,何兆武译,北京:商务印书馆,2005,第84—85页。

国独立革命时期启蒙思想来源于精英阶层对古典德性的尊重以及启蒙理性精巧的苛求,下层民众对适应了历史潮流的清教传统道德的尊崇。只有确立民主意识,建立民主政治,才能更为实际地实现民众的道德觉悟、伦理觉悟与文化觉悟。不可能通过道德、伦理与文化的批判来建立民主政治,使得不平等的社会制度自行消失。批判传统道德以解决民主问题,而不是通过民主建设以解决道德问题,强调的是建立在伦理基础上的"伦理政治",而不是自由政治基础上的现代"政治伦理",结果还是强调伦理化的政治,或政治的伦理化。

当陈独秀把历史的症结推向"伦理的觉悟"时,表面上是以"自由、平等、独立"对抗"儒者三纲之说",实际上容易把"国民性"的描绘完全变成了贬义,连带其审美趣味都被认定为是野蛮与恶劣的,"旧文学,旧政治,旧伦理本是一家眷属,固不得去此而取彼"①。清末民初启蒙者以为科学、民主思想是西方文明的基石,"可以救治中国政治上道德上学术上思想上一切的黑暗",没有自觉的平等、自由的观念,而是"除恶务尽"的斗争精神,成为一种严重越位的文化决定论。清末民初所面临的主要问题实际上是现代政治革命的问题,启蒙运动以科学、民主的工具理性来摧毁儒学伦理,必然使伦理重建成为启蒙运动的一大难题,而且运用一些科学、民主的抽象概念批判封建伦理时,没有充分正视其与中国社会发展程度对接的复杂性以及现代社会里已经产生的对启蒙的反思经验。此外,当道德个体从等级观念和目的论中解放出来以后,至少有两个方面的问题:一是在一切客观的事实、法律和约束面前,任何保留着自我做主的态度,实际上都是看荣誉或利益、激情或算计、复仇或自治哪一个方面占据上风而做出的决定;二是个人对自己诸多彼此敌对的道德态度与立场似乎都有充足的理性论证。麦金太尔在《德性之后》中指出:"所有这些思想家们共同参加了构建道德有效论证的运动,即从他们所理解的人性前提出发,推出关于道德规则、戒律的权威性结论。我要指出的是,任何以这种形式出现的论证都必然失败,因为在他们所共有的道德规则、戒律的概念和他们共同的人性概念之间(尽管他们之间也有较大差别),存在着一种根深蒂固的不一致。这两个概念都有其历史,它们之间的关系只有依照这个历史才可以理解。"②

---

① 陈独秀:《答易宗夔》,《新青年》1918 年 10 月 15 日第五卷四号。
② 麦金太尔:《德性之后》,第 67 页。

三、法国与中国的文学政治问题

　　法国大革命令人诟病的负面影响之一,就在于托克维尔在《旧制度与大革命》中论及的"文学政治"的兴起与泛滥。18世纪法国社会的一个显著特点就是文人哲士异常活跃,成为左右政坛的重要力量。这些法国文人哲士的特点,一是文学修养极高而且社会影响力大,以抽象理性为依托来勾画新社会的蓝图;二是不参与日常政治,缺乏公共自由和从事公共政治的实践经验,却又特别关心政治问题,热衷于创新一些普遍的"政治体系"和天马行空的革命幻想;三是对社会政治的讨论大而空,从社会起源、公民权利到政治体制,分歧严重,唯有一点是共同的,那就是都认为"应该用简单而基本的、从理性与自然法中汲取的法则来取代统治当时社会的复杂的传统习惯",即用最简单的方法来解决最复杂的问题,主张对旧世界来一个彻底的决裂,这使得"有史以来一场规模最大最危险的革命"有了思想基础。法国的文人哲士过于迷恋抽象的自然法与先验的理性设计,置现行的法律、习俗、道德与宗教于不顾,试图建立一个"理想国"或者"哲学家的天城",而且企图彻底解决问题而不是修修补补。在托克维尔看来,这或许是"作家身上引为美德的东西",但"在政治家身上有时却是罪恶"。柏拉图迷恋理性,但是却将诗人赶出理想国,而法国文人哲士却将利用文学想象与政治激情结合起来,"以致关于社会性质的普遍而抽象的理论竟成了有闲者日常聊天的话题,连妇女与农民的想象力都被激发起来"。迷信理性的文人和头脑发热的民众一拍即合,结果被托克维尔称作"文学政治"的东西蔓延于文人作品之中,各种利益诉求现在都可以乔装成高深的"哲学",全体国民接受了文人哲士的教育时就染上了他们的本能、性情、好恶乃至癖性,"以至当国民终于行动起来时,全部文学习惯都被搬到政治中去","政治生活被强烈地推入文学之中,作家控制了舆论的领导,一时间占据了在自由国家里通常由政党领袖占有的位置"①。

---

　　① 托克维尔:《旧制度与大革命》,冯棠译,桂裕芳、张芝联校,北京:商务印书馆,1992,第175、182、177页。当然也有批评指出,启蒙哲学家或者法国革命者在很大程度上是因为他们有意要和处处渗透着特权思维、团体主义以及历史主义的社会现实保持距离。对政治、党派与利益的超然立场是他们的力量所在也是他们今后进行社会建制的目标与方向。(乐启良:《18世纪的法国"文学政治"何以成为可能——对托克维尔的一点批评》,《世界历史》,2013年第5期)

相似的阴性民族①性格、相似的文以载道教化传统、相似的社会境遇，使得中国也出现了类似的文学政治现象，托克维尔的表述"对国家制度感觉头痛却又无力加以改善，与此同时，它在当时又是世界上最有文学修养、最钟爱聪明才智的民族"也似乎在陈述清末民初的文坛状况。这就需要我们澄清几个方面的问题。第一，文学的乌托邦想象解决不了政治的现实问题。正如勒弗菲尔指出的，翻译是一种受操纵的文化政治行为，清末民初的译介也是如此。政治自由越是匮乏，反倒越使文人哲士愿意充当政治教育家的角色，当自己来不及或无法创作时，就对翻译文本的选定、翻译策略进行操控，从严复《天演论》向国人灌输"物竞天择，适者生存"，到流亡日本的梁启超在《劫灰梦传奇》中借用剧中主人公之口说："你看从前法国路易第十四的时候，那人心风俗不是和中国今日一样吗？幸亏有一个文人叫做福禄特尔（今译伏尔泰——引者按），做了许多小说戏本，竟把一国的人从睡梦中唤起来了"②，并以政治小说来引领小说界革命，创作《新中国未来记》讨论中国政体选择的可能性，还有陈独秀、苏曼殊在《惨世界》中激烈主张暴力革命，再到陈独秀在《文学革命论》强调思想革命与文学革命的相互关系，都是典型的文学政治。鸦片战争、甲午战争、辛亥革命之后社会危机越是加强，文人哲士就越是对旧制度不满，就越容易产生失望与怨恨，也就越容易在不断加剧的政治狂想中获得安慰，并把改革的希望寄托在自己的幻想上。一旦怀有"伟大人民的政治教育完全由作家来进行"的念想，文人哲士就有更大的热忱向深处挖掘政治的"文化老根"，空许一个无法实现的乌托邦。文学政治不只是把文学视为政治或道德的传声筒，而是指以文学的激情影响来对待讲求平衡与机制的政治，这不是否认文人哲士的革命价值，但是必须承认文学政治无法产生新的制度与政治文化，尤其是以实业、法律与科技为动力，以契约与程序建制为基础的现代政治。当然没有必要将运动与革命进程中所有的问题，都归咎于文人哲士，但无论如何，革命的动荡与文学政治之间难以摆脱一层负面的联系。

第二，文学的价值诉求与启蒙的价值诉求并不完全对应。李泽厚曾称五四启蒙的背后，是被称为"乐感文化"的"审美主义"，来自于以"泛文学化"为基本特征的中国传统文化，实际上清末民初一波又一波的启蒙运动皆是如此。陈独秀在《敬告青年》一文中对青年所提的六条要求中第五条"实利的而非虚文的"，第六条"科学的而非想象的"，以"实利"与"科学"反"虚文"和"想象"的，成了中

---

① 阴性民族说法来自朱学勤，见苏珊·邓恩：《姊妹革命：法国的闪电与美国的阳光》，"中文版序"，第2页。
② 梁启超：《劫灰梦传奇》（1902），《梁启超全集》，第5649页。

国启蒙的自反性、自我解构的悖论,因为反"虚文"和"想象"的实利、科学、理性的启蒙建设,恰恰是靠"虚文"和"想象"的文学译介与创作才获得影响性力量,"与西方的理性化制度伦理与感觉化、肉身化、灵性化的'审美主义'文学在相互制衡中构建道德秩序相反,百年中国文学只能在制度伦理的理性担当和自身的审美化非理性要求中处于两难抉择的悖谬境地"①。从清末民初科幻小说、侦探小说试图引入科学与法律开始,中国的启蒙运动一直在横移西方启蒙理性的过程中,试图在中国培育不曾有的法理传统、科学知识,但是西方数百年积累的启蒙文化资源显然不可能通过一些小说的翻译、仿写与宣传来达到教育的目的,这意味着清末民初以文学政治为重心的启蒙道路注定只是一个开端。

我们今天当然不会认为法国启蒙只有科学、民主与理性的一面,实际上还有更属于文学审美情感的一面。法国启蒙运动中的随笔、对话、书信、小说等,将人的欲望、情感、想象与雄辩等矛盾重重的因素融合在一起,构成了与旧传统、旧制度的心理与行为对抗的东西。启蒙既有体现"求知欲,不虔诚,坚定勇敢,生机勃勃和理性"的一面,也有受英国感伤主义影响的一面,如卢梭《新爱洛绮丝》中深陷感情矛盾的朱丽,伏尔泰《查弟格》《老实人》中四处寻找幸福的查弟格、老实人,狄德罗笔下那个近乎痴癫的"拉摩的侄儿"代表着不同于光明而理性的易感受的心灵,由现状之不合理激起的痛苦、欢乐、矛盾、失望、激愤都得到了细致入微的刻画和尽情地渲染,"18 世纪的成就不仅在于前者,更在于后者,新世纪第一个启蒙思想家孟德斯鸠的最杰出贡献不是对洛克曾经提出的政治分权理论予以再创造,而是指出,不同气候下的人有不同的秉性和心情"②,这意味着唤起民众变革现实的热情多样性。应该说,清末民初也大量出现过启蒙和现代民族国家建构文学译介中衍生出的文学叙事,如狭邪小说、侠义公案传奇、谴责黑幕、科幻乌托邦小说,对"世变与维新、历史与想象、国族意识与主体情操、文学生产技术与日常生活实践等议题,展开激烈对话"③。这些展现了与国族叙事不同的复杂性与审美性方面的小说,却容易被革命话语划定为启蒙与颓废、革命与回转、理性与滥情、模仿与谑仿之区别,进而规约了学科内部话语的方向。当然王德威强调晚清小说中的"欲望、正义、价值、真理"等话语以及现代性立场,是要为激进而又复杂的现代性美学表征与价值取向正名,却又是从欧美文化发展机理来总结与陈述的,忽视了中国"改造社会"与西方"改进社

---

① 潘正文:《"道德形而上主义"之争与文学的两难选择》,《河北学刊》,2004 年第 1 期。
② 尚杰:《启蒙世纪的另一半:古典的浪漫主义》,《江苏行政学院学报》,2002 年第 4 期。
③ 王德威:《被压抑的现代性——晚清小说新论》(中文版序),第 1 页。

会"命题的差异。

第三,文学几乎必然体现某种意识形态,但文学并不等同于政治。从清末民初文学译介、文学创作与文学观念的文学政治化,王国维与鲁迅的文学去政治化,陈独秀与胡适兼而有之的强化,到在新民主主义革命、解放战争与新政权建设时期,毛泽东在《延安文艺座谈会上的讲话》提倡文学应服务于国家民族政治发展的文化建设目的,都对此有鲜明体现。按照罗兰·巴尔特的说法,政治式写作的历史是人类社会现象学的最重要部分,与权势的运用联系在一起的"古典主义写作就是一种阶级写作",具有明晰性、工具性(为特定的内容服务)与修饰性(从传统中继承的辞藻装饰)的特征,而资产阶级意识形态在征服和取胜时期,也同样会产生既是工具性的又是修饰性的、独一无二的写作。罗兰·巴尔特着重谈论两种政治式写作,一种是法国革命式写作,要创造一种典型的革命情境,"在这里真理由于自己所付出的流血代价而变得如此沉重,以至于它为了表现自己而需要戏剧夸张的形式",没有革命者的夸张姿态,革命就不能塑造为一种神秘的壮举,以丰富历史并"使人们震怖并强制推行公民的流血祭礼";还有一种是斯大林式的写作与读解,"表现为一种知识的语言,它的写作是单义性的,因为它注定要维持一种自然的内聚力","写作最终具有着缩减某一过程的功能,在命名与判断之间不再有任何延搁,于是语言的封闭性趋于极端,最终一种价值被表达出来以作为另一种价值的说明",并强加于读者一种谴责性的直接读解。在近现代社会的发展史上,"写作的扩增是现代的现象,它迫使作家去进行选择,它使形式成为一种导引,并引出了一种写作的伦理学"[①]。

如果说罗兰·巴尔特立足于批判,伊格尔顿对于文学与政治之关系的认识也许更为公允,"如果意识形态想要有效地发挥作用,它就必须是快乐的、直觉的、自我认可的。一言以蔽之,它必须是审美的"[②],感性的、具象的和经验化的审美容易引发普遍的情感共鸣,从而使意识形态的教条从理性的圣殿走向魅惑的狂欢。但是这并不意味着政治决定文学,文学等同政治,伊格尔顿在论述19世纪后期的英国文学时指出,文学的经验有利于意识形态,但文学应该依靠想象性体验来潜移默化地达到意识形态影响的目的,"一种不靠讨厌的抽象而借'戏剧性的体现'来发挥作用的方式",文学"作为一项自由主义的、'感化人的'

---

① 罗兰·巴尔特:《罗兰·巴尔特文集:写作的零度》,李幼蒸译,北京:中国人民大学出版社,2008,第15—17、46、55页。
② 伊格尔顿:《审美意识形态》,王杰、傅德根、麦永雄译,桂林:广西师范大学出版社,2001,第30页。

事务,它可以为政治的偏执性与意识形态的极端性提供一付有力的解药"①。将文学与政治关系简单地交与内容的规约来处理,文学对于我们来说会有一些负面效应。

第一,会削弱文学自身的审美复杂性。梁启超自己就检讨过《新中国未来记》,说这部小说"似说部非说部,似稗史非稗史,似论著非论著,不知成何文体,自顾良自失笑。虽然,既欲发表政见,商榷国计,则其体自不能不与寻常稍殊"。如果作家的写作不使作家处于一种无法解决的矛盾之中,就不可能产生现代的文学杰作,而且对"距促进社会变革的功利性目标距离较远、在人性建构的社会历史文化链条中作用更为复杂微妙的诸多精神内容和意识内容"不够重视的话,就"无暇对民生的艰难性与多维性进行深层次的辩证体认"②。正如革命在它想要摧毁的东西内获得它想具有的东西的形象,文学的写作也"既具有历史的异化又具有历史的梦想",这种分裂的良知和超越这种分裂的努力,使得"文学应成为语言的乌托邦"。第二,容易在阐释与理解上出现吊诡的错位和变异。冷血译述雨果《悲惨世界》时,将其改造成革命斗争的小说。而曾朴1911年在上海颇有影响力的《时报》上连载雨果的小说《九三年》,如实地反映小说"为人道"的主题,却丝毫不见影响。曾朴明白政治家、革命家总是权衡利弊,考量得失,与感情的考量有着很大的差别:"逻辑只是理智,感情往往是良心",正如在作品里说的,西穆尔登表明"我所要的是欧几里德造成的人"时,郭文则称"我倒愿意要荷马造成的人"。类似的现象还可以见之于新文化运动中对易卜生《玩偶之家》的译介,该作品戳破了原先温情脉脉的中产阶级家庭生活幻象,触及现代性的一系列基本悖论。易卜生"看到了资本主义社会生活于其中的樊笼"③,同时展现出"在这个世界里,人们还有自己的性格以及首创精神并独立行动"④,而且"自我"的发现,在资本主义意识形态的兴起与巩固中,发挥着特殊作用⑤。然而新文化运动中的译者将其"改写"或理解为反抗压迫的斗志,将走出现代核心家庭替换为背叛封建家庭,引导为政治层面的"精神解放"。第三,

---

① 伊格尔顿:《二十世纪西方文学理论》,伍晓明译,西安:陕西师范大学出版社,1987,第31、28页。
② 姚晓雷:《错位的捆绑:关于20世纪以来中国文学与启蒙关系的一种反思》,《创作与评论》,2015年第16期。
③ 弗朗茨·梅林:《亨利克·易卜生》,高中甫编:《易卜生评论集》,北京:外语教学与研究出版社,1982,第113页。
④ 恩格斯:《致保尔·恩斯特》,《马克思恩格斯文集》第十卷,第585页。
⑤ 黄梅:《推敲"自我"——小说在18世纪的英国》,北京:生活·读书·新知三联书店,2003,第8—9页。

容易将文化建设中观念争论与协调转变为批判与斗争。审美情感可以是文学领域里最正当的驱动力,然而一旦进入政治实践领域,容易为政治对抗与嗜血所驾驭,像胡适声称的"其是非甚明,必不容反对者有讨论之余地;必以吾辈所主张者为绝对之是,而不容他人之匡正也"①,造成时而使得文学成为政治的依附或奴婢,时而试图"祛政治"甚至"消灭政治"的冲突。

文学的政治化几乎是 20 世纪文学创作、翻译与研究不可避免的现象,本身必然是某种意识形态的反映,这使得作家们试图通过文学来表达自己对于现代国家的政治构想,但是文学并非是政治的线性对应关系;文学更多地呈现理想的政治,而非现实的政治,文学是体现与释放人的情感与思想,政治是把握和治理人的情感与思想。

四、解构与建构:启蒙的局限与文学的立场

正如欧美绝对理性、自由政治与社会美德是为了解决欧美历史的现实问题,中国历史的发展阶段性与欧美历史处境的差异性,决定我们审视与重估欧美的启蒙、革命与文学概念、话语在中国的传播时要注意这一文明与文化背景的差异性。我们必须认可革命对推动历史的正义性质,也应承认清末民初以梁启超、陈独秀为代表的中国启蒙者,对整个民族从蒙昧主义、狂热盲目以及其他荒谬绝伦的精神枷锁中解放出来所做出的伟大贡献。当年亲历五四运动的美国哲学家杜威对新文化运动有一段评论:"在我看来,这场运动感情因素多于理性因素。其中还伴随着夸张和混乱以及智慧与谬误的杂合。这一切都不可避免使这场运动在开始阶段具有急功近利的特征。……人们可以讥笑整个运动不够成熟,不够深刻;也可以讥讽它是或多或少地把一些不相关的观点、一些支离破碎的西方科学与思想胡乱地拼凑在一起。……但是,新文化运动为中国的未来奠定了最牢固的希望基础。"②任何现代观念和思想的生成都不能化约为单一的进化论,他们一开始并不能预示启蒙路径选择的终极结果;而且我们即便是重新梳理所谓启蒙观念的生成因素,也未必能够完全澄清历史的迷雾,何况今天学术话语层级体系的发展,也完全是建立在历史经验与前辈业绩的基础

---

① 陈独秀:《答胡适之》,《新青年》1917 年 5 月第三卷第三号。
② 杜威:《中国的新文化》,《亚洲》,1921 年 21 卷 7 号,转引自舒衡哲:《中国的启蒙运动》,刘京建译,北京:新星出版社,2007,第 11 页。

之上的。从以上分析内容来看,清末民初西学东渐的启蒙、革命与文学的互动历史,有着以下几点经验与教训。

第一,文学应该为国家政治服务,去通过审美的路径实现符合民族共同利益的、推动政治民主化进步的文学,但也要尊重政治制度自身的规律和特征。清末民初启蒙运动的基本预设,就是试图通过自上而下的绝对理性宣传,达到自下而上的民众启蒙效应,例如 1902 年梁启超《新民说》就系统地论证了国民伦理改造的问题,但是如果说改良派主张将政治革命与文学革命合一的话,新文化运动领导者就是要在政治革命之外再建立一个以文学为载体的伦理革命的取向,最终导致"改造民族灵魂"成为文学政治的"根本规定"。强调鲁迅对国民性问题的思考最为深刻并不为过,但是把政治革命延伸到文学的领域,人性的领域,在获得一种思想深度的同时,也容易让所谓"愚昧"与"落后"的国民性预设来承担鸦片战争以来的革命与政治转型的失败,本身就是一种抽象启蒙理性的狂妄和传统伦理政治思维的体现,何况文学家自身"审美"政治的立场——例如鲁迅的"个人的无治主义",很难对现实政治建设产生实质价值。政治问题是为人服务,但讲求权利与利益的政治不应解决人性的问题。在人类文明发展过程中,人性的不完善、脆弱和不稳定始终是存在的,人的行为也始终容易受唯利是图的欲望所驱使,政治建设的任务是通过制度和教育来规范人的认识能力、道德判断和社会实践。而且按照实证的眼光来看,政治更多的是与利益选择相关,而不是与文化观念相关,制度层面的建设只能"就事论事",不能深挖"文化老根",将制度选择扩展为文化论争,把少数人之政治失败责任推卸为全民族之国民性。英国学者伯纳德·科瑞克曾对这类"非政治"的文化政治论者作过这样的评论,他们"想享用所有的政治果实,却不愿付出代价或正视艰辛。喜欢享用果实,却不愿打理树木;他们想摘取每一颗果实——自由、代议政府、政治清廉、经济繁荣、义务教育等——然后禁止这些果实再与政治有接触"①。

第二,求新求变的寻求历史进步的改革进程,既不能通过单一的、本土的文化传承来解决,也不能通过全盘西化来解决,要重新融入全球化世界而不失民族本色、解决好中国的问题,必然要在充分掌握西方的知识、技术及权力交流话语机制基础上进行本土思想创新。启蒙本身最大的思想遗产就是自由、平等与宽容,这也是人类历史发展过程中的宝贵资源,无论是强调绝对理性,还是倡导自由政治,抑或追求社会美德,其旨归在于此,当然这些绝对的命题在不同民

---

① Bernard Crick, *In Defence of Politics*, Chicago: The Univ. of Chicago Press, 1962, p. 118.

族、不同文化背景下又有着具体问题和侧重。近代自由政治中的个人主义、自由与平等概念,成为对抗以等级为代表的儒家伦理的关键,主要因素在于儒家伦理与专制政权沆瀣一气,强调伦常高于个体,然而儒家伦理毕竟又是维持国家稳定与人际关系的重要保障,诚如基督神学仍然是欧美国家的文化基础。毫无疑问,仁义礼智信,温良恭俭让的文化固然与封建统治紧密结合,但脱离了封建政治统治的基础并非一无是处,虽然不是欧洲意义上的"宗教",但仍然是维持个体与社会关系的基本构成。美国独立革命时期在文化上实际也很落后,甚至没有自己独立的文学、艺术、哲学与宗教建树,但是美国革命始终限制在政治领域,十分警惕政治革命波及文化狂想的范围;英国革命是社会革命,触动了以教会与贵族地产为标志的经济关系的变动,但是也没有文化革命。欧美启蒙本身就是承继文艺复兴以来对古希腊、古罗马共和时期古典美德伦理的现代性转换,而且要调和与规范现代商品经济与市民阶层的伦理意识,从而完成历时的文化资源与共识的现实需求之间的综合,实现全新市民伦理与国家伦理的理性论证与情感抱负。英美革命在相当程度上并不是一种颠覆或决裂,而是复归,正如"革命"(revolution)一词在天文学上准确的意义所示——"围绕某一中轴的圆周运动,止于其所始",英美革命实际上都是桥接了传统神学、古典政治、启蒙理性和现代政治的结果,重新建构了适应现代资本主义的世界观与政治理念[1],法国也是在大革命以后批判性地吸收了英国政治文化,并建立了典型的法国式民主,完成了政治文化的革新。

  第三,清末民初的文学、启蒙与革命话语引进,以欧美式的透视法发现了传统社会的许多弊端与不足,但是对于我们今天来说重点应是在前人积累的基础上,建立自己国家的学术话语权,改善和改变"他们无法表述自己,他们必须被别人表述"[2]的局限。今天我们继续延续百年来文学、启蒙与政治的批评话题的尴尬之处在于,我们还没有彻底弄清楚18世纪欧洲启蒙的历史全貌、所确立的现代性价值在今天的适应性时,欧美在20世纪新思潮中又对18世纪的启蒙思想充满质疑与对抗,种种质疑与反思启蒙的思潮又进入到中国话语中来,例如按照《启蒙辩证法》的说法,启蒙对理性力量的近乎宗教式的盲目崇拜,使得彻底启蒙者的信仰的非理性变成了合理之举,把社会引向了野蛮状态,或者如福柯认为的启蒙主义者所谓的普遍的道德,是霸权的产物,"理性、真理、普遍性

---

[1] 袁先来:《盎格鲁-新教源流与早期美国文学的文化建构》,北京:北京大学出版社,2016,第41页。
[2] 萨义德引用马克思的《路易波拿巴的雾月十八》里的话,放在自己《东方学》一书的开头。

原则、自由等等，都不过是统治阶级的一种发明"①。此外，我们必须承认，"中国政治专制的历史特别漫长，专制的机器经长期锻造而特别牢固、细密，专制文化特别发达而善治人心，以致人的思维方式也相应形成了某种'惯性'，这才是使得启蒙在中国特别艰难的关键性因素"②。也应当承认，民族的传统和近现代的经验是本民族在特定的自然条件、历史传统、民族性格、宗教信仰、伦理道德、社会习惯上形成的，是经过若干世纪、若干代人慎重选择的结果。这就要求我们在重新梳理过去的历史经验与发展未来的学术范式时，一是要继续注意以中国内部的问题为中心，而不是欧美的思想标准为中心，从中国内部寻求自身话语建设的主线与规律；二是要注意从过去的历史现实来看待历史的复杂性，而不是站在今天的学术建制来轻议过去的得失，也就是说侧重中国的"自生"经验的总结，而不只是检验"外来"概念的妥否，以欧洲近现代的历史经验为尺度来考察近代中国的思想建设和发展；三是在建设当代的社会伦理与政治时，既要有来自尊重习惯的道德训练，也要有来自以理性为基础的平衡把握，既要有秩序和权威，也要有改革与发展。启蒙的怀疑与批判态度十分重要，但是并非是要从一个极端走向另一个极端，任何道路和思路都应该把传统文化、启蒙批判与现实实践互相结合，做到"中道"与"适度"，而不是片面的、激进的对抗。

---

① 陈晓明：《道德可以拯救文学吗？——对当前一种流行观点的质疑》，《长城》，2002年第4期。
② 董健、王彬彬、张光芒：《略论启蒙及其与文学的关系》，《当代作家评论》，2008年第5期。

结　语

　　从总体上来说,清末民初的译介工作,是欧美文学或曰外国文学"中国化"进程的起始时期。我们之所以看重这一时期欧美文学在中国的译介活动,是因为它开启了欧美文学乃至外国文学的中国化进程。也就是说,尽管它本身属于刚刚起步的历史阶段,存在着思想上、文化上的幼稚性和文本的选择、翻译水平上的粗糙、误读等弱点,尽管我们的这一步走得很幼稚,行得很蹒跚,但它却是百年来中国文化与外来文化和文学联系的开端,也是中国新文化建设起始时期所获得的最初的外来现代文化资源。同样,由于中国当时社会历史文化环境的独特性,这个译介文化进程又是在特定的历史条件下起步的。1840年后中国处在半殖民地半封建社会的现实,国家积贫积弱以及中国传统文化缺少现代文化因子的状况,决定了我们必定要引进外来的文化,以使中国尽快走出积贫积弱、任人宰割的局面。而当时走在世界前列的欧美文化与文学,必然是我们最好的接受对象。

　　这一时期的总体特点,我们在前一卷中曾经说过,从1840到1919年前后的这七十多年,是"中国社会怎样才能走向伟大复兴"这个历史之问形成的时期:为什么晚清中国会衰败如此?中国社会走什么样的道路才能重新走向繁荣富强?可以说,这是经过几十年时间所累计形成的一个民族之问。在这段时间内,不同阶级、不同立场、不同处境下的人们做出了各种努力,复古派、洋务派等纷纷提出了各种主张。例如林则徐、魏源等有识之士认为,中国之所以衰落如此,主要是观念上的落伍和技术上的落后。因此,他们主张"师夷长技以制夷",学习西方的科学技术,尤其是军事科学技术;洋务运动的参与者们则主张自强求富,中体西用;早期维新人士以王韬、郑观应为代表,提出商战思想,主张在中国实行资本主义工商制度;而资产阶级改良派则掀起戊戌变法,主张君主立宪,试图从政治、经济、文化等方面进行改革;更为激进的资产阶级革命派主张学习欧美先进国家的政治制度,主张革命,实现民主共和。我们说,这些主张的背后,其实都隐含着"中国怎样才能走向伟大复兴"这个历史之问。而到了五四新文化运动前夕,更具有现代意识的社会改良派、无政府主义、实业救国学说、科学民主思想乃至马克思主义等学说,也纷纷涌入了中国。这个历史阶段,可以说,出现的各种思潮都促使着这个历史之问越来越清晰,越来越明确。这其中也有外国文学译介引进的功绩。换言之,欧美文学中所包含的现代意识,也无疑促使了这个中国历史之问的形成。

与之相关,清末民初这一历史时期的外国文学译介与引进,也有着其鲜明的特点和独特的价值:

第一,从清末民初的外国文学的中国化进程一开始,就伴随着近现代中国社会历史进程及文化转型的发生和发展。[①] 也就是说,外国文学引进中国,从来就不仅仅是个单纯的文学问题,而是一个与中国现代社会发展和文化进步密切相关的问题。只有在需求动力充足的前提下,外国文学与本民族传统之间才能有激烈冲突融合的可能。清末民初是中译外国文学的发端时期,掀起了我国历史上译介外国文学的第一个高潮。这就是说,欧美文学的中国化进程是伴随着中国社会文化转型的特殊性进入中国的。这一时期标志性文化事件包括:林则徐、魏源等人"师夷长技以制夷",维新运动与戊戌变法,洋务运动。这一时期的关键词是"西学东渐""托古改制""中体西用",主要话语是包括官员、士大夫、新知识分子在内的有识之士,通过个体"自觉自强",强调"维新变法",促进"民权民族"意识萌芽。从本质上讲,维新变法和洋务运动是中国士大夫阶层对中西关系之理解及衍生之新观念,是先知先觉者精神层面的自强运动,但又基本维护行政体系之完整,不承认民权,将国家与清廷视为一体。但在"天赋人权"等自由观念引发的民权思想基础上,又启发了对近代民族国家的体认。在艺术层面上,在世纪之交,以西方文学为楷模的呼声终于汇成了时代的最强音,改良派梁启超所谓的"诗界革命""文界革命"和"小说界革命"也以此为重要内容,黄遵宪宣扬"诗虽小道,然欧洲诗人出其鼓吹文明之笔,竟有左右世界之力",严复和夏曾佑宣扬"欧、美、东瀛,其开化之时,往往得小说之助",梁启超更是极力鼓吹政治小说:"彼美、英、德、法、奥、意、日本各国政界之日进,则政治小说,为功最高焉。"现代意义上的思想资源,如阶级斗争、科学民主、平等自由、个性解放以及现实主义、浪漫主义、象征主义和典型化、意象等借助外国文学译述的传播而进入中国。因此,适应中国的现代化进程后,这些外来的文化学说就成为中国新文化的新的思想资源,同时也成为文学的新的思想文化资源了。可以说,外国文学中国化的进程,更重要的是外国文学中所包含的思想文化资源的中国

[①] 刘建军:《关于"欧美文学中国化进程"的若干问题》,《东北师大学报》(哲学社会科学版),2012 第 3 期。

化进程。而这些思想文化资源逐渐成为中国现代文学表现的主要主题和艺术追求,这就改造了中国的传统文学。中国的新文学,就借助了这种新的思想文化资源有益因子,成了新思想文化资源的产物。而这种新的思想文化资源又逐渐成为中国学人的自觉选择和使用的武器。

第二,清末民初外国文学通过译介进入中国之后,它就明显受到了改造,具有了中国文化特征。换言之,不是全盘接受,而是为我所用,为自己的新社会、新文化建设服务。能够做到这一点,恰恰是因为中国近现代以来出现了一大批通晓中西方文化的大家,他们在翻译、研究和传播西方文学的时候,有着中学为体、西学为用、洋为中用和借鉴西方文学为中国社会文化发展服务的自觉意识,由此才形成了中国学界独有的翻译文本、独特的文学史观、独特的阐释视角以及独特的艺术解读(当然,这种解读有着很大的弊端,但是,"为我所用"的基本意识,即使到今天也是我们应该坚持的)。正是这种意识,使得欧美文学在进入中国后,成为中国文学传统的自然延伸,"既然在自己的发展中不断接受着外来的影响,并至今怀有接受更多外来影响的愿望,那么接受些什么、怎样接受、接受的效果以及这接受过程中的各种因素和现象,便必然是本民族文学史必须研究的问题"。民族的文化传统和"文化心理积淀"构成本民族在接受外来影响时的"期待视野"的主要内容。"外来的影响必须通过这一层民族主观的过滤和染色,才能进入本民族的文化中。……借助于他们从外国文学那里得到的思想启发和艺术表现本领,所提出的正是本民族生活中的问题,所描写的正是中国人的心理特征和心理状态"[①]。强烈的本土意识促使清末民初小说翻译家不仅仅是翻译者,更是"创作者"和"阐释者",究其原因,

一、他们出于士大夫阶层,他们身上继承了中国传统士大夫强烈的社会责任心和文化优越感,从事小说翻译的动机具有强烈的功利性,为了把读者导向他们期望的翻译目的,他们在译介时加入了大量自己的理解和阐释;二、他们接受的是科举考试制度下的教育,旧文人的知识结构和心理定势影响着他们的文学观念和道德观念,进而影响着他们对翻译小说的接受和再现,常常把域外文学纳入到中国传统文学的框架内进行操作;三、他们中的大多数人并不精通西文,这使得他们有意无意地忽视了语言转换的准确性,翻译成为他们的一种创作形式;四、他们中的很多人既是译家也

[①] 智量等:《俄国文学与中国》,上海:华东师范大学出版社,1991,第14页。

是作家,译作并举的文字经历使得他们在翻译中具有强烈的创作意识。①

第三,从清末民初的译介实践来看,此时还建立了"以西化中"与"以中化西"的双向转化的意识。本来晚清译介的作品和原著之间就有巨大的差距,晚清译者、读者和论者眼里的译介文学,也多是经过翻译演绎的文学。译者与接受者、阐释者都没有足够外国知识文化背景,所以我们今天重估晚清外国文学译介价值与影响,必须侧重于接受文化角度的研究,而非原著为中心的研究,侧重于从宏观和微观两个方面考察晚清译介的历史因素,考察译文本身以及接受文化。一方面,外国文学的译介体现了"以外化中""以西化中"的历史需求,如翻译研究理论家勒菲弗尔所言,外国文学作品的翻译,实质上是要借助它的权威性(invoke the authority)来推动本国文学靠自身演绎所不能产生的改变②。晚清译者主要动机就是要借助外国文学的权威性来改变中国文学。与此同时,在晚清译者及阐释者传播外国文学的同时,又刻意表达了"以中化西"的要求,亦即在翻译、阐释外国文学时,以中国文化与文学传统的方式来表达、篡改和评价外国文学作品的内容及形式,体现出"双向"的"化"的过程。文学翻译应是双语转换与文化间的非政治性交流,是不同民族间的对话与交流。在理论范畴上,国外一些较新的翻译学理论值得重视,如从20世纪60年代肇始,至今方兴未艾的"描写翻译学","描写性翻译研究在研究翻译的过程、产物、以及功能的时候,把翻译放在时代之中去研究。广而言之,是把翻译放到政治、意识形态、经济、文化之中去研究"③,不再强调从文学建制体系本身考虑翻译的完美性,而是侧重于翻译认知过程。此外文学翻译过程中的文化交流的"强、弱势"地位意识会影响翻译的"归化""异化"取向,所谓"归化",是指用译入语文化内容代替源语文化内容,采用将原作同化于目标文化和语言价值观的方式,对原作进行归化,亦称"同化式翻译"(assimilative translation)④,"遵守目标语言文化当前的主流价值观,有意对原文采用保守的同化手段,使其迎合本土的典律

---

① 章艳:《在规范和偏离之间——清末民初小说翻译规范研究》,北京:外语教学与研究出版社,2011,第68—69页。
② Andre Lefevere. "Introduction", in *Translation/History/Culture: A Sourcebook*. London & New York: Routledge, 1990. p. 2.
③ Maria Tymoczko. *Translation in a Postcolonial Context: Early Irish Literature in English Translation*. Manehester: St. Jerome, 1999. p. 25.
④ Douglas Robinson, *Translation and Empire: Postcolonial Theories Explained*, Manchester: St Jerome, 1997. p. 116.

(canon)出版潮流和政治需求"①,其目的是刻意掩饰文化之间的差异。

对此,我们也理应重新认识"原初性质的欧美文学"与"中国的欧美文学"之间的差异。所谓"原初的欧美文学"本是西方某一个国家的作者,运用自己本民族的语言,在自己独特的社会文化语境中,针对自己生存社会中出现的问题所进行的文学实践的产物。而当欧美的文学现象和文学作品进入到中国的现实和文化语境中后,经过翻译过程、多次阅读理解过程以及讲授过程,已经在某种程度上中国化了,成了蕴含中国思维方式、具有中华精神文化特色的第二文本,已经成为中国文学的重要文化因子和文学现象了。尤其是晚清的翻译者更加刻意地把外国文学作品加以本国化,必然导致中国化的外国文学和"原初"性质的外国文学客观价值不完全一致,甚至产生更大的偏差。尤其是晚清外国小说译者的"政治化接受"②手法,就是加强阅读小说里的政治成分,并把这些政治元素联系到中国的现实境况,以配合译者或其他人的政治目的③。法国比较文学家基亚在他的《比较文学》一书中说:"研究莎士比亚和歌德在法国的命运,可以使我们更加了解自己的文学,使我们能更加明确地指出我们的特征。""研究'歌德在英国'也等于编写了英国文学史的一章。"④钱锺书先生也曾指出,当前"重要的任务之一就是清理一下中国文学与外国文学的相互关系",其实这种清理,首要的问题是如何定位西方文学,以及中国文学如何接受外国文学的影响。

但我们也不能把清末民初的欧美文学译介的价值看得太高。综合考虑翻译规范、传播影响、理论建设方面的因素,清末民初翻译文学的中国化进程价值与局限在于:第一,拓宽了对文学本质尤其是小说本质的认识,却又具有明显的新旧交替时期的特征。在梁启超和林纾等人的大力理论宣传和广泛译述的影响下,大量翻译文学的引进,引发小说地位的急剧攀升,打破数千年来较为稳定的文学封闭体系,开始面向世界。当然,对于刚刚开眼看世界的国人而言,在中外、古今发生交集的节骨眼上,一方面在对外国文学的翻译规范、翻译技术、文学史背景等认识方面的粗疏和匮乏,另一方面介于中外、古今之间的翻译视野和审美情趣的冲突,使得这一时期外国文学的翻译、批评和接受显得相当不成

---

① Lawrence Venuti. "Strategies of translation", *Routledge Encyclopedia of Translation Studies*. Baker, London & New York: Routledge, 2001, p. 240.
② 范伯群、朱栋霖:《1898—1949 中外文学比较史》,南京:江苏教育出版社,1993,第 182 页。
③ 王宏志:《重释"信达雅"——二十世纪中国翻译研究》,上海:东方出版中心,2007,第 156 页。
④ 智量等:《俄国文学与中国》,1991,第 2 页。

熟并且粗糙生硬。从文学的本质和社会属性来看,出身于传统士大夫阶层的旧文人怀有强烈的社会责任心,必然导致小说译介目的和小说社会功用阐释上带有强烈的功利性。清末民初文学译介具有强烈的政治性,通过译介所引用的新思想确实达到了破坏原有伦理意识形态的作用,又能协助新的文化建构,如最为典型的是民初影响最大的小说《玉梨魂》,就模仿了《巴黎茶花女遗事》。《玉梨魂》写的是"寡妇恋爱",其所描写的寡妇恋爱以及出于真爱为对方牺牲的这一模式,与《巴黎茶花女遗事》的新价值观念几乎一致。在《巴黎茶花女遗事》影响下,出现了一批渴望自由恋爱婚姻、批判包办婚姻的言情小说,如《孽冤镜》《雪玉怨》等。从文学认识论来看,旧文人的文化优越感和对西方文学理论语码的匮乏,使得他们为了达到满足自身期望的翻译目的,必然在译述和进行理论阐释时加入大量自己的理解和阐释,比如梁启超强调白话文的价值,却又很难用白话文来翻译新小说;提倡政治小说,却在深入论及小说的功用时,又不得不用熏、浸、刺、提这样具有明显文以载道特征的传统用语,可见传统的知识结构和心理定式对中国人性格及文学批评体系的深刻影响不是一下子能轻易改变的,常常把外国文学的思想观念和叙事方式纳入中国传统文学的框架内进行操作。

　　从具体翻译文学的接受角度来看,真正促使作品广泛流行的原因,除了开启民智的思想性因素之外,还有外国小说的文学性元素也逐渐被国人所接受。外国文学在时人创作小说主题观念、小说类型、人物塑造以及叙事模式技巧(如第一人称叙事、倒叙、插叙,以及环境描写、肖像描写、心理描写等)方面都产生了影响①。例如,清末民初侦探小说的广泛流行,得益于其曲折有趣的情节结构,"吾国新小说之破天荒,为《茶花女遗事》《迦因小传》;若其寝昌寝炽之时代,则本馆所译《福尔摩斯侦探案》是也"②。如果说清末民初译者不大注重细节的翻译,尤其是与整体情节关系不大的心理描写和场景描写的节略,目的是使得线索更加清晰,笔墨也更加"干净",实际上某种程度上看重的是其主题和情节为结构中心的谋篇布局,虽然这种节略和重写降低了原作丰富性、复杂性,降低了原有的艺术水准。过去的文学代际转化,都是在传统文化内部缓慢变化的,

---

① 关于新小说如何汲取外国文学翻译作品的细节,袁进在《试论近代翻译小说对言情小说的影响》一文中提供了很多实例,也可参见王宏志:《翻译与创作——中国近代翻译小说论》,北京:北京大学出版社,2000,第206—224页。
② 铁樵:《小说七人·序》,《小说月报》1915年第6卷第7号。陈平原、夏晓虹编:《二十世纪中国小说理论资料》(第1卷),第502页。

如今从小说的主题意识,到小说类型,叙事方式等,从小说的外在性和内在性方面都不得不接受外来的影响,虽然这一代人没有留下如今可以善用的理论总结,但是恰恰是他们对传统文学观念的冲击和改良,"翻译者如前锋,自著者为后劲",清末民初译述作品的影响,必然落实到国人"新小说"的创作上,从而促进中国文学的内部嬗变。比如,林纾小说翻译方式屡遭五四时期的非议,但是却诱导一大批后来的五四主要作家醉心于外国文学,这一点周作人、鲁迅和郭沫若等人都明确地表示自己曾模仿过林纾、梁启超、陈冷血的译笔,"在接受域外小说影响,自觉革新传统小说,并寻求新的小说意识方面,五四作家无疑走得比新小说家更远,也取得更大的成绩。不过,有一点不应该忘记,五四作家是在新小说家的肩膀上起步的"①。

第二,翻译与阐释的"创造性的误解"②,带来文学阐释体系的重构。清末民初文学的翻译者、批评者和受翻译文学影响的新小说创作者的共同特点之一就是不精通外文,众所周知梁启超是边学日语边译《佳人奇遇》,包天笑翻译日语文学专门拣选汉字特别多的,而林纾则根本不懂西文完全仰仗口授,更不必谈翻译规范、翻译忠实和文化历史背景的了解,翻译家的删节和篡改,加上清末民初译介多从日文转译,以及清末民初读者自身"期待视野"的局限,这就必然使得国人在翻译、介绍和评论外国文学方面,出现各种各样的误解甚至是错误。林纾译《茶花女》尚能保留原作风貌,马君武译《复活》则三部只译其一,而《电术奇谈》则是衍义了。这一点王宏志先生说得非常清楚:"清末民初论者、译者和读者口中所说的西洋小说,其实往往只是经过各种各样演绎的翻译小说。他们所谓西洋小说的优点或缺点,实质上是他们当时所能见到的翻译小说的优点和缺点。但这翻译小说和原著之间,并不一定能够轻易地画上等号,相反来说,它们之间却可能存在着巨大的鸿沟,而清末民初对西洋小说的理解,也就是建立在这鸿沟之上。"③在作品阐释和理解上,虽然清末民初译者多喜欢写序作跋,但多是表述如何与救亡图存的翻译目的相关联,抒发自己对国内外形势的见解,或是对作品的印象式点评,而很少出现如今序跋里向读者介绍原著作者、作品背景的情况,这既与译者自身缺乏西方文化和文学史背景有关,也与译介外国文学的现实动机密切相关。

前辈学者的见解高屋建瓴,稍显遗憾的是,没有进一步阐释其"创造性"的

---

① 陈平原:《中国现代小说的起点——清末民初小说研究》,第23页。
② 同上书,第57页。
③ 王宏志:《翻译与文学之间》,南京:南京大学出版社,2011,封底页。

实质。如果对外国文学的翻译和阐释谈及"创造",就意味着,这种翻译必然不是忠实的再现,这种阐释也不是简单的还原。的确,按照今天文学史体系建构标准,任何文学作品的理解和阐释都必须忠实地展示其历史发展的原貌,我们应该尽可能地还原其历史的文化精神和艺术精神,对外国文学作品的理解,应该是建立在对大量历史材料的占有和考证的基础上进行的,而不应该是本国人纯主观阐释的产物,应该说这种文学观并不与传统古代文学观相悖。然而,长期闭关锁国、文化隔绝带来的外语水平、翻译规范、翻译技术、文学史背景的匮乏,清末民初特定的危机和时局与翻译的急迫动机,以及以旧士大夫文人为主要群体的清末民初翻译者、读者和阐释者群体的期待视野等等,迫使翻译者和阐释者并不服膺于还原性的翻译和理解,而是将眼光的重点放在中国民族的文化精神和艺术精神重构上。

这一时期翻译者大多不精通外语,但强烈的自信意识和创造意识,促使他们也无意于建立翻译规范,而着力于译作并举,如林纾所期望的"旧者既精,新者复熟,合中西二文熔为一片"①。清末民初的译述,大多连意译都几乎算不上,固然少量的名译虽有删节,能保留原作一些精华,但翻译者并不是全局意识上的增删,往往是出于自身理解的局限和误解,"人但知翻译之小说,为欧美名家所著,而不知其全书之中,除事实外,尽为中国小说家之文学也"②。清末民初从事文学批评和阐释者也疏于了解知识背景,更是无从准确精辟地理解外国小说细微的风格差异,如周桂笙曾批评曾广铨译作《长生术》后传"译笔疏略,犹不逮原文之半;其意亦但以寻常小说目之,故国人亦但觉光怪陆离,奇幻悦目而已,鲜有措意于其命意者焉"③。但是恰恰是这些误解,促使小说的社会价值得到重视,也促进了对文学本质的重新认识。陈平原先生指出,"或许,正是这种艺术趣味比较接近中国传统小说的译作,才真正吊起了中国读者的胃口,引起一代读者对域外小说的兴趣,为五四作家对真正的世界名著的翻译培养了读者队伍……况且,清末民初小说翻译家中,也有相当出色者。他们的译作,无形中塑造了一代人的文学性格"④。就其产生的实际影响效应来看,清末民初外国

---

① 林纾:《洪罕女郎传·跋语》,商务印书馆,1906,陈平原、夏晓虹编:《二十世纪中国小说理论资料》(第1卷),第164页。

② 天虚我生(陈蝶仙):《欧美名家短篇小说丛刻·序》,上海:中华书局,1917,见《欧美名家短篇小说》,周瘦鹃译,长沙:岳麓书社,1987,第5页。

③ 周树奎(桂笙):《神女再世奇缘·自序》,《新小说》,1905年第22号,陈平原、夏晓虹编:《二十世纪中国小说理论资料》(第1卷),第148页。

④ 陈平原:《中国现代小说的起点——清末民初小说研究》,第45页。

文学翻译与阐释的功绩在于,他们能够满足清末民初时期的需求和标准,在外国作品及文学本质重新理解之间、外国思想和清末民初现实之间、时代精神与近代文学文化精神之间,实现有机地统一和相互间高度融合。如果明确当时翻译者和阐释者聚焦于对民族的关注,聚焦于外国文学的文化和艺术精神与清末民初现实的"契合点",就不必从今天的西方文学建制体系与原作者意图角度,去评介清末民初的翻译和阐释的不足。

第三,"群治"教化与文化干预,带来了现代思想资源的普及。在19世纪末、20世纪初文化意识形态混乱的情形下,梁氏的"小说界革命"一呼百应,《论小说与群治之关系》中确立的启蒙的"群治"教化的主题,让"想象"的小说负载民族"想象共同体"的特殊身份。这个时期在外国文学的翻译和理解上,往往喜欢立意于"立志""尚武""法律""平权",结果很容易导致"错译""误译"和"误解",如林纾译《英孝子火山报仇录》《孝女耐儿传》,以"孝"来诠释哈葛德以及狄更斯,悟出"西人不尽不孝矣,西学可以学矣"。苏曼殊翻译雨果的《惨世界》时,急于表达自己的政治思想,自然不满足于仅仅充当翻译者的角色①,随意在译文中添加自己的见解。例如,他借助女主角评论陈规旧俗:"哎,我从前也曾听人讲过,东方亚洲有个地方,叫做支那的。那支那的风俗,极其野蛮,人人花费许多银钱,焚化许多香纸,去崇拜那些泥塑木雕的菩萨;更有可笑的事,他们女子,将那天生的一双好脚,用白布包裹起来,尖尖的好像那猪蹄子一样,连路都不能走了。你说可笑不可笑呢?"②这些新思想往往借助其"外来性"而具有了合法性,尽管这些颠覆性思想完全出于译者自身的理解,按照王宏志先生理解,只要错误的方向"是为了融入译文文本的逻辑,其实也可以称为'合乎逻辑的误解',这种误解误导与一般字面意义的谬误有显著的分别;它们的成因并非译者的语文能力。而是标志着文化转移在某一个历史时期面对的特殊问题"③。

翻译文学一开始具有的开启民智的目的,是一场自上而下的文化普及运动,然而却从无意识到有意识地文化干涉和"合乎逻辑的误导",促进了新的知识分子和文化阶层的形成。如前所说,现代意义上的思想资源,如阶级斗争、科学民主、平等自由、个性解放以及现实主义、浪漫主义、象征主义以及典型化、意象等等,均来自西方。因此,适应中国的现代化进程,这些外来的文化学说就成

---

① 邹振环:《影响中国近代社会的一百种译作》,北京:中国对外翻译出版公司,1996,第174页。
② 苏曼殊:《悲惨世界》,马以君编:《苏曼殊文集》下册,广州:花城出版社,1991,第696、718页。
③ 王宏志:《翻译与创作——中国近代翻译小说论》,北京:北京大学出版社,2000,第104页。

为了中国新文化的新的思想资源,同时也成为文学的新的思想文化资源了。虽然林纾翻译《巴黎茶花女遗事》初衷是消愁解闷,梁启超提倡译印政治小说,着力于改良群治,但是随着清末民初危机的加剧,以及外来文化传播促使近代知识分子观念转型,"最大的动摇在于对传统仕途的弃绝和与之而来的从业观念的改变",从从事文学翻译、文学批评和新文学创作者来看,正是内在变革的需求和外在的思想观念的引进,促进了进步知识分子,从改良者到革命者,从旧文人、士大夫阶层到新知识分子转变。胡适曾说,

> 从当代力量最大的学者梁启超氏的通俗文字中,我渐得略知霍布士、笛卡儿、卢梭、边沁、康德、达尔文等诸泰西思想家。梁氏是一个崇拜近代西方文明的人,连续发表了一系列文字,坦然承认中国人以一个民族而言,对于欧洲人所具有的许多良好特性,感受缺乏;显著的是注重公共道德,国家思想,爱冒险,私人权利观念与热心防其被侵,爱自由,自治能力,结合的本事与组织的努力,注意身体的培养与健康等。就是这几篇文字猛力把我从以我们古旧文明为自足,除战争的武器,商业转运的工具外,没有什么要向西方求学的这种安乐梦中,震醒出来。①

单从语言的主动采用来看,传统文言文是士大夫阶层专用的雅言,但是为开启民智、思想文化普及而译的新小说多被动采用变体的文言,或干脆使用白话文,促进了"白话""国语"的普及,随着后来五四运动主动发起白话文运动,实际上这是一个逐渐打破旧有的文化层次界限,建立起的一种统一的、全民的、没有士与民之分的价值取向。

对白话从被动到主动的采用,不仅仅标志着文学工具的革命,更是意味着作者与译者自身意识观念的转变。清末民初翻译文学的兴盛,与那个时代自然的、自发的、普遍的上下一致主动参与的语境有密切的联系。

清末民初文学翻译毕竟是以特定的救亡图存的政治热情为背景的,文学本身也不能仅仅依靠"政界之大势"或"爱国之思"实现拯世济民、重整乾坤。所以在清末民初最后几年,像苏曼殊、周桂笙、徐念慈以及周氏兄弟等人开始译介的外国诗歌和小说,逐渐背离当时主流意识形态和操作规范,尽管这些译介对当时的翻译实践和理论没有产生实质影响,却标志着在清末民初的翻译开始以译介外国文学的艺术价值为己任,从文学翻译政治化模式向兼顾艺术化模式的过渡。从清末民初小说界革命改良"群治"的使命来看,这无疑是一种政治热情的

---

① 胡适:《我的信仰》,欧阳哲生编:《胡适文集》第1卷,北京:北京大学出版社,1987,第11页。

消退,所以才有梁启超感言"吾安忍言！吾安忍言"[①],但是"小说界革命"中产生的"新小说"广泛流行以及翻译模式的转化,实际上标志着清末民初文学译述使命的终结,毕竟清末民初文学的翻译"只是调整传统价值观与传统规范以适应国家当时的特定需要",而作为继承者的五四新文学运动的"目的却是推翻传统价值观与传统规范"[②]。

---

① 梁启超:《告小说家》,陈平原、夏晓虹编:《二十世纪中国小说理论资料》(第1卷),第484页。
② 王宏志:《翻译与创作——中国近代翻译小说论》,北京:北京大学出版社,2000,第106页。

参考文献

一、经典著作

中共中央马克思恩格斯列宁斯大林著作编译局编译：《马克思恩格斯文集》，北京：人民出版社，2009。

二、著作与资料

Crick, Bernard, *In Defense of Politics*, Chicago: The Univ. of Chicago Press, 1962.

Gimpel, Denise, *Lost Voices of Modernity: A Chinese Popular Fiction Magazine in Context*, Hawaii: University of Hawaii Press, 2002.

Lefevere, Andre, *Translation/History/Culture: A Sourcebook*, London & New York: Routledge, 1990.

Perry, Link(林佩瑞), *Mandarin Ducks And Butterflies: Popular Fiction In Early Twentieth-Century Chinese Cities*, Berkeley, Los Angeles and London: University of California Press, 1981.

Robinson, Douglas, *Translation and Empire: Postcolonial Theories Explained*, Manchester: St Jerome, 1997.

Tymoczko, Maria, *Translation in a Postcolonial Context: Early Irish Literature in English Translation*, Manehester: St. Jerome, 1999.

Venuti, Lawrence, "Strategies of Translation," *Routledge Encyclopedia of Translation Studies*, Baker, London & New York: Routledge, 2001.

阿英：《阿英全集》，合肥：安徽教育出版社，2003。

阿英：《晚清文学丛钞·小说戏曲研究卷》，北京：中华书局，1960。

阿英：《晚清小说史》，北京：人民文学出版社，1980。

本尼迪克特·安德森：《想象的共同体：民族主义的起源与散布》，吴叡人译，上海：上海人民出版社，2003。

巴赫金：《巴赫金全集》第三卷，钱中文主编，白春仁、晓河译，石家庄：河北教育出版社，1998。

班固：《汉书》，赵一生点校，杭州：浙江古籍出版社，2002。

包天笑：《钏影楼回忆录》，香港：大华出版社，1971。

布尔迪厄：《文化资本与社会炼金术》，包亚明译，上海：上海人民出版社，1997。

蔡元培：《蔡元培书信集》，杭州：浙江教育出版社，2000。

陈伯海、袁进:《上海近代文学史》,上海:上海人民出版社,1993。
陈独秀:《陈独秀文章选编》,北京:生活·读书·新知三联书店,1987。
陈独秀:《陈独秀文化随笔》,北京:中国青年出版社,1999。
陈鼓应:《悲剧哲学家尼采》,上海:上海人民出版社,2006。
陈建华:《从革命到共和——清末至民国时期文学、电影与文化的转型》,桂林:广西师范大学出版社,2009。
陈平原:《陈平原小说史论集》,石家庄:河北人民出版社,1997。
陈平原:《中国现代小说的起点——清末民初小说研究》,北京:北京大学出版社,2005。
陈平原:《中国小说叙事模式的转变》,北京:北京大学出版社,2010,第2版。
陈平原、夏晓虹编:《二十世纪中国小说理论资料》(第一卷),北京:北京大学出版社,1989。
陈铮编:《黄遵宪全集》,北京:中华书局,2005。
陈子善、张铁荣编:《周作人集外文(1904—1925)》,海口:海南国际新闻出版中心,1995。
苏珊·邓恩:《姊妹革命:法国的闪电与美国的阳光》,杨小刚译,北京:商务印书馆,2015。
狄福:《绝岛漂流记》,沈祖芬译,上海:开明书店,1902。
丁文江、赵丰田编:《梁启超年谱长编》,上海:上海人民出版社,1983。
董文成、李勤学主编:《中国近代珍稀本小说》第12卷,沈阳:春风文艺出版社,1997。
杜慧敏:《晚清主要小说期刊译作研究 1901—1911》,上海:上海书店出版社,2007。
杜书瀛:《中国20世纪文艺学学术史·全书序论》,钱竞、王飚:《中国20世纪文艺学学术史》第一部,上海:上海文艺出版社,2001。
范伯群:《中国现代通俗文学史》,北京:北京大学出版社,2007。
范伯群、朱栋霖主编:《1898—1949中外文学比较史》,南京:江苏教育出版社,2007。
范伯群主编:《中国近现代通俗文学史》上册,南京:江苏教育出版社,1999。
方华文:《20世纪中国翻译史》,西安:西北大学出版社,2005。
冯桂芬:《校邠庐抗议》,上海:上海书店出版社,2002。
冯梦龙:《古今小说》,上海:上海古籍出版社,1992。
冯友兰:《中国哲学史》上册,上海:华东师范大学出版社,2005。
冯友兰:《中国哲学史新编》(第6册),北京:人民出版社,1989。
高力克:《五四的思想世界》,上海:学林出版社,2003。
高中甫编:《易卜生评论集》,北京:外语教学与研究出版社,1982。
龚鹏程:《近代思潮与人物》,北京:中华书局,2007。
顾钧:《鲁迅翻译研究》,福州:福建教育出版社,2009。
郭沫若:《郭沫若全集》,北京:人民文学出版社,1989。
郭沫若:《童年时代:沫若自传之一》,重庆:重庆作家书屋,1942。
郭延礼:《中国前现代文学的转型》,济南:山东大学出版社,2005。
哈贝马斯:《公共领域的结构转型》,曹卫东等译,上海:学林出版社,1999。
哈贝马斯:《在事实与规范之间——关于法律和民主法治国的商谈理论》,童世骏译,北京:生活·读书·新知三联书店,2003。

哈葛德:《迦茵小传》,林纾、魏易译,北京:商务印书馆,1981。
韩南:《中国近代小说的兴起》,徐侠译,上海:上海教育出版社,2004。
韩一宇:《清末民初汉译法国文学研究(1897—1916)》,北京:中国社会科学出版社,2008。
汉密尔顿等:《联邦党人文集》,程逢如、在汉、舒逊译,北京:商务印书馆,1989。
何绍斌:《越界与想象:晚清新教传教士译介史论》,上海:上海三联书店,2008。
贺照田主编:《西方现代性的曲折与展开》,长春:吉林人民出版社,2010。
黑格尔:《哲学史讲演录》第三卷,贺麟,王太庆译,北京:商务印书馆,1983。
胡适:《胡适日记全编》,曹伯言整理,合肥:安徽教育出版社,2001。
胡适:《胡适文集》十二卷,北京:北京大学出版社,1998。
胡适:《胡适学术文集 新文学运动》,姜义华主编,北京:中华书局,1993。
胡珠生编:《宋恕集》,北京:中华书局,1993。
黄梅:《推敲"自我"——小说在18世纪的英国》,北京:生活·读书·新知三联书店,2003。
黄仁宇:《资本主义与二十一世纪》,北京:生活·读书·新知三联书店,1997。
黄霖编:《中国历代小说批评史料汇编校释》,南昌:百花洲文艺出版社,2007。
艾瑞克·霍布斯鲍姆《革命的年代:1789—1848》,王章辉等译,南京:江苏人民出版社,1999。
吉登斯:《现代性的后果》,田禾译,黄平校,南京:译林出版社,2000。
江苏省社会科学院明清小说研究中心,江苏省社会科学院文学研究所编:《中国通俗小说总目提要》,北京:中国文联出版公司,1990。
江怡:《理性与启蒙——后现代经典文选》,北京:东方出版社,2004。
姜义华、张荣华编校:《康有为全集》,北京:中国人民大学出版社,2007。
弗·杰姆逊:《后现代主义与文化理论——弗·杰姆逊教授讲演录》,唐小兵译,西安:陕西师范大学出版社,1987。
康有为:《康有为文选》,姜义华,张荣华选注,天津:百花文艺出版社,2006。
康有为:《康有为政论集》,汤志钧编,北京:中华书局,1981。
何尚主编:《窥探魔桶内的秘密:20世纪文学大师创作随笔》,广州:广东经济出版社,1999。
李今主编:《汉译文学序跋集》,第1卷1840—1910,上海:上海人民出版社,2017。
李欧梵:《现代性的追求》,北京:生活·读书·新知三联书店,2000。
李泽厚:《中国现代思想史》,天津:天津社会科学院出版社,2003。
连燕堂:《二十世纪中国翻译文学史·近代卷》,天津:百花文艺出版社,2009。
梁启超:《梁启超全集》,北京:北京出版社,1999。
梁启超:《饮冰室合集·集外文》,夏晓虹辑,北京:北京大学出版社,2005。
梁启超:《饮冰室诗话》,北京:人民文学出版社,1982。
廖七一:《中国近代翻译思想的嬗变》,天津:南开大学出版社,2010。
刘禾:《跨语际实践——文学、民族文化与被译介的现代性(1900—1937)》,宋伟杰等译,北京:生活·读书·新知三联书店,2002。
刘宗绪主编:《法国大革命二百周年纪念论文集》,北京:生活·读书·新知三联书店,1990。

柳无忌编:《柳亚子文集·苏曼殊研究》,上海:上海人民出版社,1987。
卢汉超:《霓虹灯外——20世纪初日常生活的上海》,段炼等译,上海:上海古籍出版社,2004。
卢卡奇:《小说理论》,燕宏远、李怀涛译,北京:商务印书馆,2018。
卢卡契:《卢卡契文学论文集》,北京:中国社会科学出版社,1981。
卢梭:《社会契约论》,何兆武译,北京:商务印书馆,2005。
鲁迅:《鲁迅全集》18卷本,北京:人民文学出版社,2005。
罗兰·巴尔特:《罗兰·巴尔特文集:写作的零度》,李幼蒸译,北京:中国人民大学出版社,2008。
闾小波:《中国早期现代化中的传播媒介》,上海:上海三联书店,1995。
吕思勉:《三十年来之出版界(1894—1923)》,《吕思勉遗文集》上册,上海:华东师范大学出版社,1997。
马君武:《马君武集(1900—1919)》,莫世祥编,武汉:华中师范大学出版社,1991。
马叙伦:《二十世纪之新主义》,《无政府主义思想资料选》上册,北京:北京大学出版社,1984。
马以君编:《苏曼殊文集》下册,广州:花城出版社,1991。
麦金太尔:《德性之后》,龚群、戴扬毅译,北京:中国社会科学出版社,1995。
孟德斯鸠:《论法的精神》,张雁深译,北京:商务印书馆,1995。
孟庆枢:《日本近代文艺思潮与中国现代文学》,长春:时代文艺出版社,1992。
缪荃孙:《艺风堂友朋书札》上册,顾廷龙校阅,上海:上海古籍出版社,1983。
木山英雄:《文学复古与文学革命》,赵京华译,北京:北京大学出版社,2004。
牛仰山、孙鸿霓编:《严复研究资料》,福州:海峡文艺出版社,1990。
欧阳哲生编:《胡适文集》第一卷,北京:北京大学出版社,1987。
阿兰·佩雷菲特:《停滞的帝国——两个世界的撞击》,王国卿等译,北京:生活·读书·新知三联书店,1995。
钱理群、温儒敏、吴福辉:《中国现代文学三十年》,北京:北京大学出版社,1998。
钱玄同:《钱玄同文集 第1卷 文学革命》,北京:中国人民大学出版社,1999。
钱玄同:《钱玄同五四时期言论集》,沈永宝编,上海:东方出版中心,1998。
钱锺书等:《林纾的翻译》,北京:商务印书馆,1981。
秦力山:《秦力山集》,彭国兴、刘晴波编,北京:中华书局,1987。
芮哲非:《谷腾堡在上海:中国印刷资本业的发展(1876—1937)》,张志强等译,郭晶校,北京:商务印书馆,2015。
施蛰存:《中国近代文学大系·翻译文学集》,上海:上海书店,1990。
史华慈:《寻求富强:严复与西方》,叶美凤译,南京:江苏人民出版社,1996。
舒衡哲:《中国启蒙运动》,刘京建译,北京:新星出版社,2007。
舒芜等编选:《近代文论选》上册,北京:人民文学出版社,1959。
司马长风:《中国新文学史》,香港:昭明出版社,1980。
斯塔夫里阿诺斯:《全球通史——1500年以后的世界》,上海:上海社会科学院出版社,1992。
宋育仁:《采风记》,长沙:岳麓书社,2016。

孙宝萱:《忘山庐日记》上册,上海:上海古籍出版社,1983。
孙康宜、宇文所安主编:《剑桥中国文学史》上下卷,刘倩等译,北京:生活·读书·新知三联书店,2013。
孙中山:《孙中山全集》,北京:中华书局,1982。
谭彼岸:《晚期的白话文运动》上册,武汉:湖北人民出版社,1956。
谭嗣同:《谭嗣同集》,沈阳:辽宁人民出版社,1994。
谭嗣同:《谭嗣同全集》下册,北京:中华书局,1981。
汤用彤:《论"格义"——最早一种融合印度佛教和中国思想的方法》,《理学·佛学·玄学》,北京:北京大学出版社,1991。
唐弢:《中国现代文学史》(三卷本),北京:人民文学出版社,1985。
托克维尔:《旧制度与大革命》,冯棠译,桂裕芳、张芝联校,北京:商务印书馆,1992。
汪辟疆:"与林琴南书",《光宣以来诗坛旁记》,沈阳:辽宁教育出版社,1998。
王秉钦:《20世纪中国翻译思想史》,天津:南开大学出版社,2004。
王德威:《被压抑的现代性——晚清小说新论》,宋伟杰译,北京:北京大学出版社,2005。
王德威:《想像中国的方法——历史·小说·叙事》,北京:生活·读书·新知三联书店,1998。
王德威、季进:《文学行旅与世界想象》,南京:江苏教育出版社,2007。
王艮著、陈祝生主编:《王心斋全集》,南京:江苏教育出版社,2001。
王国维:《红楼梦评论》,《王国维文集》,北京:线装书局,2009。
王宏志:《翻译与创作——中国近代翻译小说论》,北京:北京大学出版社,2000。
王宏志:《翻译与文学之间》,南京:南京大学出版社,2011。
王宏志:《重释"信达雅":二十世纪中国翻译研究》,上海:东方出版中心,1999。
王宏志主编:《翻译史研究》,上海:复旦大学出版社,2011。
王建开:《五四以来我国英美文学作品译介史》,上海:上海外语教育出版社,2003。
王利器辑录:《元明清三代禁毁小说戏曲史料》(增订本),上海:上海古籍出版社,1981。
王训昭等编:《郭沫若研究资料》,北京:知识产权出版社,2010。
王哲甫:《新文学运动史》,上海:上海书店,1933。
王智毅编:《周瘦鹃研究资料》,天津:天津人民出版社,1993。
邬国平、黄霖:《中国文论选 近代卷》下册,南京:江苏文艺出版社,1996。
吴宏聪、范伯群主编:《中国现代文学史》,武汉:武汉大学出版社,1999。
吴趼人:《吴趼人全集》第6卷,魏绍昌、海风编,哈尔滨:北方文艺出版社,1998。
吴俊标校:《林琴南书话》,杭州:浙江人民出版社,1999。
吴组缃等编:《中国近代文学大系》(第2集·第9卷·小说集七),上海:上海书店,1992。
夏志清:《人的文学》,福州:福建教育出版社,2010。
夏志清:《中国现代小说史》,上海:复旦大学出版社,2012。
萧乾:《龙须与蓝图:中国现代文学论集》,文洁若编,北京:外语教学与研究出版社,2014。
小仲马:《巴黎茶花女遗事》,林纾、王寿昌译,北京:商务印书馆,1981。

徐梵澄:《缀言》,尼采著:《苏鲁支语录》,徐梵澄译,北京:商务印书馆,1992。
许纪霖、宋宏主编:《现代中国思想的核心观念》,上海:上海人民出版社,2011。
许廑父:《周瘦鹃》,王智毅:《周瘦鹃研究资料》,天津:天津人民出版社,1993。
许寿裳:《许寿裳回忆鲁迅全编》,上海:上海文化出版社,2006。
薛绥之、张俊才:《林纾研究资料》,福州:福建人民出版社,1983。
严复:《严复集》五卷,王栻主编,北京:中华书局,1986。
严复:《〈严复集〉补编》,孙应祥、皮后锋编,福州:福建人民出版社,2004。
颜廷亮:《晚清小说理论》,北京:中华书局,1996。
杨昌济:《杨昌济文集》,长沙:湖南教育出版社,1983。
杨毓麟:《杨毓麟集》,长沙:岳麓书社,2011。
杨度:《金铁主义说》,《杨度集》,长沙:湖南人民出版社,1986。
杨义:《中国现代小说史》第一卷,北京:人民文学出版社,1986。
伊格尔顿:《二十世纪西方文学理论》,伍晓明译,西安:陕西师范大学出版社,1987。
伊格尔顿:《审美意识形态》,王杰、傅德根、麦永雄译,桂林:广西师范大学出版社,2001。
殷克琪:《尼采与中国现代文学》,洪天富译,南京:南京大学出版社,2002。
袁行霈:《中国文学史》,北京:高等教育出版社,1999。
袁进:《中国近代文学编年史:以文学广告为中心(1872—1914)》,北京:北京大学出版社,2013。
袁进:《中国文学观念的近代变革》,上海:上海社会科学院出版社,1996。
袁先来:《盎格鲁-新教源流与早期美国文学的文化建构》,北京:北京大学出版社,2016。
詹明信:《晚期资本主义的文化逻辑》,陈清侨等译,北京:生活·读书·新知三联书店,1997。
张灏:《梁启超与中国思想的过渡》,崔志海、葛夫平译,南京:江苏人民出版社,1993。
张静庐辑注:《中国出版史料补编》,北京:中华书局,1957。
张菊香、张铁荣编:《周作人研究资料》,天津:天津人民出版社,1986。
张静庐辑注:《中国出版史料补编》,北京:中华书局,1957。
张俊才:《林纾评传》,天津:南开大学出版社,1992。
张俊才、王勇:《顽固非尽守旧也——晚年林纾的困惑与坚守》,太原:山西人民出版社,2012。
张之洞:《劝学篇》,李凤仙评注,北京:华夏出版社,2002。
章太炎:《章太炎政论选集》,汤志钧编,北京:商务印书馆,1977。
章艳:《在规范与偏离之间:清末民初小说翻译规范研究》,北京:外语教学与研究出版社,2011。
赵稀方:《翻译现代性:晚清到五四的翻译研究》,天津:南开大学出版社,2012。
郑振铎:《中国新文学大系:文学论争集》,上海:上海文艺出版社,2003。
智量等:《俄国文学与中国》,上海:华东师范大学出版社,1991。
中国法国史研究会编:《法国史论文集》,北京:生活·读书·新知三联书店,1984。
周瘦鹃译:《欧美名家短篇小说》,长沙:岳麓书社,1987。
周振鹤编:《晚清营业书目》,上海:上海书店出版社,2005。
周作人:《中国新文学的源流》,上海:华东师范大学出版社,1995。

周作人:《周作人讲演集》,止庵编,石家庄:河北人民出版社,2004。
周作人:《周作人散文全集》十四卷,钟叔河编订,桂林:广西师范大学出版社,2009。
周作人:《周作人文类编》十卷,钟叔河编,长沙:湖南文艺出版社,1998。
朱栋霖:《二十世纪中国文学史》上册,台北:文史哲,2000。
朱光潜:《朱光潜全集》,合肥:安徽教育出版社,1987。
朱羲胄:《贞文先生学行记》(林畏庐先生学行谱行记四种之三),台北:世界书局,1965。
朱志敏编:《五四风云人物文萃 李大钊 1889—1927》,北京:人民日报出版社,2005。
朱自清:《朱自清全集》,北京:致公出版社,2001。
邹容:《革命军》,北京:华夏出版社,2002。
邹振环:《影响中国近代社会的一百种译作》,北京:中国对外翻译出版公司,1996。

三、期刊与博士论文

《新民丛报》(1902—1907),日本横滨
《新小说》(1902—1906),日本横滨
《浙江潮》(1903),日本东京
《大陆报》(1902—1906),上海
《绣像小说》(1903—1906)上海
《东方杂志》(1904—1917),上海
《新新小说》(1904—1907),上海
《月月小说》(1906—1909),上海
《小说林》(1907—1908),上海
《新小说丛》(1908),香港
《小说时报》(1909—1917),上海
《小说月报》(1910—1918),上海
《小说丛报》(1914—1917),上海
《中华小说界》(1914—1916),上海
《小说大观》(1915—1918),上海
《新青年》(1915—1919),上海—北京

Schwartz, Benjamin,"Chen Tu-Hsiu and the Acceptance of the Modern," *Journal of the History of Ideas*, Vol. 12, No. 1 (Jan., 1951):61—74.

Swisher, Earl,"Chinese Intellectuals under Western Impact, 1838—1900,"*Comparative Studies in Society and History*, Vol.1, No.1,(Oct., 1958—59): 26—37.

陈方竞:《新兴都市上海文化·文化消费市场·言情小说流变——清末民初上海小说论》(下),《福建论坛·人文社会科学版》,2008年第10期。

陈建华:《"虚无党小说":清末特殊的译介现象》,《华东师范大学学报》(哲学社会科学版),1996第4期。

陈平原:《现代中国的"魏晋风度"与"六朝散文"》,《中国文化》,1997(Z1)。
陈晓明:《道德可以拯救文学吗?——对当前一种流行观点的质疑》,《长城》,2002年第4期。
慈波:《误读与重释——作为古文家的林纾》,《中山大学学报》,2009年第6期。
董健、王彬彬、张光芒:《略论启蒙及其与文学的关系》,《当代作家评论》,2008年第5期。
杜素娟:《关于白话文运动的几点追问与思索》,《中国现代文学研究丛刊》,1997第4期。
范伯群:《〈催眠术〉:1909年发表的"狂人日记"——兼谈"名报人"陈景韩在早期启蒙时段的文学成就》,江苏大学学报(社会科学版),2004第5期。
高毅:《法国革命文化与20世纪初中国革命崇拜的确立》,《历史教学问题》,2000年第1期。
高毅:《法国革命文化与现代中国革命》,《浙江学刊》,2006年第4期。
高毅:《〈旧制度与大革命〉探析(上)》,《中国高校社会科学》,2013年第4期。
高毅:《略论新文化运动的法兰西风格》,《安徽师范大学学报》(人文社会科学版),2016年第3期。
高玉:《"个人"与"国家"的整合——论中国现代文学"自由"话语的理论建构》,《厦门大学学报》(哲学社会科学版),2004第6期。
耿传明、于冰轮:《清末报刊与文学的共生性繁荣与世界的"图象化"》,《南开学报》(哲学社会科学版),2017年第1期。
耿传明:《清末民初小说中"现代性"的起源、形态与文化特性》,《文学评论》,2010年第5期。
耿传明:《天人关系与中国文学的现代转变》,《中国社会科学》,2013年第11期。
耿传明:《周作人与古希腊、罗马文学》,《书屋》,2006第7期。
韩洪举:《"林译小说"对中国文学语言演变的贡献》,《明清小说研究》,2005年第4期。
何绍斌:《从〈百年一觉〉看晚清传教士的文学译介活动》,《中国比较文学》,2008第4期。
胡全章:《白话文运动:既有晚清,何必"五四"?》,《徐州师范大学学报》(哲学社会科学版),2012年第2期。
黄琼英:《鲁迅与〈域外小说集〉的翻译》,《外语研究》,2006年第3期。
姜荣刚:《留学生与晚清小说关系考论》,《文学遗产》,2015年第2期。
姜荣刚:《晚清留学生与中国现代小说观的萌蘖》,《东岳论丛》,2010年第4期。
李今:《晚清语境中的鲁滨孙汉译:〈大陆报〉本〈鲁滨孙飘流记〉的革命化改写》,《中国现代文学研究丛刊》,2009年第2期。
李艳丽:《晚清俄国小说译介路径及底本考——兼析"虚无党小说"》,《外国文学评论》,2011年第1期。
林精华:《中国的外国文学史建构之困境:对1917—1950年代文学史观再考察》,《首都师范大学学报》,2012第1期。
林乐知:《中西关系略论》,《万国公报》,1875年10月2日,第356卷。
刘德隆:《晚清"译述小说"初探》,《明清小说研究》,1995第2期。
刘纪曜:《梁启超与儒家传统》,台北:师范大学博士论文,1985。
刘建军:《关于"欧美文学中国化进程"的若干问题》,《东北师大学报》(哲学社会科学版),2012第3期。

陆建德:《"荆生"兼及运动之术》,纪念五四运动九十周年国际学术研讨会,2009年5月3日。
陆建洪:《论清末民初中国知识分子的转型》,《江苏社会科学》,2003年第6期。
骆冬青、侯强:《"小说为国民之魂"——论晚清"小说学"的奠立与政治教化的关系》,《明清小说研究》,2005年第4期。
马睿:《近代文化变革与中国小说理论的兴起》,《西南师范大学学报》(人文社会科学版),2002年第4期。
马勇:《重构五四记忆:从林纾方面进行探讨》,《安徽史学》,2011年第1期。
聂珍钊:《文学伦理学批评:基本理论与术语》,《外国文学研究》,2010年第1期。
潘建国:《明清时期通俗小说的读者与传播方式》,《复旦学报》,2001年第1期。
潘文国:《当代西方的翻译学研究——兼谈"翻译学"的学科性问题》,《中国翻译》,2002年第3期。
潘正文:《"道德形而上主义"之争与文学的两难选择》,《河北学刊》,2004年第1期。
乔国强、姜玉琴:《法国启蒙思想与陈独秀的文学观》,《中国现代文学研究丛刊》,2005年第3期。
任剑涛:《中西政治思想中的伦理际遇》,《政治学研究》,2000年第03期。
尚杰:《启蒙世纪的另一半:古典的浪漫主义》,《江苏行政学院学报》,2002年第4期。
沈卫威:《〈文学改良刍议〉与欧美意象派诗潮》,《河南大学学报》(社会科学版),1993年第2期。
孙伏园:《鲁迅先生逝世五周年杂感二则》,《新华日报》,1941年10月21日。
孙郁:《译介之魂》,《中国图书评论》,2006年第4期。
王钝根:《〈礼拜六〉出版赘言》,《礼拜六》第1期,1914年6月6日。
王桂妹:《重估五四反对派:从林纾的"反动文本"〈荆生〉〈妖梦〉谈起》,《西南大学学报》(社会科学版),2017年第4期。
王宪明、舒文:《近代中国人对卢梭的解释》,《近代史研究》,1995年第2期。
王向远:《中日启蒙主义文学思潮与"政治小说"比较论》,《外国文学评论》,1995第2期。
王学钧:《晚清"小说界革命"与小说市场》,《明清小说研究》,1997年第3期。
王燕:《近代科学小说论略》,《明清小说研究》,1999第4期。
韦莹:《陈独秀早期思想与法兰西文明》,《清华大学学报》(哲学社会科学版),1999第3期。
夏晓虹:《晚清白话文运动的官方资源》,《北京社会科学》,2010第2期。
夏晓虹:《五四白话文学的历史渊源》,《中国现代文学研究丛刊》,1985年第3期。
谢昭新:《晚清小说理论的"现代化"转化》,《安徽师范大学学报》(人文社会科学版),2008年第5期。
许纪霖:《现代性的歧路:清末民初的社会达尔文主义思潮》,《史学月刊》,2010年第2期。
严家炎、袁进:《现代性:二十世纪中国文学的显著特征》,《北京大学学报》(哲学社会科学版),2005年第5期。
杨联芬:《"新"之启蒙与公众舆论——论晚清新小说的价值》,《明清小说研究》,2003年第4期。
杨联芬:《林纾与中国文学现代性的发生》,《中国现代文学研究丛刊》,2002第4期。
杨天石:《苏、陈译本〈惨世界〉与近代中国早期的社会主义思潮》,《中国社会科学院研究生院学报》,1995第6期。

姚晓雷:《错位的捆绑:关于20世纪以来中国文学与启蒙关系的一种反思》,《创作与评论》,2015年第16期。

余杰:《狂飙中的拜伦诗歌——以梁启超、苏曼殊、鲁迅为中心探讨清末民初文人的拜伦观》,《鲁迅研究》,1999年,第9期。

袁进:《试论晚清翻译小说与林纾的贡献》,《明清小说研究》,2011年第1期。

袁进:《重新审视新文学的起源——试论近代西方传教士对中国文学的影响》,《湖南文理学院学报》(社会科学版),2005第5期。

张俊才:《"悠悠百年,自有能辨之者"——重评林纾及五四新旧思潮之争》,《河北师范大学学报》(哲学社会科学版),2005年第4期。

张仲民:《"亡国之媒"——梁启超与清末民初的阅读文化》,《南京政治学院学报》,2017年第2期。

赵稀方:《〈新青年〉的文学翻译》,《中国翻译》,2013年第1期。

本卷外国人名索引

A

阿尔志跋绥夫 193
安德烈耶夫 193
爱米西斯 114
安特来夫 152
安徒生 155,193
本尼迪克特·安德森 18,26

B

巴尔扎克 75
巴赫金 9,49
爱德华·贝拉米 48
米哈依尔·巴枯宁 181
巴斯卡 23
白璧德 192
柏格森 193
拜伦 70,71—73,122,144—146,148
鲍福 46
比昂松 193
波尔克 27
皮埃尔约瑟夫·布鲁东 181
布韦尔·李顿 173

D

大仲马 23,37,52,58,75
戴仁 32
但丁 68,138
德富健次郎 75
狄德罗 189,201,203,208

狄更斯 13,58,76,78,79,95,108,133,223
迪斯雷理 173
笛福 58,75,78
笛卡尔 66
都德 157,192
杜丹 23
约翰·杜威 192

E

二叶亭四迷 181

F

凡尔纳 51,103,140
弗朗士 23
弗劳贝 23
伏尔泰 189,197,200,201,203,207,208
福尔摩斯 7,9,45,46,51,95

G

高尔基 193
高须治助 57
葛威廉 123
龚古尔兄弟 157,169,193
果戈理 152,170

H

哈贝马斯 27,29,30,55
哈代 164
哈葛德 37,51,58,61,76,81,83,104,106,118,

134,141,223
韩南 10,152
赫胥黎 101,146,193
黑格尔 9,197
霍甫特曼 159

J

基亚 219
杰姆逊 5,6
颉德 66

K

康拉德 145
柯罗连科 193
柯南·道尔 62,75,133
克鲁泡特金 181
库普林 164,193
米兰·昆德拉 32

L

莱蒙托夫 144
勒菲弗尔 218
李尔 23
李欧梵 29,41
李提摩太 48,172
林乐知 91
林培瑞 53
卢卡奇 9,50,98
卢梭 23,66,68,189,195,197,198,199,200,
    201,202,203,204,208,224
路德 138
罗素 193

M

马尔萨斯 193
马戛尔尼 1

梅特林克 157
孟丹尼 23
孟德斯鸠 197,201,203,208
米显雷 23
末广铁肠 173
莫泊桑 46,155,157,169,192,193
莫理哀 23

N

尼采 143,146,148,150,152,153,193

O

欧·亨利 46
欧文 75,118,141

P

培根 15,66,197
普希金 57,114,144

Q

契诃夫 46
乔叟 138

R

塞万提斯 58,75,166
莎士比亚 57,75,85,167,219
施威雪 15
史华兹 143,190,199
矢野龙溪 116,173,178
司各特 58,78,133
斯特林堡 193
斯威夫特 16,58

S

海勃·斯宾塞 193
麦克斯·施蒂纳 180

T

泰戈尔 155
屠格涅夫 155,157,181,193
托尔斯泰 46,75,133,156,157,164,193
陀思妥耶夫斯基 193

W

王德威 47,48,60,82,94,125,127,129,208
王尔德 155,157,193
尾崎行雄 180
武者小路实笃 155,165,169

X

夏目漱石 152
夏志清 39,70,164,193
显克微支 152,155,193
小仲马 23,24,36,76,78,81,82,111,119,134
雨果 23,37,58,75,117,121,140,148,184,185,199,210,223

Y

押川春浪 51
亚里士多德 15,197
易卜生 58,75,155,156,157,159,160—164,170,192,193,210

Z

樽本照雄 17
左拉 23,157

本卷中国人名索引

A

阿英 13,17,18,37,60,62,69,70,71,77,80,
84,89,95,149,151,178,179,182

B

班固 8
包天笑 19,21,28,31,45,47,49,57,59,87,
114,118—120,125,135,221
碧荷馆主人 49
冰心 31,162

C

蔡元培 48,75,84—89,180
陈独秀 4,10,14,47,63,75,85,87,88,90,138,
155—160,168,170,184,187—193,197,
198,199,200,202,205,207,209,211
陈叚 169
陈景韩(冷血) 7,23,135,182—184
陈寿彭 23
陈天华 45,48,197
陈熙绩 62,83,104
程小青 45

D

丁玲 31
杜甫 6

F

冯镜如 20
冯梦龙 35
冯友兰 2,108
傅兰雅 10,40,48
傅斯年 90,189

G

高梦旦 19
耿济之 169
顾颉刚 19
郭沫若 19,27,84,221

H

韩邦庆 19
韩嵩文 82,83
胡适 10,21,23,24,58,75,85—88,90,121,
132—135,137,138,155,157—163,165,
168,169,188,189,191—193,201,209,
211,224,243
怀仁 45
黄摩西 39,127
黄小配 42,178
黄遵宪 52,130,216

J

戢翼翚 23
季家珍 29
金圣叹 35
金松岑 59,61,93

K

康有为 3,4,10,12,17,28,29,36,38,52,67,
　　75,76,94,110,177,179,187,196,197
孔子 8,49,87,91,204

L

老棣 53
蠡勺居士 16,32
李白 6,123
李伯元 9,79,178
李大钊 14,88,199,200
李涵秋 45
李清照 31
李卓吾 35
林徽因 31
林则徐 215,216
凌叔华 31
刘半农 62,85,90,94,146,159,168,169,188
刘楷 35
庐隐 31
陆费逵 20
陆晶清 31
陆士谔 48,49
陆悌 23
罗贯中 37
罗季芳 123
罗家伦 159,192
吕思勉 26,27

M

马君武 20,28,113,122,221
茅盾 15,19,162
梅贻琦 22
摩西 28,29,53,56,127

P

蟠溪子 59,105,106,118

Q

钱玄同 75,85,149,168,188,189
钱锺书 75,76,83,116,133,134,219
秦力山 107,108,109
青轩居士 178
裘廷梁 8,130
瞿秋白 169

S

沈祖芬 107
宋教仁 180,197
宋恕 26
宋育仁 3,4,100
苏曼殊 117,121,184,185,186,197,199,207,
　　223,224

T

谭嗣同 4,8,17,38,92,172,197,201
田汉 162,169

W

王国维 6,8,9,13,24,56,209
王寿昌 23,24,28,36,75,81,111
王韬 196,216
王阳明 35
魏易 37,58,59,75,104
魏源 215,216
吴祷 23,28
吴趼人 19,46,49,69,103,115,117,126,183
吴弱男 160
伍光建 23,28,37,135

X

夏曾佑 8,10,12,28,37,102,124,216
徐念慈 13,23,28,46,47,51,52,53,56,125,
　　　126,224
徐枕亚 45,57,60
徐志摩 20
徐卓呆 23,114
许定一 24
许寿裳 140,143

Y

严复 4,6,10,12,19,21,23—25,28,29,37—
　　　39,57,75,82,100—102,124,131—133,
　　　135,137,146,153,156,202,204,207,216
杨昌济 4
杨笃生 109
杨度 24,103
叶圣陶 19
寅半生 53,59,105,117,118

于右任 20
袁昌英 31
袁振英 160

Z

曾广铨 222
曾朴 19,23,24,116,185,210
曾宗巩 107
詹天佑 22
张春帆 13,59,95
张灏 30
张闻天 20
张元济 19,21
章太炎 4,146,147,150,153,180
郑观应 215
郑振铎 19,58,84,90,131,169
周桂笙 222,224
周瘦鹃 19,21,46,47,148
朱光潜 10,54,55

本卷后记

　　回顾历史总是一个沉重的话题。对于数十年前童年的记忆都会模糊不清的人来说，通过档案、文献与理论来耙梳清末民初蔚为大观而又激动人心的文学过往，难免要令人起疑地问一句，做这个话题有什么意义？这不仅是我个人的困惑，恐怕也是很多学者的疑惑。经过几个寒暑的大量文献的阅读与沉淀，这个问题的答案渐渐变得清晰起来。

　　最近这些年笔者主要从事欧美文学、政治与基督教传统之关系研究，明显觉得每个国家的文学创作与研究都有着鲜明的主旋律，姑且以美国为例来说明。首先，美国的文学批评一直将传统文化视为批判、强化、修正与调适的对象。清教传统思想一直得到20世纪美国文学创作与批评的持续关注，1927年帕林顿在《美国思想史》中自豪地宣称，"美国整整用了200年的时间才瓦解了这些教义"，这一反传统的情绪是对此前亨利·门肯、辛克莱·路易斯以及范·韦克·布鲁克斯等人创作的学术呼应。但随后哈佛大学教授肯尼思·默多克与佩里·米勒致力于捍卫和挖掘清教传统的价值，高度赞扬清教思想对于美国早期历史演进的重大意义，强调现代美国文化是在宗教宽容、政教分离基础上形成的"吸收—并存型"文化。此后，有一大批知名学者对清教传统进行持续地批判和修正，据笔者个人统计，至少有三百本左右的相关批评著作促进了清教研究范围的不断丰富扩展。其次，二战以后的美国文学批评也致力于以"美国研究"来推动美国文化的共识表述，持续"创造"与对外输出美国的价值观，推行文化帝国主义，产生了一批集中描绘美国身份的神话与象征。虽然当代美国学界极力将研究旨趣从同质、单一的"民族叙事"中摆脱出来，但还是有很多学者在持续挖掘美国文学与文化中的共识性因素，持续推动美国国家精神、特性与运作机制的创新，并支撑和强化美利坚民族在国际上的形象。最后，当代美国学界致力于"跨界"研究，如跨半球、跨种族、跨大西洋等批评范式，要在跨国背景下重建混杂交融的文学关系与文学史框架，虽大大开拓了研究的思路与范畴，但实质又是以学术话语的"交互性"来潜在否定民族国家与民族文学的内部认同问题，进而维护美国国家在全球的话语权。概而言之，美国学界自己的文学批评是要解决美国问题，不断确认、更新与维护美国的价值观和话语权。

那么我们如何阅读美国文学，从事美国文学乃至欧美文学的批评、教学与研究呢？除了可以从美国学界如何研究美国文学方面得到启示，还可以从百年来中国历代知识分子、革命者和学者的态度和选择方面得到启示。我们今天重新翻阅辛亥革命之前的翻译小说，序跋题记以及杂谈论述，很容易有一种印象就是选材没有标准，翻译任意为之，读解似是而非，不仅我们是这个感觉，鲁迅、胡适等新文化运动者也是这个感觉。我们当然可以借助大量的学术概念来将过去的种种现象视为"不足""误区"和"缺憾"，但是恰恰是那些粗糙、误解、扭曲而又热闹、新奇的外国文学话语，为灿烂无比、大家辈出的现代文学奠定了坚实的基础——现代文学大家普遍具有翻译不辍、创作与批评兼通的特点；而且这些话语的引进与阐释者是相当自觉地参与民众启蒙、文化建设与国家发展，为今天的民族特性与国家形象建构提供了宝贵的历史经验。所以这两个方面看似矛盾，实际上是我们的立场与视角的偏差而已，所谓的"不足""误区""缺憾"，对于林纾、梁启超等开创者来说，既有语言问题、背景等历史条件的限制，也有主观意愿与主要诉求不同的问题，因为他们立意于"中国化"，为创造民族的新文学、新文化、新制度服务，这就是所谓的"不为非不能也"和"不能非不为也"。

所以从过去百年来美国的学术发展与中国的历史经验来看，文学的翻译、创作与研究的主旋律就是为民族服务，为文化服务，为国家服务。思考至此，至少对笔者自己而言，一点感想就是，一是少一点批判，多一点建议。漫长的封建统治弊端，鸦片战争以来的历史境遇，以及现当代复杂的国际环境与局势，使得我们传统的包袱都特别重，社会的危机问题特别多，对外交往的态势特别艰难，加上可供参考的资源和经验不足，难免会在处理重要问题时走不少弯路。对于所谓全球化背景的当代语境来说，更应努力坚持与建构民族视野，认识不足、继承传统、积累知识、建构与维护国家话语。所谓传统，既包括古代的文化传统，也包括近百年来积累下来的外国文学中国化进程的传统，在传统基础上才能谋求制度、规范、学术的健康发展与进步。二是要学一些主义，更要谈一些问题。今天我们当然要迎合学术建设的需求、健全学科体系的制度，并在国际交流广泛与便利的条件下，充分利用丰富材料与文献基础上加强实证的研究，汲取国际新鲜学术思想。但要解决中国问题，既要强调研究路径的"异化"，把握欧美学界学术话语的"本国学"本质，又要强调研究模式的"归化"，以服务于我国国家文化建设为目的，进行中外文学、文化的关联与比较。欧美学界对自己的文学的问题意识与学术理路，必然是置身于各自所属的学术与文化环境中去理解的,那么中国的欧美文学研究必然要在强调民族主体性的基础上,才能与国际学界建立真正的"对话"关系,形塑中国学术与中国文化的国际形象。第三,少一点文学政治,多一点学术自律。建设中国学术话语,促进更科学,更全面的中国文化理论体系的构建,以及推动中外文化交流的积极实践。推崇相对性、碎片化、去意识形态的后现代批评,以及跨学科、跨大西洋、注重边缘文本的研究,对英美学界来讲符合他们的国家话语体系建设,这些方法对于我们拓宽思路、扩大视野、更新观念有着积极的意义,但是也应留意外国文学中的文化观念与意识形态的复杂性,留意文化霸权、西方中心主义等隐含的学术价值体系在中国知识生产中的潜在支配作用。

十分有幸能够参与刘建军先生主持的这一国家社科基金重大课题。一个最初疑窦丛生的课题,在先生的指点和帮助下,豁然开朗,也算是个人学术体验的一次升华吧。这些思考也许十分浅显,必然存在学理的疏漏,或者是对一些宝贵的历史经验与重要的历史现象认识有所不足,甚至是重复了当代学者的话题,不过好在这个课题所涉及的核心并非是一般的个性化的具体课题,最后得出的是个人化的学术思考。笔者通过浅薄而又繁琐的论证,只要全面证实了一句话的宝贵之处就可以了:"经验"是"人类判断力最少犯错的向导",百年来的经验是我们进行学术抉择、反思与创新的前提。

十分感激文学院外国文学教研室诸位师长与兄弟姐妹们的点滴帮助与妥当安排,为教学与科研提供了和谐、宽松的氛围。也要感谢我的研究生刘泽惠、郑荃、张心蕊、袁满,她们为稿件的校对和整理付出了大量宝贵的时间。当然还要感谢我的妻子和女儿,因一次又一次学术跋涉而疲惫与焦虑的身心,总是在这一港湾得到休憩与舒展。

袁先来
2018年3月15日